Elisa Lorello und Sarah Girrell

Deshalb liebe ich mein Singleleben

W0207280

amazon crossing

Das Buch

Eva Perino ist Single und stolz darauf. Als Besitzerin des Coffeeshops Grounds im Herzen einer kleinen Universitätsstadt schätzt die Mitte dreißigjährige Eva ihr angenehmes Leben inmitten ihrer schrullig-liebenswerten Freunde, einem Job, der ihr Spaß macht, und ohne bessere Hälfte. Tatsächlich ist sie so zufrieden mit ihrem Alleinsein, dass sie genau darüber einen Blog ins Leben ruft: *Deshalb liebe ich mein Singleleben.* Doch als sie von der Verlobung ihres Exfreundes erfährt, zweifelt sie plötzlich sehr stark an ihrem Singlestatus.

Daraufhin beginnt Evas etwas unbeholfene (und manchmal turbulente) Suche nach der Liebe, bei der sie sich heimlich bei einer Online-Dating-Website anmeldet, Speeddating ausprobiert und die von ihr selbst aufgestellte Regel bricht, niemals etwas mit einem Stammgast des Grounds anzufangen. Bald sieht sich Eva gezwungen, wirklich zu begreifen, wer – oder was – die wahre Liebe ihres Lebens ist. *Deshalb liebe ich mein Singleleben* ist voller Wärme und Witz, charmant und aufschlussreich und ein Muss für alle – ob Single oder nicht – die jemals in die Fallstricke der Liebe geraten sind.

Die Autorinnen

Elisa Lorello ist die Autorin der Kindle-Bestseller *Faking it* und *Ordinary World.* Geboren und aufgewachsen auf Long Island, New York, verbrachte sie elf Jahre im Südosten von Massachusetts, bevor sie in die Mitte von North Carolina zog, wo sie heute unterrichtet und schreibt.
Sarah Girrell hat einen Background in Kunstgeschichte, Schreiben und Rhetorik. Nachdem sie nach Ithaca, New York, gezogen war, um einen Abschluss in Medizin zu machen, kehrten sie und ihr Ehemann in ihre Heimat Vermont zurück, wo sie nun Ärztin und Autorin ist.
Elisa und Sarah trafen sich an der UMass-Dartmouth im Jahr 2002, wo sie schnell merkten, dass sie die Liebe zum Schreiben und einen gewissen Humor für das Alltägliche gemeinsam hatten. *Deshalb liebe ich mein Singleleben* ist ihre zweite Zusammenarbeit und Sarahs Debüt als Autorin.

Elisa Lorello & Sarah Girrell

Deshalb liebe ich mein Singleleben

Übersetzt von Elena Brooks

amazon crossing

Die Originalausgabe erschien 2011 unter dem Titel
Why I love Singlehood bei AmazonEncore, Las Vegas.

Deutsche Erstveröffentlichung bei AmazonCrossing,
Luxemburg, April 2013

Umschlaggestaltung: bürosüd° München, www.buerosued.de
Lektorat: Asta Hemmerlein
Satz: Monika Daimer, www.buch-macher.de

Printed in Germany
by Amazon Distribution GmbH, Leipzig

ISBN 978-1-477-80603-6

www.amazon.com/crossing

Sarah und Elisa, Oktober 2010

Mit Respekt und Dankbarkeit für all die Lehrer und Mentoren, die ich über die Jahre hatte, ganz besonders:

***Sue**, die mich in der Klasse vorlesen ließ,*
***David**, bei dem Klassische Literatur cool war,*
***Magali**, die mich gelehrt hat zu denken,*
nachzufragen und wieder zu denken,
und natürlich
***Elisa**, die mir geholfen hat,*
meine Stimme zu finden.

Sarah

*Für meine Schwester **Mary**, in Liebe*

Elisa

1

Valentinstag

ICH LIEBE den Geruch von Frischgebackenem.

Von absolut allem, was frisch gebacken ist. Brot, Muffins, Kekse, Kuchen – ganz besonders Kuchen –, der Geruch von Vanille, Hefe, Butter und Schokolade kann an einem Tag etwas Aphrodisierendes haben, am nächsten Tag eine Erinnerung an deine Kindheit sein und dann wieder ein Versprechen von Reichtum und Wohlstand. Alles Frischgebackene riecht nach Liebe.

Die Aromen von Vanille und Haselnuss fingen mich ein wie ein Lasso auf dem Parkplatz und zogen mich in Richtung der offenen Türen meines Cafés – das Grounds. Statt durch den hinteren Eingang ging ich durch den Haupteingang und wurde von Spencer, Tracy, Jan und Dean – den Originalen – von ihrem Tisch am Fenster in der Ecke begrüßt. Während Spencer und Tracy gerade die letzte Folge von *The Office* von letzter Nacht zusammenfassten, kam ich an Minerva vorbei, die begraben unter ihren Anatomiebüchern direkt am Tisch gegenüber saß. Auf dem leeren Stuhl vor ihr stand eine Vase mit künstlichen Rosen.

Auf dem Weg zur Theke hielt ich an, um die handgemachten Herzen aus Papierspitzendeckchen wieder an der Wand festzukleben, bevor ich Richtung Selbstbedienungstheke ging und herumliegende Papierservietten, leere Zuckertütchen und gebrauchte Stäbchen zum Kaffeeumrühren wegräumte. In der hinteren Ecke nahe der Tür zum wenig benutzten Lesezimmer, saß Car-Talk-Kenny wie üblich in dem Stuhl mit der hohen Rückenlehne, nippte an einem Mokka-Haselnuss-Latte und kritzelte etwas an den Rand des Buches, das er gerade las. Er schaute gerade lange genug hoch, damit ich seinen Blick erwischen und ihm zuwinken konnte, was er mit einem Grinsen erwiderte.

»Schönen Valentinstag, Norman«, rief ich, während ich mich umdrehte, hinter die Theke ging und mir eine Schürze von einem Haken an der Wand nahm.

»Du bist früh dran«, antwortete er aus der Küche.

»Hatte Sehnsucht nach dir«, zog ich ihn auf.

»Gut so. Du kannst mit den Muffins anfangen.«

Meine Nachmittagsschicht war in vollem Gange und ich fing direkt mit einer Ladung Riesen-Muffins mit Schokostückchen an, während Norman seine Pause machte und der Mittagsbetrieb fast komplett erledigt war. Gerade in dem Moment, als die Muffins fertig gebacken waren und ich sie aus dem Ofen herausholte – hoch aufgegangen, köstlich, verführerisch –, lief draußen ein Student Arm in Arm mit seiner Freundin an der offenen Tür des Grounds vorbei. Ich bemerkte genau den Moment, als sie es riechen konnten: Er machte seinen Rücken gerade und sie wurde langsamer und reckte ihren Hals in Richtung der Türen. Das Mädchen blieb stehen und zog ihren jungen Liebhaber am Arm ins Café, ihr Pferdeschwanz wippte auf und ab. Sie hielten Händchen, während ich ihre Bestellung entgegennahm – für sie einen gesüßten Eistee, für ihn einen großen schwarzen Kaffee, den er fast in Zucker ertränkte – und einen frisch gebackenen Muffin zum Teilen. Er ließ ihre Hand nur kurz los, um zu bezahlen, während sie sich den Muffin unter ihre Nase hielt und seinen Duft einatmete, die Freude war ihr ins Gesicht geschrieben.

Die Originale schienen von den jungen Turteltauben gefesselt zu sein, ihre Unterhaltung hörte augenblicklich auf, damit sie die beiden beobachten konnten. Doch trotz alledem schien das Pärchen davon nichts zu bemerken und verließ das Grounds auf die gleiche Art, wie sie hereingekommen waren – selig und ganz offensichtlich verliebt.

»Das Thema des Tages ist erste Liebe«, verkündete Spencer Sekunden später, seinen Arm ganz selbstverständlich um Tracys Schultern gelegt.

Wie auf ein Stichwort fing Dean als Erster an, etwas zu sagen. »Neunundneunzig. Ich war elf. Janet Jackson in diesem Video, das komplett auf alt gemacht war, in Sepiatönen, nachdem sie so abgenommen hatte und richtig muskulös war. Ich glaube, in dieser Nacht wurde ich zum Mann.« Er drehte sich zu Jan herum und zog am Ärmel ihres hellrosa Kittels. »Babe?«

»Flaschendrehen auf einer Party bei irgendjemandem zu Hause – kann mich nicht mehr erinnern, in welchem Jahr«, sagte Jan. »Jason Belk. Das war auch mein erster Kuss. Ich glaube, ich habe die beiden zusammengebracht.«

Dann kam Spencer. »Angela ... verdammter Mist, ich kann mich nicht mehr an ihren Nachnamen erinnern! Und dabei war sie die Liebe meines Lebens, als ich fünfzehn war. Ich glaube, ich habe ihr sogar einen Antrag gemacht.«

»Und du kannst dich nicht einmal mehr an ihren Nachnamen erinnern?«, stichelte Tracy. »O Mann, so wird das wohl mit jedem Hochzeitstagsdatum bei dir werden, oder? Ich werde dir den Tag auf die Stirn tätowieren lassen müssen!«

Jan fragte Tracy: »Und was ist mit dir? Wer war deine erste Liebe?«

»Robbie Smitts, mein Nachbar von nebenan«, antwortete Tracy. »Er lief immer mit mir vom Bus nach Hause und trug meine Bücher.«

»Ich wusste gar nicht, dass manche Leute das immer noch machen«, sagte Dean.

»Ich habe Tracys Bücher während der kompletten Uni-Zeit getragen«, sagte Spencer. »Weil du ein Gentleman bist«, sagte Jan zu Spencer und schielte zu Dean rüber, so als wollte sie ihm sagen, er könnte sich ein Beispiel nehmen an so viel Aufmerksamkeit. »Minerva, du bist die Nächste«, rief Dean.

»Jay«, zirpte eine Stimme hinter einem Anatomiebuch, das gegen zwei andere Bücher gelehnt war. Sie hielt ihre Hand hoch und ließ ihren Ehering aufblitzen, während sie den Namen ihres Mannes sagte, woraufhin Jan anfing zu gurren.

Minerva, meine beste Freundin, war ein genauso fester Bestandteil des Grounds wie die Originale, Norman, die klobigen Lesesessel in den Ecken des Cafés und der Keks der Woche. Ich habe nie herausgefunden, wie sie es schaffte, ihre Konzentration vom Coffeeshop-Geplänkel auf die Funktionen des Kreislaufsystems umzuschalten, aber sie schaffte spielend jeden Test und jede Übung, obwohl sie immer wieder schwor, die nächste würde ihr Ende sein. Nachdem sie durch fast Dreiviertel eines Hebammen-Intensivkurses geschwebt war, wunderte ich mich darüber, dass sie sich immer noch Sorgen machte.

»Das ist so süß«, sagte Jan. »Was, wart ihr Highschool-Sweethearts oder so was?«

»Was ist mit Sebastard?«, rief ich von hinter der Theke. Erst nachdem mir sein Name herausgeplatzt war, fiel mir ein, dass sie vielleicht nicht wollte, dass dieser kleine Teil an Information herauskam. Sie drehte sich im Sessel herum, sah mich an, neigte den Kopf, sodass ihre Augen über den Rand ihrer Hornbrille schauen konnten, und warf mir einen tödlichen Blick zu. Ich zuckte kleinlaut die Achseln und duckte mich hinter die Cappuccino-Maschine. Ich war rot geworden vor so viel Dummheit.

»Wer?«, fragten die anderen. »Spuck's aus!«

»Sebastian«, korrigierte sie. »Nur so ein Typ, mit dem ich in der Highschool ausgegangen bin, bevor ich Jay kennengelernt habe.«

»Fallen gelassen für Jay, hm?«, fragte Dean.

»Ehrlich gesagt, hat er mit mir Schluss gemacht«, sagte Minerva. »Versteht mich nicht falsch – ich dachte, ich liebte ihn. Aber Jay ist das einzig Wahre. Deswegen nenne ich ihn auch meine erste Liebe. Nichts, was vor ihm war, zählt wirklich.«

Die Frauen machten Ohhh und Ahhh, während die Jungs mit den Augen rollten und Norman erklärten, dass er der Nächste sei.

Norman schrie von der Cappuccino-Maschine rüber: »Ich hab's nicht so mit Küssen und drüber Reden, aber ich werde euch so viel sagen: Ich habe das Versprechen abgegeben, mein erstgeborenes

Kind nach ihr zu nennen. Auch wenn es ein Junge wird.« Er drehte sich zu mir. »Eva?«

Endlich ergriff ich das Wort. »Ihr meint, abgesehen von Nicky Bates, meinem Freund aus dem Kindergarten, der in der Pause immer seine Kekse mit mir geteilt hat?«

»So fing also die Sache mit der ganzen Backerei an ...«, unterbrach mich Dean.

»Acht Jahre alt. Kevin, der Freund meiner Schwester Olivia. Er hatte einen Vokuhila. Später ist er ein Kiffer geworden, wie ich herausfand«, sagte ich, während ich einen frisch gebackenen, noch warmen Riesenmuffin mit Schokoladenstückchen auf einen weißen Teller legte und roten Kristallzucker in Form eines Herzens drumherum streute. Sehr zufrieden mit meiner Kreation, kam ich lächelnd hinter der Theke hervor und präsentierte ihn Spencer und Tracy.

»Der zweite Jahrestag verdient einen Muffin vom Haus«, sagte ich zu ihnen.

»Oh, danke, Eva«, sagte Tracy. Sie trennte den oberen Teil des Muffins vom Unterteil, teilte diesen dann in zwei Stücke, bevor sie ihn an Spencer weiterreichte, nahm einen Bissen und streckte den Daumen nach oben, während sie langsam kaute. Ich strahlte. Der erste Bissen, der erste Schluck, die erste Ladung aus dem Ofen sind ziemlich genauso wie die erste Liebe – so gut schmeckend und ein so genussvoller Moment, dass man sich wünscht, er möge für alle Ewigkeiten andauern. Komplimente und Talent waren zwar nett, aber nichts war besser als Leuten zuzusehen, die etwas genossen, das ich gemacht hatte, besonders wenn es extra für sie war.

»Tja, Eva, wird es nicht langsam Zeit, dass du auch einen dieser Muffins mit jemandem teilst?«, fragte Tracy.

Ich stockte kurz, unsicher, was ich antworten sollte. »Nöhhh«, wehrte ich dann ab, »ich schaff das ganze Ding alleine.«

»Ach, komm«, bettelte Spencer. »Hör auf, uns auf die Folter zu spannen. Im Ernst, wann nimmst du dir endlich einen Typen, den du herumscheuchen kannst?«

»Ich habe doch Norman.«

»Das hab ich gehört!«, rief Norman von der Theke.

»Im Ernst jetzt«, sagte Spencer.

»Wer sagt denn, dass ich nicht schon jemanden habe?«, entgegnete ich.

»Das wüssten wir doch«, sagte Tracy. »Oder wir hätten ihn hier gesehen.«

»Was soll ich sagen? Ich bin gerne Single.«

Spencer und Tracy tauschten skeptische Blicke aus, bevor sie mich wieder anschauten.

»*Wirklich*?«, fagten sie gleichzeitig, und dann: »Warum?«, während jemand anderes fragte: »Wer ist *gerne* Single?«

»Das ist keine grauenvolle Krankheit«, sagte Schwester Beulah, die Nonne vom Heiligen Irgendjemand oder irgendjemand anderem, die hereingeschlüpft war, als die Turteltäubchen gegangen waren. Sie machte ihre übliche Bestellung bei Norman, setzte sich an Minervas Tisch und stellte die Rosen einfach wieder an ihren alten Platz.

»Ich gebe natürlich zu, dass mein Liebster mir zum Valentinstag keine Karte schickt, aber dafür vermisse ich ganz sicher keine Verabredungen.«

»Los, überleg doch mal, wann war das letzte Mal, dass du überhaupt mit jemandem ausgegangen bist?«, fragte mich Norman, als ich wieder zu ihm hinter die Theke kam. Die Originale riefen gleich im Chor hinterher: »Saaaaaag schon, ja.«

»Ist schon eine Weile her«, sagte Jan.

»Ja, du solltest dich mal wieder da draußen zeigen«, fügte Schwester Beulah hinzu.

Ich schaute sie an, ungläubig; ich verabscheute den Satz »sich da draußen zeigen« fast genauso wie »jeder Typ kann sich glücklich schätzen, dich zu kriegen« und »lass uns doch Freunde sein«. Die ersten zwei Phrasen sollen dir Mut machen, aber ich fand sie immer bevormundend. Der dritte Spruch jedenfalls war der kalte Kuss des Todes in der Welt der Verabredungen.

»Es macht mir wirklich nichts aus. Und überhaupt, wer hat schon Zeit für so was? Seit ich als Lehrerin aufgehört habe, habe ich meine ganze Energie da hineingesteckt, das Grounds zum Laufen zu bringen. Ich habe erst in den letzten paar Monaten überhaupt nur eine Sekunde gehabt, um Luft zu holen.«

»So ein Sch...wachsinn«, sagte Norman, darauf bedacht, nicht vor den Kunden zu fluchen. »Ich habe eine Menge Zeit für Verabredungen. Tatsächlich habe ich erst letzte Woche ein Mädchen zum Essen ausgeführt.«

»Bei allem Respekt, Norm-o, ein Geschäft zu managen ist etwas ganz anderes, als es zu besitzen.«

»Wie du willst«, sagte er. »Aber ich glaube, das ist alles Lüge.«

***

Als Norman am Ende der Schicht aus der Tür stürmte, ging er noch eine Liste mit Sachen durch, an die ich denken sollte.

»Oh, und vergiss nicht, die Webseite und die Facebook-Seite vom Grounds zu aktualisieren. Du bist an der Reihe.«

»Kein Problem, Norman. Hast du heute Abend dein zweites Date mit diesem Mädchen?«

»Neee. Das Essen letzte Woche war zwar nett, aber das Date selbst nicht. Du bist dieses Jahr meine Valentinsverabredung.«

Es lag tatsächlich an Norman, dass mein Gesicht die rosarote Farbe bekam, die genau zur Farbe der Papierherzen passte.

Nach einer Dusche und einer Pizzalieferung am Abend klappte ich meinen Laptop auf und surfte zur Facebook-Seite vom Grounds. Nachdem ich eine Veranstaltung hinzugefügt, deren Sponsor das North Carolina College der Freien Künste war, und ein neues Foto von Vanille-Macadamia-Supremes hochgeladen hatte, öffnete ich ein neues Fenster und ging zu *Groundskeepers*, unserem vernetzten Blog.

Die Vorstellung, ein Muffin mit jemandem zu teilen, hatte mich den ganzen Tag nicht mehr losgelassen. Ich starrte eine Weile auf den Monitor, bevor meine Finger über die Tastatur tanzten.

Deshalb liebe ich mein Singleleben

Liegt es an mir oder spaltet sich die Gesellschaft in zwei Arten zu leben: Pärchenleben und Singleleben? Wobei Ersteres erheblich stärker bevorzugt wird als Letzteres. Heute Nachmittag schauten mich meine Gäste an, als bräuchte ich verschreibungspflichtige Medikamente, weil ich mich für ein Singleleben entschieden habe. So als müsste ich ins Exil geschickt werden, in irgendeine spezielle Single-Gemeinschaft, unter Quarantäne gestellt, bis mein Verlangen zur Fortpflanzung wiederhergestellt ist. Als müsste ich eine Eigentumswohnung kaufen und eine Katze adoptieren, zwei der Grundvoraussetzungen für die moderne Junggesellin.

Ich bin dreiunddreißig Jahre alt und lobe mir die Vorteile des Singlelebens, während ich den stereotypen Vorstellungen von einsamen, verzweifelten Menschen ein Ende mache, die sich nach ihrer eigenen Hochzeit verzehren und in ihrer Freizeit lieber zu Weinkennern werden, als alleine in ein Restaurant zu gehen oder sich einen Film im Kino anzuschauen. Und ich – schluck! – habe beides gemacht. Bin alleine in ein Restaurant gegangen und alleine ins Kino und ich habe es überlebt.

Hier sind nur einige wenige der zahlreichen Gründe, warum ich mein Singleleben liebe:

Badezimmer

Es ist jetzt zwei Jahre her, seit ich ein Badezimmer mit einem Typen geteilt habe. Seit ich ein Badezimmer mit *irgendjemandem* geteilt habe. Das ist genug Zeit, jeden darauf zu konditionieren, sich an den Luxus zu gewöhnen, nicht mehr über einen Haufen nasser Handtücher zu klettern, die auf dem Boden liegen, um die Pfützen nach der Dusche aufzuwischen. Oder die Hände in einem Waschbecken zu waschen, das voll ist mit abrasierten Gesichtshaaren. Oder Klumpen von Zahnpasta zu entfernen. Ganz zu schweigen von seiner Ungeduld wegen der Zeit, die ich zur eigenen Verschönerung brauche und wegen all des Platzes, den ich für meine

Dosen und Tuben und Flaschen voller Lotionen, Öle, Sprays und Gels brauchte.

Sollte ich jemanden Neues treffen und mich verlieben und mit ihm zusammenziehen, werden wir eine Wohnung mit mindestens zwei voll ausgestatteten Badezimmern brauchen. Kaputte Kabel, Kakerlaken, abblätternde Farbe, eingefrorene Rohre und zwei Badezimmer? Nehmen wir! (Okay, vielleicht nicht die Kakerlaken ...) Bezahlbare Zentralheizung, Spülmaschine, Waschmaschine mit Trockner, Parkettboden, Kamin, Balkon, Reinigungsservice, große Küche, Panoramafenster, Swimmingpool, Tennisplatz, aber nur ein Badezimmer? Nein danke, wir suchen weiter.

Terminabsprachen und Terminzusagen

Typisches Beispiel: Meine Schwester musste mich am Ende anrufen und ihren geplanten Besuch vor zwei Wochen bei mir absagen. Die Kinder hätten Fußballtraining und Musikunterricht, ihr Ehemann Geschäftsreisen und Golfturniere und so weiter und so weiter. Keiner schaffte es, seine Termine auf den anderen abzustimmen. Wenn ich versuche, mich mit meinen verheirateten Freunden zu verabreden, müssen die ihre Ehepartner und Blackberrys schon Tage vorher befragen, abstimmen, wer welches Auto nimmt, über Walkie-Talkies oder Rauchsignale nachhaken. Und das sind noch nicht mal die mit Kindern. Wenn mir jemand eine Einladung schickt, ist das Einzige, das ich in Erwägung ziehen muss, mein Kalender und ob ich in der Stimmung bin, zu fahren (ich gebe zu, dass es natürlich hilft, sein eigener Boss zu sein). Und natürlich bin normalerweise ich es, die zu jemand anderem fahren muss, weil es so bequemer ist für sie und ihre anderen Gäste.

Ich kann in ein Flugzeug steigen, einen Zug oder auf eine Fähre mit so wenig Umständen wie nötig und so entspannt wie möglich. Und ich kann hingehen, wohin ich will: Raleigh. Gainesville. Kanada. Dollywood. An Weihnachten bin ich jedes Jahr zu Hause, ohne dass ich auch noch zu den Schwiegereltern müsste. Ich sitze auf meinem Sofa und suche mir die Shows für meinen Silvesterabend-TV-Marathon aus, ohne mir Sorgen machen zu müssen über eine Büroparty mit Leuten, die ich kaum kenne. Und ich habe noch nicht mal mit dem Vergnügen des *Kein-Babysitter* angefangen. Nicht, dass ich meine verheirateten Freunde oder die mit Kindern nicht mag. Oder deren Kinder etwa. Ich liebe sie heiß und innig und ihre Kinder auch. Ganz besonders liebe ich meine Nichte und meinen Neffen. Aber ich liebe meine Freiheit noch mehr.

Das Vermeiden von Fieslingen

Sie sind da draußen, glaubt es mir. Ich gebe zu, es gibt mehr gute Typen als Fieslinge.

Exponentiell mehr. Aber fiese Typen sind wie Vampire; alles, was du brauchst, ist einer und der macht dir für immer und ewig Angst.

Zugegeben, ein Ehering mag zwar das ultimative Abschreckungsmittel für Fieslinge sein, aber ich nehme lieber in Kauf, ein paar gute Typen nicht kennenzulernen, wenn das bedeutet, dabei einige fiese verpasst zu haben.

Finanzielle Verantwortung

Tausende von Dollars ausgeben für ein Kleid, das ich vielleicht, wenn es hochkommt, sechs Stunden lang tragen werde? Und noch mal Tausende für Blumen, die verwelkt sind, noch bevor der Tag zu Ende ist? Und noch mehr für einen DJ, der Musik spielt, die man sich ganz einfach von iTunes runterladen könnte? Klar, du bekommst Tausende von Dollars an Geschenken, wenn du großzügige und reiche Freunde und Familie hast. Aber wenn es so ist, warum dann nicht einfach einen privaten Flohmarkt veranstalten?

Das einzige Zugeständnis, das ich machen würde, ist das Hochzeitsregister. Das Design vom Geschirr interessiert mich kein bisschen, aber neue Töpfe und Pfannen, eine Popcornmaschine, eine Eismaschine und jedes nur erdenkliche Küchenutensil, das es gibt. Nicht zu vergessen flauschige neue Handtücher und Seifen fürs Bad – tja, das ist einfach nur cool.

Ja, aber was ist mit Durchbrennen, fragt ihr. Ist das etwa nicht finanziell verantwortungsbewusst? Stimmt, das schlägt bei Weitem das Bezahlen dieses riesigen Zelts oder das Sicherstellen, dass alle Stuhlüberwürfe die richtigen Schleifen draufhaben. Aber warum nicht einfach das Geld für eine jährliche Kreuzfahrt verpulvern und den Teil mit der Hochzeit weglassen?

Worum es wirklich geht

Eine meiner lebhaftesten Erinnerungen an meine Kindheit ist, krank zu Hause auf dem Sofa zu liegen und mit meiner Schwester Seifenopern zu schauen. Meine Mutter fand es nicht gut, wenn ich Seifenopern guckte, weil sie fand, dass ich noch zu jung dafür sei. Aber glücklicherweise war sie beider Arbeit. Die Kussszenen sind das, woran ich mich erinnere. Mit zwölf Jahren fand ich Küssen das Tollste. Sich verabreden, sich verlieben, Romantik, Braut und Bräutigam und so weiter – ich wollte alles davon. Vor allem das Leben als Pärchen. Dafür bestimmt zu sein, fühlte sich unübertroffen natürlich, echt und warm an.

Aber heutzutage geht es nicht mehr so sehr um Seelenverwandtschaft, sondern eher um beste Freunde. Wenn nämlich die Romantik stirbt, wenn die Brüste sich Richtung Süden bewegen, wenn du morgens aufwachst und die Person neben dir den gleichen üblen Hundeatem hat wie du, dann ist es wirklich wichtig, dass dein bester Kumpel sich daran erinnert, dass sich heute der Todestag deiner Eltern jährt, und dich in den Arm nimmt. Und du musst nicht unbedingt mit ihm oder ihr verheiratet sein. Sie/er kann dein Bruder oder deine Schwester, dein Hund oder deine Katze sein, dein Komplize und dein Kampfgefährte.

Vermisse ich die Kameradschaft? Nicht wirklich. In meiner Branche ist es unmöglich, allein oder einsam zu sein. Sogar bei Nacht.

Ob ich immer noch ein Pärchenleben will? Ehrlich gesagt, ich weiß es nicht. Kommt drauf an, an welchem Tag ihr fragt. Aber was ich weiß, ist, dass die Liebe keine Zahlen und keine Logik versteht. Sie kennt keine Rasse oder Kultur, kein Geschlecht oder Alter. Liebe ist einfach. Genauso einfach ist es.

Beziehungen dagegen sind etwas komplett anderes.

All you need is love, haben die Beatles gesungen, aber sie haben nie verraten, welche Art von Liebe. Gebt mir Gemeinschaft und Kameradschaft, aber behaltet euer Badezimmer für euch.

★★★

»Daraus *musst* du unbedingt einen eigenen Blog machen«, sagte Minerva am nächsten Nachmittag im Grounds, wo zu meiner Überraschung das Thema des Tages *Deshalb liebe ich mein Singleleben* war.

»Ganz deiner Meinung«, sagte Norman. »Wir wollen mehr. Du kannst Wilmingtons eigene Carrie Bradshaw sein.«

»Wohl kaum«, entgegnete ich scharf, guckte dann Minerva an. »Im Ernst?«

»Guck doch selbst«, sagte Minerva, die laut vorlas, während ich ihr über die Schulter schaute: *»Dieser Eintrag ist so anti-*Sex and the City. *Du machst Schluss* – und *Schluss* ist falsch geschrieben mit einem *s* und zwei *l – mit dem Glauben, Single zu sein sei weniger wert und dass das einzige zu erreichende Soll – geschrieben S-O-U-L – im Leben einer Single-Frau ist, nicht mehr Single zu sein. Das alles vor dem Hintergrund, dass die Hälfte aller Ehen mit Scheidung endet. Hallo? Ist das nicht ein deutliches Zeichen, dass es keine gute Idee ist, sich in eine Beziehung zu stürzen, nur um nicht allein zu sein?«*

»Und wer sagt, dass sie sich aus dem Grund auch in die Ehe stürzen?«, sagte Spencer.

»Guter Punkt«, sagte ich.

»Hier ist noch einer«, sagte Minerva und las wieder laut vor. *»Das ist ein Abgesang auf den Mythos von Prince Charming, der sagt, er kommt, um dich zu retten. Ich bitte euch. Er kann doch noch nicht* *mal seine Socken vom Boden aufheben.* Hmmm ... wir sind enttäuscht, sind wir doch, oder?«

Schwester Beulah lachte und las ein anderes vor. »Das ist eine Antwort auf einen anderen Kommentar«, sagte sie. *»Wer sagt, dass das der einzige Grund ist, warum Leute heiraten? Und wer sagt, dass das der Grund ist, sich wieder scheiden zu lassen?* Genau dein Punkt, Spencer.«

»Ich weiß, ist ja auch von mir«, sagte Spencer.

Der Kommentar, der mich jedoch aufhorchen ließ, sagte: *Wach auf und riech mal an diesem Mist. Du rationalisierst deine Einsamkeit und verschleierst sie hinter schlauem Geschreibe.*

»Das hier kannst du einfach ignorieren, Eva«, sagte Minerva. »Der versucht wahrscheinlich nur, seine eigene Einsamkeit auf dich zu projizieren.«

»Woher weißt du, dass das ein *er* geschrieben hat?«, fragte Dean. »Die Einträge sind doch anonym.«

Stirnrunzelnd verzog ich mich wieder hinter die Theke.

»Ich meine, du solltest es machen«, sagte Norman. »Du weißt, dass das wie ein Lauffeuer um sich greifen würde, und das wäre gut fürs Geschäft. Wir haben ja jetzt schon eine Riesenkundschaft an Singles.«

»Norman hat recht«, sagte Minerva, seine hochgezogenen Augenbrauen ignorierend. »Ich weiß – schockierend, dass Norman mal recht hat, nicht wahr? Du schreibst toll, Eva. Wann hast du das letzte Mal etwas anderes als ein Rezept geschrieben?«

»Ich schreibe die ganze Zeit. Speisekarten, Grounds-Updates, Rechnungen ...«

»Du weißt genau, was ich meine. Du hast seit deinem Roman nichts mehr geschrieben. Das könnte ein gutes kreatives Ventil für dich sein. Wir könnten es WILS nennen«, sagte sie und sprach es »Wills« aus, so wie die Engländer Prince William nennen.

»Komm schon, Eva«, stachelten mich die Originale von ihrem Tisch aus an. »Sag, dass du es machst.«

Die Kommentare schwirrten in meinem Kopf: *Wilmingtons eigene Carrie Bradshaw. Mit dem Mythos Schluss machen. Wach auf und riech an dem Mist.*

»Warum nicht«, sagte ich. »Hat ja irgendwie Spaß gemacht, das zu schreiben.«

★★★

Etwas zu schreiben, das so total gegen die Ehe war, und das kurz vorm Valentinstag, schien mir wie ein Sakrileg. Und trotzdem fühlte es sich eher idealistisch an als zynisch, als würde eine Milleniumsfrau ihre Verabredungsfesseln abwerfen.

Nur zur Erinnerung, ich meinte alles genauso, wie ich es gesagt hatte, als ich diesen Eintrag geschrieben hatte. Ich war absolut geistesgegenwärtig in dem Moment, in dem ich es schrieb. Zum Teufel, ich hätte genauso gut Mary Tyler Moore sein können, die ihren Hut in die Luft schleuderte, mitten auf der Straße einer Großstadt.

Und dann rief Shaun an.

2

Die Jeanette

»HEY, EVA. ICH BIN'S, Shaun«, hörte ich ihn sagen, als ich den Hörer abnahm.

»Hi!«, sagte ich, glücklich von ihm zu hören. »Was gibt's?«

»Ich habe deinen neuen Single-Blog gelesen.«

Die Erkenntnis, dass Shaun regelmäßig auf der Facebook-Seite des Grounds war und meinen Blog las, verursachte ein kribbelndes Gefühl in meiner Brust.

»Wirklich?« Meine Stimme hörte sich an, als hätte ich gerade Luft aus einem Heliumballon eingeatmet. »Tja, also, was denkst du?«

»Das ist definitiv etwas, worüber die Leute reden werden. Und es ist schön zu sehen, dass du eine so tolle Einstellung dazu bekommen hast.«

»Na ja, ich hätte nicht gedacht, dass es so ein Riesending werden würde, aber was soll's.«

»Ich bin einfach froh, dass es dir gut geht«, sagte er.

»Warum sollte es nicht?«

»Na ja, ich war mir nicht sicher, ob du es schon gehört hast. Deshalb habe ich mich entschieden, dich anzurufen, bevor du es von irgendjemand anderem zugeflüstert bekommst.«

»Was gehört?«

Er machte eine Pause, bevor er weitersprach.

»Ich bin verlobt.«

Das hoffnungsvolle Kribbeln in meiner Brust – denn ich kapierte, dass es genau das war: *Hoffnung* – wurde zu dem allzu bekannten Gefühl eines sich tief ins Fleisch bohrenden Messers, wie direkt nach dem Schlussmachen.

»Du bist was?« Meine Heliumstimme war wieder da.

»Ich bin verlobt. Mit der neuen Philosophieprofessorin. Sie heißt Jeanette.«

Jeanette. Er ist verlobt mit einer Jeanette.

»Du hast sie übrigens schon mal getroffen«, sagte er. »Oder zumindest hast du sie schon mal gesehen. Sie war mal im Grounds. Sie hat lange rote Haare.«

Als würde durch diese Beschreibung bereits alles für mich klar werden.

»Sie hat außerdem ein Buch über Kierkegaard geschrieben«, fügte er nach einigen Sekunden Schweigen zwischen uns hinzu.

Ja klar, das hilft natürlich.

Ich wickelte das Spiralkabel meines antiken Telefons so fest um den Finger, dass sich die Spitze lila verfärbte. »Warum hast du mir nicht erzählt, dass du dich mit jemandem triffst?«, fragte ich.

»Ähmmm ...«, fing er an. Währenddessen wühlte mein Gehirn krampfhaft in seiner Datenbank auf der Suche nach einer Rothaarigen, die sich über ein Kierkegaard-Buch auskotzte. Keine Treffer. »Ich weiß nicht«, sagte er. »Ich glaube, ich hatte Angst, deine Gefühle zu verletzen.«

Ich nahm all meine Kraft zusammen, so als würde ich eine Hundert-Pfund-Hantel stemmen, um dann loszuplappern »Ja, also, herzlichen Glückwunsch! Mazel tov, viel Glück. Wirklich.«

»Du bist nicht sauer?«

»Warum sollte ich sauer sein? Im Ernst, Shaun, ich freu mich für dich.«

Tötet mich jetzt. Nein, tötet Shaun. Ich bin ja innerlich bereits tot. Danach tötet die Jeanette. Gott sei Dank konnte er mich nicht sehen. Ich meinte, ich müsste mir eigentlich einen Zahn abbrechen, so fest biss ich die Zähne aufeinander. Ich dachte, mein Kiefer würde wie beim Joker in einem unheimlichen Grinsen erstarren.

Ich dachte, das Telefonkabel würde mir schließlich den Finger abtrennen.

»Danke. Das bedeutet mir so viel, dass ich deinen Segen habe. Du bist immerhin immer noch einer meiner besten Freunde, weißt du«, sagte er.

»Tja, du verdienst es, glücklich zu sein«, sagte ich und fragte mich, was *beste Freunde* für ihn eigentlich bedeutete. Für mich jedenfalls bedeutete es, dass man seine Verlobte nicht verheimlichte. Noch besser, es bedeutete, sich nicht zu verloben, bevor ich es tat.

»Ja, also, ich wollte nur, dass du es weißt und ich bin froh, dass es dir so gut geht. Hey, ich wette, du bist glücklich, nicht mehr an der Uni zu sein, oder?«, sagte er, ohne einmal Luft zu holen. »Du weißt ja, diese Woche sind Zwischenprüfungen. Das vermisst du ganz bestimmt nicht.«

»Wann ist die Hochzeit?«, fragte ich.

»Was? Oh, wir haben noch keinen Termin. Ich sage dir aber Bescheid.«

Ja, klar, weil ich nämlich sterbe für diese Information. Aber ich war schließlich dumm genug gewesen zu fragen.

»Großartig«, sagte ich. »Also, hey, ich muss jetzt los. Ich bin morgen dran, den Laden aufzumachen, und du weißt ja, wie ich bin, wenn es um meine acht Stunden Schönheitsschlaf geht.«

»Es ist halb neun, Eva.«

»Also, wir öffnen um sieben, das bedeutet, dass ich um halb sechs aufstehen muss, und du weißt, was für ein Frühaufsteher ich bin – nämlich keiner. Außerdem«, stammelte ich, »lese ich gerne noch eine Gutenachtgeschichte.«

Wir verabschiedeten uns herzlich, ich gratulierte ihm und seiner zukünftigen Braut noch ein letztes Mal. Dann legte ich den Hörer auf und meine Hand zitterte dabei. Tatsächlich zitterte ich am ganzen Körper.

Er heiratet.

Was zum Teufel war gerade passiert?

Ich hatte mich mit niemandem mehr getroffen seit Shaun Harrison. Wir trafen uns vor fünf Jahren in der Lobby der Uni-

Bibliothek, wo wir zu einer Lesung von Jack Sandoval, Autor und NCLS-Ehemaliger, gehen wollten. Tatsächlich waren wir aber die Einzigen in der Lobby. Denn anscheinend waren wir auch die Einzigen, die die Aushänge nicht gesehen oder die Mitteilung der Uni erhalten hatten, dass nämlich der Auftritt abgesagt war, weil Jack die Grippe hatte (sechs Monate später fand ich heraus, dass er einfach nur zu betrunken war, um zu lesen – seine Frau hatte ihm gerade zuvor die Scheidungspapiere präsentiert). Also gingen wir stattdessen einen Kaffee trinken und verbrachten danach den Großteil der folgenden drei Jahre miteinander.

Shaun war einer dieser Typen mit gemeißelten Gesichtszügen – grüne Katzenaugen, lange Wimpern, Haare von der Farbe braunen Zuckers, die ihm in Locken über die Ohren fielen, glänzende, weiße, gerade Zähne und Bauchmuskeln so fest, dass eine Münze auf ihnen auf und ab gehüpft wäre. Er war eins achtzig groß, ich eins fünfundsechzig. Ich stand mehr auf die Tatsache, dass Shaun alle Zusatzartikel der Verfassung in der richtigen Reihenfolge auswendig aufsagen konnte, als darauf, dass er zwanzig Liegestütze mit einer Hand machen konnte. Ich liebte es zu beobachten, wie sein Gesicht strahlte, jedes Mal, wenn er über den Kontinentalkongress oder Thomas Jefferson redete. Während ich an der NCLA Kreatives Schreiben unterrichtete, lehrte er amerikanische Geschichte – was er immer noch tut.

Wir waren der Inbegriff jedes romantischen Klischees: Wir liebten Reisen, essen gehen und lange Spaziergänge am Strand. Wir zogen beide das North-Carolina-State-Wolfpack-Footballteam den Carolina Tar Heels vor. Wir waren beide in Long Island aufgewachsen und fuhren zweimal im Jahr nach Hause, um unsere Familien zu besuchen. Wir waren beide Sternzeichen Krebs und Anfang dreißig. Wir hatten großartigen Sex. Wir lachten über die Witze des anderen, mochten, was der andere kochte, und hatten sogar den gleichen Geschmack bei Filmen und Fernsehsendungen.

Man hätte sich verschlucken können an so viel Perfektion. Dachte ich zumindest.

Er betrog mich nicht, falls es das ist, was ihr gerade denkt. Zu Shaun gehörte es nämlich, loyal zu sein, und das bis zum Umfallen. Nein, eines Abends. als wir auf dem Sofa saßen und unsere jeweiligen Bücher lasen, machte er seines zu, schaute mich an und sprach es aus.

»Ich glaube, ich bin nicht mehr verliebt in dich, Eva. Ehrlich gesagt, bin ich mir nicht sicher, ob ich es jemals war.«

Ich schwöre, ich hörte geradezu das *Whumm*, als meine vertraute Welt über mir zusammenbrach. Ich schaute zu ihm rüber, mein Nacken knackte vor Anstrengung und ich öffnete meinen Mund.

Nichts. Totale Entgeisterung.

Ich guckte nach dem Buch, das er gerade las, um herauszukriegen, ob das irgendetwas damit zu tun haben könnte: *Die Lincoln-Douglas-Debatten.* Unromantisch, schon. Aber doch nicht beziehungsgefährdend, meinte ich.

Mein Mund weigerte sich immer noch zu funktionieren.

»Ich meine, ich liebe dich«, sagte Shaun, ohne auf mich zu achten. »Ich liebe dich wirklich, ganz ehrlich, und all das. Du bist mein bester Freund auf der Welt. Aber das ist alles. Ich fühle einfach nicht mehr als das. Ich habe einfach nicht dieses *Gefühl*, das man haben müsste, wenn man verliebt ist.«

Endlich kam ein Geräusch aus meinem Mund. Viele Geräusche, um genau zu sein.

»Welches Gefühl ist das? Dieses eine, das sich anfühlt, als wäre alles genau richtig in deiner Welt? Dieses eine, das dir sagt, du willst den Rest deines Lebens mit dieser Person verbringen? Dieses eine, das dir sagt, du stehst direkt neben deinem Seelenverwandten?«

»Ja, genau.«

»Du meinst dieses Gefühl, das ich die letzten drei Jahre lang gefühlt habe? Dieses Gefühl, von dem ich die ganze Zeit glaubte, du fühlst es auch? Das Gefühl, von dem du mir *gesagt* hast, dass du es auch fühlst?«

»Das dachte ich jedenfalls«, sagte er.

»Was hat deine Meinung geändert?«

»Ich weiß nicht. Ich weiß einfach nur irgendwie, dass es nicht da ist.«

»Du weißt, Shaun, dass die Romantik irgendwann mal verblasst«, sagte ich. »Das passiert jedem. Wenn Romeo und Julia sich nicht selbst ausgeschaltet hätten, wäre es ihnen auch so ergangen. Eines Tages wäre Julia total ausgerastet, weil er immer seine Unterhosen auf dem Boden des Badezimmers liegen lässt, und hätte sich gefragt, was sie jemals an so einem Ungläubigen gefunden hatte. Im Gegenzug wäre Romeo auf ein paar Bier mit seinen Montague-Kumpeln rausgegangen und hätte sich ausgelassen über Julias ständiges Genörgel und wie sehr sie sich gehen ließe.«

Er war völlig unbeeindruckt von meiner literarischen Tirade. »Das ist es nicht. Ich weiß, dass die Romantik irgendwann verschwindet. Es ist ... ich meine ... ich habe das Gefühl, ich wäre nach der Hälfte des Films stehen geblieben, verstehst du?«

Ich starrte ihn an und fragte mich, an welchen Film er dabei dachte.

»Und ich habe darauf gewartet«, sagte Shaun, »dass der Film zu Ende geht, aber ich sehe nicht, dass das passiert. Es tut mir so leid, wirklich, total. Es liegt nicht an dir. Ich weiß, es ist so typisch, das zu sagen, aber es liegt wirklich nicht an dir. Du bist eine tolle Frau. Jeder Typ, der dich kriegt, hat echtes Glück gehabt. Ich glaube nur einfach nicht, dass ich dieser Typ bin.«

Habe ich schon mal erwähnt, wie sehr ich dieses *Jeder Typ, der dich kriegt, hat echtes Glück gehabt* hasse?

»Okay«, sagte ich, »wenn also jeder Typ Glück hat, mich zu kriegen, dann entscheidest du dich also dafür, dieses Glück wegzuwerfen? Willst du mir sagen, dass du etwa weniger verdienst? Bist du etwa von irgendeiner humanitären Einrichtung und opferst dein eigenes Glück?«

»Hör auf, das hier logisch zu analysieren, Eva. Liebe ist eben nicht logisch.«

Ende des Monats war er ausgezogen.

Das Schlimmste war aber, dass er sich wünschte, wir würden Freunde bleiben. Er meinte es sogar so. Echte Freunde. Ich glaubte ihm damals nicht. Aber er blieb bei seinem Wort und wir waren tatsächlich Freunde geblieben. Jedenfalls ab dem Zeitpunkt, als ich in der Lage war, mit ihm in einem Raum zu sein, ohne den Drang zu verspüren, auf meine Knie runterzugehen und ihn anzuflehen, mich zurückzunehmen oder ihn mit einer Bratpfanne zu verprügeln. Ich weiß noch nicht einmal, an welchem Tag das genau passierte. Nach Monaten, in denen ich alles daransetzte, ihm aus dem Weg zu gehen – mein Auto auf dem Parkplatz einer anderen Fakultät parkte, nicht mehr zu der Pizzeria ging, in der er zwischen den Kursen immer seine Pizza holte –, ging ich eines Tages ins Auditorium, um mir eine Gastvorlesung von Bob Woodward, einem Reporter der *Washington Post* anzuhören, als ich eine Stimme hinter mir hörte.

»Hey, Eva.«

Langsam drehte ich den Kopf herum, fast wie in Slow Motion, doch mein Körper versteifte sich nicht wie ein Brett, stattdessen entspannte sich mein Gesicht mit einem Lächeln, als ich sah, dass sein Gesicht aufleuchtete.

»Hey, Shaun.«

Und das war's. Ich versuchte nicht, ihn irgendwie wiederzusehen, aber in den zwei Jahren, die seitdem vergangen sind, riefen wir uns gegenseitig ab und zu an oder schrieben E-Mails, wenn es ein neues Buch, einen neuen Film oder eine neue Episode von *Family Guy* gab, die den anderen interessieren könnte. Natürlich verbrachten wir nicht unsere gesamte Freizeit miteinander und gingen in Museen oder in die Stadt, aber seit er anfing, im Grounds aufzutauchen (und das so regelmäßig, dass er fast schon als Stammgast gelten konnte), brachte ich ihm seine Mokkacchinos und Kekse und leistete ihm an seinem Tisch Gesellschaft und wir quatschen. Manchmal für fünf Minuten, manchmal eine Stunde lang oder so lange, bis Norman oder irgendein Gast mich brauchte. Tatsächlich waren seine gelegentlichen Besuche im Grounds etwas, worauf ich mich richtig freute. Und trotzdem erwähnte er in dieser ganzen Zeit mit keinem Wort, dass er jemanden kennengelernt hatte. Kein Wort über *die Jeanette*.

Ich hätte es nicht zugegeben, dass ich die ganze Zeit über gehofft hatte, aus seinen Nettigkeiten würde irgendwann einmal die Bitte werden, ihn zurückzunehmen, oder dass ich in seinen Katzenaugen nach einem Hinweis auf sein Verlangen nach mir gesucht hätte. Doch *das?* Das war etwas total anderes. *Er heiratet.*

Ich spulte meinen Verstand zurück in die Gegenwart und entwirrte ihn langsam wieder. Am Anfang stand ich einfach nur da, an die Wand gelehnt und immer noch den Telefonhörer umklammernd. Dann wählte ich robotermäßig die Nummer meiner Schwester Olivia, bevor ich auf den Küchenboden runterrutschte, unfähig, meinen Mund zu schließen oder mit dem Zittern aufzuhören.

Sie antwortete, ohne Hallo zu sagen. »Was ist los, Eva?«

»Shaun heiratet«, schluchzte ich.

Kurze Stille. »Wow.«

»Ja.«

»Wann ist das passiert?«

»Heute Abend. Er hat gerade angerufen.«

»Er hat sich verlobt und ruft als Erstes dich an?«, fragte sie ein bisschen genervt.

»Nein – ich meine, ich habe es heute Abend erfahren. Gerade eben halt.«

»Warum hat er dich überhaupt angerufen?«

»Wir sind doch immer noch Freunde.«

Stille.

»Fang gar nicht erst an, Liv«, sagte ich.

»Ich hab doch überhaupt nichts gesagt«, erwiderte sie.

»Das musst du gar nicht.«

Olivia wechselte das Thema. »Hey, Eva, was sollte eigentlich dieser Schuss vor den Bug, wegen meines Anrufs, als ich meinen Besuch bei dir abgesagt hatte? In deinem Blog?«

»Ach, Liv, nimm das doch nicht persönlich.«

»Du solltest mal an die Gefühle anderer Menschen denken, wenn du was schreibst.«

»Und du solltest mal über deine eigene Schuld nachdenken.«

Im Hintergrund hörte ich meinen neunjährigen Neffen Tyler »MOM« brüllen.

»Musst du aufhören?«, fragte ich, während mein Herz sank.

»In einer Minute«, sagte sie. »Tyler braucht Hilfe bei den Mathehausaufgaben. Bist du in Ordnung?«

»Klar«, log ich. »Ich dachte auch nur, ich erzähle dir die Neuigkeiten.«

»Okay. Also, ich hör auf, bevor Tyler einen hysterischen Anfall bekommt.«

»Drück ihn mal von mir«, sagte ich.

»Mache ich. Tut mir leid, dass ich im Moment nicht viel mehr für dich tun kann. Und Eva, sieh es doch einfach so, dass du gerade noch mal davongekommen bist. Dir geht es gut ohne ihn. Hab dich lieb.«

»Ich dich auch.«

Ich legte auf, ziemlich unzufrieden. Sollte ich Minerva anrufen? Sollte ich eine Ladung Brownies machen? Sollte ich mich in Meg-Ryan-Filmen begraben? Was könnte das hier besser machen?

Wem wollte ich hier eigentlich was vormachen? Shaun wird heiraten. Gar nichts konnte das besser machen.

Wie hätte ich ahnen können, dass die Katastrophe so schnell, so vollständig und so verstörend über mich hereinbrechen würde? Wie hätte ich ahnen können, dass Shaun ein solcher Blödmann ist?

Okay. Es war ja nicht Shauns Schuld. Ich wusste das. Aber wie auch immer, die Katastrophe war da und ich war völlig am Ende. Ich musste schnell reagieren, ansonsten würde meine Deckung auffliegen. Man würde mich beschuldigen wie Valerie Plame, mich outen, mich in Verruf bringen. Ich müsste meinen kompletten WILS-Blog löschen und ich hatte ihn noch nicht mal richtig angefangen. Zum Teufel, ich würde meine Identität ändern und wegziehen müssen. Denn auf einmal, binnen eines Wimpernschlags, wollte ich kein Single mehr sein. Vielmehr wollte ich Shaun beweisen, dass ich genauso begehrenswert war wie die Jeanette. Der eigentliche Punkt war, ich wollte ihn *eifersüchtig* machen, wollte, dass er sich danach verzehrte, mich zurückzubekommen. Aber was war, wenn er in der ganzen Zeit unserer Nach-der-Trennung-Freundschaft nicht ein einziges Mal auch nur einen Hinweis auf ein mögliches Wiederzusammenkommen gegeben hatte? Vielleicht wusste er gar nicht, dass er es wollte. Jedenfalls solange er mich nicht in lauter Glückseligkeit mit jemand anderem gesehen hatte.

Das Schlimmste von allem war, dass Shauns Verlobung das Ende unserer Freundschaft war – oder zumindest unserer Freundlichkeit –, das wusste ich. Mein angenehmes, vertrautes Leben war auf den Kopf gestellt und sein Inhalt ausgespuckt worden. Und wie schon einmal, war es die Schuld von Shaun Harrison.

3

Du erträgst die Wahrheit nicht

Best Friends Forever

Ich war erst fünfzehn, als der Film *Harry & Sally* in die Kinos kam, aber mit zwanzig stand er bereits an erster Stelle der Liste meiner Lieblingsfilme aller Zeiten. Zitiert irgendeine Stelle aus dem Film – ganz egal welche –, und ich liefere euch die nächsten drei Sätze.

Manche behaupten, Nora Ephron zerstöre Beziehungen, denn die Vorstellung, jemanden zu heiraten, mit dem man befreundet ist, sei noch abwegiger, als seinen Prinz Charming zu treffen. Und ich gestehe, ich habe das geschluckt – angebissen, eingefangen, versenkt. Wenn es um meinen Exfreund ging, hatte ich immer geglaubt, wir würden uns in diese Richtung bewegen. Ich hatte geglaubt, wir wären beste Freunde genauso wie ein Liebespaar. Aber stattdessen waren wir ein Liebespaar, das es schaffte, zu besten Freunden zu werden.

Aber kann man wirklich befreundet sein mit seinem Ex? Ich meine, warum nicht, solange sich beide sicher sind, dass es vorbei ist. Ist das denn nicht besser als all diese Feindseligkeit? Ist das nicht besser, als all diesen Ballast mit sich herumzuschleppen?

Und das ist eine weitere gute Sache am Single-Sein: Du kannst mit deinen Exfreunden befreundet sein, ohne dass deine bessere Hälfte grün vor Eifersucht wird und du eine einstweilige Verfügung gegen sie brauchst, nachdem sie deine E-Mail-Adresse gehackt hat und, vor Unsicherheit wahnsinnig geworden, um die Stammkneipen deines Ex herumschleicht. Da habe ich lieber Ersteres statt Letzteres. Bei Ersterem kann man wenigstens die schönen Momente noch mal durchleben und muss niemals seine Telefonnummer ändern.

Aber heutzutage bin ich eher von der Vorstellung angetan, mein eigener bester Freund zu sein. Denn wenn du nicht allein mit dir selbst leben kannst, wirst du auch niemals in der Lage sein, mit jemand anderem zu leben.

Am nächsten Morgen erledigte ich alles in rhythmischer Lethargie: das Grounds aufmachen, Kekse backen, die Espressomaschine reinigen, Tische abwischen, die Bücher im Leseraum ordnen, Pita-Wraps machen und so weiter, und so weiter.

Gegen Nachmittag tauchten die Originale auf, zusammen mit dem üblichen Freitagspublikum, das nach dem Mittagessen kam. Ich räumte gerade eine Zeitung weg, die ein Gast auf dem Tisch liegen gelassen hatte, als ich beim Umdrehen Minerva sah, die mich zornig anstarrte, die Arme verschränkt, die Ärmel ihres Kittels über die Ellbogen gekrempelt.

»Was ist?«, sagte ich.

»Was ist los mit dir?« Ihre Worte klangen mehr wie ein Befehl als eine Frage.

»Nichts«, log ich. »Mir geht's gut. Ich hab nur nicht genug geschlafen letzte Nacht.«

»Dir geht's nicht gut.«

»Min, wirklich, ich – «

»Du hast Mandel-Biscotti gemacht.«

Ich ging hinter die Theke und strich den Stapel Papierspeisekarten an der Kasse glatt, wie ich es immer machte. »Und? Die verkaufen sich hundert Prozent«, argumentierte ich, während ich eine vollgekritzelte Speisekarte in den Müll warf, die irgendjemand benutzt hatte, um einen Kugelschreiber zu testen.

Minerva folgte mir. Sie war vielleicht der einzige Gast, den ich hinter die Theke ließ, um nicht zu sagen, die Einzige, die den Mut hatte, überhaupt hinter die Theke zu gehen, ohne die Erlaubnis zu haben.

»Die passen auch gut zu einer Tasse dampfende irgendwas und Kindheitserinnerungen an deine Oma«, sagte sie. »Was bedeutet, dass du eine Tasse dampfenden irgendwas und dich hin und her wiegen willst, während du dich in besagte Erinnerungen flüchtest. Was wiederum bedeutet, dass etwas nicht stimmt. Also, was ist es?«

»Ich hab doch gesagt, es ist nur zu wenig Schlaf.«

»Ich habe deinen Blog gelesen«, sagte sie ohne zu zögern.

»Der *Best Friends Forever*-Eintrag?«

»Ja. Hast du die Kommentare gesehen?«

»Jetzt schon? Herrgott, schläft denn niemand mehr?«

»Ein anonymer Kommentator hat ziemlich deutlich gesagt, dass jeder, der idiotisch genug ist, sein Leben nach Filmzitaten zu leben, das bekommt, was er verdient. Und weißt du, was Norman in Großbuchstaben geschrieben hat? DU ERTRÄGST DIE WAHRHEIT NICHT!«

Ich lachte.

»Die restlichen Kommentare gehen um das Männer-und-Frauen-können-keine-Freunde-sein-Argument.«

»Aha«, sagte ich und wischte die Theke.

»Habe ich dir jemals von dem letzten Mal erzählt, als ich Sebastard gesehen habe?«, fragte sie, immer noch ohne die kleinste Pause. »Das letzte Mal, als ich ihn gesehen habe, trug er ein Kleinkind auf dem Arm und kaufte seiner Frau einen belegten Bagel. Ich meine, ich bin mir sicher, sie ist gut für ihn – sie ist eine Katie«, sagte sie, als würde das alles erklären. »Es ist nur so, dass er immer so klar sagte, dass er absolut nichts mit diesem häuslichen Mist zu tun haben wollte – seine eigenen Worte. Also hatte sie doch ganz offensichtlich etwas, das sie heiratbar machte und mich abservierbar. Ich meine, ich bin ja glücklich mit Jay. Wahnsinnig glücklich.

Du weißt, wie glücklich. Aber einfach nur die drei da zu sehen? Ich glaube, mir ist direkt da das Herz gebrochen. Wie eine große, stille Bekanntmachung, dass sie etwas hat, was mir gefehlt hat.«

»Hatte sie ja auch. Ein Baby.«

Sie wollte lachen, das sah ich, tat es aber nicht. Stattdessen warf sie mir einen Blick zu. »Der Punkt ist der, obwohl ich weiß, dass wir niemals richtig zueinandergepasst haben, heulte ich doch fünfundvierzig Minuten lang, mindestens. Ganz heftig. Es war zum Kotzen.«

Was denn, hatte sie gestern Abend etwa heimlich mein Telefongespräch belauscht?

»Im Ernst, Minerva? Aber die Katie ist doch gar nichts gegen dich.«

Auf meine Einschätzung hin grinste Minerva anerkennend und wir ließen beide die Stille in der Luft hängen, bis der Moment vorüber war. *Trau dich doch*, sagte ich zu mir selbst. *Sie ist immerhin deine beste Freundin.*

»Sie ist eine Jeanette«, sagte ich atemlos. Minerva machte ein Gesicht, auf dem sich sowohl Schock als auch Ekel zeigte, so als hätte ich gerade gesagt: *»Ich habe Skorbut.«*

»Shaun hat eine Freundin?«

»Schlimmer.«

»Ogottogott, eine *Mätresse*?«, sagte sie laut genug, dass sich die Gäste in der Nähe der Theke nach uns umdrehten. Dann hielt sie sich den Mund zu, als könnte sie das Wort wieder aus ihren Köpfen löschen.

»Nein!«, sagte ich, immer noch mit gedämpfter Stimme. »Und wirst du jetzt den Mund halten, ja? Verlobte.«

»Oh. Oh, Eva, das tut mir so leid.«

»Es hat mich einfach nur total überrascht, das ist alles. Ich wusste noch nicht mal, dass er sich mit jemandem trifft. Und woher wusstest du überhaupt, dass ich in dem Eintrag über Shaun gesprochen habe?«

Ich nahm einen sonnengelben Teller für Minerva und legte zwei Biscotti darauf.

»Über wen solltest du denn sonst schreiben? Und er hat dir nie was erzählt? Dieser Bekloppte ... er hat das aber nicht alles per E-Mail gemacht, oder?«

Sie fummelte in ihrer Handtasche nach passendem Kleingeld und ließ ihre Augen kaum von mir ab.

»Nein, er rief gestern Abend an. Und er ist nicht bekloppt.«

»Doch, ist er. Er ist ein Bekloppter, weil er alles, was er brauchte, direkt vor der Nase hatte, als er mit dir zusammen war, und nur zu blind war, es zu erkennen. Er ist auf der Suche nach etwas, das es nicht gibt.«

»Doch, es gibt sie. Sie ist Philosophieprofessorin.«

»Womit ja alles gesagt wäre.«

»Tja, das ist es wohl, was er will, nehme ich an. Mir geht's gut. Es war einfach nur der Schock, so wie bei dir und Sebastard. Ich bin immer noch glücklich, ich liebe immer noch mein Singleleben. Alles ist gut.«

Minerva schaute mich mit einem dieser mütterlichen Blicke an, die sagen: *Du erzählst vielleicht einen Scheiß*. Ein Blick, bei dem du dich fühlst, als hätte einer die Tür aufgerissen, während du auf dem Klo sitzt.

»Weißt du, was ich mir wünsche?«, sagte ich. »Ich wünsche mir nur für einen Tag, dass meine Kunden auf der anderen Seite der Theke bleiben und mich und meine Kekse mit ihrer Psychoanalyse verschonen.«

Minerva öffnete den Mund, als wollte sie darauf noch etwas erwidern, überlegte es sich dann aber anders und machte ihn wieder zu. Dann grinste sie.

»Wir würden es nicht mal bis zum Mittag aushalten.« Mit diesen Worten biss sie in eines ihrer Biscotti.

Ich ließ mich nicht mehr dazu herab, darauf zu reagieren.

4

Zitronentorten-Tag

ICH MACHE EINE Zitronentorte jedes Jahr am sechsundzwanzigsten März. Es ist das Rezept meiner Mutter; sie machte eine jedes Jahr, solange ich zurückdenken kann. Sie meinte, die Zitronen schmeckten nach Frühling. Ich mochte die Torte früher noch nicht mal, bis ich sie (geradezu frevelhaft) mit Himbeersauce beträufelte, um sie süßer zu machen. Doch ich habe seither ohne Frage jedes Jahr eine gemacht, und zwar seit dem letzten Ostern, das unsere Mutter gefeiert hat. Seit dem Jahr, in dem ich heimlich eine in ihr Krankenhauszimmer geschmuggelt hatte, damit sie, Olivia und ich sie auf ihrem Bett sitzend zusammen essen konnten – direkt aus der Kuchenform (es war eben was für Mädchen).

Meine Mutter starb am sechsundzwanzigsten März an Brustkrebs. Ich war vierzehn Jahre alt. Olivia war achtzehn.

Mom leitete meine Mädchen-Pfadfinder-Gruppe und wir übertrumpften immer alle in der Truppe, wenn es ums Kekse-Verkaufen ging. Sie war auch eine großartige Köchin, und Olivia und ich halfen ihr oft, wenn sie das Essen zubereitete, hüpften auf und ab, um in irgendwelchen Töpfen zu rühren oder zwischen Algebra-Aufgaben und Vokabeltests in den Ofen zu schauen. Sie buk fast jeden Abend und hörte nur auf, um unsere Finger aus den Teigschüsseln zu holen, während wir ihr halfen. Schon als Kind war ich im Backen unübertroffen und Mom ermutigte mich, indem sie mir meine eigenen Schüsseln, einen elektrischen Mixer und Messbecher und -löffel gab. Jeden Freitag nach dem Abendessen spielten wir zu viert Scrabble oder Monopoly, und an den Abenden, wenn Mom zu müde war zum Spielen, brachte unser Vater Olivia und mir Poker bei und – noch besser – zählen, mischen und bluffen. Unser Vater war ein Mathematik-Crack und ein großer Filmfan; besonders liebte er Vaudeville-Theater und Slapstick-Komödien. Während meine Mutter und mich Napfkuchen und Buttercreme verbanden, schauten mein Dad und ich regelmäßig *Die drei Stooges*, die *Marx Brothers* und *Abbot and Castello* und spielten einzelne Szenen nach.

Als Kinder waren Olivia und ich die besten Freundinnen. Sie brachte mir Lesen und Schreiben bei und half mir bei meinen Hausaufgaben. Ich zeigte ihr, wie man französische Zöpfe flocht und *Chinese Jacks* spielte. Ich erzählte Olivia alles über meinen ersten Kuss mit Nicky Bates und sie erzählte mir alles über das erste Mal, als sie mit Bobby Ackerman bis zum Letzten ging. Zusammen probierten (und hassten) wir Zigaretten und sie ließ mich immer mit ihren Freunden mitkommen. Sie brachte mir das Autofahren bei und ich ihr, wie man sich vor seiner Jury-Pflicht drückt.

Nachdem Mom gestorben war, ging Olivia von der Uni runter, obwohl mein Vater sie bat, es nicht zu tun. Sie half ihm, sich um mich zu kümmern, während ich noch auf der Highschool war. Ich habe mich immer schuldig gefühlt, aber bis heute weiß ich immer noch nicht, ob es mir wegen ihrer Entscheidung so ging oder weil ich insgeheim dankbar war, dass sie es getan hatte. Denn ich brauchte sie wirklich; sie war jemand, mit dem ich reden konnte, den ich umarmen konnte, mit dem ich mich austauschen konnte, und ich hatte Angst, mit meinem Vater allein zu sein. Nicht, dass er etwa ein Monster war – absolut nicht –, doch der Tod meiner Mutter hatte ihn zutiefst erschüttert. Er zog sich total in sich zurück, bis zu dem Punkt, dass er nur noch ein Schatten seiner selbst war. Einer, der durchs Haus schlich, wenn er nicht gerade Zwölf-Stunden-Schichten schob, um einen Ort zu vermeiden, an dem es wenig Freude, aber viel Trauer gab. Noch dazu habe ich aufgehört zu zählen, wie oft er mir sagte, wie sehr ich meiner Mutter ähnelte.

Mein Vater starb sechzehn Monate nach meiner Mutter, auch an Krebs, obwohl ich immer noch glaube, dass es eigentlich an gebrochenem Herzen war und nicht wegen einer genetischen Veranlagung, wie die Ärzte uns sagten. Emotional hatte er uns lange davor schon verlassen, deshalb war die Trauer um ihn eher eine Sehnsucht nach den vergangenen Zeiten, als wir alle noch jung und sorglos und uns nahe waren, statt einer Übung in Schock und Verlust. Ich hatte gedacht, diese Art von Trauer wäre leichter zu ertragen. Es zeigte sich aber, dass ich damit falschgelegen hatte.

Nachdem ich gerade eben so die Schule geschafft hatte, arbeitete ich tagsüber für fast vier Jahre in einem Buchladen. Das passte perfekt zu mir – ich hätte mich nicht erinnern können, wann ich mich einmal nicht in irgendeine Geschichte geflüchtet hätte. Die Zeit außerhalb der Küche verbrachte ich mit Lesen und damit, mir Geschichten auszudenken. Währenddessen arbeitete Olivia als Sprechstundenhilfe in einer Arztpraxis, wo sie den Mann kennenlernte, den sie eines Tages mal heiraten würde.

Als ich zweiundzwanzig war – das Alter, in dem die wenigen Freunde, die noch übrig geblieben waren, ihr Studium abgeschlossen hatten –, brach Olivia schließlich zusammen.

Am sechsundzwanzgisten März, um genau zu sein.

Wir hatten gerade das letzte Stück der Torte gegessen, als sie ihre Gabel hinlegte und fragte: »Eva, wann wirst du mir endlich nicht mehr am Rockzipfel hängen?«

Ich schaute sie fassungslos an. »Was?«

»Das muss aufhören.«

»Moms Torte?«

»Du musst dein eigenes Leben anfangen! Du bist zweiundzwanzig und was hast du bisher gemacht?«

»Wovon redest du überhaupt?«, fragte ich und fühlte, wie Panik und Wut in mir aufstiegen. »Das hier ist unser *Zuhause*!«

»Dieser Ort hier ist für niemanden ein Zuhause mehr gewesen, seit dem Tag, an dem Mom die Diagnose erhielt.«

Ich fiel schwer nach hinten, als ob sie mich gestoßen hätte, während sie mit voller Kraft weitermachte. »Du solltest Bücher *schreiben* und nicht verkaufen! Du solltest da draußen sein und *dein* Leben leben, nicht das, was von anderen übrig ist.« Sie guckte zu mir rüber und ich war überrascht, als ich Tränen in ihren Augen sah. »Und schau mich ja nicht so an – Mom und Dad hätten dir ganz genau dasselbe gesagt.«

»Ach, ja?«, schoss ich zurück, alles verschwamm vor meinen Augen vor lauter Tränen, die ich nicht wegblinzeln wollte. »Und denkst du etwa, sie wären stolz auf dich, wie du Anrufe beantwortest? Dafür braucht man wohl auch eine Menge Talent!«

Sie machte ein seltsames würgendes Geräusch und es verging eine Weile, bevor sie weitersprach.

»Ich kann nicht glauben, wie egoistisch du bist«, sagte sie. Ich hatte ihre Stimme noch nie so kalt gehört. »Ist es dir nie in den Sinn gekommen, dass ich vielleicht gerne heiraten würde und eine eigene Familie hätte? Du bist meine Schwester, nicht meine Tochter! Denkst du etwa, ich will den Rest meines Lebens damit verbringen, mich um dich zu kümmern? Es wird Zeit, erwachsen zu werden. Für uns beide!«

Sie sprang vom Tisch auf und ließ mich weinend sitzen und es war so still, dass es mir in den Ohren hämmerte. Ich sah sie erst später in der Nacht wieder, als sie in mein Zimmer schlich und sich auf meine Bettkante setzte. Ich tat so, als würde ich schlafen, aber sie sah durch mich hindurch. Sie saß da und streichelte fast eine Stunde lang meinen Rücken. Das war wahrscheinlich der schlimmste Streit, den wir jemals hatten.

★★★

Die Küchenmaschine unterbrach meine Erinnerungen, während sie Bio-Zimtkekse pulverisierte und die Butter in einem Topf auf dem Herd schmolz. Ich tat beides zusammen und drückte die Mischung in Moms Kuchenform – ich weigerte mich, irgendeine andere zu benutzen –, bevor ich sie in den Ofen tat und anfing, die Creme zu machen.

Das Beste an Zitronentorte ist die Zubereitung der Creme. Heute hatte ich zwei perfekte Zitronen ausgesucht – leuchtend gelb und noch zartgrün an den richtigen Stellen – und ich konnte beinahe meinen Vater hinter mir hören, wie er mich zwingen will, die doppelte Menge Zucker zu nehmen. Genau wie er es immer mit meiner Mutter gemacht hatte. Wie ich mochte auch er saure Dinge besonders gern und würde nach jedem gaumenzwickenden Bissen von der Torte das Gesicht verziehen, bevor er seine Gabel sauber lecken und ein neues Stück aufspießen würde. Ich glaube, ich könnte Zitronencreme mit geschlossenen Augen machen. Die Art, wie sich der Löffel in der Creme bewegte, würde mir sagen, ob sie heiß genug ist, um fest zu werden. Nachdem sie die Creme vom Herd genommen hatte, damit sie im Kühlschrank abkühlen konnte, hatte Mom Olivia immer den Löffel gegeben. Wir hatten ein System: Olivia bekam die Reste der Creme (die sie am liebsten mochte) und ich kriegte die Teigkrümel (was ich am liebsten mochte).

Ich stellte die Schüssel in den Kühlschrank und meine Erinnerungen kamen wieder zurück.

★★★

Ich hatte mich zu Anfang vehement dagegen gewehrt, das Haus zu verkaufen, aber Olivia meinte, es wäre nichts als ein leeres Grab, wenn wir es behalten würden. Sie wollte da nicht mehr leben und ich wollte dort nicht ohne sie leben. Die Wahrheit war, dass ich Angst hatte, mein Zuhause zu verlassen, das letzte Überbleibsel der Familie, die ich mal gehabt hatte, und dass ich niemals mehr das Gefühl eines Zuhauses haben würde. Und ich wollte nicht nach da draußen, in eine Welt, wo nichts sicher oder verlässlich war. Aber ich hatte niemals auch nur in Erwägung gezogen, dass Olivia es nicht abwarten konnte, genau diese Welt zu entdecken, der ich aus dem Weg ging.

Und so war es. Wir verkauften das Haus und teilten das Geld auf, von dem meine Hälfte für die Unigebühren an der SUNY Stony Brook für einen Abschluss in Englisch und meinen Lebensunterhalt draufging. Danach ging ich dank eines Stipendiums an die NCLA, um einen Master in den Freien Künsten für Kreatives Schreiben zu machen. Und als ich einen Roman als meine Abschlussarbeit geschrieben hatte, der veröffentlicht sehr positive Kritiken bekam, stieg mein Wert um das Zehnfache.

Ich saß an einem ovalen Tisch in wieder einem anderen Konferenzraum einer Englischen Fakultät, gegenüber eines anderen Einstellungsgremiums, für eine andere unbefristete Stelle, mein Roman und Kopien meines Lebenslaufs waren ausgebreitet wie die Beweisstücke bei einer Polizeibefragung. Worte wie *beeindruckend* und *vielversprechend* tanzten durch die Luft.

Und plötzlich roch ich es: Brot.

Ein nahe gelegener Sandwichladen im Studentencenter der Uni hatte gerade mehrere Laibe Brot fertig gebacken und der Wind trug das himmlische Aroma in diesem Augenblick durch das offene Fenster des Konferenzraumes. Wie ein Telegramm, das nur für mich ausgeliefert wurde. Mein akademisches Leben blitzte vor meinen Augen auf – aber anstatt mich selbst Vorträge bei Konferenzen halten zu sehen und Gastlesungen zu besuchen oder Signierstunden, Hausarbeiten zu korrigieren oder Studenten zu beraten, sah ich Bilder, wie ich Studentengruppen Schokoladenkekse brachte oder Geburtstagstorten für Kommilitonen machte. Als studentische Hilfskraft lud man mich oft ein, in Fakultätsgremien mitzuarbeiten, darauf hoffend, dass ich bei Meetings mit Kannen voller Smoothies oder Platten voller Zitronenriegel erschien. Der andere Kram – Korrekturen, Lesungen, Veröffentlichungen und all das – erschien plötzlich wie ein endloses Strafmaß an Handarbeit.

»Eva?«, hatte der Leiter des Programms für Kreatives Schreiben gepfiffen. »Stimmt irgendwas nicht?«

Ich hatte nicht ein Wort von dem, was er gesagt hatte, mitgekriegt.

Ich verließ dieses Bewerbungsgespräch und gelobte, nie wieder zu irgendeinem anderen zu gehen. Am nächsten Tag beantragte ich einen Geschäftskredit, um meinen eigenen Coffeeshop zu eröffnen. Im folgenden Jahr lehnte ich Jobangebote ab und blieb als Lehrbeauftragte an der North Carolina Universität der Freien Künste, bis das Grounds aufmachte und anlief. Natürlich hätte mir eine unbefristete Stelle als Professorin viel Prestige eingebracht, mein eigenes Büro, meinen Namen an der Tür und eine gewisse Jobsicherheit. Aber an einem Ort zu sein, wo ich sowohl backen als auch mit den Unileuten zusammen sein konnte, weniger als eine Meile vom Campus entfernt, schien für mich eine natürliche Konsequenz zu sein.

Olivia in New York zurückzulassen war wahrscheinlich das Härteste, was ich jemals getan hatte – schlimmer als das Haus zu verkaufen und die ganzen Sachen unserer Eltern auszuräumen. In den ersten zwei Wochen rief ich jeden Abend an (und manchmal auch am nächsten Morgen) und flehte sie weinend an, entweder zu kommen und mich nach Hause zu holen oder ihre Sachen zu packen und zu mir in den Süden zu ziehen.

»Es wird einfacher werden«, versprach sie mir. »Du wirst sehen.«

»Vermisst du mich denn überhaupt nicht?«, weinte ich einmal.

Nach einer langen Pause kam ein leiser Schluchzer, bevor sie antwortete:

»Du wirst mir später dankbar sein.«

Sie hatte recht. In jeder Hinsicht.

★★★

Nachdem ich die Creme von diesem Jahr in die Form gegossen hatte, verteilte ich den Himbeerguss mit schnellen Strichen obenauf, wobei der Löffel die Hand lenkte.

Als ich Olivias Nummer wählte und ihr Anrufbeantworter dran war, hängte ich auf, ohne eine Nachricht zu hinterlassen, froh, dass ich wenigstens ihre Stimme gehört hatte. Ich schnitt die Torte in

Stücke und arrangierte sie auf einer Platte für meine Gäste, damit sie sich selbst bedienen konnten.

»Gibt es einen Anlass?«, fragte Scott, während er sich ein Stück nahm. Ich zuckte die Achseln ohne ein Wort. »Was auch immer es ist, wir sollten das öfter feiern. Das ist der Hammer.«

Ich war schon den ganzen Tag nicht sehr gesprächig gewesen, nicht mal als Shaun hereinspazierte und einen Mokkaccino bestellte und die Platte sah, auf der immer noch ein paar Stücke lagen.

»Ich dachte es mir«, sagte Shaun.

»Entschuldige?«, fragte ich, während ich ihm sein Getränk hinstellte und sein Geld einsammelte.

»Es ist Zitronentorten-Tag.«

Er hatte es sich gemerkt.

Ich schaute Shaun in die Augen und die Zeit blieb stehen. Ich sah in ihnen Mitgefühl und den warmen Blick eines Geliebten, der mich an den Todestagen meiner Eltern im Arm hielt, wenn Olivia nicht da war, um mir den Rücken zu streicheln, während ich weinte. Der Mann, der mich nach dem ersten Bissen meiner Zitronentorte geküsst hatte; ich konnte die Creme auf seiner Zunge schmecken. Mein Shaun. Der bald zu der Jeanette gehörte. Wo war er die ganze Zeit gewesen? Warum war er gegangen?

»Danke«, sagte ich mit einer Stimme kaum lauter als ein Flüstern.

Ich entschuldigte mich und ging in den hinteren Raum, wo ich mich im engen Büro auf die Kante meines Schreibtisches setzte und mehrmals tief Luft holte. Ein Foto von Mom, Dad, Olivia und mir in Disneyworld – alle mit Mickey-Mouse-Ohren auf – schaute mich aus der oberen rechten Ecke des Schreibtischs aus an. Ich war zehn, Olivia vierzehn und Mom und Dad waren beide Mitte vierzig. Sie sahen so jung aus, so lebendig und gesund. Wir waren alle so glücklich. Ich vergrub das Gesicht in den Händen und weinte.

Die Tür zum Büro öffnete sich, ich nahm die Hände vom Gesicht und sah Norman, der sie für Shaun aufhielt. Niemals werde ich Normans Gesicht, gelähmt vor Verunsicherung, vergessen, als Shaun hereinkam und mich fest an sich drückte. Wie sehr ich Shaun in diesem Moment hassen und ihm sagen wollte, er solle abhauen und nie mehr wiederkommen, ihn verfluchen, dass er mich verlassen hatte, genauso wie meine Eltern. Wenigsten hatten die eine gute Entschuldigung. Doch stattdessen hielt ich mich an ihm fest, sog seinen Geruch ein und wünschte mir, der Moment möge für immer andauern, wenn ich ihn nur zurückbekommen würde.

Als ich wieder etwas gefasster war und mit Shaun aus dem Hinterzimmer zurückkam, die Augen immer noch glasig, fragte Norman nicht, warum ich so traurig war, er sagte überhaupt kein Wort. Flüsterte mir nur ins Ohr, dass ich nach Hause gehen könne, wenn ich wollte. Ich schüttelte den Kopf; ich bin ja schon zu Hause, sagte ich. Er gab mir einen Kuss auf die Wange.

Die Torte war längst weg, als Olivia mich zurückrief.

»Hey«, sagte sie.

»Hey«, antwortete ich. »Schönen Torten-Tag«, sagte ich traurig.

»Ja«, ihre Stimme war weich, verschwommen wie die Ränder meiner Erinnerungen. »Dir auch.«

5

Zuerst Freunde

ICH SASS AUF MEINEM Bett, fertig mit der Arbeit, las mir Facebook und andere Blogs durch und starrte auf den Bildschirm meines Laptop, bevor ich die Google-Startseite öffnete. Dann starrte ich auf die leere Suchbox, die darauf wartete, dass ich irgendetwas tat. Als würden meine Hände auf Autopilot laufen, erschienen die Buchstaben, kleingeschrieben und einer nach dem anderen: l-o-v-e-m-a-t-c-h-.-c-o-m.

Enter.

Die Startseite erschien und zwei weitere leere Boxen starrten mich an und fragten nach einem Benutzernamen und einem Passwort. *Noch kein Mitglied? Jetzt anmelden!*

Ich fixierte weiterhin den Bildschirm. Ein abnormal großartiges Paar schlug mir praktisch ihre Wimpern entgegen. Das Nächste, woran ich mich erinnere, ist, dass ich mehr leere Kästchen mit meinem Namen, Adresse, Geburtsdatum, Herkunft, Größe, Körperform, Augen- und Haarfarbe, Sternzeichen, politischer Ausrichtung, Vorlieben und Abneigungen füllte und Kästchen ankreuzte mit Angaben zu meinem idealen Partner. Blaue Augen. Nichtraucher. Über einsachtzig groß. Normaler Körperbau. Kein Terrorist, Stalker oder Toby-Keith-Fan. Liberale und/oder Unabhängige optional. Geschiedene Väter optional. Verheiratete Väter definitiv nicht.

Ich machte wieder eine Pause, der Cursor ging wie im Schwebeflug auf einen Slogan nieder. *Zuerst Freunde* tippte ich endlich ein.

Dann fand ich ein Foto – eins, auf dem ich den Ellbogen auf die Theke gestützt hatte und ein Shirt, so schiefergrau wie in etwa meine Augen, trug. Ich glaube, Minerva hatte das Bild mit ihrem Telefon gemacht, als ich mein Kinn auf meiner Hand aufgestützt hatte. Meine widerspenstigen, kastanienbraunen Haare fielen mir über die Schultern und rahmten ein Halblächeln ein. Ich lud es hoch und klickte *Abschicken*.

Eine halbe Stunde später, als ich im Dunkeln auf dem Rücken lag, gegen die Decke starrte und darauf wartete einzuschlafen, sagte ich auf einmal laut: »Ach, Mist. Wofür zum Teufel habe ich das bloß gemacht?«

6

Aufgeflogen

INNERHALB DER ERSTEN Woche, in der ich mein Profil auf Lovematch.com gestellt hatte, bekam ich drei *Winks*, zwei Einladungen zum Kaffee (ich hatte den Fehler gemacht, zuzugeben, dass ich den Großteil meiner Zeit in einem Coffeeshop verbrachte, ohne das kleine, aber feine Detail zu erwähnen, dass ich einen besaß). Ein anderer Typ sagte mir, ich sei *unglaublich sexy* – wie kann irgendjemand das auf einem Schnappschuss erkennen, auf dem sich jemand auf einer Theke aufstützt?

Ich las jedes infrage kommende Profil. Viele von ihnen lebten in Wilmington oder den umliegenden Städten, obwohl einer aus Chapel Hill war, was ziemlich entfernt lag. Ich vermutete, dass er entweder ein Strandhaus hier besaß oder ein richtig cooles Auto. Viele von ihnen versprachen, mich wie eine Königin zu behandeln, hatten *die Nase voll von Spielchen* (ich nahm an, sie meinten nicht Scrabble oder Guitar Hero), waren loyale, liebende Väter und gute, gottesfürchtige Christen.

Der Schlüssel zu einer erfolgreichen Anzeige lag, wie ich fand, in der Kürze und dass man sein Publikum kannte. Leider fielen da viele durch. Zum einen wurden viel zu viele falsche Schlüsse gezogen – dass ich Kinder hätte oder welche wollte, dass ich auf der Suche nach finanzieller Sicherheit wäre, betrogen oder vernachlässigt würde und dass man mir nicht trauen konnte. Zum anderen versuchten manche so sehr glaubhaft zu machen, dass sie zuverlässig, reich oder sensibel seien, dass sie mich dabei anscheinend komplett vergaßen. Ich konnte nicht anders, als alle Profile mit endlosen oder bruchstückhaften Sätzen, Tippfehlern oder nur Großbuchstaben abzulehnen.

Was soll ich sagen? Das war berufsbedingtes Risiko, obwohl ich gar nicht mehr in dem Beruf arbeitete. All das indizierte ein Fehlen von Aufmerksamkeit gegenüber Details und Korrekturlesen, um nicht zu sagen, schlechte Internet-Etikette. Ich meine, im Ernst, HAT EUCH TYPEN KEINER BEIGEBRACHT, DASS GROSSBUCHSTABEN BEDEUTEN, DASS MAN GERADE JEMANDEN ANSCHREIT? Und nebenbei, warum mit einer früheren Englischlehrerin-Streberin-Bücherwurm ausgehen, wenn das einzige Buch, das man jemals gelesen hat, die von einem Ghostwriter geschriebene Autobiografie von Tony Hawk war?

Während ich Profil nach Profil las, stieß mir eine Sache immer mehr auf: Das hier waren alles persönliche *Werbeanzeigen*. Kauf mich! Die Investition deines Lebens! Es war wie im Katalog einzukaufen, bestenfalls. Und das Schlimmste von allem: Es war so unromantisch. Aber aus einer seltsam drängenden Neugierde heraus las ich weiter, klickte, blätterte und suchte und hoffte wahrscheinlich, dass ich irgendwann mal ein Goldstück finden würde in all dem Sand. Einen neuen Shaun oder sogar jemand Besseren.

★★★

Minerva, Schwester Beulah, Car-Talk-Kenny und ich saßen zusammengedrängt um einen Tisch, übersät mit Keramiktassen, zerknüllten Papierservietten und Minervas Laptop und Aufzeichnungen. Bisher waren sie die Einzigen, denen ich erzählt hatte, dass ich mich auf der Seite angemeldet hatte. Noch nicht mal Olivia oder Norman wussten davon.

Als Minerva auf der Seite durch die Liste der verfügbaren Männer ging, unterbrach sie immer wieder einer von uns mit leiser

Stimme: »Ohhhh, was ist mit dem hier?«, und Minerva las diskret das Profil vor. Dann diskutierten und debattierten wir.

Car-Talk-Kenny zuckte bei einem zusammen. »Der wird dich bei der erstbesten Gelegenheit betrügen.«

»Woher weißt du das?«, fragte Schwester Beulah.

»Sein Bild ist in einer Bar aufgenommen worden.«

»Ach, ja? Und wie kommst du dann darauf, dass er sie betrügen wird?«, sagte Minerva, während ich fragte: »Woher weißt du, dass das in einer Bar ist?«

»Sieh dir doch die Beleuchtung an«, sagte er.

In der zweiten Woche hatte ich es immer noch geschafft, das Ganze geheim zu halten, als Lovematch.com eines Nachts meinem iPhone mitteilte, dass ich eine neue Nachricht erhalten hatte. Ich öffnete sie und mir fiel die Kinnlade herunter, als ich das Bild von Scott sah, Normans bestem Freund. Einer der Originale.

Cooles Profil, Eva! So viel also zum Thema Singleleben – jetzt bist du so was von aufgeflogen. Tja, wie wär's? Hast du Lust auf einen Kaffee? Haha.

Ich starrte mein Telefon an, peinlich berührt. Wollte er sich wirklich mit mir verabreden? Ich hatte eine strikte Regel, niemals mit einem der Gäste des Grounds auszugehen. Norman dagegen folgte keiner solchen Regel und war immer auf der Suche nach einer potenziellen Verabredung oder, wie er sie titulierte, einer *zukünftigen Mrs Norman Baileys*, so als würde er Sicherheitskopien aufbewahren.

Später untersuchte ich Scotts Profil, angefangen beim Foto. Komisch, er ähnelte dem Scott, den ich kannte, nur wenig: gelecktes, milchschokoladenfarbenes Haar mit Augen in der gleichen Farbe; langes Gesicht; dünne, schmale Lippen. An ein Geländer gelehnt vor einem rötlichen, felsigen Hintergrund. Der Grand Canyon, nahm ich an. Abenteuerliches Aussehen. Dieser Scott jedoch sah älter aus. Weniger gut aussehend. Vielleicht war er nicht so fotogen. Oder vielleicht hatte ich mich auch nur daran gewöhnt, ihn

Tag für Tag zu sehen, sodass ich mir seine Gesichtszüge bisher nie richtig angeschaut habe. Der Name seines Profils war *babelfish360*. (Meiner war *groundskeeper-silly*. Lang und abgedroschen wie sonst was, ich weiß, aber ich konnte nicht anders.)

Geek sucht Sci-Fi-Chick, schrieb er. Das trug nicht gerade dazu bei, dass mir warm ums Herz wurde. Aber andererseits versprach er mir wenigstens nicht, mich wie eine Königin zu behandeln oder die Endstation meiner Reise auf der Suche nach Mr Right zu sein. Der Rest seines Profils enthielt Zitate und Listen von Büchern und Filmen, die ein Sci-Fi-Chick kennen und schätzen würde. Und, zu meiner Überraschung, kannte ich die meisten.

Anstatt auf seine Nachricht zu antworten, klappte ich meinen Laptop zu und ging ins Bett. Ich fürchtete mich vor dem peinlichen Moment, wenn ich ihn wiedersehen würde. Und natürlich, am nächsten Tag machte mein Magen Purzelbäume, als er das Grounds betrat, seine Laptop-Tasche über der Schulter und dicke Computerhandbücher unterm Arm (er war irgendeine Art von Softwareprogrammierer, so viel wusste ich). Er begrüßte Norman hinter der Theke, gab ihm einen High five in der Luft, der zu einem Handschlag wurde. Während Norman seinen Latte zubereitete, beschäftigte ich mich damit, die Spülmaschine mit einem Stapel Geschirr zu beladen.

»Hey, Eva«, rief Scott und machte sich so lang, dass er fast über die Theke geklettert wäre, nur um einen Blick von mir zu bekommen. Ich tat so, als würde ich ihn weder sehen noch hören. Er rief es wieder.

Ich drehte mich herum und heuchelte Überraschung. »Oh, hey, Scott.« Er hatte ein teuflisches Grinsen im Gesicht, das mich beunruhigte.

»Eva, die hier sind *sauber*«, sagte Norman und zeigte auf das Geschirr. Ich hörte auf, seufzte und starrte das Geschirr an, während ich mich innerlich verfluchte.

»Alles okay?«, fragte Scott.

»Super«, sagte ich.

»Du siehst ein bisschen nervös aus. Hast du eine heiße Verabredung gehabt oder so was?«

Ich drehte mich herum und schaute ihn wütend an. Scott war bisher niemals eines dieser Arschlöcher gewesen, aber anscheinend war irgendwas in seinem Trinkwasser gewesen. Ich musste das Ganze im Keim ersticken.

»Eigentlich sollte ich *dich* das fragen«, sagte ich. »Irgendwelche guten Treffer auf Lovematch-Punkt-com in letzter Zeit?«

»Du bist auf Lovematch-Punkt-com?«, fragte Norman.

»Mann, was soll man denn sonst machen, Alter?«, erwiderte Scott.

»O Mann, guck dich doch um!«, sagte Norman und wirbelte mit kreisenden Armen durch das Café.

Ich ließ meinen Blick durchs Café schweifen. Ein paar der Originale waren wie immer zusammen in ihrer Ecke nahe der Theke. Neil, ein Stammgast, der jeden Tag präzise wie ein Uhrwerk um halb zwei auf einen Kaffee und einen Keks der Woche erschien und für exakt zwanzig Minuten blieb, saß auf einem Barhocker und schaute Richtung der Panoramafenster. In der gegenüberliegenden Ecke kauerten zwei Studenten über ihren Laptops. Und Car-Talk-Kenny hatte seinen Platz direkt vor dem Leseraum besetzt.

»Das sind doch alles Pärchen oder am Hungertuch nagende Studenten! Stimmt doch, oder, Eva?«, meinte Scott zu wissen.

»Wohl kaum«, sagte ich, bereit, ihm die Anzahl von Akademikern, Homeoffice-Arbeitern und unabhängigen Unternehmern zu nennen. »Und wer bist du – Steve Jobs? Das ist eine verdammt niedrige Meinung, die du da von meiner Kundschaft hast.«

»Ich sag ja nur«, sagte Scott. »Ich warte nicht darauf, dass die Frau meiner Träume durch diese Tür kommt. Stattdessen bin ich proaktiv. Wie es scheint, hattest du ja die gleiche Idee, obwohl ich dachte, du wärst total begeistert vom Singleleben. Oder machst du irgendeine Art soziologisches Experiment für deinen Blog – du weißt schon, so wie *30 Days with Morgan Spurlock*?«

Ich gab Scott seinen Pita-Wrap mit Speck und Tomate und warf ihm einen weiteren mörderischen Blick zu, aber es war schon zu spät; Norman hatte es gehört und öffnete seinen Mund, auf mich deutend.

»Das hast du nicht gemacht!«

Er sagte das in Hörweite der Originale.

»Was nicht gemacht?«, fragte einer von ihnen.

»Eva ist bei Lovematch-Punkt-com«, verkündete Norman. Wie ein Erstklässler verschränkte ich die Arme auf der Theke, vergrub den Kopf in ihnen und ächzte.

»Du veralberst uns doch! Los, wir gucken sie nach!«, hörte ich Dean sagen.

»O mein Gott«, stöhnte ich leise in meine verschränkten Arme hinein.

»Hey, Eva, können wir bitte nicht die hygienischen Vorschriften verletzen?«, sagte Norman.

»Hier ist sie!«, sagte Dean. »Hey, das ist ein tolles Bild – das ist hier, oder? Wann hast du das gemacht?«

Ich hob den Kopf und sah Dean misstrauisch an.

»Wie bist du auf die Seite gekommen?«, fragte ich.

»Mit meinem Benutzernamen und meinem Passwort.«

»Du bist auch bei Lovematch-Punkt-com angemeldet?«

»Was glaubst du, wie ich Jan getroffen habe?«

Diese Offenbarung machte mich sprachlos. Ich hatte immer gedacht, irgendein glücklicher Zufall hätte die beiden zusammengebracht, so was wie ein Auffahrunfall oder vertauschte Zahnarzttermine oder Sitze nebeneinander bei einem Footballspiel.

»Suchst du denn zurzeit nach einem Partner?«, fragte mich Neil. »Was ist mit deinem liebenswerten Singleleben passiert?«

»Nichts ist passiert. Es ist nur so, dass mir so viele Leute in meinem Blog sagen, was ich alles verpasse, also dachte ich, ich will mal sehen, worum die ganze Aufregung geht«, antwortete ich in der Hoffnung, das wäre überzeugend.

Die Originale, inklusive Scott, waren um Deans Laptop versammelt. Dean las laut: »*Zuerst Freunde* – das ist ihr Slogan.«

»Netter Spruch«, warf Car-Talk-Kenny ein, der rübergekommen war, um sich an meiner Demütigung zu beteiligen. Er schien diese Bemerkung jedoch an mich zu richten, denn er schaute mich direkt an, als er es sagte.

Dean fuhr fort. »*Man nehme eine Tasse dreißig-und-irgendwas-jährigen Ex-Yankee, eine Tasse Unternehmer und eine Tasse Magister-Abschluss und gebe großzügige Portionen an Büchern, Fernsehsendungen und Filmen dazu.*« Er schaute auf. »Das ist süß. Ein kleines Rezept.« Er ging zum Monitor zurück und las wieder laut vor. »*Man mische es mit einem Esslöffel Humor, einem Teelöffel Courage und einer Prise zärtlich-liebevoller Streicheleinheiten.*«

»Ach, Eva, ich liebe das!«, sagte Jan. »Ich habe nichts annähernd so Kreatives geschrieben, als ich mich angemeldet habe.«

»Ich glaube«, sagte Dean zu Jan, »ich habe noch nicht mal gelesen, was du geschrieben hast. Dein heißes Bild sagte mehr als tausend Worte. Nur hatte ich keine Ahnung, dass du dein Leben in Kitteln verbringst.«

»Wenigstens sind es hübsche Kittel«, bemühte sich Tracy, ihrer sichtlich verletzten Freundin beizustehen. Sanft berührte sie den Ärmel von Jans pastellblauem Kittel mit Gänseblümchen.

»Lies weiter«, stachelte ihn Scott an.

»*Man backe es bei bis zu fünfunddreißig Grad am Strand, aber bitte mit Sonnenschutz. Abkühlen lassen bei Temperaturen nicht unter fünf Grad oder man muss die Konsequenzen schlechter Laune ertragen. Man genieße es mit einem süßen Chardonnay oder einem guten Sam Adams.*« Dean schaute wieder auf. »Sam Adams? Im Ernst?«

»Besser als dein studentenverbindungsmäßiges Budweiser Light«, meckerte Norman. »Und du bist was? Dreißig Jahre jetzt?«

Als die Originale anfingen, sich einen verbalen Schlagabtausch wegen der Filmzitate zu liefern (ich wusste, dass sie verblüfft sein würden über das eine aus *Animal Crackers*), schlich ich mich in den Leseraum, um die herumstehenden Kaffeetassen einzusammeln.

Etwa eine Stunde später, als ich die Tische abwischte, ging ich zu Scott, setzte mich ihm gegenüber und beugte mich zu ihm rüber. »Also, hast du mich ernsthaft gefragt, ob ich einen Kaffee mit dir trinken gehe?«, fragte ich ihn mit gedämpfter Stimme.

»Hey, es tut mir wirklich leid, dass ich dich verraten habe. Ich konnte einfach nicht widerstehen.«

»Ja, klar. Weil du Mr Funny bist.«

»Was ist das Problem? Macht doch jeder heutzutage. Ich wette fünfzig Dollar, dass die Hälfte der Lehrer und der Verwaltung an der NCLA bei Lovematch-Punkt-com sind, einschließlich des Uni-Rektors.«

»Du hast meine Frage nicht beantwortet.«

Er guckte kurz weg und dann wieder hoch, seine Wangen waren rot. »Lass es mich mal so ausdrücken«, fing er an. »Wenn du nicht du wärst und ich würde nur dein Profil kennen, dann würde ich dich nach einer Verabredung fragen.«

Ich lehnte mich in meinem Stuhl zurück, den Mund offen, verletzt. »Vielen Dank auch.«

»Nein, nein, nein, nein, nein«, sagte er schnell und fasste ganz leicht mein Handgelenk an, um mich daran zu hindern, aufzustehen und eingeschnappt wegzugehen. »So habe ich das nicht gemeint. Ich meinte, ich habe zu viel zu verlieren, so wie es ist. Das ist alles.«

»So wie es ist?«

»Ja, so wie es ist«, sagte er und schlug auf den Tisch. »Ich will das hier nicht verlieren.«

»Woher weißt du, dass du es verlieren könntest?«

»Ich bin ein zu großer Feigling, um das herauszufinden, so oder so.«

Damit wandte er sich wieder seinem offenen Computerhandbuch und seinem Textmarker zu und tat so, als wäre er total in den Text vertieft. Oder zumindest dachte ich, er tue so als ob. Ich erwiderte nichts mehr, stand auf und wischte den Rest der Tische zu Ende.

7

Verabredungsregeln

ICH WAR IN EINER ganz traurigen Stimmung seit dem Zitronentorten-Tag und vermisste meine Eltern und Olivia wieder ganz besonders, nicht zu vergessen: Shaun. Er hatte sich seitdem weder gemeldet noch im Grounds sehen lassen. Aber ich war an einem Punkt, an dem ich entschied, dass es einfach genug war – es war Zeit, aktiv zu werden, langsam wieder zu mir zu kommen und zu versuchen, die Karten neu zu mischen.

Es war Zeit, sich zu verabreden.

Als ich die Tür zu Mike's Seafood Restaurant aufstieß, war Nick aus New Bern – meine allererste Lovematch.com-Verabredung – bereits da und wartete etwas ungelenk in der Lobby auf mich. Ich erkannte ihn sofort, obwohl er größer und schwerer war, als ich dachte (ich hatte keinerlei Fotos von ihm vom Hals abwärts gesehen). Er richtete sich auf, als er mich sah.

»Eva?«, fragte er vorsichtig. Er sprach es EE-va aus, obwohl ich ihm während unseres zehnminütigen Telefonats, in dem wir uns verabredeten, gesagt hatte, dass es anders ausgesprochen wurde.

»Es heißt AY-vah«, korrigierte ich ihn.

»Tut mir leid«, sagte er und sah erleichtert aus. »Ich bin Nick.« Er schüttelte mir die Hand. »Warum hat deine Mutter darauf bestanden, dir einen Namen zu geben, den man anders schreibt als spricht?«

Er hat mich gerade zum ersten Mal persönlich getroffen und kritisiert bereits meine Eltern?

»Ehrlich gesagt, war es mein Vater«, erklärte ich. »Ich heiße nach meiner Großmutter väterlicherseits. Sie ist aus Europa und da hat man das so ausgesprochen und geschrieben. Meine Schwester wurde nach unserer Großmutter mütterlicherseits benannt. Ihr Name ist Olivia, aber das spricht man genauso aus wie es geschrieben wird.«

Die Dame am Empfang setzte uns an einen Tisch in der Mitte des Restaurants.

»Also«, sagte Nick, als wir saßen, »du bist in echt sogar noch hübscher.«

»Danke schön«, sagte ich, nahm einen Schluck Wasser und fühlte mich ungewöhnlich schüchtern. Ich hatte eine schwarze Hose und ein ärmelloses blaues Top an und Pumps von Nine West.

»Und was hältst du von *mir*?«, fragte er. Seine Direktheit überraschte mich.

»Meinst du, vom Aussehen her?«, fragte ich.

»Ja klar. Und sei jetzt ganz ehrlich.«

Dünner werdendes Haar, eng stehende Augen. Tweed und Kakis, Knöpfe, die spannten.

»Wie beworben«, sagte ich und versuchte, dabei nicht mit den Augen zu zwinkern. »Keinerlei Beschwerden.«

Er schien zufrieden mit dieser Antwort zu sein. Meine Augen leuchteten in dem Moment auf, als unser Kellner und ich uns wiedererkannten.

»Professor Perino!«

»Caleb Collins, so wahr ich hier sitze«, sagte ich. Er war offensichtlich erfreut, dass ich mich an seinen Namen erinnerte. »Was macht ein netter Typ wie du an einem Ort wie diesem?«

»Ich habe diesen Fünfjahresplan an der Uni«, sagte er mit einem Kichern. »Ich arbeite hier am Wochenende und im Sommer.«

»Verstehe. Und was machst du nach deinem Abschluss oder kannst du diese Frage schon nicht mehr hören?«

»Nein, kein Problem, Ma'am«, sagte er mit einem Zwinkern in den Augen. »Ich gehe zurück nach Virginia und arbeite in der Firma meines Vaters. Es war zu spät, um mein Hauptfach zu ändern und an die NC State zu wechseln, also habe ich entschieden, irgendwas mit Maschinenbau zu machen.«

Ich guckte ihn an, mein Gesicht war vor Schreck erstarrt. Das war derselbe Junge, der wild entschlossen war, nach New Hampshire zu ziehen und dort ein Hippie-Leben zu führen und einen Hybrid zu fahren. Derselbe, der ein Fan des Bürgerkriegs war und dessen erste Kurzgeschichte in meinem Kurs von einem Soldaten der Konföderierten handelte, der seinem Vater aus der Reihe tanzte und in den Norden zum Feind überlief.

»Was hat deine Meinung geändert?«, fragte ich ihn.

»Meine Freundin fährt einen Hummer«, sagte er.

Nick warf »nette Mitfahrgelegenheit« ein.

Caleb drehte sich zu ihm um und nickte. »Kumpel, du weißt, wovon ich rede. Die hätten niemals mit der Produktion aufhören sollen.« Ich dachte, sie würden sich gleich gegenseitig in die Hände klatschen.

Ich ergriff die Gelegenheit, die beiden einander vorzustellen, und sagte zu Nick: »Caleb war einer der Stars meiner Lehrerzeiten an der NCLA. Er war in meinem Einführungskurs für Kurzgeschichten.«

»Professor Perino ist eine tolle Lehrerin«, sagte Caleb.

»Du kannst jetzt Eva zu mir sagen, weißt du.«

Caleb lachte höflich. »Ja, Ma'am.«

»Okay, was muss ein Außenstehender tun, um hier einen Drink zu bestellen?«, fragte Nick. Anscheinend war die Verbindung, die der Hummer hergestellt hatte, nur von kurzer Dauer.

Caleb richtete seine Aufmerksamkeit auf Nick. »Entschuldigung, Sir. Was kann ich Ihnen bringen?«

»Ich nehme ein Coors Light.«

Caleb schrieb die Bestellung auf seinen Block, bevor er mich anschaute.

»Ein Glas Wein vielleicht?«, sagte ich. »Aber ich glaube, ich warte bis zum Essen, und wenn ich weiß, was ich bestelle, sage ich dir, welchen Wein ich dazu nehme.«

»Alles klar, Ma'am.« Er klappte seinen Block zu und steckte ihn in die vordere Tasche seiner Schürze. »Ich bringe Ihnen Ihr Coors und nehme die Essensbestellung in einer Minute auf.«

»Danke. Toll, dich zu sehen, Caleb.«

Er grinste breit. »Sie auch, Ma'am.«

»*Eva*«, erinnerte ich ihn.

»Ja, Ma'am.«

Während er zurückging, schaute ich zu Nick. »Ich lebe jetzt seit null-eins im Süden und hab mich immer noch nicht daran gewöhnt, wenn mich jemand Ma'am nennt.« Ich machte eine kurze Pause, bevor ich noch sagte: »Er ist ein toller Junge«, und deutete in die Richtung, in die Caleb gegangen war.

»Warst du mit *all* deinen Studenten so intim?«

Ich lehnte mich zurück und fragte mich, ob er mir absichtlich Angst einjagen wollte. Shaun zog mich immer auf, wenn ich Kekse für meine Klasse machte, aber er wusste, dass es da eine Grenze gab, die ich nicht übertreten würde. Die meisten dachten, ich sei so freundschaftlich mit meinen Studenten, weil ich kaum älter war als sie, aber die (Shaun eingeschlossen) verstanden nie, wie persönlich Schreiben sein konnte, egal in welchem Genre oder welcher Disziplin jemand schrieb oder wie stark die Verbindung sein konnte, die dadurch zwischen Lehrer und Schüler entstand.

»Ich war meinen Studenten immer sehr zugetan, aber ich würde niemals das Wort *intim* benutzen«, sagte ich.

»Also, die Getränke werden ja wohl aufs Haus gehen, oder?«, sagte Nick.

»Wie bitte?«

»Die Getränke. Die wird er uns ja wohl nicht berechnen, nehme ich an?«

Ich runzelte die Stirn. »Warum sollte er das nicht?«

»Wie ich sehe, kennt er dich ja sehr gut ...«

Ich starrte ihn wütend an und versuchte, den Ekel, der mich überkam, zu unterdrücken.

»Ich würde niemals so was erwarten. Er verdient wahrscheinlich pro Stunde weniger, als diese Drinks kosten.«

Er zuckte die Achseln, als wäre diese Tatsache irrelevant. Ich nahm einen weiteren Schluck Wasser.

»So, Nick aus New Bern. Warum erzählst du mir nicht die Geschichte deines Lebens«, sagte ich mit unbeweglicher Miene und einer Stimme wie Billy Crystal und Harry Burns.

Und Nick fing an, genau das zu tun. Er begann mit dem Krankenhaus, in dem er zur Welt kam, ging dann weiter zu seiner Geburtstagsparty, als er vier wurde, danach Grundschule, Junior und Senior High School, Uni mit Grundstudium und Hauptstudium, erster Job, zweiter Job, Hochzeit, Scheidung und schließlich Lovematch.com – das Ganze in seinem gedehnten Südstaatenakzent und nur kurz einhaltend, als Caleb mit dem Bier kam und unsere Bestellung aufnahm. Er ließ Caleb und mich nicht mal unseren Small Talk weiterführen. Er redete, bis unser Essen kam, während ich die ganze Zeit robotermäßig nickte.

»Warum hast du dich scheiden lassen?«, fragte ich wie ein Trottel, als ich endlich mal zu Wort kam.

»Die Wahrheit?«

»Glaubst du, Lügen bei der ersten Verabredung würden mich anmachen?«

Er lachte. »Okay, wenn du es wissen musst, meine Exfrau war eine richtige Schlampe.«

Ich legte mein Besteck auf den Tisch (was wahrscheinlich schlau war), wischte mir die Mundwinkel mit der Serviette ab, bevor ich sie auf meinen Schoß zurücklegte, und nahm einen tiefen Schluck von meinem Wein. Er sah, dass ich mich beleidigt fühlte.

»Du hast gesagt, ich soll ehrlich sein.«

»Stimmt, habe ich. Vielen Dank dafür. Während deine Frau also damit beschäftigt war, eine Schlampe zu sein, was hast du so gemacht?«

»Ich habe mir den Arsch auf der Arbeit aufgerissen, um sie glücklich zu machen.«

»Und was an ihrer Schlampigkeit war so liebenswert, dass du sie unbedingt heiraten wolltest?«

Das sind wahrscheinlich nicht unbedingt die besten Fragen, die man so stellen kann, sagte eine Stimme in meinem Kopf.

»Sie war keine Schlampe, als wir uns kennenlernten«, antwortete Nick.

»Jemand machte ihr das als Geschenk zur Hochzeit?«

»Entschuldige?«

»Ich meine nur, dass Menschen sich nicht so dramatisch verändern. Entweder war sie schon immer die vermeintliche Schlampe, als die du sie beschreibst, und du hast es unbewusst nicht sehen wollen, oder du hast es gesehen, aber ignoriert.«

Er nahm einen Schluck von seinem Bier. »Ich denke, es ist Zeit, das Thema zu wechseln, meinst du nicht?«

»Ja, äh, klar«, sagte ich.

»Also, warum bist du immer noch Single?«, fragte er. »Was ist mit *dir* nicht in Ordnung?«

Ich nahm einen neuen Schluck Wein. Der zweite Treffer. Drei, wenn man mitzählt, dass er mich EE-va nennt.

»Was mit mir nicht in Ordnung ist?«, sagte ich und starrte auf meinen Teller mit halb aufgegessenem gegrillten Lachs. »Was ist mit mir nicht Ordnung ...«, sagte ich wieder und meine Stimme verstummte mitten im Satz.

»Wie ging deine letzte Beziehung zu Ende?«, fragte er.

»Mein Geliebter entschied, dass er eigentlich die ganze Zeit gar nicht in mich verliebt gewesen ist«, antwortete ich und wollte Caleb nach einem neuen Glas Wein und einer Elektroschockwaffe fragen.

»Wie das denn? Hast du ihn unter Druck gesetzt, dich zu heiraten oder so was?«

Vierter Treffer.

»Überhaupt nicht. Ehrlich gesagt, habe ich keine Ahnung, warum.«

»Ich nehme an, er stand einfach nicht wirklich auf dich.«

»Anscheinend nicht.«

Wenn ich gekonnt hätte, meine Augen hätten Laserstrahlen auf seinen Kopf abgefeuert und ihn zum Explodieren gebracht.

Glücklicherweise kam Caleb mit der Rechnung.

»Und, wo treiben Sie sich die ganze Zeit herum, Professor? Ich sehe Sie überhaupt nicht mehr auf dem Campus.«

»Oh, weißt du das noch nicht? Ich habe aufgehört an der Uni. Ich habe jetzt einen Coffeeshop.«

»Im Ernst. Wie das? Ist er in der Nähe der Uni?«

»Hier«, sagte ich und holte eine Visitenkarte aus meiner Handtasche. »Die ist gut für einen Gratiskaffee bei deinem ersten Besuch.«

»Oh, das kenne ich. Ich war aber noch nie da. Cool«, sagte er und wich Nicks durchdringendem Blick aus. »Ich komme auf jeden Fall demnächst mal vorbei.«

Caleb ging wieder und ich wünschte, ich könnte mit ihm gehen.

»Also, warum hast du die Uni verlassen?«, fragte mich Nick.

»Ich war nicht wirklich an den akademischen Diskussionen interessiert und der ganzen Verantwortung, die mit einer unbefristeten Stelle zusammenhing – weißt du, das ganze *publish or perish*-Ding.«

»Was ist das, *publish or perish*? «

»Das ist so ein Ausdruck«, antwortete ich. »Wenn du keine akademischen Artikel veröffentlichst – oder in meinem Fall einen neuen Roman –, dann verlierst du deine Chance auf eine unbefristete Stelle oder Forschungsgelder oder was auch immer sie in der Hand haben, um dich zu kontrollieren. Ich mochte den Unterricht mit den Studenten, aber ich war mehr daran interessiert, meine Geschichten zu erzählen und ihre zu lesen, als sie zu bewerten.«

»Und wie lange bist du jetzt schon im Grounds?«, fragte Nick.

Ich erstarrte. Mit keinem Wort hatte ich in unserem Gespräch den Namen meines Cafés genannt.

»Ich hab dich bereits gegoogelt und mir deinen Laden angeschaut«, sagte er. Dann fügte er hinzu, etwas verunsichert. »Entspann dich – ich werde nicht vor der Tür übernachten oder so.«

Google: der beste Freund jedes Stalkers. Treffer fünf.

Nick bezahlte die Rechnung, während ich ungefähr meine Hälfte als Trinkgeld für Caleb auf dem Tisch liegen ließ. Draußen vor dem Restaurant schauten Nick und ich uns für einen fürchterlichen Moment lang an.

»So, Eva.« Er sprach es wieder falsch aus.

Bitte küss mich nicht, bitte küss mich nicht, bitte küss mich nicht.

»Ja?«, sagte ich.

»Danke für einen angenehmen Abend.«

»Dir auch.« Ich streckte meine Hand aus und er nahm sie in seine und hielt sie für einen kurzen, feuchten Moment, bevor er sie wieder losließ.

»Ich werde dich nicht wiedersehen, stimmt's?«

»Nein, wirst du nicht.«

»Wieso nicht?«, fragte er.

Mir kamen die Worte von Louis Armstrong, die er auf die Frage eines Reporters: »Was ist Jazz?«, sagte, in den Sinn: *Man, if ya hassta ask ...*

»Ich mag es nicht, wenn man Frauen als Schlampen bezeichnet«, sagte ich. »Egal, wie deine Frau dich behandelt hat, sie hat das nicht verdient, selbst wenn ihr Verhalten moralisch verwerflich war.«

»Ja, verstehe«, sagte er. »Kann ich dich zu deinem Auto bringen?«

»Ich komme schon klar, danke.«

Als ich nach Hause kam, streifte ich die Pumps ab, zog meine Klamotten aus und ein T-Shirt an und ließ mich im Schlafzimmer in meinen Lesesessel fallen. Dann atmete ich tief ein und befreit wieder aus.

Ich liebe meinen Lesesessel. Ich hatte ihn vor Jahren im Ausstellungsraum eines Möbelhauses in Port Jefferson auf Long Island gekauft. Ich überzog meine Kreditkarte dafür. Sein cremefarbenes Wildleder ist so weich wie Butter. Seine festen Holzfüße machen keinerlei Geräusch, wenn du dich hinsetzt. Seine Polster sind so, als ob man auf einer Wolke säße. Er ist groß genug, dass man darin sitzen oder sich zusammenrollen kann. Ich kann in diesem Sessel für volle acht Stunden schlafen und wache auf, ohne einen steifen Nacken oder Rücken zu haben. Lesen war schon immer meine

Belohnung nach einem langen Tag, selbst nachdem ich die Entwürfe von Kurzgeschichten der Erstsemester korrigiert hatte. Ich flüchtete mich in viele Bücherwelten in diesem Sessel. Ich schrieb meine Träume in diesem Sessel auf. Ich saß auf Shauns Schoß und vermisste es später. Alles in diesem perfekten Sessel.

Als ich so still dasaß, kam mir ein Gedanke: *Heute Abend hatte ich meine erste Verabredung seit fast zwei Jahren.* Ich war noch nie so lange allein gewesen, ohne auch nur einmal verabredet gewesen zu sein. Und ganz sicher hatte ich noch nie etwas so Gekünsteltes erlebt wie das hier. Selbst Blind Dates hatten wenigstens den Überraschungsfaktor auf ihrer Seite.

Ich stand auf, ging zu meinem Schreibtisch rüber, öffnete mein Laptop und starrte für einen Moment auf den Bildschirm. Zuerst checkte ich meine E-Mails. Lovematch.com teilte mir mit, dass ich zwei neue Nachrichten hatte. Ein Gefühl von Abscheu überkam mich, nachdem ich sie mir durchgelesen hatte. Noch mehr Für-immer-und-ewig-Versprechen. Mehr Fotos von Fremden, die versuchten, mich zu beeindrucken.

»Verdammtes Katalog-Shopping«, murmelte ich.

Ich ging immer wieder auf Facebook und überflog dann schnell und wie in Trance die Grounds-Blogliste, bevor ich auf die Uhr schaute; es wurde langsam spät. Ich wollte weder Minerva noch Olivia anrufen oder irgendjemanden sonst. Ich ließ die Verabredung noch einmal Szene für Szene Revue passieren. Aber ich hatte das Gefühl, ich müsste *irgendwas* sagen.

Die WILS-Verabredungsregeln

Ich liebe das Singleleben genauso wie ich Vanille Chai Latte und Kekse mag. Aber das bedeutet nicht, dass ich mich nicht ab und zu verabrede. Aus Spaß, wisst ihr? Wie auch immer, es ist mir zu Ohren gekommen, dass es da ein paar Dinge gibt, die nicht zu entschuldigen sind, Dinge, die gar nicht erst passieren sollten. Und falls ihr euch dafür entscheidet, eure Singlehöhle zu verlassen und euch auf Verabredungsterritorium zu begeben, dann solltet euch diese Regeln bekannt sein. Hier also, liebe Leser, sind ein paar einfache Regeln für diejenigen, die sich verabreden.

Regel 1: Sprecht ihren Namen richtig aus.

Ihr solltet ihn kennen, ihn benutzen und um Himmels willen richtig aussprechen.

Ganz besonders, wenn sie sich die Mühe macht und euch sagt, wie er richtig heißt, und noch mehr, wenn sie darauf hinweist, dass niemand ihn jemals richtig ausspricht. Es ist ihr Name, verdammt noch mal. Er ist ein Teil von ihr. Zeigt ein bisschen Respekt. Wie auch immer, selbst wenn ihr euch an eurer eigenen Zunge verschluckt, den Tag verflucht, an dem ihr beschlossen habt, nicht länger Single zu bleiben, und wünschtet, alle Mädels wären Jills und alle Jungs Larrys, gebt die Schuld nicht ihren Eltern. Fragt nicht, was sie sich dabei gedacht haben. Fragt, was ihr Name bedeutet, woher er kommt, bittet sie, ihn zu wiederholen oder zu buchstabieren, aber bitte, bitte, bitte, ich flehe euch an, fragt nicht, was ihre Eltern geritten hat.

Regel 2: Reißt die Unterhaltung nicht an euch.

Wenn ihr mitten im Erzählen eurer Lebensgeschichte seid und das Bedürfnis verspürt, Luft zu holen, Stopp. Sind ihre Augen glasig und ist sie längst über den Punkt unruhigen Gezappels hinaus, Stopp. Wenn der Kellner kommt, um eure Bestellung aufzunehmen, und ihr seid immer noch in voller Fahrt, wenn er mit eurem Essen zurückkommt, Stopp, Stopp, STOPP.

Bitte.

Regel 3: Niemals zugeben, dass ihr sie gegoogelt habt.

Das erklärt sich wohl von selbst, ja?

Regel 4: Nennt Frauen niemals Schlampen.

Selbst wenn ihr euch ganz sicher seid, dass sie eine ist, es ist einfach nicht in Ordnung. Tatsächlich sollte man im Allgemeinen versuchen, keine vulgären Ausdrücke zu benutzen, wenn man sich in einer eleganten Umgebung befindet und versucht, sein Gegenüber zu beeindrucken. Passt auf, was ihr sagt. Denkt an die Etymologie. Denkt an Sexismus. *Denkt*, verdammt noch mal! Ich verstehe, dass die Umgangssprache voller Wörter ist, die ihr vor eurer Großmutter niemals sagen würdet, aber Beleidigungen, die nur dazu da sind, Menschen herunterzumachen, indem man sie weiblich nennt? Offen gesagt, bin ich der Meinung, dass man sie eigentlich komplett aus der Sprache verbannen könnte.

Und ich ertrage es nicht, wenn Frauen Männer als Hunde bezeichnen, nur so nebenbei.

Regel 5: Gebt niemals die Worte So, warum bist du noch immer Single?, Was stimmt nicht mit dir?, Was ist dein Problem? *oder jegliche Kombination davon von euch.*

Niemals.

8

Die Deal Breaker

NACHDEM ICH DIE LETZTEN zwei Monate damit verbracht hatte, zu Lovematch.com-Verabredungen zu gehen, war ich mehr als bereit, das Ganze aufzugeben. Anstatt mich für drei Einführungsmonate anzumelden und noch ein paar weitere Wochen zu bekommen, hörte ich auf, die Seite zu checken und fing an, E-Mail-Benachrichtigungen zu löschen, die mir neue Nachrichten oder Winks meldeten. Ganz zu schweigen von den vielen Einladungen, meine Mitgliedschaft zu einem reduzierten Preis um weitere sechs Monate zu verlängern und die mir versicherten, dass es seine Zeit braucht, die Liebe zu finden. Aber ich hatte wirklich genug von diesen maßgeschneiderten Konstruktionen meiner Selbst und meiner Verabredungen, genug von den endlosen Paraden erster Verabredungen, die sich wie Bewerbungsgespräche anfühlten, genug von Verabredungen am Fließband. Obwohl die Mehrheit der Männer warmherzig, galant und sozusagen gratis war (einige von ihnen garantierten zweite Verabredungen, einer bot sogar drei an), konnte keiner die passende Chemie anbieten. Ich weiß noch nicht mal, ob *Chemie* das richtige Wort ist. Selbst im Hinblick auf mein *Zuerst Freunde*-Kriterium fielen alle durch.

Obwohl ich die üblichen Interessen und einige gute Lacher mit diesen Typen teilte, schafften wir es nicht, eine Verbindung zu herzustellen:, Gespräche bis tief in die Nacht, oder Stunden, die einem wie Minuten vorkamen. Keiner von ihnen inspirierte mich zu langen E-Mails oder endlosen Telefonaten. Keiner von ihnen machte mich schwindelig oder brachte mich zum Lächeln, wenn ich allein im Raum war. Keiner von ihnen veranlasste mich, meine Lebensgeschichte zu erzählen, meine Hoffnungen und Träume, Stärken und Schwächen. Wenige, wenn überhaupt, machten mich auch nur ein bisschen scharf.

Der Letzte war eine Kombination von Denny Crane und Voldemort. Wieder mal desillusioniert, beschloss ich, dass es Zeit war für einen kritischen Kommentar.

Die Deal Breaker

Ich wollte diesen Eintrag mit einer Entschuldigung dafür beginnen, dass ich oberflächlich bin und nach Perfektion suche, wo keine zu finden ist, aber nach zwei Monaten ständiger Verabredungen und einiger Dekaden an Auswahlmöglichkeiten auf diesem Planeten habe ich mich dagegen entschieden. Weil wir sie alle haben, und das wissen wir. Ihr wisst schon, die Sachen, die uns am meisten nerven, die schlechtesten aller Angewohnheiten, das, was einem total auf die Nerven geht. Fehler, die einfach nicht akzeptabel sind, werden niemals *süß*, auch nicht während dieser traumhaften Verliebtheitsphase, und werden sich niemals in etwas verwandeln, mit dem man einfach leben muss. Die Beziehungsschlussmacher. Die Deal Breaker. Die Ich-schaffe-es-nicht-bis-zum-ersten-Ziel-Mängel. Und was kann man tun, außer darüber zu lachen? Wie die Musikerin Emily Saliers einmal sagte: »Man muss von Zeit zu Zeit über sich selbst lachen, weil man sich die Augen ausheulen würde, wenn man es nicht tut.« Hier sind also ein paar, nur so zum Spaß, die leider meinen Weg gekreuzt haben. (Ich habe die Namen geändert, um die Schuldigen zu schützen.)

Deal Breaker 1: William aus Wrightville Beach nimmt Recyclingmüll mit nach Hause. Da waren wir, in einem dieser netten Grillschuppen, die Hotdogs mit Sauerkraut, Hamburger mit fettigen Pommes und gefrorenen Pudding verkaufen. Die Art von Laden, die nur ein paar Picknicktische draußen hat. Wir hatten eine Menge Spaß, mein Burger war so rosa, das er noch hätte *muuuuh* sagen können, er hatte einen Hotdog mit Chili, wir tranken beide Coke aus der Dose und zitierten unsere Lieblingsstellen aus *The Office*. Dann sind wir fertig und ich stehe auf, um meinen Müll wegzuwerfen. Da schüttelt er den Kopf wie ein in die Enge getriebener Hund, der einen Ausweg sucht.

»Was ist los?«, fragte ich.

»Ich sehe hier nirgendwo eine Recyclingtonne für die Dosen. Und diese Pappschalen hier, die kann man auch recyceln.«

»Nicht mit all dem Ketchup drauf, mit dem sie vollgeschmiert sind, das geht nicht.«

William geht aber wieder in den Laden zurück und fragt nach einer Tüte, woraufhin der arme Teenager hinter der Theke ihn informiert, dass sie ihm nur eine riesige Mülltüte geben könne. William kommt wieder raus, nimmt sich noch ein paar Servietten und wischt die Pappschalen aus, faltet sie auseinander und wickelt sie in zwei weitere Servietten. Hier bin ich also und versuche, mir vom Verstand her einzureden, wie süß, wie sorgsam, wie gewissenhaft er ist, wenn er zum Mülleimer geht. O ja, der Mülleimer. Der Mülleimer aller Mülleimer. Das Ding sieht so aus, als wäre er seit Wochen nicht mehr geleert worden, und ist voller verkrustetem Ketchup. Ich kann ihn von da, wo ich stehe, riechen und beobachte voller Horror, wie er vorsichtig den Deckel abnimmt und anfängt, die Papierschalen herauszufischen, als wären sie Juwelen bei irgendeiner exotischen Ausgrabung. Ich wünschte, ich würde scherzen.

Oh, aber das ist noch nicht alles. Nein, er *murmelt* vor sich hin, während er das hier tut. Er wühlt tatsächlich durch den *ekligen, essensverkrusteten, vor Fett triefenden Mülleimer und spricht mit sich selbst*. An diesem Punkt kann ich eine Stimme vernehmen, die mir sagt, dass die höchste Zahl an Mordopfern in diesem Land aus weißen Frauen besteht – von denen eine Menge von Leuten umgebracht wurde, die nur eine einzige soziale Begegnung mit einer Frau – zum Beispiel bei einer Verabredung – hatten. Ich denke ernsthaft darüber nach, per Anhalter nach Hause zu kommen, so labil sieht er aus. Ich checke gerade ein Auto voller Uni-Studenten, als er zurückkommt, seine Mülltüte mindestens halb voll. Er packt sie auf den Rücksitz seines Autos, zusammen mit den leeren Dosen, und fährt mich zurück zum Grounds.

»Dir ist aber schon klar, dass du ungefähr doppelt so viele Servietten verbraucht hast, nur damit du diese Pappteller-Dinger mit nach Hause nehmen und in deiner eigenen Tonne entsorgen kannst, oder?«, sagte ich. »Und noch dazu sind die doch total verkeimt.«

»Die meisten Keime können auch recycelt werden«, rationalisiert er. »Sag mir bloß nicht, dass du einer von den Menschen bist, die glauben, die Erde wird sich irgendwie von selbst erhalten.«

»Ich –«

»Du glaubst, die globale Erwärmung existiert nicht?«

»Wa–«

»Wie viel Müll produziert dein Laden?«

»Hmm, kann ich nicht genau sagen, mit all den Styroporbechern, die wir benutzen, und den ganzen Wasserplastikflaschen, die wir rausgeben.«

Ich könnte ihm erzählen, dass die Hälfte unseres Stroms von Sonnenenergie kommt und dass wir Zutaten aus fairem Handel benutzen und der Laden drei – noch mal zum Mitzählen, drei! – Recyclingtonnen hat, aber verdammt noch mal, er kotzt mich total an. Und um alles noch schlimmer zu machen, folgt uns ein Schwarm Fliegen und schwirrt um die Pappteller-Dinger herum.

Das ist einfach nur ekelhaft.

Deal Breaker 2: Joe aus Wilmington kaut zu laut. Und zwar meine ich dieses In-meinem-früheren-Leben-war-ich-ein-Pferd-zu-Laut. Dieses Ich-bin-eigentlich-ein-Pferd-in-Männerkleidern-Laut. Wir gehen zum Abendessen zu Mario's auf der Front Street und bestellen beide Lasagne, zusammen mit den weichsten, luftigsten Brötchen, die man sich vorstellen kann (wehe Gott, falls ich herausfinden sollte, dass die aus der Dose kommen). Die Unterhaltung ist gut, sogar angenehm. Und zumindest redet und isst er nicht gleichzeitig. Aber ich komme über das Kauen einfach nicht hinweg. Wie ein langsamer Presslufthammer. Wie kann man überhaupt Lasagne laut kauen? Salat, ja, verstehe ich, aber *Lasagne*? Nicht zu vergessen, dass er so viel Parmesan oben draufstreut, dass man glaubt, es schneit. Und obwohl ich wirklich gerne ein Tiramisu zum Nachtisch gehabt hätte, spare ich es mir, weil ich nicht will, dass mir sein Kauen die Lust auf Tiramisu für immer verdirbt.

Deal Breaker 3: Randy, ursprünglich aus Rhode Island, hat eine ungesunde Zuneigung zu Trent Reznor von den Nine Inch Nails. Ich verstehe das Konzept von *Fan* (kurz für *fanatisch*, falls ihr es vergessen haben solltet); ich höre immer noch regelmäßig alle meine U2-Alben und würde durchs ganze Land reisen, um eines ihrer Konzerte zu erwischen, aber Randy hat Tattoos. Er hat Pinup-Poster an den Wänden seines Schlafzimmers (nicht, dass ich jemals dort gewesen wär, glaubt das bloß nicht – er hat selbst stolz damit angegeben). Ich hatte keine Poster mehr, seit ich sechzehn war. Und auf seinem Autokennzeichen steht 9 IN NAILS. Sein E-Mail-Deckname ist tr_NIN_genius. Sein Name auf Lovematch.com ist Trent. Tatsächlich denkt er ernsthaft darüber nach, seinen Namen offiziell in Trent umzuändern. Igitt.

Im Nachhinein weiß ich gar nicht mehr, warum ich überhaupt zugestimmt habe, mit ihm auszugehen. Oder was ihn an mir interessiert hat, wenn man bedenkt, dass ich unter anderem ein Filmzitat aus *You got mail* in meinem Profil habe. Ich hätte meine Identität nicht verraten sollen, als er meinen Tisch erreichte, in dunklen, engen Jeans mit ausgerissenen Knien, pechschwarz gefärbten Haaren und einem silbernen Totenkopf im Ohr. Am erstaunlichsten war, dass er einen Magister in frühkindlicher Pädagogik hatte.

Ich mache den Fehler, arglos darauf hinzuweisen, dass Nine Inch Nails einer der Pioniere der Technomusik war, woraufhin er mir fast den Kopf abreißt.

»Das ist *industrial rock*, nicht Techno!«

»Was ist der Unterschied?«, frage ich.

»Es hat eine *Seele*, verdammt noch mal! Wie kannst du das nicht wissen? Was hast du gerade im CD-Spieler in deinem Auto?«

Bei dem Gedanken schaudert es mich. Eine CD von Genesis.

»Ich höre meistens Radio«, sage ich.

»Trent ist ein Genie, der einen gut produzierten Sound wie handgemacht herstellt, und das ist so was von roh und kraftvoll, mit so was von Wut, die der materiellen Unternehmensmaschinerie ins Gesicht spuckt, weißt du?«

Ich habe nichts gegen Trent Reznor, aber ich musste Randy einfach provozieren. »Mein Freund Norman behauptet, dass auf John Lennons erstem Soloalbum mehr Wut zu hören ist.«

Er schüttelt vehement den Kopf. »Sag deinem Freund, dass er einen Scheißdreck weiß.«

Ich lächle ein teuflisches Lächeln; jetzt fordert er es geradezu heraus. Und er sollte sich glücklich schätzen, dass er das nicht direkt in Normans Gesicht gesagt hat.

»War Trent Reznor nicht ein Mittelschicht-Junge aus Ohio?« Jetzt riskiere ich mein Leben. »Wenn du mich fragst, würde ich sagen, er war ein weinerlicher, kleiner Narzisst. Was wusste der schon über Wut und Verzweiflung, außer vielleicht von den Cleveland Browns?«

Er schaute mich voller Abscheu an. »Er wuchs in Mercer, Pennsylvania auf, nicht in Ohio.«

»*Du sagst To-may-to, ich sag' To-mah-to.* Wenn du mir erzählst, dass er aus der südlichen Bronx kommt, dann nehme ich alles zurück.«

Ich hätte Trent Reznor auch genauso gut den Donny Osmond des Techno – Entschuldigung, *industrial rock* – nennen können. »Hör zu, wir müssen diese Verabredung sofort und genau hier abbrechen. Ich kann einfach nicht mit jemanden zusammen sein, der es irgendwie nicht kapiert.«

Zu seiner Entschuldigung, Randy-er, Trent-bezahlt-die-Rechnung, aber haut ab, ohne mir, irgendwie, Tschüss zu sagen.

Und deshalb, liebe Leser, habe ich beschlossen, eine Liste von weiteren Deal Breakern für zukünftige Verabredungen zusammenzustellen, und ich lade euch ein, bitte eure eigenen mitzuteilen. Oder welche, die ihr euch angeeignet habt.

- Benutzt eines dieser Shampoo-Conditioner-Duschgel-alles-in-einem Produkte.
- Versteht den Reiz von *Weekend at Bernie's* nicht.
- Sieht sich heimlich *The Bachelorette* an und fragt sich, ob er eine Chance hätte.
- Parkt in der zweiten Reihe, damit sich keiner mit ihm anlegt.
- Mag lieber Brownie-Fertigbackmischung für die Mikrowelle als selbst gemachte.
- Nennt Tortellini *Nudeln*

Am nächsten Tag erstellten die Originale und die Stammgäste eine Hitliste ihrer Lieblingskommentare.

min-imalist: Schreit während Sportübertragungen den Fernseher an.
Normal: Kann Reste nicht ordentlich einwickeln.
hot_heather: Kann keine Spinnen oder andere Insekten umbringen.
PC: Erwartet von mir, dass ich das verdammte Ungeziefer für sie umbringe ... und beschwert sich dann über die Gleichstellung von Mann und Frau und redet über Frauenbewegungsscheiß.
jonesin: Reinigt seine Zähne mit Zahnseide und hinterlässt Spritzer auf dem ganzen Spiegel.
Anonymus: Lässt ihre Haare im Waschbecken, in der Badewanne, in der Dusche ... mein Gott, die sind *überall*!!!
Mysterio: Genau, verdammt, Kumpel. Und sie benutzt meinen Rasierer für ihre Beine.
Anonymus2: Farbenblind.

Dieser Letzte rief eine ganze Menge Nachfolge-Kommentare hervor.

tracingpaper: Da kann er doch nichts dafür!
SVU: Das ist grausam, Kumpel.
min-imalist: Woher weißt du, dass er farbenblind ist?
PC: Woher weißt du, dass es ein *er* ist?

Und zu guter Letzt mein Lieblings-Deal-Breaker:

jayblue: Erträgt es nicht, beim Scrabble zu verlieren.

Woraufhin einige antworteten:

Anonymus: verdammt, wie ich dieses spiel hasse. das und monopoly. macht doch keinen spaß, den ganzen bekloppten tag über ein *spiel* *nachzudenken*. was soll daran spaß machen??

Wodurch er Folgendes provozierte:

Normal: Du hasst Scrabble *und* Monopoly???? Was bist du denn für ein Kommunist? Bitte sag bloß nicht, dass deine Vorstellung eines guten Spiel Hungry Hungry Hippos ist. Und übrigens, was hast du eigentlich gegen Großbuchstaben? Das ist *mein* Deal Breaker.
SVU: Kumpel, ich liebe Hungry Hungry Hippos. Kein Witz!

Was manche Leute unter Deal Breakern verstehen, hat mich eher erschreckt. Ich hatte den typischen nicht heruntergeklappten Klositz erwartet, die Zahnpastatube, die nicht zugedreht wurde, oder die Klorolle, die falsch herum auf den Halter gesteckt wird und lauter andere solcher Badezimmer-Hygiene-Probleme. Ich war außerdem erleichtert, dass ich nicht so oberflächlich war, wie ich gedacht hatte. Aber trotzdem musste ich mich fragen, ob meine Erwartungen nicht doch zu hoch waren. Natürlich hatte auch Shaun seine Eigenheiten (wie zum Beispiel den Inhalt der Vorratsschränke nach Größe und Höhe der Dosen und Kartons zu ordnen), genauso wie ich, ohne Frage. Was aber machte das Zusammenleben mit jemandem erträglich?

Ich rief Olivia an.

»Hey, Liv, was ist eigentlich dein Deal Breaker?«

»Mein was?«, antwortete sie und klang etwas erschöpft. Ich konnte im Hintergrund Töpfe und Pfannen klappern hören.

»Dein Deal Breaker? Du weißt schon, was müsste David tun, damit du deine Sachen packst?«

»Abgesehen vom Fremdgehen?«

»Also, ich meinte jetzt nicht so was Dramatisches. Du weißt schon, Sachen wie den Toilettensitz hochgeklappt lassen oder Dreck auf den Teppich tragen oder so was.«

Ich hörte Tyler und Tara streiten, während Olivia versuchte zu schlichten. »Ich weiß gar nicht wirklich, Eva. Sachen, die am Anfang entsetzlich erschienen, sind ziemlich belanglos, wenn du die Kotze deines Kindes wegwischen musst und es um drei Uhr nachts zur Notaufnahme bringst – WÜRDEST DU IHR DEN ELEFANTEN ZURÜCKGEBEN UND ENDLICH AUFHÖREN DAMIT??«

»Igitt, danke für diese Vorstellung.«

»So ist nun mal das Familienleben, Kindchen.«

Olivia hatte mich nicht mehr Kindchen genannt, seit ich, tja, ein Kind war.

»Pass auf, ich würde gerne weiterreden, aber ich versuche hier das Zeug vom Abendessen sauber zu machen und die Kinder dazu zu bringen, ihre Hausaufgaben zu erledigen. Ist alles in Ordnung?«, fragte sie.

»Klar«, sagte ich. Bevor sie Tschüss sagen konnte, fragte ich, ob mit Tyler alles in Ordnung sei, weil sie doch *Notaufnahme* und *ihn* gesagt hatte. Alle waren gesund, versicherte sie mir.

»Bis bald mal wieder«, sagte ich.

»Tut mir leid«, sagte sie, bevor wir *Ich hab dich lieb* und *Gute Nacht* austauschten. Gerade als ich den Hörer auflegte, hörte ich einen letzte Hilfeschrei von Tara und eine letzte Warnung von meiner Schwester.

Ich saß auf meiner Terrasse, schaute in den Himmel und betrachtete den Sonnenuntergang. Ich konnte mir um alles in der Welt nicht vorstellen, mit jemandem lange genug zusammen zu sein, um diese Nachlässigkeit zu rechtfertigen, mit der eine Ehe offensichtlich einherging. Vielmehr war ich mir nicht sicher, ob ich so was *wollte*. Was war noch mal der Mittelweg, fragte ich mich. *Gab* es überhaupt einen Mittelweg? Gab es in einer Beziehung etwas zwischen unrealistischen Erwartungen und Nachlässigkeit? Und wenn dem so war, gab es dafür ein Verfallsdatum?

Vielleicht waren Shaun und ich nachlässig geworden, bevor wir überhaupt verheiratet waren. Vielleicht war es das, worum es beim Nicht-mehr-verliebt-Sein ging. Oder zumindest beim Ende der Romantik.

★★★

Der Sommer kündigte keinerlei Pause für das Geschäft im Grounds an – tatsächlich hingen die Originale und die Stammgäste fast jeden Tag hier herum, hielten ihre Gespräche im Café, wenn sie die übermäßige Hitze nicht ertragen konnten oder die Massen am Strand, die Überflutung von Touristen oder Besuchern aus dem Triangel und Triad, die einen Kurzurlaub machen wollten, ohne dabei den Bundesstaat verlassen zu müssen. An milden, sonnigen Tagen saß die Hälfte der Kundschaft draußen vor dem Café. Außerdem hatte ich angefangen, Eiscreme zu machen mit Stückchen vom Keks der Woche drin – wir waren immer schon vor drei Uhr nachmittags ausverkauft.

Seit das Frühjahrssemester zu Ende war, kam Shaun fast täglich auf einen Eiskaffee vorbei. Wie immer saß ich an seinem Tisch und quatschte mit ihm über fast alles außer Philosophie, die Jeannette oder Hochzeiten. Unsere Unterhaltungen waren angenehm, genauso wie sie immer gewesen waren, als wir noch zusammen waren. Oft lachten wir laut und berührten uns scherzhaft am Arm, wenn wir uns an eine Anekdote aus unserer jeweiligen oder gemeinsamen Vergangenheit erinnerten. Oder wir forderten uns gegenseitig mit Fragen rund um Fernsehen, Film oder Musik heraus (ich schlug ihn bei *The Munsters,* er mich bei *The Godfather*). Ich freute mich jedes Mal, ihn zu sehen, mein Herz machte immer einen kleinen Hüpfer, wenn er hereinkam. Minerva jedoch starrte uns wütend von hinter ihren Medizinbüchern aus an; ich wusste das, denn ich konnte die Laser aus ihren Pupillen spüren, wie sie mir ein Loch in mein Rückgrat bohrten.

Eines Tages – es war, als Shaun
gegangen war – nahm ich ein Riesen-Macaroon für Minerva und knallte den Teller versehentlich mit solcher Wucht auf ihren Tisch, dass Car-Talk-Kenny von seinem Buch hochschaute. (Ohne dass Norman oder die anderen es mitkriegten, wie ich jedenfalls glaubte, gab ich Minerva oft einmal die Woche wenigstens einen Keks umsonst.)

»Machst du das jetzt jedes Mal, wenn er hier auftaucht?«, fragte ich.

»Was machen?«, gab sie zurück, ohne von ihren Aufzeichnungen aufzublicken oder den Keks zu beachten. Minerva konnte ihre wahren Gefühle so gut verbergen wie manche eine Packung saurer Milch im Kühlschrank.

»Du weißt schon was. Du bist wie eine Katze auf dem Sprung. Wenn deine Augen Dolche abschießen könnten, würden jetzt eine ganze Menge in Shauns Brust stecken.«

Sie schaute immer noch nicht hoch.

»Es ist doch nicht seine Schuld, dass er heiratet«, sagte ich. »Es hat einfach nicht funktioniert mit uns. Das passiert. Das Leben geht weiter. Warum sollte ich ihm das nachtragen?«

Endlich hob sie den Kopf, ihre Brille noch auf dem Nasenrücken, so als ob sie gerade erst bemerkte, dass ich vor ihr saß.

»Das ist nicht das Problem«, sagte sie.

»Was ist es dann?«

»Er verdient deine Freundschaft nicht.«

»Warum nicht?«

Sie versuchte, leise zu sprechen. »Weil du eben nicht einfach nur seine Freundin sein willst. Das sehe ich dir an, wenn du mit ihm redest, Eva. Du flehst ihn quasi an, dich zu *sehen,* und das passiert nicht. Das brauchst du nicht. Du brauchst es nicht, dass er hier sitzt wie blind und dir das auch noch ins Gesicht schleudert.«

»Mir was ins Gesicht schleudert?«

»Die Tatsache, dass er dich um den Finger gewickelt hat, und ihr das beide wisst.«

Wut stieg in mir hoch wie in einem langsamen Whirlpool.

»Du liegst so was von daneben«, sagte ich und versuchte, nicht laut zu werden.

»Er nutzt deine Gefühle für ihn aus, damit er sich gut fühlt, und du lässt ihn auch noch.«

»Min, du weißt, dass ich dich liebe, aber manchmal wertest du verdammt noch mal zu viel und nur zu deinem eigenen Besten. Ich meine, ich danke dir ja, dass du dir Sorgen machst und nicht willst, dass ich verletzt werde, aber das hier ist nicht einfach nur Schwarz oder Weiß.«

Sie sah verletzt aus. »Ich werte nicht.«

»Du willst mir also sagen, dass er blind ist. Tja, weißt du, vielleicht steht er einfach nicht so auf mich, wie es in diesem Buch heißt.«

Minerva ließ den Stift sinken und schaute mich ungläubig an.

»O Gott, du hast doch nicht etwa, oder?«

»Hast was nicht? «

»›*Er steht einfach nicht auf dich!‹: Warum Frauen nie verstehen wollen, was Männer wirklich meinen* gelesen. Bitte sag mir, dass du an einer leichten Hirnverletzung gelitten hast. Bitte sag mir, dass du dir eines Nachts den Kopf an einem Regal angestoßen hast oder nicht schlafen konntest und irgendwas brauchtest, das dir die Sinne benebelte.«

»Eigentlich waren da ein paar echt gute Stellen drin, wenn man erst mal über die Besserwisserei und die Banalität hinweg ist.«

»Wann? Wann hast du dir das angetan?«, verlangte sie.

»Ähm, ich kann mich nicht mehr erinnern.«

Ich hatte mir ein Exemplar aus dem Leseraum mit nach Hause genommen, einen Tag nach meiner Verabredung mit Nick aus New

Bern, hatte es aber erst vor ein paar Wochen gelesen, nachdem ich gehört hatte, wie Shaun einem Kollegen gegenüber, der auf einen Eiskaffee mit ihm hier war, erwähnt hatte, dass die Jeannette seine Verlobte sei. Ich war innerhalb von zwei Nächten mit dem Buch durch. Ich machte mir sogar Notizen am Rand.

»Und warum lässt du es dann nicht einfach bleiben mit ihm?«, fragte Minerva.

»Weil wir Freunde sind. Und solange er befreundet bleiben will, ist das okay für mich. Und, falls ich das erwähnen darf, ist immer er es gewesen, der befreundet bleiben wollte. Er hat bisher nicht einmal gesagt, dass wir das nicht mehr sein sollten.«

Als ich das sagte, konnte ich förmlich hören, wie die Worte durchtränkt waren mit Rationalisierung. Und noch schlimmer, ich sah die Autoren von *›Er steht einfach nicht auf dich!‹* vor mir, wie sie etwas erwiderten wie: »Wenn du einen Freund willst, hol dir einen Hund.«

»Und das ist ja genau das, was mir Sorgen macht«, sagte Minerva mit gedämpfter Stimme. »Er weiß doch, was du immer noch fühlst, und das nutzt er aus.«

»Ich *fühle* überhaupt nicht irgendwas«, verteidigte ich mich. »Kann man mit seinem Ex nicht befreundet sein? Gibt es da einen Zusatz zur Verfassung, der das verbietet? Ich meine, im Ernst, wer sagt, dass man das nicht darf?«

»Und wie denkt die Jeannette darüber? Weiß sie überhaupt davon?«

»Wen interessiert's?«

Minerva öffnete angeekelt ihren Mund. »Oh, das ist eine tolle Einstellung. Eva, versetze dich doch mal in ihre Lage: Stell dir vor, du wärst Shauns Verlobte und er ist immer noch befreundet mit seiner Exfreundin, mit der er drei Jahre lang zusammen war – seine frühere *Liebe*, mit der er *zusammengelebt* hat. Wärst *du* damit einverstanden? Würdest du dich nicht fragen, *warum* Shaun darauf besteht, mit dieser Frau befreundet zu bleiben? Und darüber hinaus, würdest du einer Frau trauen, die sagt: *Wen kümmert es, was sie denkt?* Wobei *du* dann die *sie* bist?«

Shitters.

Von dieser Seite aus hatte ich das bisher noch nicht gesehen. Vielleicht war es gar nicht Shaun, der blind war. Minerva hatte recht. Ganz unverhohlen recht. Aber mein Ego war zu stolz, zu verletzt und fühlte sich zu idiotisch, um ihr das zu sagen.

Ich schaute an ihrem Tisch vorbei.

»Ich habe einen Gast«, sagte ich und stand, ohne vorerst ein weiteres Wort zu Minerva, auf, um ihn zu bedienen.

Sie wandte sich wieder ihren Büchern zu, rief aber, als ich wegging: »Übrigens, die Macaroons sind perfekt heute.«

Später am Nachmittag, nachdem Minerva und die meisten der Originale gegangen waren, hockte Car-Talk-Kenny immer noch mit einem Roman von J. D. Rhodes in seiner Ecke. Während ich die Beistelltische zurechtrückte, hörte ich ihn murmeln »Sie hat recht, das weißt du.«

Ich hielt mittendrin an und schaute zu ihm. Nur seine Augen kamen für einen kurzen Moment zum Vorschein.

★★★

Als ich Car-Talk-Kenny das erste Mal gesehen hatte, oder vielmehr, als ich ihn das erste Mal *wahrgenommen* hatte, war das an einem dieser Tage, an dem die Espressomaschine den Geist aufgab, die Gourmet-Kaffeebohnen ausgingen, Bestellungen durcheinandergerieten und die Reihe der Wartenden nicht kürzer wurde.

»Was möchtest du?«, fragte ich, gerade als er an die Theke kam.

»Hi«, sagte er. »Wie geht's so?«

»Gut. Und dir?«

»Lügnerin«, grinste er.

»Wie bitte?«

»Wie *geht's* so?«, wiederholte er.

Ich blinzelte. »Müde«, sagte ich mit einem schwachen Lächeln.

Er schaute mich mit einem Das-trifft-es-schon-eher-Blick an, bevor er sagte: »Kann ich mir vorstellen.« Dann bestellte er einen Milchkaffee und auf meine Empfehlung einen Ahornsirup-Nuss-

Muffin. Als ich ihm seinen Muffin rüberreichte – warm gemacht, weil ich mir dachte, er könnte das mögen – und ihn schließlich fragte, wie es ihm gehe, lächelte er und sagte einfach nur: »Besser.«

Ich bin mir ziemlich sicher, dass er derjenige an diesem Tag mit einem Fünfer für das Trinkgeldglas auf der Theke gewesen war, obwohl er es nie zugegeben hatte. Seitdem ist er Stammgast. Kenny war einer dieser Menschen, denen man immer nur die Wahrheit sagen konnte, und ich merkte, dass ich immer froh war, wenn ich ihn sah; allein zu wissen, dass ich ihm hätte sagen *können*, dass ich mich mies fühlte, genügte, damit es mir gleich ein bisschen besser ging . Es gibt immer noch Tage, an denen er eine Augenbraue hochzieht, wenn ich ihm etwas zu enthusiastisch *Großartig, danke* antworte. Oder an denen ich aus der Küche komme, von oben bis unten voll mit Mehl und all den Zeichen eines Kampfes, den ich gegen die Mixmaschine verloren hatte, und es immer noch schaffte, zu sagen, alles wäre *in Ordnung*.

★★★

»Es tut mir leid«, sagte er, zurück in der Gegenwart. »Ich wollte nicht lauschen, aber sie hat recht.«

Ich fühlte mich nicht angegriffen. Tatsächlich verspürte ich in diesem Moment den Impuls, Kenny zu umarmen und nie mehr loszulassen. Etwas an diesem Gedanken erschreckte mich und ich versuchte, ihn abzuschütteln. Trotzdem konnte ich der Wahrheit in seinen Augen nicht entkommen.

»Ich weiß. Und sie weiß, dass ich es weiß.«

Mit diesen Worten ging ich zurück hinter die Theke und in die Küche.

9

Möglichkeiten

»DAS THEMA DES Tages ist Speeddating«, kündigte ich an einem ungewöhnlich milden Montagnachmittag im Café an, in dem vor allem die Originale und die Stammgäste saßen.

Die Idee hatte mich beschäftigt, seit ich Lovematch.com aufgegeben hatte. Schon immer wollte ich Speeddating ausprobieren; ich verband es mit dem Spiel Twister oder der Reise nach Jerusalem, mit dem Unterschied, dass sich der Gewinner hierbei in ungefähr zwei Jahren ein Geschirrdesign aussuchen und einen teuren Saal mieten darf.

»Was ist damit?«, fragte Jan.

»Hat das schon mal jemand gemacht?«, fragte ich.

»Ich!«, sagte Tracy.

»Ich auch«, fügte Jan hinzu.

»Im Ernst?«, fragte Dean. »Wann?«

»Vor Jahren, während meiner Möchtegern-*Sex and the City*-Phase«, erwiderte sie sowohl zu Dean als auch zu uns.

»Und, was denkst du darüber?«

»Es macht mehr Spaß, wenn du ein paar Cosmopolitans intus hast«, sagte Jan.

»Ich hab es nur einmal gemacht.«

Alle Köpfe drehten sich nach dem großen, gebräunten, sonnengebleichten, blonden – mit Docker-Shorts und Poloshirt –, zwanzig-irgendwas-jährigen Fremden an der Theke um, von dem diese Äußerung kam. Ich nahm an, dass er ein Windsurfer war, der den Sommer in der Stadt verbrachte.

»Und?«, fragte ich und gab ihm einen Erdbeer-Smoothie im Tausch mit seinem Zwanzigdollarschein.

»Hat Spaß gemacht, aber ich mochte die Frauen nicht, die ich da getroffen habe«, sagte er, nahm sein Wechselgeld und stopfte es in seine Vordertasche.

»Was für Frauen?«, fragte Norman und klang ausgesprochen neugierig.

»Oberflächlich«, sagte der Typ. »Flach. Fragten mich immer nur, wie viel Geld ich verdiene oder was ich beruflich mache, aber nicht auf diese Small-Talk-Art. Einfach nur, um sie durcheinanderzubringen, erzählte ich, dass ich bei der Müllabfuhr sei.«

Ein paar von den Originalen lachten.

»Danach ging ich über zu: *Ich bin CEO meiner eigenen Müllabfuhrfirma*. Gibt dem Müllmann-Dasein eine neue Bedeutung.«

Mehr Gelächter.

»Damit wussten die nichts anzufangen«, sagte er.

»Wo hast du das gemacht?«, fragte Norman.

»Vor ein paar Jahren, als ich in Boston lebte. Deine Freundin hat recht, wenn sie sagt, es macht mehr Spaß, wenn du dir vorher ein paar Drinks reinziehst.«

Witzig, ich hatte den New-England-Akzent erst bemerkt, als er Boston erwähnte. Er hielt seinen Smoothie hoch, als wollte er uns allen zuprosten, und während er rausging, dankten wir ihm für seinen Input und wünschten ihm einen schönen Tag.

»Du denkst also über Speeddating nach, Eva?«, fragte Spencer, dessen Südstaatenakzent nach dem Smoothie trinkenden Speeddating-Typ aus Boston noch deutlicher herauskam.

»Ich denke drüber nach, ja.«

»Wie kommt's? Ich meine, was ist mit deinem geliebten Singleleben geschehen?«, fragte Spencer.

»Glaub mir, wenn sie erst mal Speeddating probiert hat, wird sie es umso mehr lieben«, sagte Jan.

»Und – hast du jemanden abgeschleppt in dieser Nacht?«, fragte Dean Jan.

»Dean!«, sagte sie außer sich. »Es reicht langsam.« Er verzog das Gesicht und nippte an seinem Eis-Latte.

»Es sieht so aus, als ob du das eine sagst und das andere machst«, bemerkte Spencer in meine Richtung, ohne Jans und Deans kleine Zankerei zu beachten.

»Wer sagt denn, dass man sich nicht verabreden darf, wenn man Single ist?«, sagte ich. »Und außerdem bin ich doch nur neugierig. Es ist ein Prozess der Eliminierung. Für all die Leute, die mir immer wieder sagen, was ich alles verpasse und dass ich ›da draußen‹ sein sollte.« Ich machte Anführungsstriche mit den Fingern. »Also gehe ich nach ›da draußen‹ (wieder machte ich Anführungsstriche), um ihnen zu beweisen, dass es nicht funktioniert und dem Glück meines Lebens nicht abträglich ist.«

Ich wandte mich zu einem Tisch voller Stammgäste. »Also, will einer von euch Singles irgendwann mal mitkommen?«

Dara, eine der neuen Stammgäste seit Anfang des Sommers, schüttelte den Kopf. »Ich nicht. Da kannst du mich ja noch eher bei eBay versteigern.«

»Das könnte als Nächstes drankommen«, sagte Spencer.

Schwester Beulah schüttelte auch den Kopf. »Ich bin schon vergeben«, sagte sie augenzwinkernd. Ich lächelte zurück.

»Ich werde mitgehen«, sagte Norman.

Ich fuhr herum. »*Du*?«

»Warum so überrascht?«

»Ich weiß nicht, ich dachte nur –«, stotterte ich. »Ich wusste nicht, dass du Interesse an so was hast.«

»Warum denn nicht? Ist schon eine Weile her, dass ich die letzte Verabredung hatte.«

»Also gut«, sagte ich mit zitternder Stimme. Aus irgendeinem Grund schien Speeddating mit Norman das Äquivalent zum Seniorenabschluss mit meinem Bruder zu sein, wenn ich denn einen hätte.

»Ich werde mitgehen«, zwitscherte Minerva mit einem durchtriebenen Grinsen.

Ich gaffte sie nur an. War das ihr Ernst?

»Klar«, sagte sie, als ob sie Gedanken lesen könnte. »Das wird ein Riesenspaß.«

»Aber du bist –«

»Guck doch mal, ich werde die ganzen Details wissen wollen und nicht nur die WILS-Version. Sieh das doch einfach als einen Gefallen, den ich dir tue – ich spare dir den Ärger, mir alles nachzuerzählen.«

Ich konnte tatsächlich hören, wie meine Kinnlade runterklappte, während ich überlegte, was ich sagen sollte. »Aber Jay –«

»Vielleicht kommt er ja auch mit.« Ihr Dauergrinsen war so boshaft, dass ich dachte, sie würde mir einen Streich spielen. Doch trotzdem befürchtete ich, dass es nicht so war.

»Ach, komm, Eva, lass sie mitgehen«, redete mir Jan gut zu.

»Ja, und danach könnt ihr euch mit Blog-Einträgen duellieren«, fügte Tracy hinzu.

»Wie schön! Wie im Stil von einem Nachrichten-Report-Ding«, sagte Dean dazu.

»Aber«, versuchte ich es noch einmal, »sie ist *verheiratet.*«

»Na und?«, sagte Tracy. »Ihr macht das doch sowieso nur, um zu zeigen, wie idiotisch so was ist. Was macht das dann schon. Solange es ihren Mann nicht stört.« Sie drehte sich zu Minerva herum. »Tut es doch nicht, oder?«

»Nöö. Wie ich ihn kenne, will er mitkommen. Ihr habt ja keine Ahnung, wie gelangweilt er ist, weil ich die ganze Zeit lerne.«

Dean lachte. »Minerva, versteh mich nicht falsch, aber ich bin nicht sicher, ob ich dich jemals wirklich hab lernen sehen.«

»Dean«, schimpfte Jan, »was glaubst du denn, was sie die ganze Zeit hier macht?«

»Ähm«, er machte eine Handbewegung zu den Originalen und den Stammgästen, die alle in ihre Gespräche vertieft waren, *»das hier?*«

»Die Kekse sind zwar gut, aber *so* gut nun auch wieder nicht«, sagte Tracy, um Jan zu unterstützen. »Sie ist offensichtlich einer dieser Menschen, die am besten mit ein bisschen Hintergrundlärm lernen. Stimmt's, Minerva?«

Minerva betrachtete den Stapel von Aufzeichnungen neben ihr unter einem Teller voller Kekskrümel. »Nein, die Kekse sind wirklich *so* gut.«

Die Gruppe lachte, während sich Minerva die Finger ableckte, die restlichen Krümel auftupfte und den Teller sauber machte, bevor sie ihn in den Geschirrkorb tat, der am anderen Ende der Theke stand.

»Würde dein Mann wirklich mitkommen wollen?«, fragte Tracy, die den Gedanken anscheinend genauso absurd fand wie ich.

Minerva kehrte zu ihrem Platz zurück und wischte ein paar verstreute Krümel von ihren Notizen. »Sicher. Wir sind seit Ewigkeiten nicht mehr ausgegangen. Mittlerweile würde der arme Junge wahrscheinlich nehmen, was auch immer er kriegen kann. Und es ist so, wie du gesagt hast, sie ist nicht auf der Suche nach einem Seelenverwandten oder so was – genauso wenig wie wir, wohlgemerkt –, sondern einfach nur nach ein bisschen Spaß. Stimmt's, Eva?«

Ich versuchte, aus Minervas Gesichtsausdruck schlau zu werden, suchte nach dem ultimativen Grund für ihr neu entdecktes Interesse am sozialen Leben ... oder war es *mein* soziales Leben, das sie im Auge zu behalten versuchte?

»Tja, also, ich nehme an, wenn du es so drehst«, sagte ich. Und was machte es schon aus? Sie hatte recht. Es wäre überhaupt kein größerer Unterschied, ob Jay und Norman mitgingen, oder Spencer oder Scott. Es war alles im Namen von ein bisschen Spaß, nicht mehr und nicht weniger. Richtig?

»Also«, sagte Jan. »was wirsten anziehn?«

Ich verdrehte die Augen. Mein Co-Manager, meine beste Freundin, *ihr Ehemann* und ich würden alle zusammen zum Speeddating gehen. Wie um alles in der Welt sollte ich darüber nachdenken, was ich anziehen würde?

★★★

Am nächsten Morgen kam Dara untypische fünfzehn Minuten früher als sonst – an den meisten Tagen konnte man seine Uhr nach ihrer Pünktlichkeit stellen.

»Hey, Dara, was ist los?«

»Ich habe ein frühes Meeting.«

»Das Übliche?«, fragte ich und nahm bereits ein Blaubeermuffin aus der Anrichte. »Zum Mitnehmen?«

»Ja, heute schon.«

Ich steckte ihr Muffin in eine Tüte. »Sonst noch irgendwas?«, fragte ich.

»Eigentlich ja«, sagte sie und hörte sich sehr zufrieden an. Sie schob einen gefalteten, neonpinken Flyer über die Theke zu mir rüber. Ich öffnete ihn und sah eine vollseitige Werbeanzeige: *Romance in 8 Minute's!* Innerlich schalt ich die, die das gedruckt hatten, dafür, dass sie den falsch gesetzten Apostroph nicht entdeckt hatten.

»Was ist das?«, fragte ich.

»Speeddating«, sagte sie, »für dich und Norman.« Sie nahm ihre Tüte und ihren Latte und ließ mich völlig angespannt zurück. Das von der Frau, die gesagt hatte, dass sie sich lieber auf eBay versteigern lassen würde. Wo hatte sie das her? Der Flyer nannte ein Datum (diesen Freitag), die Zeit (einundzwanzig Uhr), den Ort (*Pub on the Pier*) und einen Vorschlag (*Dress to impress!*). Als Norman reinkam, zeigte ich ihm den Flyer und schickte Minerva eine Textnachricht, weil sie den ganzen Tag bei irgendwelchen Übungen war. Sie textete mir später am Abend zurück: *J und ich treffen dich am Grounds Freitag um halb neun.*

Mir drehte sich der Magen um. Das hier würde also tatsächlich passieren, oder?

★★★

Freitagabend um halb sieben hatte ich mir den Geruch vom Grounds abgeschrubbt, der mir immer anhaftet, ein Stück kalte

Pizza reingezogen und, fieberhaft auf der Suche nach einem passenden Outfit, den kompletten Inhalt meines Kleiderschranks in meinem Zimmer verteilt; gegen halb acht war ich nahe einer totalen Panikattacke .

Nein, es war nicht Panik. Man gerät nicht in Panik wegen etwas, das man als reines Experiment sieht. Und ich hatte beschlossen, dass es genau das war: ein sozialwissenschaftliches Experiment, dem ein schriftlicher Report folgen wird. Und das war der Grund, weshalb es wichtig war; ich würde die Studie verfälschen, wenn ich nicht entsprechend angezogen wäre.

Aber was war *entsprechend*? Der Flyer sagte: *Dress to Impress.* Was, wenn ich nicht beeindrucken wollte? Was, wenn ich mir einfach nur die Schaufenster anschauen wollte, aber nichts kaufen? Was, wenn ich eher neugierig machen wollte als beeindrucken?

Ich untersuchte wieder meinen Kleiderschrank – die Restposten waren entweder nicht für das öffentliche Auge geeignet, seit der letzten Powerwash-Reinigung des Grounds nicht mehr getragen worden oder hatten die falsche Größe. Angesichts eines Schrankes ohne weitere Möglichkeiten untersuchte ich mein ausgeräumtes Schlafzimmer nochmals und zog eine Bilanz meiner Optionen.

Mein Arbeitszimmer war begraben unter Kleidern. Sommerkleider. Cocktailkleider. Beerdigungskleider. Auf keinen Fall. Keines von denen. Zu verschnörkelt, verspielt, süß, knallig, zu heftiges Muster, zu sexy, formell oder – wie im Fall der Beerdigungskleider – zu kirchenmäßig (und obwohl Nora Ephron empfiehlt, dass jede Frau ein kleines Schwarzes haben sollte, glaube ich nicht, dass sie dabei an eines meiner Beerdigungskleider gedacht hatte).

Ich ging zu meinem Lesesessel, der übersät war mit meiner Kollektion von Businesskostümen – Relikte aus der Zeit der akademischen Konferenzen und Unterrichtstage. Riesendaumen runter. Zu formell, trist, nüchtern. Zeigt nur die schlechten Seiten von mir. Das heißt machthungrig. Das heißt ich-könnte-deine-Leber-zum-Lunch-essen-wenn-ich-wollte. Ich strich im Geiste Kostüme, Hosenanzüge und Röcke, die über den Knien endeten, von meiner Liste.

Jeans? Die winkten mir aus meinem Schrank zu und bewegten sich langsam aus halb offenen Schubladen auf mich zu. Äh. Nicht wirklich das Image, das ich mir geben wollte. Zu sehr zwanzig-irgendwas, zu bequem und zu lässig.

Es blieben mir also Kombinationen von Röcken, Hosen und Oberteilen übrig, eine Myriade von Möglichkeiten, die da in Haufen auf meinem Bett lagen. Ich musterte ein paar Röcke, die nicht zu irgendwelchen Kostümen gehörten, die über meinen Kissen lagen.

Was würde Elizabeth Bennet anziehen? Was würde Bridget Jones tragen? Was Carson Kressley?

Ich zog eine Möglichkeit in Erwägung: einen schwarzen engen Rock mit Schlitz hinten. Der Saum endete gerade über den Knien und betonte Beine und Hüften. Mit dem richtigen Top könnte es raffiniert und sexy wirken, ohne irgendeine Grenze zu überschreiten. Auf jeden Fall eine Möglichkeit.

Auf der anderen Seite – die cremefarbene Leinen-Baumwollhose war vielseitig, bequem, schmeichelte meiner Figur und passte zu ungefähr jeder sozialen Situation, je nachdem, mit welchen Schuhen und welcher Bluse man sie kombinierte. Auch möglich.

Zehn Minuten vor acht.

Shitters.

Hose. Nein, Rock. Rock?

»Argh«, murmelte ich und legte Blusen von einem Stapel auf den anderen und wieder zurück. Ich rief auf Minervas Handy an, aber das ging direkt auf die Mailbox – Himmel, bitte sag bloß nicht, dass die bereits auf dem Weg zum Laden waren!

Zeit, die Logik einzuschalten. Ich ging zu meinem Bett, hielt einer imaginären Klasse einen Vortrag über das Ausmustern von Jeans und benutzte dazu meine beste Gelehrtenstimme.

»Ziel: die Beurteilung des Wertes von Speeddating und daraus Rückschlüsse ziehen über ...«, ich hörte auf, Shirts zu sortieren und suchte nach dem richtigen Wort, »... seine Lächerlichkeit?«

Wenn sie gekonnt hätten, meine Kostüme hätten mit ihren Knopf-Augen gerollt. Ich wühlte weiter durch die Blusen auf den Kleiderbügeln.

»Hypothese: Speeddating wirft keine langfristigen Beziehungen ab. Es ist zu voll mit oberflächlichem, hoffnungsvollem, zu gewolltem – ich zog eine Grimasse *da draußen.*« Meine Jeans schienen mir zuzustimmen. »Nein. Zu gewollt, *flachgelegt* zu werden.«

»Methoden und Materialien«, sagte ich auf und sah wieder zu meinem Bett hinüber. »Zuerst Materialien. Ich, meine Klamotten, meine Unterhaltung ... oder sind Klamotten und Unterhaltung Teil der Methoden?«

Zum Teufel.

»Ach, scheiß drauf!« Ich schnappte mir einen Blümchenrock mit Rüschensaum am Knie – stieg hinein, bevor ich wieder meine Meinung ändern konnte – und dazu ein einfarbig violettes Oberteil mit Flügelärmeln und V-Ausschnitt, das ich vor Ewigkeiten mal gekauft hatte, weil es mich an meine Lieblingstulpenfarbe erinnerte und so gut an mir aussah, dass es mir praktisch fast von den Schultern rutschte. Und was ich noch erwähnen wollte – Shaun hatte es immer geliebt.

Methoden: Die Forscher treffen sich am Grounds vor Beginn des zu untersuchenden Events, werden die Bar gemeinsam betreten und vorgeben ... nein, verzichten ... verfälschen? Mal sehen ... ein verheiratetes Paar, ein zweiunddreißigjähriger Typ, der seit Februar keine Verabredung mehr hatte, und ich, die willentlich in diesen Schlamassel reingerannt war.

Nein, kein Verfälschen hier.

Als ich vom Schlafzimmer ins Bad ging, um mein Make-up aufzulegen, brachte mich meine Erinnerung zurück zu Olivias Schlafzimmer, als sie vierzehn war und ich ihr half, sich für eine Schultanzparty fertig zu machen. Während ich ihr verschiedene Töpfchen und Puderdosen und Tuben mit Kosmetik darin reichte, alles in den Farben der ostentativen Achtziger, tupfte ich knallpinkes Rouge auf meine Wangen und machte ihre spitzen eckigen Lidschatten nach, indem ich die Finger als Bürstchen benutzte. Ich schaute mir ihr honigfarbenes Haar genau an, toupiert und oben hochstehend und mit aufgepufftem Pony, der Rest fiel ihr auf die Schultern. Ihr Gesicht war rund; ihre Haut hell; ihre Augen mandelförmig mit blauen Diamanten als Iris.

»Mögen Jungs diesen ganzen Kram?«, erinnerte ich mich sie gefragt zu haben, während ich ihre Lippenstifte in einer Reihe aufstellte.

»Sie mögen es, wie er an Mädchen aussieht, falls es das ist, was du meinst.«

Ich warf einen Blick auf Olivias Culture-Club-Poster. »Offensichtlich haben die das Zeug auch ganz gerne *getragen*.«

»Boy George schon.«

»Verschmiert der ganze Lippenstift beim Küssen?«, fragte ich.

Olivia kicherte. Sie hatte während der Highschool immer mal wieder eine Verabredung gehabt, bis unsere Mutter krank geworden war, da machte sie Schluss mit Bobby Ackerman. Und ich? Ich hatte Jungs auf Partys geküsst und war ab und zu ins Kino gegangen, aber gegen Ende meiner Teenagerzeit wussten die meisten nicht mehr, wie sie mit mir reden sollten. Ich war das Mädchen, dessen Eltern an Krebs gestorben waren. Die, die mit ihrer Schwester von Sozialhilfe lebte. Dieses Gerücht hielt sich, obwohl es nicht der Wahrheit entsprach. Mir stand einfach nicht der Sinn nach Verabredungen, selbst als ich mit der Highschool fertig war und anfing, im Buchladen zu arbeiten. Die Uni holte mich sozusagen aus meiner Höhle heraus und ich fing schließlich mit all den Dingen an, die die meisten Mädchen in der Highschool machten.

Nicht, dass es mich gestört hätte, ein Spätzünder zu sein. Dadurch schätzte ich das, was ich bei den Verabredungen erfuhr und erlebte, sogar noch mehr. Aber vielleicht erklärte das auch, warum ich so sehr an Shaun hing – er war der erste Typ, mit dem ich zusammenlebte, derjenige, mit dem ich all meine Geheimnisse und Ängste, Hoffnungen und Träume teilte.

Als ich mich wieder zurück in die Gegenwart gebracht hatte und mein Bild im Spiegel anstarrte, den Rougepinsel unbeweglich in die Luft haltend, meine grauen Augen und mein spitzes Kinn musternd, nach Falten suchend, fragte ich mein Spiegelbild laut: »*Was machst du da bloß?*«

Ich meine, im Ernst – warum tat ich mir das alles an? Etwa, um ein paar Leuten, die *Deshalb liebe ich mein Singleleben* lasen, eine Freude zu machen? Leute, die auf meine Einträge antworteten, als hätten sie tatsächlich etwas in meinem Leben zu melden? Die Leser meines Blogs waren hauptsächlich Singles, genau wie ich, die mich manchmal bejubelten und sich manchmal über ihre eigene einsame Existenz beschwerten. Manche schienen darauf zu warten, dass ich einen gewagten Schritt tat, etwas, das sie dann nachmachen konnten. Aber kaum hatte ich diesen ersten Eintrag, meine Antrittsrede, geschrieben, wurde mir klar, dass ich nicht die Sprecherin aller Singles sein wollte. Aber nun war es zu spät, den Titel wieder zurückzugeben.

Das mit den Verabredungen schien in Olivias Tagen viel einfacher zu sein. Es gab nichts zu analysieren. Du zogst dir was Besonderes an. Man machte sich Schaum in die Haare oder kräuselte sein Haar und trug Armbänder bis hoch zum Ellbogen. Man legte Make-up auf. Man ging aus und kam zu der Uhrzeit wieder nach Hause, die einem die Eltern genannt hatten. Man schrieb darüber in seinem Tagebuch und versteckte es, damit kleine Schwestern es nicht finden konnten. Auch zu Shauns Zeiten waren diese ganzen verdammten Verabredungen einfacher gewesen. Kein Geheul wegen des Kleiderschranks oder auffällige Posen vor dem Spiegel. Ich trug Jeans und Blazer und High Heels an dem Abend, an dem wir uns das erste Mal sahen, ein bisschen Make-up und die Haare lang und glatt. Natürlich hatte ich nicht die Absicht, an diesem Abend irgendjemanden kennenzulernen, aber meine Klamotten änderten sich nicht groß, während der Zeit, in der wir zusammengekommen sind. Warum auch? Ich hatte ihn doch bereits an diesem ersten Abend beeindruckt.

Könnte es nur noch mal so einfach sein. Die allerletzte großartige Beziehungskiste hatte man doch noch nicht ohne mich abgeschickt, oder?

★★★

Ich kam um fünf Minuten nach halb neun am Grounds an, nachdem ich nur noch zweimal mein Oberteil gewechselt hatte (raus aus dem lila V-Ausschnitt und dann doch wieder rein), und protzte mit neun Zentimeter hohen Riemchensandalen (dem heißesten Teil des ganzen Outfits, jedenfalls meiner Meinung nach – ich zog in Erwägung, vielleicht die Füße während der Dates auf den Tisch zu legen, damit die Typen sie auch sehen konnten), meine Haare offen und das Make-up dezent. Nachdem ich an einer Hochfrisur gescheitert war, bürstete ich sie aus und ließ sie offen über die Schultern fallen, weich und ungebändigt.

Das Grounds schloss um sieben; Norman und ich hatten beide den Abend freigenommen und Susanna, unsere Lieblingsteilzeitkraft, gebeten, für uns zuzumachen. Als ich ankam, waren Norman, Jay und Minerva bereits da. Norman hatte dunkle Kaki-Chinos, ein hellbeiges Button-down-Hemd und schwarze Oxfords an. Er war glatt rasiert und hatte außerdem die Haare frisch geschnitten. Ein John-Cusack-Doppelgänger. Norman Bailey hatte pechschwarzes Haar, braune Hundeaugen und eine Nase, die so wohlgeformt war, dass sie in einem Katalog für Nasenkorrekturen hätte abgebildet sein können. Er trug sonst Paisleyhemden und Blue Jeans mit schwarzen Chuck Taylors oder braunen Mokassins und gab es nach einer Woche Arbeit im Grounds auf, Eau de Cologne zu tragen, weil ihm von der Kombination der Aromen übel wurde (obwohl er heute Abend leicht nach *Kuros* roch). Total hinreißend und absolut jemand, mit dem man ausgehen würde.

Jay trug schwarze Dockers (Minerva machte ihm einige Probleme, wenn er im Sommer schwarz tragen wollte) und ein Golfhemd. Minerva hatte ihr *Ausgeh-Kleid* an – ein heißes kleines, rotes Exemplar mit einem Schlitz an der Seite und einem tiefen Rückenausschnitt, alles, um Jay zu gefallen, wie ich wusste. In dem Moment, als ich reinkam und sie sah, drehte ich mich sofort wieder um, und Minerva musste mich am Arm festhalten, damit ich nicht geradewegs wieder rauslief, so als wäre die Tür eine Drehtür.

»Wow, du siehst hübsch aus, Eva!«, rief Norman laut. »Diese Farbe ist perfekt für dich.«

»Hübsch?«, sagte ich. Ich war mir nicht sicher, ob ich *hübsch* sehr überzeugend fand.

»Im Ernst, du siehst wirklich gut aus«, sagte Minerva, die genau in diesem Moment ihr Telefon auf mich richtete und ein Foto schoss.

»Du siehst heiß aus«, sagte ich zu Minerva. »Und ich nicht.«

»Du siehst sexy aus«, sagte Norman.

Sexy. Norman dachte, ich sehe hübsch und sexy aus. War da gerade irgendeine Sonnenfinsternis aufgezogen, oder was?

»Danke, Norman. Du siehst selbst aber auch nicht gerade schlecht aus.«

»Danke. So ... sind wir dann fertig zum Gehen?«, fragte Norman. Wir schauten uns alle gegenseitig an und nickten zustimmend.

»Beifahrer!«, rief Jay und Minerva rollte mit den Augen. Norman hatte angeboten, der Fahrer zu sein, also bedankten wir uns alle bei ihm.

Jay und Norman setzten sich nach vorne und hörten sich eine lokale Band an, die Norman von iTunes runtergeladen hatte. Minerva und ich saßen hinten und quatschten wie zwei Teenager.

»So«, sagte sie, während sie sich zu mir hinüberlehnte und ihre Stimme dämpfte. »Ich muss dir was sagen.«

»Was?«, sagte ich.

Sie war aufgedreht und ihre Augen strahlten. »Könnte sein, dass ich schwanger bin.«

Mir blieb der Mund offen stehen und sie legte schnell ihre Hand drauf, damit ich leise war.

»Sag bloß nichts. Keiner weiß was außer dir, Jay und meinem Laborpartner und ich will nicht, dass es sonst irgendjemand erfährt.«

Zum Glück war die Musik, zusammen mit Jays und Normans Unterhaltung, laut genug, dass die beiden sowieso nichts gehört hätten, auch wenn mir nicht die Worte gefehlt hätten.

»Min!«, spuckte ich schließlich heraus. »Bist du sicher?«

Sie kicherte. »Ja, total.«

»Hast du eines dieser Schwangerschaftstests-für-zu-Hause-Dingsbums-Dinger gemacht?«

»Mein Laborpartner an der Schule hat mir einen Test gegeben.«

»Ogottogott. Wow. Min.«

»Ich weiß!«, sagte sie und ließ die Schultern knacken, als würden wir über den Abschlussball reden. »Ist das nicht großartig?«

»Ich wusste nicht, dass du und Jay irgendwas geplant hatten.«

»Oh, das ist total ungeplant. Ich meine, es könnte zu keinem schlechteren Zeitpunkt passieren, ich noch in der Schule und Jay, der seine Studiengebühren abzahlen muss. Aber was macht das? Das ist ein *Baby*, Eva. Minerva und Jay in klein. Ein Baby Brunswick. Kannst du dir vorstellen, wie ich ein Baby mit ins Grounds bringe? Sie wird ihren eigenen Keks der Woche bekommen.«

»Pürierte Biscotti?«

Minerva lachte.

»Und – ist Jay aufgeregt?«, fragte ich.

»Also, er will sich nicht zu große Hoffnungen machen, aber, ja, er wäre nicht traurig, wenn es klappen würde.«

»Wow, eine Mini-Min.«

»O bitte, versprich mir, dass du das nie wieder sagst.«

Wir kicherten beide und ich drückte ganz fest ihren Arm. »Ich weiß nicht, was ich sagen soll. Es ist zu früh, um zu gratulieren, oder?«

Minerva knackte wieder mit den Schultern. »Ich hab ein echt gutes Gefühl. Ich werde noch nicht mal was trinken heute Abend, nur für den Fall. Aber sag nichts zu Norman, okay?«

»Versprochen, ich werde niemandem was sagen.«

Sie umarmte mich.

»Hey, kein lesbisches Rumgefummel da hinten – vor allem nicht, wenn ich nicht zuschauen kann«, sagte Norman, der in den Rückspiegel geschaut hatte.

Als wir an der Bar ankamen und wir alle vier hineingingen und uns den Laden genau anschauten, konnte ich nicht anders, als mir voller Hoffnung zu wünschen, dass ich am Ende des Abends jemanden kennengelernt hatte.

»Das hier wird ein Riesenspaß«, sagte Jay.

»Meinst du?«, sagte ich. In dem Moment, als Minerva unauffällig ihren Ehering abstreifte und in ihrer Clutch verschwinden ließ, verspürte ich den Drang, ihn ihr aus der Hand zu reißen, an den eigenen Finger zu stecken und nie wieder abzunehmen.

10

Das soziologische Experiment

Der gerade eben so begonnene Morgen nach dem Speeddating

Okay, so ist es also gelaufen.

Jay, Minerva, Norman und ich kamen, kurz bevor es losging, in dem Club an. Zehn Typen insgesamt, an jedem Tisch einer.

Die Regeln: Jeder bekommt eine Nummer. Frauen fangen an einem Tisch an und man hat acht Minuten, um sich zu unterhalten oder was auch immer. Wenn die acht Minuten herum sind, klingelt es und man geht weiter. Keine Chance, das Gespräch zu beenden oder eine Visitenkarte zu bekommen, nichts. Man muss mitten im Satz aufhören und weitergehen.

Typ 1 verläuft ungefähr so:

Er: Hey, schöne Frau. *(Keine Verarschung.)*

Ich: Hi, ich bin Eva.

(Ich strecke meine Hand aus und er küsst sie. Iiiih.)

Er: Ay-va, sagst du?

Ich: Ja.
Er: Ich heiße Peter.
Ich: Hi, Peter.
(Hier denke ich, dass gegenseitiges Sich-Vorstellen tatsächlich eine Menge Zeit raubt, wenn man nur acht Minuten hat. Er trägt ein Button-down-Hemd aus Viskose mit einer Harley Davidson drauf, nur so nebenbei.)
Er: Warum Speeddating?
Ich: Ich mache ein Experiment. Und du?
Er: *(lacht)* Ein Experiment? Was bist du, so eine Art Hexendoktor?
Ich: Nur neugierig auf das soziale Verhalten bei Verabredungen, nehme ich an.
Er: Also, ich bin auf der Suche nach Mrs Right. Das wärst nicht du, oder?
Ich: Ämmmm ...
(Ich frage mich, wie viele Sekunden man braucht, um Ämmmm zu sagen.)
Immer noch ich: Wahrscheinlich nicht. Aber danke der Nachfrage.
Er: Du bist jedenfalls hübsch, trotz allem.
Ich: Danke. Nettes Hemd.
Er: *(guckt an seiner Brust hinunter und zieht sein Hemd glatt, um es zu zeigen)* Du magst Harleys?
Ich: Ich hab immer so getan, als würde ich eine fahren, als ich zehn war und ein Fahrrad mit Chopper-Lenkern und Bananensitz hatte.
Er: *(lacht wieder)* Hübsch *und* lustig. Ganz sicher nicht meine Traumfrau?

KLINGELINGELING
(Tatsächlich war unser Gespräch länger als das, aber warum sollte ich euch das antun?)

Typ 2: Gut aussehend. Tatsächlich. Ich glaube aber, er nimmt Botox.

Er: Hi.

(Streckt die Hand aus.)

Immer noch er: Ich heiße John.

(Nehme ich hier die Apostel durch?)

Ich: John? Ich bin Eva.

Er: Das ist ein hübscher Name.

Ich: Danke.

Er: Erzähl mir was über dich in acht Minuten oder weniger.

Ich: Ich nenne ein eigenes Geschäft mein Eigen.

(O Gott, dieses eigen *und* Eigen *sieht einfach schrecklich aus auf dem Bildschirm. Hat sich dort gar nicht so einfallslos angehört ...)*

Er: *(Augen weiten sich)* Wow! In welcher Art Geschäft bist du denn?

Ich: Ich habe einen Coffeeshop in der Nähe der Uni.

Er: Wart mal kurz ... redest du über das Grounds?

Ich: Ja.

Er: Oh, verdammte Scheiße! Da war ich schon!

(Wow. Zu viel Aufgeregtheit hier ...)

Ich: Cool. Hat's dir gefallen?

Er: Also, schien mir ein Haufen Bücherwürmer da drin zu sein, aber der Kaffee war ziemlich gut.

KLINGELINGELING

Typ 3: Pummelig. Kahle Stellen. Sieht aus, als lebte er mit seiner Mutter zusammen. Armer Kerl. Ist es nicht schrecklich, in Stereotypen zu denken? Lasst einfach die Klingel klingeln und uns weitergehen.

Typ 4: Namen vergessen. Irgendwas mit Q, glaube ich.

Er: Welches Geschäft besitzt du?

Ich: Coffeeshop.

Er: Na ja, das ist ja kein so hochfliegendes Unternehmen, oder?

Ich: Was meinst du damit?

Er: Was holst du denn da jährlich raus?

Ich: Frag meinen Buchhalter, du Schwachkopf. *(Okay, den zweiten Teil habe ich nur gedacht.)*

Er: Du weißt noch nicht mal, wie viel Umsatz dein Geschäft macht?

Ich: Ich weiß ganz genau, was mein Geschäft einbringt, ich glaube nur nicht, dass das irgendwie *dein* Geschäft ist. *(Schwachkopf)*

Er: Ich meine nur, wenn man richtiges Geld machen will, dann macht man das nicht mit Lebensmitteln oder im Einzelhandel.

Ich: Erzähl das mal Howard Schultz.

Er: Wem?

Ich: Dem Starbucks-Typen.

(Er ist nicht beeindruckt. Ich jedenfalls wäre beeindruckt. Immerhin, wie viele Leute wissen, dass der Typ, der Starbucks gegründet hat, Howard Schultz ist? Wie beeindruckt muss ich immer noch sein, dass ich mich sogar jetzt noch daran erinnere, wo ich ein bisschen beschwipst bin?)

Er: Und wie lange bist du in dem Business?

Ich: Ein paar Jahre. Davor war ich Professorin an der Uni.

Er: Für was?

Ich: Kreatives Schreiben.

Er: Du bist 'ne Liberale, stimmt's?

KLINGELINGELING

Typ 5 war Norman.

Ich: Und – glaubst du das alles hier?

N: Ich habe einen Heiratsantrag bekommen.

Ich: (Mund offen) Du verarschst mich.

N: Ganz und gar nicht.

Ich: Und?
N: Und sie hat fünfzigtausend Dollar Kreditkartenschulden.
Ich: Das hat sie dir erzählt?
N: Jeden einzelnen Dollar.
Ich: In welchem Zusammenhang? Ich meine, wie kam das Gespräch da drauf?
N: Ich glaube, ich habe irgendwas über meine Comicsammlung gesagt.
Ich: Ich sehe da keine Verbindung.
N: Wie sieht's bei dir aus? Irgendwelche Bringer bisher?
Ich: Ich hatte Harley Davidson, Botox Bob – oder John eigentlich – und Donald Trump.
Norman zuckte zusammen. Minerva war einen Tisch vor uns und, ehrlich gesagt, hatte ich versucht, ihre Dates zu belauschen. Ich meine, was sagte sie zu denen? In dem Moment fiel mir auf, dass ich mich an diesem Abend am wohlsten gefühlt hatte, als ich mit Norman zusammengesessen und geredet hatte. Das hier wurde deprimierend – und zwar ganz schön schnell.

Typ 6
Ich: *(wenig enthusiastisch)* Ich heiße Eva.
Er: Ich bin Todd.
(Ich betrachte ihn misstrauisch.)
Ich: Wie alt bist du?
Er: Vierundzwanzig.
Ich: Ich dachte, das hier wäre von dreißig bis fünfundvierzig.
Er: Ach, Mann, ich wusste doch, dass ich mich für den falschen Abend angemeldet hatte ...

KLINGELINGELING

Typ 7
An den kann ich mich nicht mal mehr erinnern. Außerdem war ich mittlerweile bei meinem dritten Rosebud und die machten da mehr Bud als Rose hinein.

Typ 8 war Jay, von Ohr zu Ohr grinsend wie ein großes Kind. Genau wie Minerva eigentlich vorher im Auto.

Ich: Wie läuft's?

Er: Das ist so ein Spaß hier. Wir sollten das jede Woche machen.

Ich: Meinst du das ernst?

Er: Unser Mädchen labert die hier wirklich zu. Hat jedem Einzelnen von denen erzählt, dass sie verheiratet ist und ein soziologisches Experiment durchführt.

Ich: Ach, Mist, das war *mein* Satz. Das soziologische Experiment, meine ich.

Er: Ihr zwei müsst aufhören, so viel Zeit miteinander zu verbringen.

Er schaute an mir vorbei zum nächsten Tisch und beobachtete seine Frau. Gott, er war so verliebt in sie. So ein Glückspilz, diese Minerva.

Typ 9 Tom-Cruise-Doppelgänger, ohne das Sofa-Hüpfen. Und entschuldigt, ich weiß, dieses Pferd ist bereits zu Tode geprügelt worden, aber ich komme im Moment auf keinen anderen guten Tom-Cruise-Witz.

Er: Schön, dich kennenzulernen.

Ich: Dich auch.

Er: Ich heiße Tom

(Kein Scheiß!)

Ich: Eva.

Er: Amüsierst du dich gut hier bisher?

Ich: Es ist okay. Und du?

Er: Das Mädel, das vor dir dran war, hat mir erzählt, dass sie verheiratet ist und ein soziologisches Experiment durchführt.

(Ich wollte gerade schlucken und hätte mich fast verschluckt.)
Immer noch er: Hey, alles klar bei dir?
Ich: Ich nehme an, man lernt hier alle möglichen Leute kennen.
Er: Also, weißt du, was ist der Sinn des Experiments, wenn du allen erzählst, was du tust?
Ich: Na ja, weißt du, es gibt akademische Integrität und Ethik. *(Halt den Mund, halt den Mund. Halt. Den. Mund.)*
Er: Lass mich raten: Du bist Professorin hier an der NCLA?
Ich: War ich mal. Jetzt habe ich mein eigenes Geschäft. Warst du jemals im Grounds?
Er: Ich wusste doch, dass du mir bekannt vorkommst! Das ist ein toller Laden! Du hast mir einen Buchladen empfohlen, als ich auf der Suche war nach einer Anthologie für britische Literatur des 19. Jahrhunderts, die nicht mehr gedruckt wird.
Ich: Wirklich? Wann?
Er: Du hattest erst seit ein paar Monaten auf. Ich war seit Langem nicht mehr da gewesen, aber vielleicht komme ich mal wieder vorbei. *(Was ist das denn? Mag ich diesen Typ etwa?)*
Ich: Danke.

Tom arbeitete im Gesundheitswesen und besaß ein Haus. Intelligent. Wühlt nach britischer Literatur, sogar wenn es 19. Jahrhundert ist. Eindeutige Möglichkeiten.

Ich: Wie alt bist du, Tom?
Er: Gerade letzte Woche fünfunddreißig geworden.
(Eindeutige Möglichkeiten.)

Wir machten Small Talk. Wir machten Witze, über die wir lachten. Es war das einzige Mal, dass ich nicht nach meiner Uhr guckte. Das einzige Mal, dass es klingelte, als ich mitten im Satz war und nicht weitergehen wollte.

Typ 10 ... Moment, es gab ein Rosebud 4, aber war da ein Typ 10?

Am Ende der Runde füllten Jay, Minerva, Norman und ich alle unsere Karten aus. Im Grunde genommen kreuzte man ein Ja oder Nein neben der Nummer der Typen an, bei denen man Interesse hat, sich für ein richtiges Treffen zu verabreden. Man hängt ein bisschen herum, betrinkt sich ein wenig mehr und dann kommt jemand zu dir und sagt dir, welche Typen mit dir zusammenpassen. Das findet man nur heraus, wenn beide übereinstimmen.

Natürlich wurden Jay und Minerva als passend herausgefunden. Norman passte mit mir zusammen (wir hatten beschlossen, jeweils das Kästchen des anderen anzukreuzen, für den Fall, dass es sonst keiner tun würde) und mit einem Mädchen namens Samara. Er war ganz offensichtlich erfreut darüber und beeilte sich, zu ihr rüberzugehen und mit ihr zu reden. Sie hatte lange, dunkle Haare und ein freches, kleines Kleid an, dessen Länge meinen Rock so aussehen ließ, als käme er direkt aus Amish Country.

Was bei mir rauskam: Norman natürlich und ... *Bitte lass es der Tom-Cruise-Typ sein! Bitte lass es der Tom-Cruise-Typ sein! Er muss es einfach sein – wir hatten diese ganze Chemie ...*

Nur Norman.

Auf einmal fühlte sich Normans und meine Idee, uns gegenseitig anzukreuzen, noch viel erbärmlicher an, als wenn wir es nicht gemacht hätten.

Bevor wir die Bar verließen (wir hatten noch auf Norman gewartet), ging ich zu dem Tom-Cruise-Typen rüber, der sich angeregt mit einer Blondine unterhielt.

Ich: Entschuldige, darf ich dich kurz fragen, warum du mein Kästchen nicht angekreuzt hast?

Als die Worte in meinen Ohren nachklangen, wurde mir klar, dass sich irgendwas an ihnen wirklich daneben anhörte.

Er hielt die Hände hoch, als ob ich ihm eine Szene machen wollte.

Tom: Hör' mal, sollte keine Beleidigung sein. Du warst nur ein bisschen zu besserwisserisch für mich, das ist alles. Als hättest du schon alles kapiert oder würdest über allem drüberstehen oder so was. Ich meine, ist doch alles ein Riesenspaß, weißte?

Ich schrumpfte auf die Größe eines Dreckflecks auf dem Boden.

Ich: Danke. Entschuldige die Unterbrechung.

Norman fuhr und redete ununterbrochen von Samara. Minerva schlief an Jays Schulter ein, während er ihren Kopf küsste und die Augen schloss. Ich saß vorne und starrte aus dem Fenster. Ich fühlte mich, als ob die ganze Welt ohne mich losgegangen wäre und angebissen hätte. Ich dachte, ich wäre so zufrieden ohne feste Beziehung. Und dann kapierte ich: Das war ich nicht. Ich war *nicht* zufrieden ohne eine feste Beziehung mit Shaun.

Es ging um ihn, so war es doch. Es ging immer nur um ihn.

Ich machte den Computer aus und stand auf, wobei ich versuchte, mein Gleichgewicht zu halten. Ohne mir noch nicht mal die Schminke vom Gesicht zu waschen, streifte ich die Klamotten ab, ließ sie auf einem Haufen auf dem Boden liegen, zog mir ein T-Shirt über und fiel ins Bett.

Und der Tom-Cruise-Typ dachte, ich hätte alles kapiert.

11

Nachwirkungen

NACH DEM SPEEDATING-Abend hatte ich mir mein erstes freies Wochenende seit weiß Gott wie lange gegönnt und verbrachte die meiste Zeit davon im Bett. Weil ich ans Trinken nicht sehr gewöhnt war, beruhigte ich meinen Kater mit einem von Minervas Hausrezepten, das aus V-8-Gemüsesaft und Gatorade, abwechselnd getrunken, und einer doppelten Dosis Vitamine bestand. Ich hatte auch entschieden, mir eine schon länger nötige Auszeit von meinem Laptop zu nehmen. Als ich am Montag wieder im Grounds auftauchte, bestürmten mich jedenfalls meine Stammgäste mit Fragen zu meinem WILS-Eintrag und zu meinem Speeddating-Abend. Es stellte sich heraus, dass ich den Eintrag besser *Schreib niemals etwas, wenn du betrunken bist* hätte nennen sollen.

»Ich weiß nicht«, sagte Dara, die mit Minerva und zwei anderen Stammgästen zusammensaß, »es hat sich irgendwie nach Spaß angehört.«

»Wow, das sieht aber ganz schön nach Meinungsumschwung aus«, sagte ich. »Wessen Beitrag hast du denn gelesen – meinen oder Minervas Arbeitsreport?«

Nicht überraschend hatte sich Minerva das soziologische Experiment zu Herzen genommen und einen konventionellen Laborbericht geschrieben – sie benutzte sogar akademische Dokumentierungssprache, als sie Jays Beschreibung des Abends als *flott* bezeichnete.

Minerva verdrehte ihre Augen wegen mir. »*So* schlimm war es nicht.«

»Ich bitte dich. Du hättest das Ding beim *Journal of Behavioral Psychology* einreichen können und die hätten sich darauf konzentriert, *dich* zu untersuchen.«

Dara beugte sich zu Minerva hinüber, als würden wir einen Skandal erörtern. »Hast du am Ende ein paar Visitenkarten mitgenommen? Wer war dein Favorit?«

»Mein Favorit bei den Mini-Verabredungen?«, fragte Minerva. »Da muss ich sagen, Norman.«

Norman?

Jay warf Minerva einen Blick zu. *Norman??*

Sie schaute flüchtig in unsere Gesichter, auf die die Verwirrung geschrieben stand.

»Ja. Ich hatte wirklich eine gute Zeit«, betonte sie.

Ich traute meinen Ohren nicht. »Norman – der Dem-du-mal-angedroht-hast-ihn-zu-kastrieren-weil-er-dich-Minnie-genannt-hatte-Norman?«, sagte ich.

Hinter ihr wurde Norman bei der bloßen Vorstellung blass.

»Ich habe ihm nie angedroht, ihn zu kastrieren«, korrigierte sie mich. »Und, ja. Er ist ein witziger Typ.« Sie rief über ihre Schulter: »Hörst du das, Norman? Ich finde, du bist ein Schatz!«

»Und du bist verheiratet!«, rief er hinter der Theke zurück. »Was bringt mir das also?«

»Weiß nicht. Weiterempfehlungen?«

»Sehe ich etwa wie die Art von Typ aus, die Empfehlungen braucht?«, fragte er.

»Und sehe ich etwa aus wie die Art von Frau, die dir darauf antworten soll?«, schoss sie zurück, drehte sich dann zum Rest von uns um und redete unbekümmert mit ihrem Mann weiter. »Wer war dein Favorit, Jay?«

Er schaute sie an, als läge seine Antwort auf der Hand. »Du.«

»O bitte. Du isst doch jeden Tag mit mir zu Abend!«, machte

sie sich über ihn lustig. »Da muss doch jemand gewesen sein, der interessanter war. Komm schon, erzähl's uns! Ich verspreche dir, ich bin auch nicht sauer.«

»Du bist mein Favorit«, sagte er und klang wie ein Junge, der seinen Lieblingsteddy verteidigte.

Einer von Minervas Mundwinkeln verzog sich zu einem seltenen, zarten Lächeln, das nur für Jay bestimmt war. Das war eines der Dinge, die ich an ihrer Beziehung bewunderte – sie waren in der Öffentlichkeit nie sehr zärtlich miteinander – Händchenhalten war das äußerste der Gefühle, aber die *Liebe* ... ohne Küssen oder Turteln oder Hundeblick. Zwischen Minerva und Jay gab es fast fühlbare Wellen von Zuneigung. Ich glaube, das ist es, was Paare, die *natürlich* miteinander aussehen, vom Rest der verliebten eHarmony-Welt unterscheidet. Die meisten Paare demonstrieren, nein, zum Teufel, *beweisen* sich gegenseitig mit kleinen Gefälligkeiten, ihrem Benehmen und Erklärungen am Valentinstag, wie verliebt sie sind. Minerva und Jay mussten sich das nie zeigen; vielmehr war es eine unausgesprochene und unumstößliche Tatsache. Ein Abkommen. Manchmal konnte man es in einem Blick oder einem Lächeln sehen oder in der Art, wie sie die Gedanken und Sätze des anderen zu Ende brachten, aber meistens war es eine Gegenwart, die jeden unter ihre warme Decke zog.

Warum hatten Shaun und ich so was nie gehabt?, fragte ich mich. *Und ist es zu spät, um ihn zurückzugewinnen und so was zu finden?*

»Also wir kennen jedenfalls alle Evas und Normans Favoriten«, sagte Dara.

»Woher weißt du das?«, fragte ich.

»Du hast doch alles aufgeschrieben, Dummerchen! Deiner war dieser Tom-Typ, der nicht wirklich auf dich gestanden hat, und Normans war das Mädel mit dem Kleid.«

»Ihr Name ist *Samara*«, sagte Norman.

Tatsächlich hatte ich eine ganze Menge von dem, was ich in dieser Nacht geschrieben hatte, vergessen. Von einer Minute zur nächsten bedeckte ich meine Augen mit meiner Hand, so als würde jeder verschwunden sein, wenn ich sie wieder wegnähme.

»Gehst du wieder mit ihr aus?«, fragte Scott Norman.

»Morgen Abend, um genau zu sein«, sagte Norman. »Aber falls du die Wahrheit wissen willst, sie war nicht mein Favorit. Und tut mir leid, Minerva, du auch nicht. Es war Eva.«

Ich fühlte, wie mein Gesicht heiß wurde. *Ich?*

»Also, das ist leicht zu glauben, nach dem, wie sie an diesem Abend ausgesehen hat«, sagte Scott.

Ich drehte mich so abrupt nach ihm um, dass ich mir einen Muskel im Rücken zerrte. »Woher weißt *du* denn, wie ich ausgesehen habe?«

»Himmel, wo bist du denn das ganze Wochenende gewesen, Eva?«, fragte Scott.

»Verkrochen unter meiner Bettdecke. Jetzt beantworte meine Frage.«

»Minerva hat es in ihrem Blog gepostet, zusammen mit ihrem Report.«

Mitten im Kekse-Kauen lächelte Minerva schüchtern, ohne ihren Mund zu öffnen, und zuckte die Schultern. »Es ist ein Hilfsdokument.«

Ich ging zu Scotts Laptop, surfte auf Minervas LiveJournal Blog und genau da war ich: das Foto, das Minerva im Café mit ihrem Telefon von mir gemacht hatte. Es war tatsächlich kein ganz schlechtes Bild, aber trotzdem. Ich schaute sie wieder an – sie war jetzt mit dem Kauen fertig und trank den Rest ihres Vanille Chai in einem Schluck.

»Das ist ein gutes Foto, Eva. Das musste einfach gezeigt werden«, sagte Minerva.

»Das ist ein *großartiges* Foto«, korrigierte Scott. »Lass uns eine kurze Umfrage machen: Wer stimmt zu, dass Eva Freitagabend heiß ausgesehen hat?«

Alle Stammgäste bis auf Neil hoben die Hände. »Tut mir leid«, sagte Neil, »ich hab's nicht gesehen.«

»Dann komm doch rüber, Kumpel«, sagte Scott.

Peinlich berührt schaute ich alle an, verkündete dann: »Ich hab in der Küche zu tun«, und lief los Richtung Küche, während Neil auf Scotts Laptop nachsah.

Später an diesem Tag kam Car-Talk-Kenny in den Leseraum, wo ich im Schneidersitz auf dem Boden vor dem Bücherregal hockte und eine Kiste Bücher durchging, die ein Gast früher am Tag als Spende hiergelassen hatte.

»Hey, Eva.«

Ich sah zu ihm rauf.

»Hey, Kenny.«

»Was gibt's?«, fragte er.

»Komm, setz dich zu mir«, befahl ich ihm und klopfte auf den Boden. Er ließ sich gehorsam auf seine Knie runter.

»Wie war dein Wochenende?«, fragte er.

»Hast du Minervas LiveJournal gesehen?«

Er machte eine ganz kurze Pause, während der ich ihm einen Stapel Bücher gab, die er vorsichtig neben sich legte. »Ja. Nettes Foto. Ich mochte aber deinen WILS-Eintrag lieber. Ihrer war ein bisschen zu klinisch.«

»Es war einfach toll gewesen. Du hättest mit uns dabei sein sollen.«

»Ich hatte leider was anderes vor«, sagte er.

»Triffst du dich mit jemandem, Kenny?«

Diese Frage überraschte uns beide.

Er untersuchte den Rücken eines der Bücher. »Im Moment nicht«, antwortete er. »Wieso?«

»Würdest du gerne? Ich meine, macht es dir was aus, keine Beziehung zu haben?«

»Ja und nein.«

»Wie das, ja und nein?«, fragte ich.

»Nein, es macht mir nichts aus, weil das Leben gut ist und ich auf dem richtigen Weg und bereit bin, falls die richtige Frau vorbeikommt. Und ja, es macht mir was aus, weil sie eben noch nicht vorbeigekommen ist. Oder sie ist noch nicht bereit.«

»Du wartest einfach nur, dass sie auftaucht?«

»So ähnlich, ja.«

Wie kommt man nur an den Punkt, an dem man so zufrieden oder gewillt ist zu warten? Mein allererster WILS-Eintrag handelte von genau dieser Zufriedenheit: Aber seitdem hatte ich sie verloren. Tatsächlich konnte ich mich auf einmal nicht mehr daran erinnern, sie je gefühlt zu haben.

»Warum gehst du nicht los und findest sie? Woher weißt du, dass sie nicht auf dich wartet?« Ich gab ihm einen weiteren Stapel Bücher.

»Ja, da sagst du was«, sagte er.

»Ich geb's komplett auf – Verabredungen, meine ich. Es ist ein endloser Kreislauf. Freitagabend war einfach nur eine weitere Erinnerung, warum ich das Singleleben liebe.«

»Ja klar, ist gut. Wenn dich das glücklich macht. Aber ich glaube, du lügst.«

Ich hörte auf mit dem, was ich gerade tat, und starrte ihn schockiert an. Er lächelte mich an – ein breites, strahlendes Lächeln. Ein Kenny-Lächeln.

Kenny hatte nicht Spencers eckiges Kinn und seine hohen Wangenknocken oder Deans glänzendes, braunes Haar oder Normans Hundeaugen. Er hatte nicht die Finesse von Chris Noths Million-Dollar-Mr-Big oder Hugh Jackmans *einfach alles*. Er war eins dreiundachtzig groß und schlaksig, mit sandfarbenem Haar, das unregelmäßig geschnitten war, und haselnussbraunen Augen, die Zeugen der Welt um ihn herum. Er sah gut aus, war aber immer *schrecklich* angezogen. Nein, Kenny war jemand, den man nicht schätzen konnte, wenn man nicht direkt vor ihm saß, aufhörte zu reden und auf ein Lächeln von ihm wartete. Sein Lächeln war ansteckend. Von der Art, die sein ganzes Gesicht zum Leuchten brachte. Man konnte Kennys Lächeln nicht mehr vergessen. Das war einfach nicht möglich.

Als ich da auf dem Boden mit ihm saß, schaute ich ihn *wirklich* an und lächelte zurück.

»Du denkst, ich lüge?«, fragte ich.

Er nickte. »Wie gedruckt.«

»Über was?«

»Über alles«, sagte er. »Es ist doch so, Eva, warum hörst du nicht auf, der Welt und dir selbst zu beweisen, dass du als Single glücklicher bist, und bist einfach nur glücklich, um glücklich zu sein? Triff dich mit jemandem oder lass es; heirate oder heirate nicht; krieg Kinder oder krieg keine; mach es, weil es das Richtige für dich ist, und nicht, weil ein Haufen Blog-Leute mit zu viel Zeit – Anwesende ausgeschlossen«, sagte er und gestikulierte zwischen uns beiden hin und her, »dich fertigmachen würde, wenn du deine Meinung änderst oder eine Entscheidung triffst, die keine markigen Sprüche garantiert.«

Ich brauchte volle fünf Sekunden, bevor mir auffiel, dass mein Mund offen stand, ohne dass auch nur ein Laut hervorkam.

»Und ich sag dir noch was anderes. Der Tom-Cruise-Typ war doch wahrscheinlich nur Mittel zum Zweck«, sagte er.

Ich lachte laut auf, das erste Mal an diesem Tag. An diesem ganzen Wochenende, um genau zu sein.

»Und ich hätte dein Kästchen angekreuzt, wenn ich da gewesen wäre, und das nicht nur, weil ich dich kenne. Bilder lügen nicht.«

»Schwachsinn«, sagte ich mit leiser Stimme. »Die lügen die ganze Zeit.«

»Dieses nicht.« Er lächelte wieder und wieder konnte ich meine Augen nicht schnell genug von ihm abwenden.

Ich stand auf und er folgte mir. »Ich spendiere dir eine Tasse Kaffee, Seemann«, sagte ich, drehte ihn in Richtung der Kaffeetische und schubste ihn sanft zu ihnen rüber.

★★★

Als ich an diesem Abend vom Grounds nach Hause kam, las ich meinen Speeddating-Eintrag noch mal wie zur Selbstkasteiung. Das war so plump, so selbst entblößend. Wie konnte ich nur ein solcher Idiot gewesen sein? Jay und Minerva und Norman machte es nichts aus, dass ich ihre Namen benutzt hatte, aber die anderen hätte ich ändern sollen und Shaun raushalten, um meinetwillen und vor allem um seinetwillen. Siebzehn Kommentare folgten, von denen ich alle durchlas, bis ich am letzten hängen blieb, der anonym gepostet war:

Ich wusste nicht, dass du dich so fühlst.

Konnte das Shaun gewesen sein? Er hatte den allerersten Eintrag von WILS gelesen, wer sagte also, dass er diesen nicht auch bereits kannte? Wütend bearbeitete ich meinen Eintrag, änderte Namen und andere potenzielle Details, die zurückkommen und mir in den Hintern beißen konnten, bis ich in der Überzeugung aufgab, dass der Schaden bereits angerichtet war. Ich gab mich geschlagen und fügte nur noch eine letzte Zeile zu meinem Eintrag hinzu:

Das Urteil: Speeddating bekräftigt die Freundschaften, die man davor bereits hatte.

Dann noch eine neue Verabredungsregel:

Regel 6: Wenn man abends weg war und darüber in seinem Blog schreibt, sollte man das niemals tun, wenn man ein paar Rosebuds zu viel getrunken hat.

12

Beschleunigung

AM NÄCHSTEN TAG, als Car-Talk-Kenny an die Theke herantrat, grüßte er nicht und bestellte auch nichts. Stattdessen lehnte er sich gegen die Theke und beobachtete mich beim Arbeiten.

»Also, sind wir nun Freunde?«, fragte er.

»Was?«, fragte ich, völlig verblüfft von dieser Frage. »Ja, klar. Natürlich sind wir das.«

»Gut. Dann kannst du ja mit mir ausgehen.«

»*Was?* Auf keinen Fall.«

»Warum nicht?«, fragte er.

»Weil du ein Gast bist.«

»Dann, nehme ich an, sind wir auch keine wirklichen Freunde.« Er steckte die Hände in seine Taschen und betrachtete die Speise- und Getränketafel. Eine Besonderheit von Kenny: Er bestellte fast nie das Gleiche an zwei Tagen hintereinander.

Ich stieß mich von der Theke ab. »Doch, schon. Nur ... ich kenne dich nicht gut genug.«

»Nein«, sagte er ganz ruhig. »Du bist freundlich zu mir, aber wir sind keine Freunde.«

»Warum nicht?«

»Ich nehme übrigens den Haselnuss-Kaffee ohne Koffein«, sagte er und folgte mir, während ich ihm eine Tasse einschenkte. »Du bist ein Beobachter. Und nichts ist verkehrt daran, ein Beobachter zu sein – ich bin ein Beobachter. Ich könnte den ganzen Tag lang

Leute beobachten. Aber ich benutze das nicht als Ersatz dafür, Leute kennenzulernen. Im Gegensatz zu dir.«

Wow. Autsch.

Kaffee schwappte auf die Theke, als ich seine Tasse abstellte und direkten Augenkontakt hielt. »Das erste Mal überhaupt, Kenny, dass du total danebenliegst.«

»Wie du meinst, sagte er und gab mir das genau abgezählte Geld, »nur, dass es nicht stimmt. Lies deinen Blog.«

Er steckte eine Fünfdollarnote in das Trinkgeldglas und ging in seine übliche Ecke im Leseraum.

Als ich mir endlich genügend Erwiderungen zu meiner Verteidigung zurechtgelegt hatte, war er schon weg.

★★★

Als Kenny am nächsten Morgen das Grounds betrat, trug er eine weiße Papiertüte bei sich. An der Theke grüßte er nicht und bestellte sich auch nichts. Schon wieder.

»Wir haben zwanzig Minuten«, sagte er.

»Wofür?«, fragte ich.

Er hielt die Tüte hoch. »Lunch.«

»Es ist halb zwölf, Kenny.«

»Genau. Also haben wir zwanzig Minuten, bevor dein Mittagsbetrieb losgeht.«

»Ich kann jetzt nicht weg.«

Er schaute kurz im Café herum, um den Betrieb einzuschätzen. »Es ist ja nicht so, als würden wir zu den Fidschi Inseln fliegen oder so was.«

»Wohin gehen wir denn?«

»Nach draußen«, antwortete er, streckte seinen Arm aus und deutete mit der Tüte in der Hand Richtung Tür. »Komm schon.«

»Na schön«, lenkte ich ein. Ich guckte schnell nach Susanna und unserer neuesten Teilzeitkraft, dann kam ich hinter der Theke hervor und folgte ihm.

»Du bringst was zu essen aus einem anderen Laden in meinen?«

Achselzuckend führte er mich zur Rückseite des Gebäudes. »Tut mir leid, wenn ich gestern ein bisschen zu direkt zu dir war. Ich tendiere dazu, genau das zu sagen, was ich gerade im Kopf habe, und nicht darüber nachzudenken, ob ich vielleicht die Gefühle von jemandem verletze.«

»Ist schon okay.«

»Gut.« Er setzte sich auf den Bordstein und deutete auf den Platz neben sich. »Also, was denkst du über Guacamole?«

»Wie bitte?«

»Du hast die Wahl zwischen Pute mit Cheddar und Guacamole oder Schinken mit Apfelscheiben und Aioli auf einem Kaiserbrötchen.«

»Ähm, Guacamole, glaube ich.«

»Gute Wahl.« Er reichte mir ein großes Sandwich, in Papier eingewickelt.

»Danke.«

Er steckte seine Hand wieder in die Tüte. »Barbecue oder Meersalz?«, fragte er und holte zwei Tüten Kartoffelchips hervor.

»Meersalz. Wo hast du denn das alles her?«

»Der Sandwich-Shop auf der Market Street. Habe ich vor einer Weile entdeckt.«

»Planst du, das zu deinem neuen Stammcafé zu machen? Hin und weg von Aioli und Guacamole?«

»Was soll ich sagen? Ich habe eine Schwäche für Avocados.«

»Das ist natürlich ein großes Ding. Man kann keine Kekse mit Avocados machen.«

Ich biss in mein Sandwich. »Wow«, sagte ich, nachdem ich runtergeschluckt hatte, »vielleicht würde ich es dir nicht verdenken, wenn du abtrünnig wirst.«

Er lächelte, während ich wieder abbiss. »Okay, also«, sagte er. »Meine Kindergarten-Lehrerin hieß Janeway McHolland, ich wollte Entomologe werden, als ich klein war, und ich hasse Erbsen.«

»Sprichst du in irgendwelchen verschlüsselten Codes oder so was?«, fragte ich.

»Wir werden Freunde«, antwortete er und fuhr fort. »Wie auch immer, meine Lieblingsfarbe ist Grün und ich könnte Blaubeeren genauso wie Popcorn den ganzen Tag lang essen.«

Ich hob die Hand, um den Ansturm von Information zu stoppen. »Warum isst du nicht?«

»Es ist halb zwölf, ich hab noch keinen Hunger«, antwortete er, als wäre das total offensichtlich.

»Aber du kannst doch nicht einfach hier sitzen und mir beim Essen zusehen.«

»Warum nicht?«

»Weil das seltsam ist.«

Er nickte und nahm einen Schluck von seiner Coke. »Verstehe. Mag es nicht, wenn man ihr beim Essen zusieht. Gut zu wissen.«

Die frische Luft war eine willkommene Abwechslung zu dem allgegenwärtigen Geruch nach Kaffee. Obwohl ich ziemlich zusammengekrümmt auf dem Bordstein hockte, meine Knie gegen meinen Oberkörper gepresst, genoss ich meinen spontanen Lunch. Kenny nahm einen Bissen von seinem Sandwich und legte es desinteressiert wieder zurück.

»Als ich klein war, bat ich meine Mutter, meinen Geburtstag auf einen anderen Tag zu legen«, sagte er.

»Okay, das musst du jetzt erklären.«

»Mein Geburtstag ist am vierzehnten Januar. Alle haben genug gefeiert, genug Geschenke bekommen und genug vom Winter. Und ganz im Ernst, wie viel Spaß macht eine Geburtstagsparty im Winter?«

Ich schluckte. »Schneeballschlachten? Schneeburgen bauen?«

»Nicht da, wo ich herkomme. Nur kalt und grau.«

»Woher kommst du denn?«

»Delaware.«

»Delaware?«

»Ist in der Nähe von New Jersey.«

Ich schnaufte. »Also, *das* wusste ich auch. Du siehst nur nicht aus, als wärst du aus Delaware.«

Er schnaubte. »Wonach sieht Delaware denn aus?«

»Wie auch immer«, sagte ich. »Kein Geburtstagsspaß im Freien also. Was ist mit Sachen, die man drinnen macht? Laser Tag? Chuck E. Cheese? Es muss doch etwas gegeben haben.«

» Laser Tag wäre gut gewesen«, sagte Kenny. »Da gebe ich dir recht. Aber irgendwie fühlte sich mein Geburtstag jedes Mal wie ein riesengroßer Flop an. Nach meinem elften Geburtstag hatte ich genug, also fragte ich meine Mutter aus einer Laune heraus, ob ich meinen Geburtstag auf den vierzehnten *Juni* verlegen könnte, und sie sagte Ja.«

»Und?«

»Als ich elfeinhalb war, wurde mir klar, dass mein Geburtstag nicht das Problem war. Ich mochte einfach nur keine Partys. Punktum.«

Ich lachte, was wiederum ihn zum Lachen brachte, bis er auf seine Uhr schaute und die Stirn runzelte.

»Oh, sag es nicht. Jetzt schon?«, sagte ich.

»Du solltest wahrscheinlich langsam gehen. Es ist Viertel vor«, fügte er entschuldigend hinzu. Ich fragte mich, ob sich das auf meine Enttäuschung bezog oder auf seine eigene.

Ich wickelte die zweite Hälfte meines Sandwichs ein. Kenny tat sein Sandwich – von dem er kein zweites Mal abgebissen hatte – in die Tüte zurück. Wir standen auf und ich versuchte, in seinem Gesicht zu lesen – irgendein Zeichen von romantischem Interesse, einen tieferen Beweggrund –, aber alles, was ich sah, war Kenny. Ehrlich, freundlich, Der-eine-gute-Zeit-hat-Kenny. Ich wartete darauf, dass die Situation irgendwie seltsam werden würde, aber das geschah nicht.

»Danke für den Lunch«, sagte ich.

»War mir ein Vergnügen.« Er lächelte und sagte: »Wofür sind Freunde schließlich da?«

13

Ducken!

WÄHREND DER NÄCHSTEN zwei Wochen setzten Kenny und ich unsere Kennenlern-und sich-alles-erzählen-Routine fort. Das erste Mal nach unserem spontanen Mittagessen, da gab er seine Bestellung auf und warf mir zusätzlich noch einen kleinen Brocken zu: »Ich nehme den Keks der Woche und die peruanische Mischung und ich hasse nasse Socken.« Und als ich mit seinen Sachen zurückkam, sagte er: »Du bist dran.« Damit überraschte er mich so, dass ich völlig sprachlos dastand, bevor ich sagen konnte: »Oh, ich hasse Tausendfüßler?«

Guter Gott, wie lahm. Natürlich hasste ich Tausendfüßler. Wer nicht?

»Gut, da weiß ich jetzt schon das Geburtstagsgeschenk für nächstes Jahr.«

Er nahm seine Sachen und setzte sich hin, während ich darüber nachdachte, den Kopf auf die Theke zu knallen. Aber als ich erst mal darauf angesprungen war, wurde dieses Spiel ein lustiger Austausch von Wissenswertem und Wusstest-du-schon. Er hinterließ überall kleine Nachrichten für mich. Er vergaß absichtlich Servietten auf seinem Tisch, auf denen Sachen standen wie: *Meine Lieblingsschrift ist Garamond.* Oder: *Ich mag den Geruch von Tinte.* Oder: *Ich hasse gepunktete Sachen, mag aber Fischgrätenmuster.* Eines Abends fand ich eine Kaffeebechermanschette, die unter meinem Scheibenwischer steckte, auf der stand: *Ich wäre gerne umwelt-*

bewusster, bin aber irgendwie zu faul. Ein anderes Mal schrieb er auf eine Kreditkartenquittung: *Ich möchte ein Wort erfinden, das sich auf Orange reimt.*

Und jedes Mal die Aufforderung: »Du bist dran.«

Am Ende der zweiten Woche wusste ich, dass Dienstag sein Lieblingstag war, er Wollpullover hasste, weil sie kratzten, Schokoladenkekse und Flechtteppiche ihn nostalgisch stimmten, er ein selbst ernannter *Alles-oder-nichts-Typ* war und Höhenangst hatte. Im Gegenzug wusste er, dass ich überehrgeizig war, wenn ich *Jeopardy* schaute, Feuerwerk mir höllenmäßig Angst einjagte und ich mich einmal für Halloween als eines von Robert Palmers Girls verkleidete. Das war nicht lange, bevor ich mich dabei erwischte, wie ich meine persönlichen Lieblingsärgernisse oder neuen Macken notierte, damit ich sie ihm das nächste Mal mitteilen konnte. Auf dem Weg zur Arbeit überlegte ich sogar ganz genau, was ich sagen wollte. Und dann fiel mir auf, dass ich mich *darauf freute*, ihn jeden Tag zu sehen, und wenn es auch nur aus dem Grund war, um ihm zu erzählen, dass mich der Anblick von Milch in Frühstücksflocken zum Würgen brachte.

★★★

Mein Wecker klingelte um halb sechs wie eine Todesfee, die auf Rache aus war. Ich drückte auf die Snooze-Taste und mein Gehirn erwachte langsam wieder zum Leben, die Zähne griffen ineinander und die Räder drehten sich. Meine Augen brannten, als ich sie mühsam öffnete und versuchte herauszufinden, was genau die Ursache meiner Furcht war, die mich ans Bett fesselte. Erwarteten wir eine Riesenlieferung? Nein. Hatten wir Hurrikan-Saison? (Wann hatten wir die nicht?) War es möglich, dass Norman nach Ladenschluss heimlich Partys schmiss und alles verwüstete? Nee. Er hätte mich eingeladen. Und dann aufgeräumt.

Was für ein Tag war heute?

O Mist!

Seit 4:16 Uhr heute Morgen war ich vierunddreißig.

Die Zahl drückte mir schwer auf die Brust und fesselte mich ans Bett.

Vierunddreißig Jahre, das hätten genauso gut vierunddreißig Tonnen sein können.

Vierunddreißig Jahre! Und was habe ich vorzuweisen? Ich war weder die Person, die ich dachte zu sein, noch war ich da, wo ich immer glaubte zu sein (damals, als ich, sagen wir, zehn war … oder sogar zwanzig); nicht, dass das unbedingt schlecht sein musste, aber plötzlich war ich mir nicht mehr sicher, ob das eigentlich gut war. Und nicht, dass vierunddreißig ein superschreckliches Alter war – es war kein Meilenstein wie vierzig und ich konnte den Leuten immer noch erzählen, ich sei *Anfang* dreißig. Aber trotzdem störte mich irgendetwas an genau diesem Geburtstag und machte mir solche Angst, dass ich abtauchen und in Deckung gehen wollte.

Ich wägte meine Optionen ab. Das Grounds machte um sieben Uhr auf. Das gab mir mindestens ein paar Stunden, um das Nötigste zu packen und das Land zu verlassen, bevor irgendjemand bemerken würde, dass der Laden noch gar nicht aufgemacht hatte und mich finden würde. Ob ich wohl alle meine Schuhe in mein Auto kriegen würde und trotzdem noch übers Lenkrad gucken konnte?

Vergiss den Plan.

Oder ich könnte mich hier verschanzen, vielleicht im Schrank – oder noch besser, draußen unter der Veranda! –, bis es dunkel würde. Dann könnte ich mich in einem Tunnel davonmachen und würde sowohl die Menschheit als auch das Sonnenlicht sicher vermeiden. Obwohl ich mir nicht sicher war, wie effektiv eine Gartenschaufel nach ein paar Meilen des Tunnelgrabens sein würde … ganz davon abgesehen vom Chunnel-Zug, den ich bauen musste.

Eine Zeitmaschine erfinden? Ich könnte zurückgehen und mich zuerst mal davon abhalten, bei diesem verfluchten Speed-dating-Zirkus mitzumachen. Aber wofür eine gute Zeitreise für etwas so Dummes verschwenden, wenn es noch so viele andere

Momente gäbe, die es sich lohnen würde zu wiederholen? Einen Abend Monopoly mit meinen Eltern und Olivia anstatt vier Stunden Nintendo spielen zum Beispiel.

Mein Wecker schrie wieder und ich drückte erneut die Snooze-Taste, diesmal etwas kräftiger, und fummelte an den Knöpfen herum, bis er diesmal endgültig aufhörte.

Verdammt. Jemand, der noch nicht mal mit seinem Wecker umgehen konnte, würde beim Konstruieren einer Zeitmaschine wahrscheinlich nicht sehr gut abschneiden.

Mich krankmelden?

Stattdessen zwang ich mich aus dem Bett, ging meine Morgenroutine an wie eine Frau auf einer Mission und war um 6:27 Uhr am Grounds, bekleidet mit einem *Life is good*-T-Shirt, Caprihosen und Espadrilles. Um 8:51 Uhr hatte ich mir einen Smoothie übers T-Shirt gegossen, die Hosen mit Kaffeesatz beschmiert und war in meine üblichen orangenfarbenen Chuck Taylors gewechselt.

Der Tag wurde etwas schöner, als Norman früher als gewöhnlich reinkam und einen Strauß Margeriten mit einer *Mutts*-Karte für mich mitbrachte.

Nachdem ich mich bedankt hatte, steckte ich die Margeriten in eine Vase und stellte sie auf die Theke.

»Und wie fühlt es sich an, alt zu sein?«, fragte Norman.

»Wie fühlt es sich an, einen Strauß Blumen in die Nase reingeschoben zu bekommen?«

»Ein Punkt für dich.«

Es schien heute voller zu sein als sonst. Kenny, der normalerweise immer um Punkt halb zwölf aufkreuzte, blieb heute auffälligerweise abwesend und ich erwischte mich dabei, wie ich zwischen jeder Bestellung abwechselnd auf die Tür und auf meine Uhr starrte.

Ich ging im Kopf ein neues Keksrezept durch, weil ich dachte, das würde mich von diesem Tag ablenken, der bereits alle Zutaten hatte, um einen echten Hurrikan heraufzubeschwören. Ein neues Rezept auszuprobieren war für mich immer genauso schwierig, wie ein neues Buchkapitel zu schreiben. Die Möglichkeiten, die

Grundzutaten zu kombinieren – Mehl, Zucker, Eier, Backpulver –, waren genauso reizvoll wie die Kombination von Wörtern und Sätzen. Wie man sie zusammenwürfelte und was man zu der Mischung hinzutat, machte den Unterschied. Der Prozess konnte zu gleichen Teilen aufregend und angsteinflößend sein, aber wenn es funktionierte, wenn die Gäste diesen ersten Bissen taten, den Geschmack für eine Sekunde auf der Zunge zergehen ließen und den Moment genossen, dann fühlte ich eine Dankbarkeit, die mit nichts zu vergleichen war. Nichts, was ein gut geschriebenes Kapitel oder eine gute Unterrichtsstunde mir jemals hatte geben können. Der Prozess des Schreibens war niemals so belebend gewesen. Meinen Roman zu schreiben war Arbeit, eine Aufgabe. Und um ehrlich zu sein, war der Kick, ihn zu beenden, größer als der Kick des Veröffentlichens. Natürlich wollte ich, dass er den Lesern gefiel, und natürlich wollte ich Bücher verkaufen und Geld verdienen. Aber wenn ich die Wahl hätte zwischen einer positiven Buchkritik und einer positiven Kekskritik, war mir die Letztere wichtiger.

Minerva kam gerade herein, als sich der Mittagstrubel wieder etwas legte. Während ich ihren Eis-Chai-Latte zubereitete, unterbrach sie mich. »Ähm, bevor du weitermachst, könntest du bitte Sojamilch nehmen?«

»Sojamilch für das Bauernmädchen?«, scherzte ich. »Und welchen Keks? Ich habe Ingwer-Melasse-Tropfen gemacht, nur um mal ein neues Rezept auszuprobieren. Hört sich das lustig an? Ich hab die ruck, zuck gemacht, aber ich mache mir Sorgen, dass sie zu seltsam sein könnten.«

Sie schüttelte ihren Kopf und ich hörte früh genug auf zu schwafeln, um zu bemerken, dass sie blass war.

»Alles klar bei dir?«

»Heute ist ein veganer Tag«, sagte sie.

»O je! Wieder mal ein harter Tag im Labor?«

Ich wusste genug, um Minervas selbst ernannte *vegane Tage* nicht zu hinterfragen. Ich war zwar nicht wirklich sicher, was da in ihrem Labor vor sich ging (obwohl ich hörte, wie sie das Wort *Kadaver* genauso beiläufig sagte wie andere *Hamburger*), aber alles, was so schlimm war, dass sie Tierprodukten selbst für einen Tag abschwor, war mehr, als ich wissen wollte.

Sie untersuchte ihre Handtasche, holte aber nicht ihren Geldbeutel heraus.

»Weißt du was, setz dich schon mal, ich bringe dir deinen Chai in einer Sekunde rüber.«

Sie lächelte – kaum – und ging Richtung Leseraum. Das war nicht gut. Keine Milch, keine Tiere und dann noch der abgetrennte Leseraum. Überhaupt nicht gut.

Ich versicherte mich, dass Susanna die Theke übernahm, gab Minerva ihren Chai und quetschte mich neben sie auf das überfüllte Sofa. »Was ist los?«

Sie rührte ihr Getränk mit ihrem Strohhalm herum (obwohl es schon so verrührt war, wie es nur ging), bevor sie antwortete.

»Du weißt doch, dass Jay unsere Lebensmittel gern von einer Kooperative kauft?«

Sie nahm einen Schluck und schien für eine Sekunde etwas aufzuleben. »Der ist gut«, bemerkte sie.

Ich hatte ihn genauso gemacht, wie sie ihn mochte – ein bisschen mehr Chai, wenig Eis und genug Milch, um ihn etwas leichter zu machen, aber nicht den Geschmack abzuschwächen.

Ich nickte und wartete darauf, dass sie weitersprach.

»Also, heute Morgen machte ich ein Omelette und als ich eines der Eier aufschlug, war ...« Sie schauderte. »Es war tot.«

»Das Eigelb?«, fragte ich. Ich war eine Vorstädterin und am nächsten bin ich ländlichem Leben jemals gekommen, als ich als Kind die Bauernstände in den Hamptons besucht hatte oder die Landmesse in Raleigh.

»Das bedeutet, dass genug davon da war, dass es hätte überleben können. Irgendwann.«

Ich versuchte, nicht das Gesicht zu verziehen, schaffte es aber nicht. »Igitt.« Wahrscheinlich nicht das Beste, was man zur Unterstützung hätte sagen können. »Na ja, ich kann jedenfalls verstehen, warum du für heute verzichtest«, versuchte ich doch noch hilfreich zu sein.

»Ich musste mich beinahe ins Waschbecken übergeben. Und ich zwang Jay, sein Omelette allein zu essen. In einem anderen Zimmer.«

Ich dämpfte meine Stimme zu einem Flüstern und lehnte mich nah an sie heran. »Vielleicht ist das nur Morgenübelkeit?«

Sie schüttelte den Kopf, während sie mit dem Finger Spuren in die Tröpfchen ihres beschlagenen Bechers zeichnete. »Falscher Alarm.«

Ich brauchte eine Weile, um zu kapieren. »Oh, Min.« Ich schlang einen Arm um ihre Schulter und zog sie zu einer seitlichen Umarmung zu mir herüber. »Das tut mir leid.«

Minerva schien diese seltsame, halbe Umarmung nichts auszumachen; ihre Augen waren voller Tränen. »Ein dummes Huhn kann schwanger werden, aber ich nicht.« Sie wischte sich schnell die Augen. »Dummes Huhn. Ha. Das finde ich gut.«

Ich konnte nicht anders und lachte ein bisschen. Selbst wenn sie ganz niedergedrückt war, fand Minerva immer noch einen Weg, zu lächeln.

»Es ist nicht so, dass du nicht kannst, Min«, sagte ich. »Es war einfach nicht der richtige Zeitpunkt – hast du doch selbst gesagt, mit der Schule und dem Geld. Himmel, kannst du dir den ganzen Stress vorstellen, lernen zu müssen, wie man jemandem hilft, sein Baby auf die Welt zu bringen, während man gerade mit seinem eigenen schwanger ist?«

»Ich weiß.« Sie klang jünger, als ich sie jemals empfunden hatte. »Aber Jay war so aufgeregt. Und ich war so glücklich.«

Ich überlegte, was ich am besten sagen könnte. »Wenn es passieren soll, wird es auch passieren.«

Sie nickte und drückte mich ein bisschen fester. »Ist es verkehrt, etwas zu vermissen, was man noch gar nicht gehabt hat?«

Meine Gedanken gingen sofort zu Shaun, der mich aus irgendwelchen verblassenden Erinnerungen anschaute, gefolgt von meinen Eltern. Ich versuchte mir manchmal vorzustellen, wie sie wohl heute aussehen würden, mit silbergrauem Haar und Falten, die Stimmen mit veränderter Tonlage und anderem Tonfall.

Gott sei Dank hatten wir Videos von Weihnachten und Olivias Konfirmation, ansonsten hätte ich den Klang ihrer Stimmen wohl komplett vergessen.

»Ich hoffe nicht«, sagte ich.

Minerva setzte sich auf einmal gerade hin. »Scheiße, Eva – heute ist ja dein Geburtstag. Hab ich total vergessen!«

Ich legte den Zeigefinger auf die Lippen. »Pssssst. Ich möchte lieber kein großes Ding daraus machen.«

»Warum nicht?«

»Weiß nicht. Ich steh nur irgendwie dieses Jahr nicht so drauf.«

Sie untersuchte meinen Kopf. »Ich sehe keine grauen Haare.«

»Glaub ja nicht, dass ich nicht geguckt hätte.«

»Was ist dann das Problem?«

Ich seufzte leise. »Ich glaube, ich frage mich bloß, ob das hier wirklich genug ist.« Ich stand auf. »Vergiss es einfach. Ich bin bescheuert. Natürlich ist es genug.«

»Also, nur nebenbei, herzlichen Glückwunsch zum Geburtstag. Ich werde dich heute Abend nach der Arbeit entführen und dich auf ein paar Drinks einladen.«

»Hört sich gut an.«

* * *

Der Rest des Tages verging wie im Flug und trotz meiner Enttäuschung, dass Kenny nicht aufgetaucht war, freute ich mich darauf, mit Minerva auszugehen. Als ich nur noch eine Stunde zu arbeiten hatte, schaltete ich in einen schnelleren Gang, bediente die Kunden, verteilte Kostproben von dem neuen Keks und versuchte, immer einen Schritt weiter zu sein, um die Theke sauber und ordentlich zu halten.

»Bin gleich bei Ihnen ...«, sagte ich zu dem nächsten Gast, dann erst schaute ich ein zweites Mal hin, als ich sah, wer es war.

Die Jeanette.

Noch bevor ich *ihn* sah, wusste ich, dass *sie* es war. Ich *wusste* es einfach. Ihre langen, üppigen, roten Locken, ihre fabelhaften Proportionen, ihr cremiger Hautton. Ihr alles.

Verdammt.

Shaun trat in mein Sichtfeld und lächelte. »Lass dir nur Zeit.«

Zweimal verdammt, zum Teufel.

Um meinen Magen davon abzuhalten, Purzelbäume zu schlagen, kam ich hinter der Kasse hervor, wohl wissend, dass meine Klamotten von oben bis unten mit Kaffeesatz und Smoothie-Flecken voll waren.

»Was kann ich euch bringen?«, sagte ich in einem übertrieben peppigen Ton.

»Eva, das ist meine Verlobte, Jeanette. Jeanette, das ist meine gute Freundin Eva«, sagte Shaun.

Bis zu diesem Moment war sie, glaube ich, noch nie wirklich real für mich gewesen.

»Schön, dich kennenzulernen«, sagte ich, meine ganze Freundlichkeit aufbringend, und streckte ihr eine mehlige Hand entgegen. Sie nahm meine Fingerspitzen und schüttelte sie höflich – ob sie das tat, weil sie so zierliche Hände hatte oder weil sie sie nicht schmutzig machen wollte, weiß ich nicht, aber ich nahm augenblicklich an, es sei das Letztere und wer könnte es ihr verübeln?

»Ebenso. Shaun hat mir so viel von dir erzählt.«

Im Bruchteil einer Sekunde jagte eine ganze Reihe von Möglichkeiten, die Shaun ihr erzählt haben könnte, im Ton seiner Stimme durch meinen Kopf: *Eva ist meine Exfreundin, die einen Roman geschrieben hat. Kann gut backen. Aber eher ein bisschen durchgedreht.* Oder: *Nettes Mädchen. Kennt viel mehr Fernseh- und Filmzitate, als der durchschnittliche zivilisierte Mensch kennen sollte.* Oder: *Wenn sie in einem Film von Nora Ephron mitspielen würde, dann wäre sie die Witze liefernde Kollegin, die ständig Probleme mit Männern hat und sich Cary-Grant-Filme ansieht.*

»Ich bin diejenige, die das Kierkegaard-Buch geschrieben hat«, fügte sie nach einem Herzschlag hinzu.

Ich nickte. »Ah, ja. Tja, wer liebt nicht ein gutes Kierkegaard-Buch nach einem langen Tag und einer heißen Badewanne?«

Sie starrte mich für einen Moment ausdruckslos an, nahm dann eine der Servietten, die neben der Kasse lagen, und wischte sich die Hände ab. Definitiv die Letztere der zwei Möglichkeiten.

»Also, was hättet ihr gerne?«, fragte ich.

»Großen Eiskaffee. Ohne Koffein, mit fettfreier Milch?« Sie war der Inbegriff der Höflichkeit.

»Sicher. Und für dich, Shaun?«

»Ich nehme das, was sie hat.«

Ich nehme das, was sie hat? ICH NEHME DAS, WAS SIE HAT??

»Sicher«, sagte ich.

Norman kam mir zu Hilfe, als er sah, wie ich die Schaufel in den Eiswürfelbehälter rammte, als wollte ich einen Fisch aufspießen.

»Warum lässt du mich das nicht für dich machen?«, bot er an.

Ich kam hinter der Theke hervor und lief an Scott vorbei (der Shaun anstierte wie ein wahnsinniger Gefängnisaufseher) genauso wie an Schwester Beulah, die mit Minerva zusammensaß, die mich wiederum lautlos *Bist du okay?* fragte. Ich nickte und ging in den Leseraum, um aufzuräumen, der aber verdammt noch mal makellos war. Zu meinem Entsetzen war mir Shaun gefolgt.

»Kann ich kurz mit dir reden?«, fragte er.

Ich atmete geräuschvoll aus, völlig entgeistert, was ich aber trotz allem nicht zeigen wollte. »Sicher.«

Ich lehnte mich gegen eines der hohen Bücherregale und tippte mit den Fingern nervtötend auf die Buchrücken.

»Und?«, fragte ich.

»Ich habe neulich wieder deinen Singleleben-Blog gelesen.«

O Gott, jetzt kam's.

»Und?«

»Ja, und ich habe den Eintrag über das Speeddating gelesen«, sagte er mit seiner Professorenstimme.

Ich vermied jeglichen Augenkontakt, rückte Bücher gerade, die bereits gerade waren, und betete, dass er den neuen Eintrag und nicht das Original gelesen hatte. »Ja, also, ich war ein bisschen beschwipst, als ich das alles geschrieben habe.«

»Ich habe gelesen, was du über mich geschrieben hast.«

Scheiße, Scheiße, Scheiße!

»Oh.«

»Ich bin nicht sauer, dass du meinen Namen benutzt hast oder so was. Es ist nur so, dass ich gedacht hatte, du seist über das alles hinweg. Über uns, meine ich.«

»War ich auch – ich meine, bin ich.«

»Das hat sich aber nicht so angehört«, sagte er.

Ich zuckte die Schultern. »Ich habe doch gesagt, ich war betrunken.«

Er schien sich unbehaglich zu fühlen. »Ich dachte nur, weißt du, dass alles in Ordnung wäre. Das sagtest du jedenfalls.«

»Ja, also, ich hab gelogen«, sagte ich.

Er sah mich mit einem Gesichtsausdruck an, der gefährlich nah an Mitleid grenzte.

»Ich glaube, ich verstehe nicht«, sagte er. »Ich dachte, ich hätte dir genügend Zeit gegeben, dass das alles verrauchen würde.«

»Verrauchen?«

Er seufzte. »Ach, komm, Eva, und was machst du, gehst zum Speeddating mit einem Ehepaar?«

Ich schaute ihn zum ersten Mal an. Er hatte einen wunden Punkt getroffen.

»Was zum Teufel soll das denn bedeuten?«

»Ich sage ja nur, dass ich mir Gedanken mache. Über so was stehst du doch drüber.«

»Ich stehe drüber auszugehen und mit meinen Freunden Spaß zu haben? Jay und Minerva Brunswick sind meine *Freunde*, Shaun. Nicht, dass dich irgendetwas, was ich tue, überhaupt noch angehen würde.«

»Ich bin auch dein Freund, weißt du noch?«

Ich hob die Hände und stoppte ihn genau hier. »Du bist nicht mein *Freund*. Du bist mein *Geliebter*, der mich für eine Philosophieprofessorin hat fallen lassen.«

»Du und ich haben Schluss gemacht, lange bevor ich Jeanette überhaupt kennengelernt habe.«

»Glaubst du etwa, dass das nicht trotzdem wehtut? Du denkst, ich sehe in ihr nicht das, was du in mir nie gesehen hast? Sie würde Aphrodite dazu bringen, bei Jenny Craig anzurufen.« Shaun tat so, als interessiere ihn ein Wasserrand auf einem der Beistelltische, während ich wie eine Dampfwalze seinen Versuch, sich eine Antwort zurechtzulegen, zunichtemachte. »Glaubst du nicht, dass ich jede einzelne Nacht ins Bett gehe und mich frage, was ich gesagt oder getan haben könnte, das dich nach *drei Jahren* von mir weggetrieben hat? Glaubst du nicht, dass ich am liebsten da reingehen würde, um die Jeanette zu fragen, was ihr Geheimnis ist?« Ich deutete in Richtung Theke, wo sie wartete.

»Was willst du denn von mir, Eva? Es tut mir leid, dass es sich zwischen uns nicht so entwickelt hat, wie du dir das gewünscht hast. Es lag an nichts, was du gesagt oder getan hast oder nicht gesagt und nicht getan hast. Ich ... habe ... dich einfach nicht auf diese Art geliebt. Es tut mir leid, wirklich. Verdammt, waren wir hiermit nicht schon durch?«

Meine Augen brannten, als ich schluckte, mein Mund war trocken und die Kehle wie zugeschnürt.

»Ich will gar nichts von dir, Shaun«, presste ich heraus und schlich langsam davon, weg vom Caféraum, Richtung Toiletten. »Deine Verlobte wartet auf dich.«

»Warte«, rief er. »Ich möchte, dass du zur Hochzeit kommst, Eva. Du bist immer noch ein wichtiger Teil meines Lebens und es würde mir viel bedeuten.«

In diesem Moment blieb ich stehen, drehte mich herum, schaute auf das Buch, das ich gerade in der Hand hielt – ein Roman von Stephen King –, und schaute ihn vor Wut kochend an.

»Ducken«, sagte ich mit zusammengepressten Zähnen.

»Was?«

»DUCKEN!«, schrie ich, während ich das Buch nach ihm schmiss. Weit genug an ihm vorbei, dass es ihn nicht traf, aber doch nah genug, dass es ihm das Blut in den Adern gefrieren ließ.

Er duckte sich und stieß sich dabei sein Knie an einem der Tische, gerade als das Buch an ihm vorbeiflog und die Wand traf. Minerva und Schwester Beulah kamen in den Leseraum gerannt, als sie den Aufprall hörten und jegliche Aktivität im Café zu einem abrupten Stillstand kam.

»Aua! Mein Gott, Eva, was zum Teufel soll das?«, sagte Shaun vornübergebeugt und hielt sein linkes Knie.

Ich ging einen Schritt auf ihn zu.

»Du kapierst es nicht, Shaun. Du kapierst es einfach verdammt noch mal nicht, oder? Bist du irre? Ich will nicht zu deiner blöden Hochzeit kommen. Ich will nicht befreundet sein mit deiner perfekten Jeanette oder mit dir, wenn wir schon dabei sind. Ich will wieder dahin, wo wir beiden mal waren! Du hast mich doch mal geliebt, ich weiß, dass es so war. Was ist passiert? Sag es mir und ich bringe es wieder in Ordnung.«

»Eva, hör bitte auf damit. Hieraus wird nichts Gutes mehr.«

Ich wollte aufhören und mir die weitere Erniedrigung ersparen. Aber ich konnte nicht. Er entglitt mir wieder, genau wie damals an dem Abend, als er mit mir Schluss gemacht hatte. Genauso wie mir meine Mutter und mein Vater entglitten waren, in Vergessenheit geraten durch den Krebs. Genau wie Olivia mich aus meinem eigenen Haus geschmissen hatte, damit sie ihr eigenes Leben anfangen konnte. Es musste etwas geben, von dem ich verhindern konnte, dass es passierte. Es musste etwas geben, das ich bewahren konnte, etwas, das ich für mich selbst behalten konnte.

»Sag mir, was sie hat?«, fragte ich voller Verzweiflung. Ich hätte das Grounds verkauft für die Antwort, das Geheimnis.

»Ich habe dich *niemals* so geliebt, wie du gedacht hast, okay?«

Tränen liefen mir das Gesicht herunter. »Aber ich habe *dich geliebt*, Shaun. Im Ernst.«

In diesem Moment konnte ich um alles in der Welt nicht genau sagen, *warum* ich ihn liebte, warum es mich immer noch kümmerte, warum ich losplärrte, wo ich doch am liebsten das Bücherregal auf ihn stürzen wollte. Ich hasste ihn und ich hasste mich selbst dafür, dass ich nicht den Schneid hatte, ihm einfach alles Gute zu wünschen, mich umzudrehen und an ihn oder unsere Beziehung jemals wieder einen zweiten Gedanken zu verschwenden. Ich hasste, dass es immer noch so wehtat, als ob wir gestern erst Schluss gemacht hätten. Am meisten hasste ich, dass ich ihn, wenn er mich gefragt hätte, im Bruchteil einer Sekunde zurückgenommen hätte. Aber er war ja schon lange verloren.

»Ich ertrage diesen ganzen Verabredungsscheiß nicht«, gab ich zu. »Ich will das alles nicht. Es wird niemals jemand anderen geben außer dir. Du warst es einfach. Und jetzt erzählst du mir, dass du mein Leben und mein Bett mit mir geteilt hast und mich *nie* geliebt hast? Habe ich das alles nur geträumt?«

»Ich habe versucht, es zu wollen.«

Bevor ich fragen konnte, was er meinte, unterbrach uns Minervas Stimme abrupt. »Shaun, das hier ist weder die Zeit noch der Ort für diese Diskussion. Ich schlage vor, du und deine Verlobte verlasst Evas Laden. *Jetzt.*«

Gott sei gedankt für Minerva.

Ohne sie anzuschauen, verließ Shaun den Leseraum, traf Jeanette an der Tür – die perfekte, normale, verlobte Jeanette – und ging ohne die bestellten Getränke hinaus. Weiß der Himmel, was sie von mir dachte in dem Moment, als sie zur Tür ging, ohne sich noch mal umzudrehen, ihre Handtasche fest an sich gedrückt, als ob sie sie vor Straßenräubern schützen wollte. Weiß der Himmel, ob es sie überhaupt interessierte.

Nachdem sie gegangen waren, warf Minerva Norman einen strengen Blick zu, woraufhin er die Gäste informierte, dass die Show vorbei sei. Ich sank auf meine Knie und schluchzte, während Schwester Beulah und Minerva sich um mich kümmerten. Minerva beugte sich zu mir und legte ihre Arme um mich, unsere zweite seltsame, seitliche Umarmung an diesem Tag.

»Er hat meinen Geburtstag vergessen«, heulte ich. »Er hat sich an den Zitronentorten-Tag erinnert, aber vergisst meinen Geburtstag.«

»Er hatte dich nie verdient«, sagte Schwester Beulah und rieb mir den Rücken, genau wie Olivia es immer gemacht hatte. »Es ist ein Glück im Unglück, auch wenn du das jetzt nicht so sehen kannst.«

»Habt ihr im Konvent noch Platz für jemanden?« Ich versuchte einen Witz zu machen.

»Und so ein hübsches Gesicht wie deines vergeuden? Du würdest sofort abhauen und den Marines beitreten«, scherzte sie.

Als ich meine Fassung wiedererlangt hatte, stand ich auf und ging ins Café zurück, gerade so, als würde ich den Löwen vorgeworfen werden – die vorgetäuschte Beschäftigung, die die Gäste an den Tag legten, war schlimmer, als wenn mich alle angestarrt hätten. Ich erwischte einen Blick auf Tracy, die ihre Hand auf ihr Herz hielt und irgendetwas flüsterte, doch ich konnte die Worte nicht hören.

»Norman, ich gehe«, kündigte ich an, während ich hinter die Theke ging und nach nichts Bestimmtem suchte. Meine Stimme zitterte.

»Brauchst du jemanden, der dich nach Hause bringt?«, fragte Norman, anscheinend wirklich besorgt. Scott lehnte sich so weit gegen die Theke, dass ich glaubte, er würde über sie drüberklettern.

»Alles okay«, sagte ich. Im Stillen konnte ich Kenny fragen hören: *Nein, wie fühlst du dich wirklich?*

»Kumpel, du solltest nicht alleine sein«, sagte Scott.

»Nenn mich nicht Kumpel«, fuhr ich Scott an und alle Köpfe drehten sich herum und die Unterhaltung hörte zum zweiten Mal auf. »Ich bin nicht einer deiner Kneipen-Kumpane. Ich bin kein *Kumpel.*«

»Du hast recht«, sagte Scott. »Ich entschuldige mich, Eva. Lass mich das wiedergutmachen, indem ich dich nach Hause begleite.«

»*Ich* werde sie nach Hause bringen«, sagte Minerva, während sie ihre Bücher zumachte und ihren Laptop einpackte.

Ich guckte von Minerva zu Norman, dann zu Scott; für eine kurze Sekunde hasste ich sie alle.

»Um Himmels willen … Ich bin älter als ihre alle«, sagte ich, die Tatsache ignorierend, dass Schwester Beulah gute fünfzehn bis zwanzig Jahre mehr drauf hatte als wir alle.

Ich zog meine Schürze aus und ging nach hinten, holte meine Handtasche, atmete zweimal tief ein und aus und stand für einen kurzen Augenblick da. *Hör auf,* dachte ich. *Hör mit dem Wahnsinn auf. Hör auf, die Welt über dir zusammenstürzen zu lassen.*

Ich wusste, was ich wollte. Nicht den Trost eines warmen Schokoladenkekses oder die Umarmung eines Freundes. Nicht die Hand einer Schwester, die sanft meinen Rücken streichelte, oder einen Marx-Brothers-Marathon. Nein, ich wusste *ganz genau*, was ich wollte. Was ich brauchte.

Als ich wieder zurückkam, wartete Minerva auf mich. Ich drehte mich zu Scott um.

»Ich nehme deine Entschuldigung an, Scott, und auch die Fahrt nach Hause.«

Minervas Hals brach förmlich ab, als sie sich umdrehte und mich verletzt anschaute.

»Ich werde dich später anrufen, Minerva«, sagte ich, als Scott seine Hand leicht auf meinen Rücken legte. Die Stille schrillte, als wir rausgingen. Im Auto sagte ich nichts, während Scott ununterbrochen darüber redete, was für ein Arschloch Shaun sei und dass mir Jeanette nie das Wasser reichen könnte und dass er derjenige sein sollte, der darum betteln müsste, dass ich ihn zurücknahm, bla bla bla bla bla …

Als wir bei meinem Haus ankamen, begleitete er mich bis zu meiner Eingangstür, die ich aufschloss und öffnete.

Ich hätte mich verabschieden und ihn da auf der Veranda stehen lassen sollen. Ich hätte ihm gar nicht erst erlauben sollen, mich nach Hause zu fahren. Ich hätte bei meinem ursprünglichen Plan bleiben und am Morgen zum Teufel noch mal durch meinen Tunnel aus der Stadt fliehen sollen.

Als ob mein Gehirn getrennt von meinem Körper funktionierte, nahm ich Scott bei der Schulter, zog ihn zu mir und küsste ihn.

Nicht schlecht.

Ich küsste ihn noch mal.

Das Nächste, woran ich mich erinnere, ist, dass wir in meinem Haus waren, auf dem Weg ins Schlafzimmer, küssend und uns die Kleider vom Leib reißend.

Bett oder Dusche, Bett oder Dusche?

Wir duschten zuerst, dann gingen wir ins Bett. Minerva hatte bereits angerufen und auch eine Textnachricht hinterlassen, genauso wie Norman und Shaun. Ich ignorierte sie alle.

14

Scott

ICH ÖFFNETE MEINE Augen in der Dunkelheit, wahrscheinlich mitten in der Nacht, neben mir das Geräusch von leichten Atemzügen. Mein Kopf fühlte sich schwer an, als ich ihn herumdrehte, um die Person neben mir anzusehen, die Quelle der leichten Atemzüge. Ich lächelte schwach, als ich meine Augen wieder schloss, beruhigt von seiner Anwesenheit, und schlief wieder ein.

★★★

Helles Licht kam durch einen Spalt in meiner Jalousie, streifte das Kopfteil meines Bettes wie ein Laser und ließ mir keine andere Wahl als aufzuwachen. Der Geruch von Sex und Seife traf mich als Erstes.

O je!

Dann spürte ich etwas auf meiner Haut – weiche Perkal-Baumwoll-Bettlaken, die meine nackte Haut einhüllten.

Nackte. Haut.

Dann hörte ich, wie in der Küche Schranktüren auf- und zugemacht wurden.

O Scheiße, was hatte ich diesmal wieder getan?

Plötzlich kam alles wie eine schwappende Welle wieder zurück: die Jeanette, die Konfrontation mit Shaun, der Zusammenbruch, das Nach-Hause-Gehen mit Scott, der Flur, die Dusche, das Schlafzimmer, der Sex, der Sex, o Gott, der Sex!

Ich glitt aus dem Bett, stieg über den Haufen Kleider und feuchter Handtücher und fand meinen Bademantel. Ich schlüpfte hinein, zog ein paar Flip-Flops an und ging erst mal ins Badezimmer, klatschte mir kaltes Wasser ins Gesicht und spülte mir den Mund mit Mundwasser aus. Dann ging ich den Flur entlang, am Wohnzimmer vorbei und in die Küche, wo Scott in meiner Vorratskammer herumstöberte, mit nichts anderem bekleidet als karierten Boxershorts. Komisch, ich hatte letzte Nacht überhaupt nicht bemerkt, dass er Boxershorts getragen hatte.

»Hey«, sagte ich, mit einem Frosch im Hals.

Wow, wie wortgewandt.

Er drehte sich zu mir um und lächelte. »Na, du«, sagte er, während er zu mir kam und mir einen Kuss auf den Mund gab. »Wie geht es dir? Wie hast du geschlafen?«

Ich räusperte mich. »Wie ein Stein. Und du?«

»Echt gut. Deine Matratze ist wirklich bequem.«

»Danke«, sagte ich.

Ich hatte Sex mit Scott gehabt. Ich hatte eine Menge Sex mit Scott gehabt.

»Ähm, wo versteckst du deinen Kaffee?«, fragte er.

»Ich habe keinen Kaffee. Ich habe noch nicht mal eine Kaffeemaschine.«

Ihm klappte der Mund auf und er schaute mich an. »Wie ist das denn möglich?«

»Ich mag keinen Kaffee.«

»Du magst *was* nicht?«

»Ich mag keinen …«, fing ich an, doch er unterbrach mich.

»Du hast einen Coffeeshop!«

»Ist dir also aufgefallen.«

Er machte wieder den Mund auf, aber nichts kam heraus.

»Das ist der größte Witz im Laden«, sagte ich.

Nicht nur, dass ich mit einem meiner Gäste geschlafen hatte, einem der *Originale*, er wusste noch nicht mal, dass ich keinen Kaffee mochte?

Er verarbeitete das. »Weißt du, jetzt, wo ich so drüber nachdenke, habe ich dich tatsächlich nie einen Kaffee trinken sehen. Ich habe gesehen, wie du Tee trinkst, Smoothies, Wasser, Ananassaft, aber keinen Kaffee.«

»Früher habe ich sogar den Geruch gehasst, aber ich habe mich daran gewöhnt.«

»Wow«, sagte er. »Das ist echt witzig.«

»Ich kann nicht fassen, dass ich das jetzt sage, aber gleich um die Ecke ist ein Dunkin' Donuts. Willst du, dass ich mich anziehe und dir einen holen gehe?«, fragte ich.

»Nee, ich kann warten. Ist aber süß von dir, dass du mir das anbietest.«

Er küsste mich wieder, diesmal mit einem minzigen Nachgeschmack. Dann schaute er mich an, seine braunen Augen hatten einen warmen Ausdruck. Schön.

»Soooo …«, sagte er.

»So.«

»Letzte Nacht …«

»Ja.«

»Du warst großartig, Eva.«

Ich wurde rot. »Danke«, sagte ich schüchtern. »Mir hat's auch Spaß gemacht.«

Tatsächlich war es *richtig* gut.

Was jetzt?

»Hör zu, Scott …«, fing ich an, unterbrach mich aber wieder.

»Ich weiß, Eva. Das war nicht genau das, was du geplant hattest. Das war eine Reaktion auf das Drama mit deinem Ex gestern. Ich bin ja nicht doof. Wenn das hier nur eine einmalige Sache war, dann verstehe ich das. Und wenn du das geheim halten willst, verstehe ich das auch. Ich respektiere deine Privatsphäre total. Ich will nur, dass du weißt, dass ich gemeint habe, was ich gesagt habe. Das hier war wirklich was Besonderes für mich.«

Wow. Gut im Bett und denkt auch noch mit. Wie hoch sind die Chancen für so was?

Ich atmete tief ein und seufzte dramatisch.

»Ehrlich gesagt, Scott, ich bin mir im Moment nicht sicher, was ich will. Du warst auch großartig und ich rechne es dir hoch an, dass du anbietest, mir Raum zu geben. Ich will fair zu dir sein und dich nicht herumschubsen. Aber ...« Ich hörte auf und suchte nach Worten.

»Schon in Ordnung«, sagte er.

In diesem Moment überkam mich der Drang, ihn zu küssen, und das tat ich auch, meine Arme um ihn schlingend. Er grub seine Nase in meine Haare und ließ seine Hand unter meinen Bademantel auf meinen nackten Rücken gleiten.

»Du riechst gut«, sagte er flüsternd.

»Du riechst wie der Morgen«, antwortete ich, woraufhin wir beide lachten. Er ließ mich los und fragte, ob er duschen dürfe. Ich war sowohl dankbar als auch enttäuscht, dass ich den Augenblick zerstört hatte – ganz sicher wären wir wieder im Bett gelandet und was mich daran am meisten überraschte, war, dass ich genau das wollte.

Ich verzog mich auf die Terrasse, rollte mich auf dem gepolsterten Terrassenstuhl zusammen, lauschte der Brandung hinter den Bäumen und der Sackgasse und zwang mich dazu, an etwas anderes als an den nackten Scott in meiner Dusche zu denken.

Nach Wilmington zu ziehen war für mich immer logisch gewesen. Es lag an der südlichsten Küste von North Carolina, seine Strände hatten auf mich vom ersten Tag an eine Anziehung ausgeübt. Ich nehme an, auf Long Island aufgewachsen zu sein, umgeben von Wasser, hat mich auf natürliche Weise empfänglich dafür gemacht, in unmittelbarer Nähe des Wassers zu leben. Wilmington jedenfalls hatte den Extrabonus von kleinen Palmen, die die Privatgrundstücke der Strandhäuser entlang der Privatstraßen säumten – etwas, das sich selbst die wohlhabendsten Bewohner der Hamptons nicht kaufen konnten. Der sonore Rhythmus des Ozeans wiegte mich jede Nacht in den Schlaf, und obwohl die salzige Luft sich verheerend auf meine Haare auswirkte, besonders im Sommer, war die andauernde Brise während der ganz heißen Monate sehr angenehm. Der Campus der NCLA befand sich in Laufnähe des Meeres und ich hatte dort sogar ab und zu Kurzgeschichten-Workshops gehalten.

Mein Haus war ein Bungalow mit zwei Zimmern, einer offenen Terrasse und Oberlichtern in der Küche. Ich hatte es ein paar Monate nach meinem Abschluss gekauft. Leisten konnte ich es mir dank des Vorschusses, den mir mein Verleger als Teil meines Vertrages für meinen Roman gegeben hatte. Jahrelang hatte ich geglaubt, erst die Anwesenheit von Shaun hätte aus meinem Haus ein richtiges Zuhause gemacht, aber sogar nach der Trennung und Shauns Auszug blieb mein Haus eher ein Zufluchtsort vor dem Schmerz seiner Abwesenheit als eine Erinnerung daran. Ich glaube, das war ein weiterer Grund, warum ich schon so lange Single war. Davon abgesehen, dass ich zu müde war, um nach der Arbeit noch auszugehen, genoss ich den Trost meines Hauses. Obwohl ich viel mehr Zeit im Grounds verbrachte, liebte ich es doch, nach einem aufreibenden Tag zurückzukommen, mich auf mein Sofa oder den Lesesessel fallen zu lassen und der nicht allzu fernen Brandung zu lauschen, selbst wenn im Sommer die Klimaanlage surrte oder im Winter die Zentralheizung.

Eine Tasse Tee in den Händen, schweiften meine Gedanken nicht sehr lange umher, sondern kamen wieder auf die Ereignisse der letzten vierundzwanzig Stunden zurück. Der Zusammenbruch vor Shaun; Minervas Enttäuschung; Scott in meiner Dusche; das alles lief an mir vorbei wie Models auf dem Laufsteg, und ich erschauderte beim Anblick jedes Einzelnen. *Du hast gerade mit* Scott *geschlafen, verdammt. Scott, der dich auf Lovematch-dot-com angemacht hat. Scott aus dem Grounds. Scott, das Original. Einer deiner Gäste. Normans bester Freund. Jemand anderes als Shaun.* Klar, es hatte Typen vor Shaun gegeben, aber nicht nach ihm. Warum Scott? Das fragte ich mich. Trotz meiner erfolglosen Versuche, meine Motive zu verleugnen, wusste ich doch ganz genau, was ich tat, als ich sein Angebot, mich nach Hause zu fahren, angenommen hatte. Aber was, wenn ich Norman erlaubt hätte, mich nach

Hause zu bringen oder wenn Kenny dagewesen wäre? Wer wäre dann gerade in meiner Dusche?

Ich fühlte einen Stich in der Magengrube, eine Mischung aus Schmerz und Hunger mit vielleicht einem kleinen Ziehen vor Sehnsucht.

Zu alledem hatte ich keine Ahnung, was ich jetzt eigentlich tun sollte oder was Minerva oder Norman sagen würden, wenn sie das hier herausfinden würden. *Falls* sie es herausfinden. Warum sollte ich es ihnen nicht erzählen? Und was ist mit den anderen Originalen und Stammgästen? Großer Gott, was hatte ich getan?

All diese Fragen schrien in meinem Kopf nach Aufmerksamkeit.

Shaun sei verflucht dafür, dass er mit der Jeanette in meinen Laden gekommen ist, dass er sie kennengelernt hat und sich verlobt hat, dass er zuerst mal überhaupt mit mir Schluss gemacht hat. Und verflucht sei auch, dass es mir immer noch was ausmachte.

Als Scott wieder auftauchte, diesmal nur mit einem Handtuch um die Hüften, fand er mich immer noch auf der Terrasse sitzend, immer noch im Bademantel mit einer Tasse Tee den Horizont anstarrend.

»Hey«, sagte ich wieder, als ich die Terrassentür aufgehen hörte. Er hat einen netten Körper, stellte ich fest. Sein Oberkörper war muskulös, ohne zu athletisch zu sein; sein Bizeps war gut trainiert; die Beine kräftig, genau richtig für Surfen, Parasailing oder Jetski, alles Sportarten, die er regelmäßig betrieb, wie ich wusste. Er war einer, der am Strand abhing, und eine Wasserratte, wenn er nicht gerade trainierte oder im Grounds rumhing, und er war das ganze Jahr über sonnengebräunt, was viel attraktiver war als Farbe von der Sonnenbank oder aus der Sprühdose.

Ich stand auf, er ging einen Schritt auf mich zu und versperrte mir den Weg. Guter Gott, der will immer noch, dachte ich. Und guter Gott, ich auch.

»Eva«, flüsterte er und küsste mich wieder, dieses Mal ließ er seine Zunge über meine streichen. Er roch sauber und frisch und fühlte sich feucht und weich an und ich wollte sehen, was unter dem Handtuch war.

»Ich will dich noch mal«, sagte er.

»Ich brauche eine Dusche«, sagte ich mehr zu mir selbst als zu ihm.

»Kann ich mitkommen?«, fragte er.

»Du warst doch grade.«

»Die war aber kalt.«

Ich wurde wieder rot. »Du wirst verschrumpeln wie eine Pflaume.«

»Ich mag Pflaumen.«

»Was ist aus *Ich gebe dir Raum* geworden?«

»Gebe ich dir danach.« Er zog mich zu sich und da wusste ich genau, was unter seinem Handtuch war.

»Verdammt«, murmelte ich, mein Gesicht an seiner Schulter vergraben, »du machst mich total an.«

Er kicherte. »Gut«, sagte er.

»Nein, nicht gut. Das ist verrückt. Du – wir – *das hier*«, stammelte ich und versuchte zu sagen, was zwanghaft in meinem Kopf kreiste.

Er ging ein Stück zurück und sein Lächeln verschwand.

»Du hast recht«, sagte er. »Du bist total erschrocken. Das sehe ich doch. Willst du, dass ich gehe?«

Ja. Nein. Bitte. Vielleicht.

»Mein Auto steht beim Grounds«, antwortete ich.

»Soll ich dich hinfahren, damit du es holen kannst?«

»Ich kann laufen«, sagte ich. »Es ist nur ungefähr zweieinhalb Meilen. Bewegung wird mir guttun.«

»Okay«, sagte er ohne den kleinsten Funken von Enttäuschung in seiner Stimme.

»Hör zu«, sagte ich, »danke für letzte Nacht.«

»Bitte schön.«

»Und danke auch, dass du mir etwas Raum gibst. Ich kann dir nicht sagen, was das für mich bedeutet.«

»Verstehe.«

Ich nahm seine Hand. »Ich glaube, im Moment will ich einfach nur einen Tag nach dem nächsten nehmen. Ich bin definitiv noch nicht bereit, der ganzen Welt mitzuteilen, was passiert ist.«

»Alles klar. Ich glaube, Norman wird ein bisschen enttäuscht sein, dass er dich gestern Abend nicht nach Hause gebracht hat. Soweit wir wissen, hätte er es sein sollen, mit dem du diese Unterhaltung führst.«

Ich schaute ihn misstrauisch an. »Was redest du da?«

»Ich sage nur, dass Norman ein bisschen in dich verknallt ist.«

Mir rutschte das Herz in die Hose.

»O Gott. Bitte erzähl mir so was nicht. Nicht gerade jetzt.«

Er grinste. »Tut mir leid, aber ich glaube, es stimmt.«

»Aber er trifft sich mit Speeddating-Samara. Und er redet die ganze Zeit über sie. Es ist zum Brechen, wie er sie anhimmelt.«

Scott zuckte die Achseln. »Ich meine, er hat zwar niemals irgendwas direkt gesagt, aber als sein Freund und so sehe ich doch, wie er dich anschaut, wenn du nicht hinguckst. Ich bin nicht dein einziger Verehrer, Eva. Ich glaube, wir könnten einen Klub aufmachen.«

Verdammt großartig.

Damit küsste er mich ein letztes Mal und verabschiedete sich.

★★★

Als ich unter der Dusche stand und kaltes Wasser über mich laufen ließ, fragte ich mich, was zu tun sei. Es war schon schlimm genug, dass ich meine Demütigung von dem Speeddating-Fiasko für die ganze Welt gepostet hatte, aber dieses Mal hatte ich es in 3-D vermasselt, mit Zuschauern und Opfern. Ich würde mit erhobenem Haupte in meinen Laden zurückkehren müssen, den Anschein von Routine vortäuschen und diesen unkontrollierten Zug von der totalen Entgleisung abhalten, falls es dafür nicht bereits zu spät war.

Eine Sache war klar: Das Singleleben war jetzt wie ein Teppich, der mir unter den Füßen weggezogen worden war, und ich musste irgendwie versuchen, sie wieder auf den Boden zu bekommen.

15

Komm zurück

NACHDEM SCOTT GEGANGEN WAR, rief ich bei der Arbeit an, um mich krankzumelden.

Ich sah nach Facebook-Status-Updates, änderte aber nicht meinen eigenen.

Ich machte mir ein Eiweiß-Gemüse-Omelett und aß die Hälfte davon.

Ich räumte die Wohnung auf, wischte Staub und machte die Wäsche.

Ich rief Olivia an und hinterließ eine Nachricht auf ihrer Mailbox; ich hatte seit zwei Wochen nicht mit ihr gesprochen.

Ich saß auf der Terrasse und versuchte ein Buch zu lesen, gab aber auf, nachdem ich denselben Absatz dreimal gelesen hatte, ohne mich zu erinnern, was drinstand.

Ich lief von Zimmer zu Zimmer, genauso wie früher am Morgen, wie ein verirrtes Hündchen, ohne zu wissen, wonach ich suchte oder wann ich endlich den Mut aufbringen würde, Minerva anzurufen.

Ich schaute auf mein iPhone.

Ich schaute fern, ein Marathon hauptsächlich aus *Law & Order, The People's Court* und *30 Minute Meals*.

Ich saß draußen auf meiner Terrasse.

Ich ging wieder rein und entfernte die Schmierflecken auf meinem iPhone mit einem Stück von meinem T-Shirt.

Ich lief zum dritten Mal durchs Haus.

Ich nahm mein Telefon und rief Scott an; er hatte mir seine Mobiltelefonnumer gegeben, bevor er gegangen war.

»Hallo«, hörte ich ihn sagen, er klang müde.

»Hey, ja, ich bin's, Eva.«

»Hey!« Der Schwung in seiner Stimme kam zurück.

»Was machst du gerade?«, fragte ich.

»Ich hole gerade ein paar Programmier-Sachen auf. Von-zu-Hause-aus-Arbeiten lässt einen manchmal Dinge auf die lange Bank schieben, weil dir keiner über die Schulter schaut.«

»Kannst du das mit hierherbringen?«, fragte ich und fühlte mich fast so, als würde ich neben mir stehen und das Ganze beobachten – und darüber nachdenken, wie lächerlich das war.

»Du willst, dass ich rüberkomme?«, fragte er.

Ich zögerte für einen kurzen Moment, bevor ich antwortete. »Ja, will ich.«

»Wann?«

»Ist jetzt gleich zu früh?«

»Ich bin in fünfzehn Minuten da«, sagte er und legte auf, ohne überhaupt Tschüss zu sagen.

Es waren die längsten fünfzehn Minuten meines Lebens; ich dachte, ich würde sterben vor lauter Angst, zu warten.

Was mache ich bloß?

Als ich das Klopfen an der Tür hörte, öffnete ich und da stand er mit seiner Laptop-Tasche in einer Hand und einer Dose Maxwell-House-Kaffee in der anderen.

»Nur für den Fall, dass du eine neue, schlechte Angewohnheit übernehmen willst«, sagte er mit einem jungenhaften Grinsen.

Ich grinste zurück und zog ihn am Arm. »Komm rein.« Er ließ sein Zeug fallen, als ich ihn an mich zog und ihn heftig küsste. Diesmal gingen wir direkt ins Bett.

Mein Auto holte ich nicht mehr vom Grounds ab.

16

Der Klub

SCOTT GING FRÜH am nächsten Morgen, weil ich an der Reihe war, das Grounds aufzumachen. Ich lief zur Arbeit, was mir sehr guttat, denn ich hatte Zeit, um meine Gedanken zu klären. Wir hatten eine weitere Nacht mit großartigem Sex gehabt, wir saßen sogar im Bett und redeten und machten Witze. Er war vier Jahre jünger als ich, es war also ein bisschen seltsam, wenn man sich vorstellte, dass er, als ich mit der Highschool in Long Island anfing, immer noch Baseball in der Little League in Silver Spring, Maryland, spielte. Aber Scott war wirklich unkompliziert und ließ mich verwirrt sein oder distanziert, wenn ich es brauchte, und das war sehr tröstlich. Außerdem war er nett. Es war nicht so, dass ich Scott nicht schon vorher gemocht hätte – ich hatte uns nur niemals als ein potenzielles Paar gesehen, selbst nach dem Vorfall auf Lovematch.com. Das tat ich allerdings immer noch nicht. Wir waren irgendwas zwischen Fick-Kumpel (obwohl ich, weiß Gott, diesen Ausdruck hasste, ganz zu schweigen von dem Konzept dahinter) und zwei, die sich verabreden (was an diesem Punkt genauso wenig erstrebenswert war wie die gefürchteten Fick-Kumpel zu sein). Und es störte mich sogar noch mehr, dass ich zweimal mit ihm geschlafen hatte, bevor ich herausfand, dass sein Nachname Vogel war.

Ich weiß nicht, wem gegenüberzutreten mich nervöser machte – Norman, nachdem ich erfahren hatte, dass er in mich verknallt war, oder Minerva, die ich abserviert und seitdem gemieden hatte. Ich hatte alles über ihre Neuigkeiten mit dem falschen Alarm vergessen und fühlte mich schuldig, dass ich nicht zurückgerufen hatte und für sie da gewesen war.

Kurz nachdem ich die beiden ersten Gäste des Tages bedient hatte, rief Norman an und meldete sich krank – zum ersten Mal seit einem Jahr.

Am frühen Nachmittag desselben Tages saßen Spencer und Tracy, Jan und Dean an ihrem üblichen Tisch, obwohl Jan und Dean weiter entfernt voneinander saßen als sonst und auch ein bisschen ruhiger schienen als gewöhnlich.

»Und, Eva, was gibt's Neues in der Welt des Singlelebens?«, fragte Tracy. »Du hast in letzter Zeit nicht viel geschrieben auf deinem Blog.« Noch bevor ich antworten konnte, sagte sie: »Weißt du, du solltest deinen Blog HBO als TV-Serie anbieten. Seit die *Sopranos* und *Sex and the City* nicht mehr laufen, haben die nichts Gutes mehr gebracht.«

»Stimmt nicht. Was ist mit *Entourage*?«, sagte Dean.

»Läuft das nicht auf Showtime?«, fragte ich.

»Du bist doch Autorin«, beharrte Tracy. »Wie schwierig ist es denn, ein Skript zu verfassen?«

»Weißt du überhaupt, wie man ein Drehbuch schreibt?«, fragte Dean.

»Eigentlich ein Fernseh-Drehbuch«, sagte ich.

»Man setzt sich nicht hin und schreibt eines Tages ein Drehbuch«, sagte Jan. »Das ist ein Haufen Arbeit.«

»Aaron Sorkin schrieb das meiste von *Eine Frage der Ehre* auf Papierservietten«, hob ich hervor.

»Aaron Sorkin hat *Eine Frage der Ehre* geschrieben?«, fragte Dean.

»Ist das nicht der Typ, der *Wag the Dog* geschrieben hat?«, fragte Jan.

»David Mamet hat *Wag the Dog* geschrieben«, sagte Dean. »Aaron Sorkin hat *The West Wing* geschrieben.«

»Und *Sports Night*«, ergänzte Spencer. »Erinnert ihr euch an *Sports Night*?«

»Du weißt, dass Aaron Sorkin *The West Wing* geschrieben hat, aber nicht *Eine Frage der Ehre*?«, fragte ich.

»*Wag the Dog* war ein guter Film«, sagte Dean.

»Und *Eine Frage der Ehre* etwa nicht?«, sagte Jan.

»Wer schreibt eigentlich *Entourage*?«, fragte Spencer.

Ich schaute weg vom Tisch und rüber zur Tür und sah Minerva reinkommen, Laptop und Umhängetasche mit sich schleppend. Gefolgt zufälligerweise von Scott, der meinen Magen veranlasste, mehrere Rückwärtsüberschläge in Folge zu machen. Ich entschuldigte mich und ging hinter die Theke, um Susanna zu helfen.

»Hey, Suze, könntest du mal bitte nach den Keksen im Ofen schauen?«

»Sie ist gerade bei meiner Bestellung«, sagte Minerva knapp. »Kannst du doch selbst machen.«

Autsch.

Ich ging in die Küche und nahm ein Blech mit Pinwheel-Keksen aus dem Ofen, während ich Minerva durch das Fenster, das den Thekenbereich von der Küche trennte, beobachtete. Ich konnte außerdem Scott an seinem üblichen Tisch sehen, bereits voll in seine Arbeit versunken, obwohl er einmal kurz aufschaute, Augenkontakt herstellte und grinste, bevor er wieder runterguckte. Mein Herz hüpfte – seit Langem hatte es das nicht mehr getan. Zumindest für niemanden, der weder Shaun noch Colin Firth war.

Als ich aus der Küche zurückkam, saß Minerva an einem Tisch am Fenster, über ihre Bücher gebeugt, und lernte.

»Macht es dir was aus, wenn ich mich für eine Minute zu dir setze?«, fragte ich. Ich musste so was normalerweise nie fragen.

Sie zuckte mit den Achseln. »Nein, klar.«

»Es tut mir leid, dass ich dich nicht angerufen habe, Min.«

»Is' schon okay«, sagte sie, ohne hochzuschauen.

»Ich war so aufgebracht und brauchte ein bisschen, um mich wieder zu beruhigen und mir über alles klar zu werden. Das kannst du sicher verstehen.«

»Ich hab dir Millionen von Nachrichten hinterlassen«, sagte sie. Zum zweiten Mal in ebenso vielen Tag klang Minerva für mich ganz jung. Wie ein kleines Kind.

»Ich weiß.«

»Warst du unter irgendwas Schwerem gefangen?«

Ich bemerkte die *Harry & Sally*-Anspielung, lachte aber nicht.

»So was Ähnliches«, fing ich an.

Sie sah mich an. Sie sah zu Scott. Dann wieder zu mir.

»Ich wusste es doch!«, sagte sie wie ein Anwalt, der eine dramatische Anschuldigung machte, wenn auch leise genug, dass uns die anderen nicht hören konnten.

Ich konnte Minerva auf keinen Fall etwas vorlügen, also lehnte ich mich zu ihr rüber und gestand. »Es ist einfach irgendwie passiert.«

»Von wegen es ist einfach irgendwie passiert. Du *wolltest*, dass es passiert. Deswegen hast du dich von ihm nach Hause bringen lassen.«

»Okay, vielleicht habe ich das. Aber, Min, freu dich doch für mich. Er ist wirklich nett – also, nicht *nett*«, sagte ich und suchte nach etwas, das auf Scott wirklich zutraf. »Ich weiß nicht, er ist lustig und er geht ziemlich locker mit der ganzen Sache um.«

Ich wusste, dass sie irgendwas zurückhielt, und plötzlich wollte ich gar nicht wissen, was sie dachte.

»Es ist nur so – ich will ja glücklich für dich sein«, fing sie an, »aber ich bin mir nicht sicher, worüber ich glücklich sein soll. Dass du endlich über Shaun hinweg bist? Dass du ein Wochenende mit einem Typen verbracht hast, der dich am liebsten mit *Kumpel* anredet?«

Sie sah mich direkt an und entschuldigte sich mit den Augen, während sie weitersprach. »Eva, ich verspreche dir, dass in der Minute, in der du am richtigen Ort angekommen bist, ich auch glücklich für dich bin. Bis dahin bin ich deine größte Unterstützerin – Himmel noch mal, ich bin ja schon dein größter Fan. Aber einer von uns beiden muss hier immer noch wachsam bleiben. Ich meine, komm schon, der Typ mag noch nicht mal Chai!«

Ich zeigte ein obligatorisches Lächeln, um das schmerzende Gefühl zu überdecken, dass Minerva in letzter Zeit mit nichts, was ich tat, einverstanden war. Oder vielleicht hatte sie ja auch recht – vielleicht war da nichts, worüber man bisher glücklich sein konnte. Ich rief mir die letzten zwei Tage in Erinnerung, die beides waren, sowohl entspannend als auch wunderbar erschöpfend. Nein, da gab es genug, worüber man glücklich sein konnte. Ich musste Scott nur eine Chance geben. Und wenn Minerva das auch erst mal getan hatte, wäre sie auch glücklich für mich.

»Mag Jay denn Chai?«

»Niemand ist perfekt«, sagte Minerva steif.

Ich drehte die Lautstärke meiner Stimme nach unten, genauso wie den scherzhaften Ton. »Und wie geht es euch sonst so, du weißt schon, seit …« Ich brach ab.

Sie zuckte die Achseln. »Okay, glaube ich. Ich meine, du hattest recht. Das ist so überhaupt nicht der richtige Zeitpunkt, um schwanger zu werden. Aber Jay ist wundervoll wie immer. Gott, wie ich diesen Jungen liebe. Er ist mein bester Freund, weißt du?«

Bei den Worten *bester Freund* verscheuchte ich ein Bild von Scott aus meinem Kopf.

»Neben dir natürlich«, fügte sie pflichtgemäß hinzu.

»Ich weiß. Ihr beide habt Glück, dass ihr einander habt.«

»Dank dir«, erinnerte sie mich sarkastisch.

»Das stimmt«, sagte ich und setzte mich gerade hin. »Du hast dich seit Langem nicht mehr dafür bedankt.«

Als wir beide noch Kommilitonen waren, hatte ich Minerva überredet, an einem Poetry Slam an der NCLA teilzunehmen, bei dem sie Jay kennenlernte. Er hatte ein Gedicht vorgetragen mit dem Titel *Wenn im Wald ein Baum fällt, wer fällt ihn dann?*

Minerva berührte mit dem Finger die Stirn und machte einen faulen Salut.

»Ziehe den Hut vor dir, Partner«, sagte sie.

Ich salutierte zurück. »Ich muss wieder an die Arbeit. Norman hat sich heute krankgemeldet.«

Sie schaute erstaunt. »Norman? Krank? Ist das eine neue Art von Grippe, die da herumgeht?«

»Gott bewahre!«

»Ich hoffe, er ist in Ordnung«, sagte sie.

»Hat vielleicht einfach einen freien Tag extra gebraucht.«

Bevor ich aufstand, hielt ich kurz inne. »Weißt du, dass Scott vor Kurzem etwas gesagt hat, das mich ein bisschen verunsichert hat? Er sagte, dass Norman in mich verknallt sei und er nicht der Einzige sei. Er machte einen Scherz von wegen ein Fanklub für mich. Was hältst du davon?«

Minerva machte ihr Lerngesicht, so als ob ich sie gerade gebeten hätte, die DNA der Mitochondrien zu erklären.

»Hmmmmm … Ich habe schon bemerkt, dass dich Norman manchmal beobachtet, wenn du nicht hinsiehst. Bin mir nicht sicher, ob *verknallt* das Wort ist, das ich benutzen würde – es ist mehr eine Anziehung, über die er sich nicht ganz sicher ist. Er macht sich Gedanken über dich, das ist klar. Ich meine, so viel ist offensichtlich. Mich hast du jedenfalls drin in diesem Klub. Würde aber Spaß machen, zu raten.« Sie deutete in Richtung eines Gastes, der sich gerade den Schaumbart von seinem Latte von den Lippen leckte. »Er könnte zum Beispiel ein Mitglied sein.«

Ich kicherte und suchte weiter. »Es könnte der Typ sein, der meine Papiersachen anliefert.«

»Es könnte Dara sein.«

Ich lachte ungläubig. »Dara hat einen Freund!«

»Vielleicht ist es ein weibliches Verknalltsein; du weißt schon, so was, was man für Wonder Woman hat.«

Bei dem Gedanken wurde ich schwach. »Es sind diese roten Stiefel.«

Ich ging wieder in den hinteren Raum, um mit Verkäufern zu reden und die Gehaltsabrechnungen zu machen. Zurück im Café, sah ich Kenny an Minervas Tisch sitzen und blieb stehen. Fest entschlossen, mich ganz locker zu geben, schritt ich an Scott vorbei und stellte mich vor ihren Tisch.

»Car-Talk-Kenny«, sagte ich mit übertriebener Freundlichkeit, die genauso durchsichtig war wie der Plastikbecher, aus dem er gerade den letzten Schluck Eiskaffee schlürfte.

Er sah mich verwirrt an und kaute auf seinem Strohhalm.

»Jaaaaa ...«, sagte er zögernd und machte weiter, Bissspuren auf dem Strohhalm zu hinterlassen.

»Wo bist du gewesen?«, fragte ich.

»Beschäftigt.«

»Nein, im Ernst«, sagte ich und machte ihn damit nach. »Wo bist du gewesen?«

»Ich war vor ein paar Tagen hier gewesen, aber du warst schon gegangen.«

»An welchem Tag?«

»An deinem Geburtstag.«

O Scheiße. Seine Worte ernüchterten mich, die Luft zischte beinahe hörbar aus meinen Lungen.

»Wie ging's dir so?«, fragte er.

»Sehr gut.«

»Nein, im Ernst. Wie ging's dir so?«

»Sehr gut«, beharrte ich. Als ich zur Kasse zurückging, konnte ich nicht anders, als mich zu fragen, wen ich hier eigentlich belog. Hinter der Theke, aus sicherer Entfernung, beobachtete ich heimlich, wie er Minerva mit einem *Was zum Teufel*-Blick ansah. Als der nächste Gast an die Reihe kam, sah ich aus meinen Augenwinkeln, wie sich Minerva zu ihm rüberbeugte – er sah aus, als hätte ihm gerade jemand ins Gesicht geschlagen. *Steh mir bei, wenn sie ihm von mir und Scott erzählt* ... nein. Das würde sie nicht tun.

Scott blieb zweieinhalb Stunden lang, fast bis zum Feierabend. Ich hatte den ganzen Tag über alles darangesetzt, ihm nicht komplett aus dem Weg zu gehen, aber auch nicht *zu* freundlich zu sein oder mit ihm zu flirten. Bevor er ging, gab er mir eine Papierserviette, auf die er mir eine Nachricht geschrieben hatte. Ich stopfte sie in meine Tasche. Als ich einen Moment Ruhe hatte, holte ich sie heraus und las: *Du bist höllenmäßig süß, wenn du arbeitest.* Grinsend faltete ich die Serviette wieder zusammen und ging zurück zur Arbeit. Nachdem wir geschlossen hatten, kam Scott zu mir nach Hause und wir verbrachten wieder die Nacht miteinander. Als ich neben ihm lag und darauf wartete einzuschlafen, ging ich noch mal alle Szenen des Tages durch und es traf mich, dass ich Norman kein einziges Mal vermisst hatte.

Als ich am nächsten Morgen meine E-Mails checkte, fand ich eine von Minerva, Betreff: Der Klub. *Schließ Kenny nicht aus.* Das war alles. Schnell löschte ich die Nachricht, ohne darauf zu antworten.

17

Rennen

SCHLIESS KENNY NICHT AUS.

Die Worte klangen in meinem Kopf nach wie ein Echo, als ich nach der Arbeit in meiner Küche vor dem offenen Kühlschrank stand. Mein Gehirn setzte alles, was darin war, wie Puzzlestücke zusammen: eine Tüte fertige Salatmischung, Gemüse aus dem Gemüsefach, ein Stück gegrilltes Hühnchen, ein Stückchen Romano-Käse. Aber ich war viel zu aufgewühlt, um zu essen. Ich hörte die Stimme meines Vaters sagen – oder woran ich mich erinnerte; es war ja viel zu lange her, um sicher zu sein, dass es immer noch seine war –, nachdem Minuten vergangen waren, ohne dass ich mich bewegt hatte: »Es hat keinen Sinn, sich den Bauch vollzuschlagen, wenn der Kopf bereits überläuft.«

Ich machte den Kühlschrank zu.

Ich zerrte meine Laufschuhe aus der hintersten Ecke des Schrankes und fühlte einen kurzen Anflug von ungeduldiger Vorfreude, als würde die Straße auf mich warten. Doch ich wusste es besser, als dass ich die Dehnübungen überspringen würde. Meine Gedanken schweiften ab, als ich behutsam begann, Muskeln zu dehnen, die viel zu lange ohne dies ausgekommen waren. Es war Monate her, seit ich das letzte Mal Laufen war, ein Ritual, das ich während meiner Zeit an der NCLA regelmäßig begangen hatte. Ich lief entweder die zwei Meilen lange Hauptstraße des Unicampus ab (zweimal) oder auf einem der Laufbänder in der

Uni-Sporthalle (zu der ich als Ehemalige immer noch Zutritt hatte). Meine Studenten riefen mir immer »Hey, Professor Perino!« zu und ich winkte mit verschwitzter Hand wie zur Bestätigung zurück, dabei gab ich eher ein Grunzen von mir als ein Hallo. Ich würde nicht sagen, dass ich das Laufen liebe (ich bin ganz sicher nicht einer dieser Menschen), aber ich genieße die Freiheit und den Rhythmus dabei. Manche meiner besten Gedanken habe ich beim Laufen. Das Beste, was ich geschrieben habe, auch. Während der Uni lief ich wegen Hausarbeiten, später wegen schwieriger Kapitel, manchmal sogar wegen Rezepten, aber die kamen mir immer erst nach dem Rennen und normalerweise erst nach zehn Uhr abends.

Ich hatte den ganzen Tag lang über den Klub nachgedacht, hielt Ausschau nach Kenny (der aber nie auftauchte), beobachtete Norman nach Anzeichen einer geheimen Mitgliedschaft und fühlte mich bei alledem wie eine zwölfjährige Idiotin. Die ganze Sache stank nach Junior High School, wo ich unzählige Mittagspausen mit genau diesem Verhalten verbrachte, um herauszufinden, ob ich bei Bobby Ackermans jüngerem Bruder Jason eine Chance hätte. Der Klub war jedoch viel gemütigender, da ich jetzt nicht nur Norman in Betracht ziehen musste, sondern auch noch eine ganze geheime Bruderschaft, wie Scott andeutete. Wie kam es, dass ich die ganze Zeit gar niemanden in meinem Leben hatte und nun gleich eine ganze Auswahl potenzieller Bewerber? Nicht zu vergessen, dass ich mit einem mehr Zeit verbrachte als mit Shaun jemals zuvor und einen anderen bereits bei mehr als einer Gelegenheit nackt gesehen hatte.

Nach zehn Minuten Dehnen ging ich los, fand leicht meine Laufgeschwindigkeit und konzentrierte mich aufs Atmen, wohl wissend, dass die Anspannung in Beinen und Lunge nach einer Meile oder so weggehen würde. Ich passte jeden Atemzug dem Geräusch der Sohlen auf dem Untergrund an – einatmen (Schritt Schritt Schritt), ausatmen (Schritt Schritt Schritt), einatmen (Schritt Schritt Schritt), ausatmen (Schritt Schritt Schritt) –, während die Szenen des Tages vor meinen Augen abliefen …

Obwohl er nie einen Gast warten ließ und sich niemals vor irgendwas gedrückt hat, verbrachte Norman doch den ganzen Tag damit, um Speeddating-Samara zu kreisen. Er war verknallt und sie liebte es. Er beobachtete sie von dem Moment an, in dem sie hereingeschlendert kam, mit ihrer Coach-Sonnenbrille, die sie geschickt in ihre trendige Frisur gesteckt hatte. Die Art von Frisur, die man nur nach Stunden mit großen, dicken Lockenwicklern hinbekommt, die die Haare in riesige, lockere Wellen legen. Er brachte ihr, was auch immer sie bestellte, blieb nur so lange stehen, um über irgendetwas Belangloses zu lachen, und kam dann zur Theke zurück, wo er sie weiter beobachtete, falls sie noch etwas bräuchte. Ich schwöre, ich sah sie sogar dabei, wie sie sich Textnachrichten schickten.

Und trotz dieses angeblichen Klubs glaubte ich, dass die Gründe, warum Typen mich mochten, und die Art, wie sie Samara mochten, komplett unterschiedlich waren. Jedes Mal, wenn ich an sie dachte, in diesem süßen, kleinen Kleid, das sie an diesem fürchterlichen Speeddating-Abend anhatte, fühlte ich eine stechende Eifersucht – nicht weil Norman sie mochte (letzten Endes war ich seine Lieblingsverabredung, hatte er gesagt), sondern weil sie die Sorte Mädchen war, die viele Typen mögen würden. Es erinnerte mich außerdem an den Tom-Cruise-Typen und an alle anderen, die mich an diesem Abend nicht mochten. Ich wette, er hatte ihr Kästchen angekreuzt. Ich wette, dass alle ihr Kästchen angekreuzt hatten. Ich hätte es lieber gesehen, wenn sich stattdessen Samara und Tom gefunden hätten, während Norman und ich auf ein Bier ausgegangen wären. Sie war außerdem noch dumm wie Brot, mit einem Lachen, das so schrill war, dass es Glas hätte zerschneiden können. Minerva und ich nannten sie heimlich *Samurai* und waren uns sicher, dass Norman etwas Besseres finden würde, wenn er auf einen beliebigen Namen im Telefonbuch deuten würde.

Doch trotz allem konnte ich Norman nicht zu sehr kritisieren. Ich war ja nicht viel besser. Obwohl wir nicht den ganzen Tag *Augensex* (wie Minerva es nannte) hatten, behielt ich Scott doch den ganzen Nachmittag über im äußeren Rand meines Sichtfelds und versuchte wie wahnsinnig, nicht enttäuscht zu sein, als er erwähnte, dass er an diesem Abend langsam machen würde. Er redete mit Norman (der auf Samara fixiert war, die wiederum an ihrem Handy war mit jemandem namens Gigi, die einfach *›zu‹ witzig* war), schaute dabei aber direkt zu mir, als er sagte, dass er am Morgen ein großes Meeting mit einem Kunden habe und sich am Abend darauf vorbereiten müsse.

»Egal, Mann«, antwortete Norman und seine Augen gingen Richtung Samurai, die wieder in Gelächter ausbrach.

»Ogottogott, Gigi«, schrie sie und entfernte irgendwas, das unter ihrem Nagel gewesen war, »du bist einfach *zu* witzig gerade. *Zu* witzig.«

Ich merkte, dass ich das Ende meiner Schicht weder fürchtete, noch mich darüber freute. Auf der einen Seite bedeutete es, dass ich nach Hause in ein stilles Haus gehen musste (hieß, ohne Scott), aber auf der anderen Seite gab es dort keinen Augensex und kreischende Blondinen. Ich entschied mich für ein Unentschieden.

Einatmen (Schritt Schritt), ausatmen (Schritt Schritt). Mehr Bilder erschienen vor meinen Augen: Norman, wie er den dampfenden Milchschaum auf jedem Latte mit einem Design versieht, bevor er ihn dem wartenden Gast übergibt. Scotts ausgestreckte Hände auf der Theke, als er sich rüberlehnt, um Norman (und mir) von seinen Plänen für den Abend zu erzählen. Norman, der Samurai beäugt, wie sie die Beine übereinanderschlägt. Scotts starrer Blick auf seinen Laptop. Ich spielte auch Ereignisse von den letzten paar Tagen noch einmal durch: der unangenehme Wortwechsel mit Kenny gestern. Scott auf meiner Terrasse, sonnengebräunt und muskulös, mit nichts an als einem Handtuch. Kenny, der sich bei Minerva einschmeichelt. Shaun und seine perfekte Jeanette. Norman und Samara. Kenny, Minerva. Scott im Bett. Shaun mit mir. Shaun und Jeanette.

Einatmen (Schritt Schritt), ausatmen (Schritt Schritt). *Atme, Eva.* Ist es möglich, eine einzige Person dein ganzes Leben lang zu lieben? *Atme …*

Die Liebe deines Lebens?

Ist es möglich, eine einzige Person dein ganzes Leben lang zu lieben? Gibt es den Mythos von der Highschool-Liebe oder ist das nur ein Traum, der auf Pyjamapartys erfunden wurde und von unglücklichen Singles und verzweifelten Ehemaligentreffen-Gängern am Leben erhalten wird?

Lasst uns für den Moment einmal annehmen, dass es sie gibt. Dass manche Menschen (wenn auch eine erschütternderweise abnehmende Zahl) sich verlieben, heiraten und das für den Rest ihrer Tage bleiben, und zwar nicht, weil sie müssen, zu feige sind, es zu ändern, oder sich nicht vorstellen können, anders zu leben, sondern weil sie es *wollen*. Sagen wir mal so, bei manchen hält die Liebe, weil sie bei manchen eben hält.

Eine solche Liebe zu finden, ist wie nach Gold zu graben. Es gibt nichts, bei dem man mehr Glück bräuchte. Denkt nur an die vielen Dinge, die im Gleichklang laufen müssen, damit eine solche sogenannte *wahre Liebe* überhaupt passiert – und bestehen bleibt. Zuallererst muss man sich mal kennenlernen. Man muss erkennen, dass da irgendwas ist, und darauf reagieren. Dann muss es noch stimmen; ihr müsst beide Single sein und interessiert. Man muss durch die einzelnen Phasen des Sich-Verabredens und Sich-Verliebens, heiraten (oder irgendwelche ähnlichen Verpflichtungen eingehen) und dann verläuft euer Leben entweder von hier ab sanft und ruhig oder ihr liebt euch so heftig, dass keine Tragödie oder der Zahn der Zeit die Art und Weise, wie ihr füreinander empfindet, ändern kann.

Die Chancen sprechen gegen euch in jeder Phase dieses Weges. Wenn es über sechs Milliarden Menschen auf der Welt gibt, ist es dann nicht ein bisschen weit hergeholt anzunehmen, dass es da draußen den einen – und nur einen – Menschen gibt, der genau für euch bestimmt ist? Lasst uns die rosarote Brille abnehmen und den Tatsachen ins Auge sehen. Dieses Konzept ist nicht nur untauglich, es ist auch unwahrscheinlich. Denkt mal drüber nach. Was ich meine, ist, mein ganzes Leben lang habe ich mich an die Idee geklammert, dass *der richtige Typ irgendwo da draußen ist.* Aber ich glaube, als Erwachsener schulde ich mir selbst das Eingeständnis, dass er das vielleicht nicht ist. Vielleicht ist da auch nicht nur einer. Oder vielleicht ist da noch nicht mal einer. Aber mit sechs Milliarden zur Auswahl, wie kann irgendjemand da wirklich wissen, wenn er die Liebe des Lebens gefunden hat?

Als Kind mochte ich die Leute nicht, die immer sagten, dass Beziehungen harte Arbeit seien, dass keine Beziehung fünfzig-fünfzig ist, eher sollten sie hundert-hundert sein, und dass man hart daran arbeiten muss, glücklich und verliebt zu bleiben. Ich dachte, wenn Beziehungen harte Arbeit sind, warum sich damit rumärgern? Ist die Tatsache, dass man jeden Tag an einer Beziehung arbeiten muss, ein Zeichen dafür, dass es nicht die Liebe deines Lebens ist, weil es zu anstrengend ist (wenn nicht gar unnatürlich), oder ein Zeichen dafür, dass es eben gerade die Liebe deines Lebens *ist*, alle Mühen wert?

Was, wenn deine Beziehung überhaupt gar keine Arbeit ist? Was, wenn sie einfach nur passiert, alles zusammenpasst, sich gut anfühlt und einfach wunderbar im Fluss ist? Was dann?

Das Problem mit den Regeln dafür, wie die Liebe und das Sich-Verabreden sein sollten, ist, dass es immer eine Ausnahme geben wird – eine Zeit, in der sie entweder nicht passen oder nicht angewendet werden können, und das lässt dich im Dunkeln stehen. Und niemand will auf unsicherem Boden stehen, wenn es um Herz und Seele geht.

Also frage ich euch: Gibt es so was wie die Liebe des Lebens und woher weiß man, dass man sie gefunden hat?

Den letzten Block zurück zu meinem Laptop legte ich im Sprint zurück, bevor ich irgendwelche meiner mentalen Kompositionen verlor, und tippte alles ein, noch bevor ich unter die Dusche ging. Nach dem Abendessen (ich packte das gegrillte Hühnchen auf den Salat) las ich alles noch mal durch und postete es, dann ging ich ins Bett mit Jane Austins *Emma*. Besser, mich in der Welt von jemand anderem zu verlieren, als in meiner eigenen.

18

Zwei Lieben

DER *LIEBE DEINES LEBENS*-Eintrag rief in den nächsten achtundvierzig Stunden eine Menge Kommentare hervor, manche erschreckend scharf und schmerzhaft zynisch (*Das Leben ist zum Kotzen und dann stirbst du. Alleine.*), während andere vor Kitsch trieften (*Ich weiß einfach, dass er bereits da ist, so nah, dass ich ihn fast berühren kann!*). Außerdem, so schien es, brachte er in jedem den Geschichtenerzähler zum Vorschein, egal ob im Cyberspace oder im Grounds.

»Mein Opa erzählte«, fing Jan an, die Originale und die meisten der Stammgäste in Hörweite, »dass er in der Minute, in der er meine Oma sah, wusste, dass sie das Mädchen war, das er heiraten würde. Es war die Geschichte, die er am liebsten erzählte, und ich erinnere mich ganz genau an sie, weil er sie zu jeder Gelegenheit, die sich ihm bot, erzählte, selbst als sein Verstand sich langsam verabschiedete. Es war im Sommer des Jahres achtundvierzig, sehr heiß und sie waren beim Festival zum vierten Juli in seiner Stadt.«

»Damals ging es noch nicht um Barbecues oder Schnäppchenjagd beim Einkaufen«, bemerkte Schwester Beulah.

»Da hast du ganz recht«, sagte Jan. »Er lief in der Parade mit einigen seiner Kriegskameraden und trug immer noch seine Uniform. Sie war Krankenschwester und verkaufte Blaubeerkuchen, um Geld für die Veteran's Administration zu sammeln, als er sie sah. Er tippte seinen Freund an und zeigte zu ihr rüber. *Da*, sagte er. *Das ist sie. Das ist das Mädchen, das ich heiraten werde.* Sein Freund sagte, dass Opa sich glücklich schätzen könnte, wenn sie ihn überhaupt nur anschauen würde, also ging er direkt zu ihr hin und sagte Hallo.«

»Und hat sie?«, fragte Spencer, während Dean uninteressiert aussah, er hatte zweifellos genug von der Geschichte. »Ihn angeschaut, meine ich.«

Jan nickte stolz. »Sie lächelte«, sagte sie und machte eine kurze Pause. »Also mein Opa war ja schlau. Er lebte auf einer Farm in New England und sie war aus dem Süden. Und er wusste, dass er, wenn er sie erobern wollte, sie dazu bringen musste, ihn noch vor dem Winter zu heiraten, denn niemand aus dem Süden, der bei klarem Verstand ist, würde freiwillig auf einer Yankee-Farm leben, wenn er erst mal gesehen hatte, was Winter wirklich bedeuten konnte.«

Die aus dem Süden lachten.

»Und das tat er: Er traf sich mit ihr den ganzen Sommer über und bevor sie wieder wegmusste, fragte er sie, ob sie ihn heiraten würde. Sie kam zurück und sie heirateten in diesem Herbst und jeden Winter danach verfluchte sie ihn dafür, dass er sie zum Narren gehalten hatte. Er sagte dann, dass er ein Narr aus lauter Liebe war, und sie sagte dann immer – jedes Mal –, dass er *ihr* Narr sei und dass sie ihn nicht anders haben wollen würde.«

»Das ist die süßeste Geschichte überhaupt«, sagte Tracy und drückte Spencers Hand.

»Ist es auch, oder?«, sagte Jan. »Sie zeigt dir einfach, Eva, dass die wahre Liebe da draußen ist; und wenn du sie findest, dann hält sie für immer. Sogar über den Winter.«

Ich konnte nichts sagen, so sehr war meine Kehle zugeschnürt. Ich nickte und verließ schnell die Gruppe, um Norman bei der Schlange von Gästen zu helfen, die auf einmal wie aus dem Nichts heraus aufgetaucht war.

★★★

»Hey, Eva, hier ist ein Brief für dich gekommen. Kein Absender«, sagte Norman, als ich am nächsten Tag zu meiner Nachmittagsschicht kam. Er holte ihn unter der Geldschublade der Kasse hervor, hielt ihn sich vors Gesicht und schnüffelte daran. »Ich rieche kein Old Spice. Hast du einen heimlichen Bewunderer, von dem du uns nichts erzählt hast?«

Ich schnappte mir den beigen Pergamentumschlag und untersuchte Vorder- und Rückseite. Er war in Wrightsville Beach abgestempelt, aber ich erkannte die kursive Handschrift nicht, fast schon Kalligraphie, mit der ganz elegant und offiziell mein Name und die Adresse des Grounds geschrieben waren. Ich konnte nicht widerstehen und hielt ihn mir auch vors Gesicht und schnupperte daran, nach irgendwelchen Anzeichen von Geruch suchend, die mir einen Hinweis hätten geben können, entdeckte aber nichts. *Ein weiteres Mitglied des Klubs?,* fragte ich mich, während ich mir meine Schürze vom Haken nahm. Mein Gefühl sagte mir, ich solle mir den Umschlag lieber für zu Hause aufheben, anstatt ihn hier zu öffnen, weil er meine ganze Aufmerksamkeit verdiente.

Und so machte ich es auch. Geduscht und gepudert, ins Bett eingekuschelt, den schlafenden Scott neben mir, machte ich vorsichtig den Umschlag auf und holte drei Seiten von dem gleichen, beigefarbenen Pergamentpapier hervor, sorgfältig gefaltet und mit derselben eleganten Schrift beschrieben. Mit einem Füllfederhalter, wie ich bemerkte.

Liebe Eva,
als ich letzte Nacht Deinen Eintrag auf WILS las, wusste ich, dass ich antworten musste, jedoch nicht öffentlich. Ich weiß, wie nah du Minerva und einigen anderen stehst, aber ich würde es vorziehen, wenn das, was ich Dir erzählen will, unter uns bleibt.

Du fragtest, woran man erkennt, dass die Liebe deines Lebens auch wirklich die Liebe deines Lebens ist. Ich will Dir von meinen beiden Lieben erzählen.

Wenn die meisten kleinen Mädchen damals Haus *spielten, ihre Babypuppen bemutterten und ihre kleinen Brüder anbettelten, den*

Vater zu spielen, spielte ich Kirche. *Ich und meine Puppen wechselten uns ab, aus der Bibel vorzulesen, ich hielt die Predigten und fütterte dieselben Puppen zur Kommunion mit Necco-Waffeln. Katechismusklassen interessierten mich weitaus mehr als Mathe oder Amerikanische Geschichte und meine Eltern mussten mich sonntags nach der Messe fast buchstäblich aus der Kirche zerren. Ich studierte jede Eigenheit des Priesters, so wie meine Freunde die Bewegungen der Beatles. Das war gerade in der Zeit nach dem Zweiten Vatikanischen Konzil, was dir wahrscheinlich nichts sagt, aber das war eine aufregende Zeit für die Laien in der Kirche. Die Messen wurden gewöhnlich in Lateinisch gehalten und die Gemeindemitglieder begannen, eine wichtigere Rolle zu spielen. Das, zusammen mit der Befreiungsbewegung der Frauen, gab mir die Hoffnung, dass ich eines Tages auch Priesterin werden und so meine Hingabe an Gott geloben könnte.*

Aber traurigerweise endete die Befreiung der Frauen vor dem Altar und mein Traum würde nicht wahr werden. Ich war mir nicht sicher, ob die Berufung zur Nonne das Richtige für mich wäre, also ging ich erst mal zur Uni, um meinen Weg zu finden. Da lernte ich ein Mädchen namens Lily kennen und zu meiner Überraschung verliebte ich mich heftig in sie und sie sich in mich. Zu dieser Zeit war die sexuelle Revolution im Kommen und Gehen, aber Homosexualität wurde immer noch als Sünde gegen Gott angesehen. Aber wie konnte so etwas wie die Liebe *jemals Sünde sein?*

Nun hatte ich also zwei Lieben meines Lebens: Gott und Lily. Wir sprachen davon, an einen Ort wie New Hampshire oder Vermont zu ziehen, einen toleranten Ort, wo wir einen Laden aufmachen konnten und hausgemachtes Ahornsirup oder irgendetwas Ähnliches, wundervoll Hippiemäßiges verkaufen konnten. Ich dachte, ich könnte Gott weiterhin dienen, indem ich mich in einer kleinen Gemeinde engagierte oder ein Ehrenamt in einem Krankenhaus übernahm. Lily und ich wünschten uns verzweifelt zu heiraten, aber gleichgeschlechtliche Ehen schienen noch viel unwahrscheinlicher zu sein als weibliche Priester. Ich gestehe, dass ich sogar für eine Weile mit Gott haderte – wie konnte sie mich eine solche Liebe empfinden lassen, zu beiden, zu ihr und Lily, und mir nicht die Mittel geben, sie auszudrücken? Was, wenn es wirklich Sünde war und irgendetwas mit mir nicht stimmte? Lily und ich trennten uns sogar für eine kurze Zeit, um uns mit Männern zu verabreden (wenigstens waren wir in der Lage, Jahre später darüber zu lachen), aber wir konnten nichtverleugnen, wer wir wirklich waren.

Im Sommer 1980 hatte Lily einen Autounfall und ich ging ins Krankenhaus, um bei ihr zu sein. Das war, als ihre Eltern herausfanden, dass wir mehr waren als beste Freunde, und sie waren schockiert. Sie verboten mir, sie zu sehen, und verboten Lily, Kontakt mit mir aufzunehmen. Sie unterschlugen meine Briefe und meine Anrufe für sie. Als sie sich erholt hatte, kam sie wieder zu mir zurück, aber die Probleme hatten sich bereits angekündigt – wir würden niemals in der Lage sein, das Leben zu haben, das wir wollten, ohne diejenigen zu verlieren, die wir liebten. Und Lily war zu dieser Zeit so voller Angst, von ihrer Familie gemieden zu werden. Meine Familie tat sich leichter damit, mich als Nonne zu sehen denn als lesbische Frau, und ich wollte niemand anderen als Lily.

Du magst vielleicht denken, Eva, dass ich mich für ein Leben entschied, das ich niemals wirklich wollte, aber ich hatte nicht die Möglichkeiten, die Deine Generation hat (oder ich dachte, ich hätte sie nicht). Ich hatte zu viel zu verlieren, obwohl Lily zu verlieren eines der schlimmsten Dinge war, die ich jemals erlebt habe. Eine Nonne zu sein, hat seine Hochs und Tiefs, vor allem angesichts all der Skandale der Kirche. Ich habe oft überlegt, die Berufung wieder zu lösen. Lily und ich haben kürzlich dank Facebook wieder Kontakt aufgenommen. Sie hat einen Mann geheiratet in dem Versuch, ihren Eltern zu gefallen, wurde aber vor ein paar Jahren geschieden. Mit unseren Eltern, die mittlerweile alt sind und den Zeiten, die toleranter sind, könnte es für uns vielleicht endlich an der Zeit sein, das Leben zu leben, das wir immer wollten. Ich bin mir nicht sicher. Ich liebe meine Gemeinde und die Menschen in ihr und ich liebe auch meine Familie im Grounds. Und ich liebe immer noch meinen Gott. Ich will mein Versprechen an sie nicht brechen.

Ich bete um Antworten für diesen nächsten Schritt in meinem Leben. Ich hoffe, dass Du auch für mich betest, so wie ich für Dich, Kenny, Scott, Minerva und Norman gebetet habe und all die anderen, die nach der Liebe ihres Lebens suchen. Vergiss nicht, die Liebe kommt in vielen Formen. Gib niemals auf und denke daran, was einer kaputt gemacht hat, kann ein anderer wieder heilen.

Vor allem aber, die Liebe, die Du wirklich willst, ist in Dir, *Eva. Jag nicht nach Regenbogen. Mach einfach nur die Augen auf und bewundere die allgegenwärtige Schönheit.*

Deine Beulah

Ich brauchte eine Weile, um zu kapieren, dass Beulah *Schwester* Beulah war. Niemals in meinem Leben hatte ich einen so wunderschönen, so gedankenvollen und sorgfältig geschriebenen und überbrachten Brief bekommen. Ich meine, sie hätte ihn mir ja auch einfach geben können und bitten, ihn für mich alleine zu lesen, oder etwas erwähnen können, als wir noch alle zusammengesessen hatten, während Jan ihre Geschichte erzählte. Sie hätte eine E-Mail schreiben oder eine Karte bei Hallmark kaufen können. Aber nein. Das war wie ein Geheimnis zwischen Mutter und Tochter oder zwischen Schwestern. Sie wollte, dass es etwas ganz Besonderes sein sollte, bis hin zu der LOVE-Briefmarke auf dem Umschlag.

Minerva und ich hatten einmal spekuliert, ob Schwester Beulah vielleicht lesbisch wäre.

Stereotypisch gesehen, passte sie zu keiner der gängigen Beschreibungen. Sie zog sich unauffällig an, ihr einfaches, aber gut frisiertes Haar wurde bereits grau und sie trug wenig bis kein Make-up, bis auf einen fast pinken Lippenstift, der nur an ihr wirklich gut aussah und das Augenmerk nicht auf ihre Lippen, sondern eher auf ihre langen Wimpern lenkte. Das Kreuz, das bequem auf ihrer Brust lag, war aus Olivenholz gemacht und sie hatte es im Gelobten Land, wie sie es nannte, gekauft. Jeder hätte sie eher für eine Kuriositätenladen-Besitzerin halten können oder für eine Großmutter als für eine Nonne.

Wir liebten sie alle sehr, natürlich. Sie war wie eine Mutterhenne für uns, hörte sich unser Geschnatter an, tröstete jeden von uns, der einen schlechten Tag hatte, und ließ uns alle alt aussehen, wenn es um Wissenswertes aus Büchern oder Filmen ging. Sie bestand darauf, dass die Beatles, Elvis Presley, Ella Fitzgerald und Nat King Cole *die Auserwählten* waren. Und obwohl wir sie alle Schwester Beulah nannten, obwohl sie uns von Anfang an gebeten hatte, das nicht zu tun, glaube ich, dass die meisten von uns vergessen haben, dass sie eine Nonne war. Sie war ganz einfach eine von uns.

Ich las den Brief wieder, dabei wischte ich mir vorsichtig alle herunterlaufenden Tränen ab, bevor sie auf die Seiten tropfen, die Tinte verwischen und die Wörter unleserlich machen könnten. *Die Liebe, die Du wirklich willst, ist in* Dir, *Eva.* Ein paar Sekunden lang betrachtete ich Scott, wie er schlief, mit dem Rücken zu mir, dann streckte ich mich und ließ meine Finger sanft durch seine Haare streichen. Ich hoffte, ihn nicht zu wecken. Er rührte sich nicht. Dann machte ich das Licht aus und sprach ein Gebet für Beulah und Lily, meine Mutter und meinen Vater und eins für mich in der Hoffnung, dass ich in der Nacht von Regenbogen träumen würde.

19

Sie wissen Bescheid

MEINE SCHICHT AUF DER Arbeit fing erst später am Nachmittag an. Normalerweise war das gut. Je nach meiner Laune konnte mir ein freier Morgen entweder den Antrieb geben, superproduktiv zu sein (so als hätte ich bereits einen ganzen, erfolgreichen Tag hinter mir, wenn ich auf der Arbeit erschien), oder aber ich war faul und verwöhnte mich, indem ich mich einfach entspannte.

An diesem Morgen jedoch konnte ich weder still sitzen, noch mich lange genug konzentrieren, um irgendwas hinzukriegen. Ich fühlte mich gereizt, aufgewühlt, unkonzentriert. Ich hasste solche Tage und mein Frust wurde nur noch schlimmer, während ich von einem Zimmer zum nächsten ging, von Aufgabe zu Aufgabe, ohne auch nur eine Sache fertigzubringen oder zur Seite zu legen.

Außerdem war es noch dazu ein grauer Tag. Einer dieser Tage, an denen der Himmel in verschiedene lila ähnliche Grautöne um die Ränder von Wolken herum getaucht ist, die sich unter noch mehr Wolken schieben. Die Mitarbeiter von Wilmingtons Wetterstation hatten für den Nachmittag mit dreißigprozentiger Wahrscheinlichkeit Gewitterstürme angekündigt und ich konnte die Elektrizität in der Luft geradezu schmecken.

Ich ließ die Rechnungen, die ich kaum geschafft hatte zu sortieren, liegen, nahm mir meine Schlüssel, steckte einen Stift und ein kleines Notizbuch mit Eselsohren zusammen mit einer Flasche Wasser in eine Tragetasche und ging nach draußen.

Ich lebte in der Nähe des Strandes, bequem mit dem Fahrrad zu erreichen, aber wenn ich mit dem Auto hin- und zurückfuhr, hätte ich mehr als genug Zeit, damit ich am Meer sitzen und das rhythmische Rauschen der Wellen meine Balance wiederherstellen konnte. Auf dem Weg dorthin behielt ich den Himmel im Auge, den ich nach leuchtenden Blitzen, die sich vielleicht jetzt schon zeigten, oder helleren Wolken absuchte, die sie verdecken könnten.

Als ich am Strand ankam, hatte es angefangen zu regnen, ein feiner Nieselregen wie dieser künstlich hergestellte, der zum Wässern von Gemüse benutzt wird, während Gene Kelleys *Singin' in the Rain* leise aus den Lautsprechern in Supermärkten summt. Ich stieg aus und seufzte, hielt mein Gesicht in die Feuchtigkeit, bevor ich mir meine Kapuze über den Kopf zog und meinen Pferdeschwanz darunterstopfte. Der Strand in der Nähe der NCLA war eine Mischung aus weißen, flachen Dünen, gesprenkelt mit kleinen Schalenstückchen von Kammmuscheln, Venusmuscheln und Kieselsteinen. Das Meer hatte heute ein glanzloses Grau-Grün und arbeitete sich ungebändigt an den Strand heran. Die Luft hatte einen rauen, salzigen Geschmack und der Niesel fiel sanft herab. Stille schien hier am Strand zu herrschen, aber das Meer rauschte mit jeder sich brechenden Welle und zog mich mit jeder zurückweichenden näher zu sich heran.

Ich suchte mir ein Fleckchen im Sand, machte mir eine Kuhle und versuchte, meinen NCLA-Kapuzenpulli weit genug über meine Jogginghose zu ziehen, damit ich nicht auf dem feuchten Sand sitzen musste. Ich fragte mich, ob ich nicht besser einen Regenmantel hätte anziehen sollen. Ich atmete mehrmals tief ein und aus, schloss meine Augen und hörte dem Geräusch des Meeres zu mit seinem langsamen Rhythmus: das Krachen der Wellen, Rauschen, Stille. Krachen, Rauschen … Stille.

Der Salzgeschmack machte mir ausgerechnet Lust auf dunkle Schokolade. Ich betrachtete hypnotisch die Wellen, Bilder von Schokolade mit ganzen Mandeln kamen über mich. Ich würde welche machen, wenn ich heute Nachmittag ins Grounds käme, dachte ich bei mir. Ein paar Mandeln einkaufen und sie in Meersalz und Butter rösten; dunkle, halbbittere Schokolade mit einem Hauch von Zucker und vielleicht ein bisschen Sahne schmelzen; ich könnte außerdem etwas Lavendel kaufen und dazumischen … *oh ja …*

Krachen, Rauschen … Stille. Krachen, Rauschen … Stille.

Ich leckte mir die Lippen. Die Knie an meine Brust gezogen, drehte ich den Kopf, um den Strand zu betrachten. Ein Jogger, noch zu weit weg, um seine Gesichtszüge zu erkennen, stampfte seinen eigenen, nicht hörbaren Rhythmus in den flachen Teil des Strandes, der nah an der Brandung war. Beide Rennschuhe verbanden knackige Beine in Baggyshorts mit der harten, feuchten Erde. Er wirkte groß und breitschultrig, wie jemand, der einen Raum mit seiner Anwesenheit füllte und jede Farbe satt erscheinen ließ. Als er näher kam, wirkte er vor dem Hintergrund eines grauen Himmels noch leuchtender; sein tiefschwarzes Haar, seine tiefe Hautfarbe, grau melierter Kapuzenpulli und rote Shorts von Wolfpack stachen selbst durch den Dunst des Regens hervor. Ich hasste jeden, der am Strand joggen konnte – der bloße Gedanke daran ließ meine Waden aufschreien. Ich hatte es nur einige wenige Mal ausprobiert, aber meine Lektion bereits gelernt: Bleib auf den Straßen, Wegen und Laufbändern und überlass die Strände den wirklich sportlichen und ausgesprochen masochistischen Läufern. Ich hatte nicht bemerkt, dass ich seine Schuhe anstarrte, die bei jedem Schritt kleine Klumpen Sand in die Luft schleuderten und tiefe Fußspuren hinterließen, bis er langsamer wurde und mir zuwinkte.

Ich brauchte gute fünf Sekunden, bevor ich kapierte, dass es Kenny war.

Ich zwinkerte, blinzelte und versuchte es noch mal. Immer noch Kenny.

Ich winkte unbeholfen, während er mit normaler Geschwindigkeit weiterlief, meine Hand hing noch in der Luft, als ich ihm dabei zusah, wie er das andere Ende des Strandes erreichte, langsamer wurde und anhielt. Er beugte sich vornüber, die Hände auf den Knien, die Seiten streckend, und schaute auf seine Uhr, bevor er wieder in meine Richtung zurücklief.

»Hey«, sagte er zwischen zwei Atemzügen.

»Selber hey«, sagte ich. »Was machst du denn hier?«

Doofe, doofe Frage.

»Bisschen frische Luft schnappen«, sagte er und legte den Kopf in den Nacken, um seinen Atem wieder auf Normalgeschwindigkeit zu kriegen. Seine Haare waren dunkle, dicke Strähnen aufgrund des Regens und des Schweißes. »Kann ich mich setzen?«

Ich machte eine einladende Handbewegung über den Sand; er ließ sich fallen und begann, sich zu dehnen.

»Ich liebe es, am Strand zu laufen.« Er griff nach einem ausgestreckten Bein und nahm seine Zehen, nachdem er sein Knie nur ein bisschen eingeknickt hatte.

»Niemand liebt es, am Strand zu laufen«, merkte ich an. »Schon gar nicht in einem Sweatshirt. Oder im Regen«, fügte ich noch hinzu.

Er sah seinen Kapuzenpulli an, als untersuchte er, wie lose er an seinen Schultern hing, vorne hatte er einen V-Ausschnitt. Dann zuckte er mit den Schultern.

»Man weiß nie, wann der Regen richtig kalt wird.«

Ich holte die Flasche Wasser aus meiner Tasche und gab sie ihm. Er machte sie auf und trank die Hälfte aus. »Vielleicht solltest du nicht im Regen joggen«, sagte ich. »Mach ich jedenfalls nicht.« Ich bin nie bei irgendeinem Wetter gelaufen, das mehr als Shorts und ein leichtes Tanktop erforderte, und ich wünschte mir oft, dass ich mich trauen würde, eine dieser Frauen zu sein, die ganz ohne Top und nur im Sport-BH liefen.

Er schüttelte den Kopf und dehnte das andere Bein. »Das ist die beste Zeit, um zu laufen.«

»Jeder wie er will.«

Er machte die Flasche wieder zu. »Läufst du?«

»Nicht im Regen.«

Er lächelte und starrte vor sich hin.

Das Meer toste. Die Stille zwischen uns war weder schrecklich noch unangenehm. Trotzdem war ich nicht enttäuscht, als er sie unterbrach.

»Okay, also gut, ich mag es nicht, am Strand zu joggen«, gestand er.

»Wusste ich's doch«, sagte ich. Er grinste und dehnte die Beine im Schneidersitz. »Warum machst du es dann?«, fragte ich.

»Warum nicht?«, antwortete er und nahm seine Ellbogen, um die Knie tiefer Richtung Sand zu drücken.

Eine weitere Minute Schweigen ging vorüber.

»Als ich zehn war, bin ich fast ertrunken«, sagte Kenny.

Ich drehte mich schockiert zu ihm, er hielt seine Augen aber weiter aufs Wasser gerichtet.

»Wir waren im Urlaub am Meer, es kamen Stürme von der Küste her und die Wellen waren wahnsinnig«, sagte er, während er über die Schulter sah, »eigentlich ein bisschen wie heute. Wie auch immer, ich war schwimmen, obwohl meine Mutter es mir verboten hatte, und die Strömung packte mich. Ich war nicht stark genug und es war mir vorher nie in den Sinn gekommen, vor dem Meer Angst zu haben. Ich hatte nie daran gedacht, dass ich, wenn ich hinausgetrieben würde, für immer und ewig schwimmen könnte und niemals eine Küste erreichen würde. Dass meine Eltern mich niemals finden würden – noch nicht mal meinen Körper. Dass meine besten Aussichten wären, lebendig gefressen zu werden.«

»Kenny!« Ich schüttelte mich und versuchte, mir eine kleinere, schwächere Version von ihm vorzustellen, weggeschwemmt, voller Angst und verloren zwischen den Wellen.
»Das ist fürchterlich!«

»Hast du jemals Salzwasser in die Nase gekriegt?« Er wartete meine Antwort nicht ab. »Also, es ist zehnmal schlimmer, wenn man es in seine Lungen einatmet. Es tat so weh, dass ich aufhörte zu kämpfen – ich hörte einfach auf. Konnte nicht denken. Die nächste Welle schlug mich gegen einen Felsen und mein letzter Gedanke war, dass, selbst wenn ich schreien könnte, mich niemand durch die Wellen hören würde.«

Er streckte die Beine von sich weg, überkreuzte die Füße und lehnte sich zurück. »Mein Dad war am Strand gelaufen. Er war ein Spitzensportler – Marathons, Triathlons, dieses ganze Zeug. Er sagte, er sah Farbe aufblitzen, genau bevor ich unterging. Ich wachte am Strand auf, da waren nur er und ich. Und weißt du, was er zu mir gesagt? *Das war eine wirklich dumme Sache, die du da getan hast.*.«

»Das ist ein bisschen heftig.«

»Nein, ist es nicht«, sagte Kenny darauf. »Es war eine ehrliche, liebevolle Reaktion. Seine Art, dieses Trauma für mich etwas abzuschwächen. Er war nicht gemein oder ängstlich; er sagte nur, wie es war. Und außerdem hatte er ja recht. Meine Mutter hatte mir schließlich gesagt, dass ich nicht ins Wasser gehen sollte. Und vielleicht hätte ich sauer auf ihn sein sollen, aber ich war es nicht. Ich war ihm dankbar. Niemand hatte jemals zuvor so deutlich mit mir gesprochen. Ich glaube, es war das erste Mal, dass ich mich erwachsen fühlte.«

»Niemand hat jemals mit mir so gesprochen. Na ja, außer dir, nehme ich an.«

Er quittierte das mit einem schiefen Grinsen, bevor er weitersprach. »Am nächsten Tag ging mein Dad mit mir am Strand laufen. Ich glaube, er wusste, wie erschrocken ich war. Danach gingen wir Kajak fahren. Dann schwimmen. Und als ich ihm sagte, dass ich Angst hätte, sagte er: *Kannst du auch haben, wenn du willst. Und manchmal solltest du sie auch haben. Aber niemals* musst *du sie haben.* Das gefiel mir. Es bedeutete, dass ich die Wahl hatte.«

»Hört sich an, als wäre er ein großartiger Typ«, sagte ich.

»Ist er auch«, antwortete Kenny. »Ich glaube, du würdest ihn mögen. Lustig ist er auch. Heute ist er viel direkter als jemals zuvor. Und wenn er glaubt, dich erwischt zu haben, und du auch nur daran denkst, rot zu werden, dann macht er weiter, bis du am Boden liegst. Macht meine Mutter wahnsinnig, aber es ist alles nur gut gemeinter Spaß.«

»Irgendwelche Brüder oder Schwestern?«

»Nee«, sagte er, »einer war mehr als genug für meine Eltern. Dafür sorgte ich schon.«

Es war schwer sich vorzustellen, dass Kenny irgendwelchen Ärger machte – selbst als ängstlicher Teenager –, und ich fragte mich, wie wohl seine Familie aussah, wie sie sich anfühlte, was sie am Weihnachtsabend machte, wie viele Jubiläen und Geburtstage sie zusammen verbracht hatte. Ich liebte es, in meiner Vorstellung Bilder von Familien anderer Leute zu sammeln, die ich dann im Kopf zusammensetzte, so als könnte ich herausbekommen, wie meine eigene möglicherweise ausgesehen hätte.

Der Sprühregen schlug uns ins Gesicht. Ich schaute ihn nur für eine Sekunde an und trotzdem, in dieser Sekunde wurde ich auf magische Weise von seiner Aura angezogen und die spülte mich davon wie eine der Wellen. Ich widerstand dem Drang, ihm seine nassen Strähnen zur Seite zu streichen, mit meinem Ärmel das Wasser aus seinem Gesicht zu wischen, meine Hand um seinen Hals zu legen, ihn an mich zu ziehen und ihn zu küssen.

»Ich muss los«, sagte Kenny, stand auf und riss mich aus meiner Sekundenbruchteil-Trance. »Ich überlasse dich deinen Gedanken. Worüber hast du eigentlich nachgedacht, bevor ich dich unterbrochen habe, wenn ich fragen darf?«

»Dunkle Schokolade mit Meersalz, Mandeln und Lavendel.«

Er schmatzte genüsslich. »Absolut nicht das, was ich erwartet hatte. Aber ich hab mich gefreut, dass wir uns heute gesehen haben.«

»Ja, ich mich auch«, sagte ich und fühlte zum ersten Mal die kalte Feuchtigkeit des Sandes unter mir.

»Geh aber nicht ins Wasser, okay?«, zog er mich auf. »Ich habe niemanden sonst hier gesehen.«

»Ich muss sowieso bald bei der Arbeit sein«, sagte ich, als er sich umdrehte.

»Wir sehen uns!«, rief ich und sah seine Schultern mit jedem sandigen Schritt auf und ab wippen. Ich hoffte, dass ich damit recht hatte.

★★★

Später war ich froh über diese Verschnaufpause am Morgen; das war vielleicht das Einzige, was mich im Grounds bei gesundem Verstand blieben ließ, wo die Schlange niemals endete, die Kekse verbrannten, die Vorräte knapp wurden und ich zu meinen Gästen kaum mehr als Hallo sagen konnte.

In den letzten zwei Wochen hatte Norman sich seinen Humor für die Gäste bewahrt, sein Lächeln für Samurai – und seinen Business Talk für mich. Währenddessen hatten Scott und ich uns weiterhin zurückgehalten. Ich setzte alles daran, ihm gegenüber so gleichgültig zu sein, wie ich es immer gewesen war, nicht zu lange an seinem Tisch zu bleiben, um mit ihm zu reden, nicht in seine Richtung zu schauen, all diese Sachen eben. Er machte es genauso, bestellte beiläufig an der Theke und setzte sich an einen Tisch in der Nähe der Frontscheibe, anstatt näher an der Theke, wie er es sonst immer gemacht hatte.

Ich tat einen tiefen Atemzug, der in einen frustrierten Seufzer überging, während ich zum hundertsten Mal die Theke abwischte und Norman mit einem Tablett voller halb leerer Tassen und Teller hinter mir vorbeistrich und irgendwas von einer Krümelschweinerei vor sich hin murmelte, als das Telefon klingelte. Er nahm das kabellose Telefon auf dem Weg in die Küche von seiner Station.

»Eva!«

»Warum schreist du so?«

Er reichte mir das Telefon. »Würdest du bitte mit dem Papierlieferanten sprechen? Ich ertrage seine Art nicht.«

Ich guckte ihn finster an und nahm das Telefon, während Norman die Küche verließ und sich darüber ausließ, warum ich diese Jungs nicht in die Wüste schickte, wo doch ihre Servietten dünner als Kleenex waren.

Als meine Höllenschicht endlich zu Ende war, ging ich direkt nach Hause und starrte wie ein Zombie jede rote Ampel und jedes Stoppschild auf dem Weg nach Hause an. Endlich zu Hause, ließ ich meine Schlüssel fallen, warf meine Klamotten auf den Schlafzimmerboden und schlüpfte in ein T-Shirt, aß einen Joghurt zum Abendessen und zwang mich dazu, meine E-Mails zu checken. Ich ging durch meine Inbox-Liste, die hauptsächlich aus Facebook-Benachrichtigungen und Lieferantenanzeigen bestand, und dann fiel mein Blick auf eine Nachricht, die Minerva früher am Nachmittag geschickt hatte.

E-Mail an: eva@thegrounds.com
Betreff: Sie wissen Bescheid

Bin mir nicht sicher, wie die Welt von der anderen Seite der Theke aussieht, aber von dieser Seite sieht es ziemlich düster aus, Eva. Ich habe den ganzen Tag versucht, einen Moment mit dir alleine zu erwischen, hat aber einfach nicht geklappt, so bin ich gezwungen, Zuflucht zur verdeckten Berichterstattung zu nehmen, wie es aussieht. Sie wissen Bescheid. Zum Teufel, jeder mit einem halbwegs klaren Verstand ist im Bilde. Weil du so peinlich genau normal bist. Wie du nie aufschaust, wenn Scott reinkommt, aber wartest, bis er auf halbem Weg bis zur Theke ist – so als wärst du überhaupt nicht interessiert. Das höfliche Lächeln, das professionelle Hallo, all das, während deine Augen glitzern wie bei einer Wahnsinnigen, und ich schwöre, ich kann die Pheromone geradezu überschwappen sehen.

O ja, das sieht man.

Ich hatte gehofft, dass nur ich es sei, weil ich wusste, wonach ich suchte, verstehst du? Aber so ist es nicht. Gestern, als du nicht da warst, fragte mich Jan, ob mit dir alles in Ordnung sei nach der großen, schlimmen Zusammenbruch-Szene. Ich sagte, selbstverständlich seist du das, aber sie bestand darauf, dass irgendetwas anders zu sein schien. Dann sagte Tracy, dass sie *sicher* sei, das da irgendwas *laufen* würde zwischen dir und Scott. Als sie mich damit konfrontierten, sagte ich irgendwas wie, ich sei mir nicht sicher. Weil, weißt du, ich bin rein technisch nicht hundertprozentig sicher, was los ist, also ist es keine totale Lüge, stimmt's? Und du weißt, wie schlecht ich lügen kann. Ich fand, mit einer Halbwahrheit wär ich sicherer als mit einer ganzen Lüge. Und was hätte ich auch sagen sollen – *was macht dich da so sicher?* Okay, ja, also das hätte funktioniert, aber es wäre so offensichtlich gewesen, dass ich nach Hinweisen suchte.

Also, Kenny kam gestern und wir löcherten ihn, wo er die letzten Tage gesteckt hatte, und bla, bla, bla. Und da fragte ihn Jan nach seiner Meinung. Wie auch immer, Kenny schien am meisten zu interessieren, wie du mit Scott nach Hause gegangen bist. Und das ganze Wochenende hat niemand Scott gesehen und wir wissen alle, dass er ein echt großer Eiskaffee-am-Samstagmorgen-Typ ist. Dann fing also Spencer an zu spekulieren und Tracy versuchte, sie dazu zu bringen, leiser zu sprechen und Jan ist sauer auf Dean (er hatte gesagt, dass Scott ein *Mistkerl, der Schwein hat* sei, und Jan fand das daneben). Und währenddessen versuchte ich möglichst beschäftigt auszusehen, damit sie mich nicht geradeheraus fragen, ob du mit Scott schläfst (kannst du dir vorstellen, was gewesen wäre, wenn sie mich gefragt hätten?? *schauder*) und der arme Kenny bekommt beinahe ein Schleudertrauma beim Versuch, den verbalen Gewehrsalven zu folgen, die hin und her schossen, und Norman hielt sich komplett raus.

Und nur damit du es weißt, gestern war das Thema des Tages, wieso Scott jetzt später kommt als gewöhnlich und keiner ihn gehen sieht. Wie: Auf einmal bleibt er, bis geschlossen wird. Wie: Er geht wahrscheinlich zusammen mit dir raus. Wie: Er geht wahrscheinlich zusammen mit dir, um Sex zu haben. Und wir wissen beide, dass es nur eine Frage der Zeit ist, bevor *wahrscheinlich* zu *ganz offensichtlich* wird. (Und ich kann spüren, dass mich Dean irgendwas fragen will – er guckt ständig in meine Richtung, scheißescheißescheiße!)

Also, zusammengefasst, es ist raus und jetzt geht es richtig rund.

Min.

Ich seufzte tief und vergrub den Kopf in den Händen, dann streifte ich durch die Haare, ließ die Hände da und hielt die Haare zu einem Pferdeschwanz zusammen. Kenny war gestern im Grounds gewesen und ich hatte ihn verpasst? Warum hatte er das heute

Morgen am Strand nicht erwähnt? Er hatte noch nicht mal irgendwas angedeutet. Auf der anderen Seite war ich auch nicht gerade gesprächig, was meine eigene Situation betraf.

Verdammt.

Völlig ausgelaugt schrieb ich zurück.

E-Mail an: mbrunswick@ncla_alum.edu
Betreff: Re: Sie wissen Bescheid.

Min –
Scheiße. Ich weiß gar nicht, wo ich anfangen soll.

Ich könnte dich einfach anrufen, aber verdammt, das Telefon liegt irgendwo auf der anderen Seite des Zimmers – nicht mal des Hauses, merkst du's, nein, des Zimmers. Ja, ich bin erschöpft. Die Art von mein-Körper-ist-ein-Haufen-Wackelpudding-erschöpft. Und ich werde heute Nacht alleine bleiben, falls du weißt, was ich meine.

Tja, so viel also zu meiner Vorstellung, dass die Gäste nicht hinter meinem Rücken über mich reden. Heilige Scheiße. Und dabei dachte ich, ich würde das Ganze voll im Griff haben, indem ich so cool war. Gott, war ich wirklich so durchschaubar? (Darauf musst du nicht antworten.)

Und was ist in letzter Zeit mit Jan und Dean los? Ist Jan eigentlich irgendwann mal nicht sauer auf Dean? Und was ist mit diesem *Mistkerl, der Schwein hat*-Kommentar? Bitte erzähl mir nicht, er ist ein Mitglied des Klubs.

Was soll ich also machen? Soll ich eine Ankündigung machen, wie Joel und Maggie in *Ausgerechnet Alaska*, als sie jedem im Brick verkündeten, dass sie gerade Sex hatten, weil sie wussten, dass es ihnen sowieso ins Gesicht geschrieben steht? Oder sollte es wie in *Gilmore Girls* sein, als Lorelai gerade gesagt hat, dass sie noch nicht bereit ist, die ganze Stadt wissen zu lassen, dass sie und Luke sich treffen und dann weiter Richtung Diner geht, um sich einen Kaffee zu holen, und glaubt, dass er noch geschlossen ist und reinspaziert – mit nichts an außer Lukes Flanellhemd –, nur um festzustellen, dass er voller Gäste ist? (Meine Güte, ich muss aufhören, so viel Fernsehen zu gucken.)

Seufz. Ich bin zu fertig, um jetzt über irgendwas davon nachzudenken. Und Scott ist nicht da, um mir den Nacken zu massieren (er ist ziemlich gut darin …). Und übrigens, du meinst, du seist nicht hundertprozentig sicher, was zwischen Scott und mir läuft? Ich auch nicht. Ich bin mir allerhöchstens zu sechzig Prozent sicher, aber das sind immer noch ziemlich schlechte Aussichten.

Grüß Jay von mir.

Eva

Ich schickte die E-Mail ab, wohl wissend, dass ich das Thema Kenny nicht angesprochen hatte. Ich wünschte, ich hätte eine Antwort darauf. Ich wünschte, ich wäre diejenige gewesen, die ihm von dem Zusammenbruch erzählt hätte und dass ich Scott mit nach Hause genommen hatte. Aber noch viel mehr wünschte ich mir, er hätte heute Morgen am Strand was darüber gesagt.

Ich hatte kaum eine freie Minute im Grounds, um Scott zu sagen, er solle heute Nacht nicht vorbeikommen, dass ich einfach fertig sei und allein sein müsste. Aber ich vermisste ihn trotz allem; wir hatten uns bereits angewöhnt, dass er zu mir kam (ich hatte mehr Platz und mehr Möbel als nur Milchkisten, eine alte Couch und eine Stereoanlage), wir uns Filme von Netflix ausliehen und faul auf der Couch lagen, bis einer von uns (normalerweise ich) einschlief. Oder aber wir verzichteten auf den Film und gingen direkt ins Bett und hatten Sex.

Obwohl mir die Augen immer mehr zufielen, loggte ich mich doch bei WILS ein und starrte auf den Bildschirm. Ich hatte seit fast einer Woche nichts Neues mehr gepostet mit der Begründung, im Grounds wäre zu viel los gewesen und ich zum Schreiben zu müde. Aber die Wahrheit war, dass ich nicht wusste, was ich schreiben sollte. War ich überhaupt noch Single? Wollte ich es noch sein?

Ich ließ WILS, wie es war, machte meinen Laptop aus und stellte ihn auf das Tischchen neben mir. Dann löschte ich das Licht, schloss die Augen und schlief in meinem Lesesessel ein.

20

Die größeren Hilfsmittel

MEINE MIESE LAUNE fing direkt nach Normans Anruf aus dem Grounds an, kurz vor Feierabend. Ich war zu Hause und guckte *Julie & Julia*. Es ist fast unmöglich, nicht guter Laune zu sein, wenn man *Julie & Julia* guckt, aber Norman schaffte es, sie mir ziemlich effektiv zu verderben.

»Eva, ich bin's. Hör zu, die Kaffee-Leute haben heute eine Lieferung gebracht.«

»Die *Kaffee-Leute*? Du meinst International Organics?«

»Ja, egal«, sagte er abgelenkt. »Die waren spät dran, kamen erst vor zwei Stunden und wir hatten wahnsinnig viel zu tun und ich würde ja alles reintragen und als Lagerbestand verbuchen, aber ich gehe mit Samara zum Essen aus heute Abend und es ist schon spät genug, findest du nicht?«

Ich ließ das Schweigen zwischen uns lange genug andauern, dass es unangenehm für ihn wurde.

»Ich meine, ich will sie wirklich nicht warten lassen, weißt du?«, sagte er.

»Ja, nein, ähm, es ist … spät.«

Ich versuchte, nicht auf der Tatsache herumzureiten, dass es so spät war wie immer, wenn wir Schluss machten, dass Scott auf mich wartete und Samara vielleicht lernen sollte, das auch zu tun, dass er während der letzten paar Stunden nicht mal die Zeit gefunden hatte, die Lieferung nach hinten zu bringen, oder dass ich Samara schlicht und einfach nicht mochte.

»Danke, Eva. Ich weiß, dass du es nicht magst, wenn solche Sachen nicht erledigt sind, aber sie wartet bereits hier, und zwar schon seit Stunden …«

Ganz genau die Stunden, in denen du es nicht geschafft hast, ein paar Kisten mit Ware reinzuschleppen?

»… und weil du ja morgen aufmachst, dachte ich, ich sag dir Bescheid, damit du weißt, dass die hier für dich stehen.«

Er hörte sich nervös und selbstvergessen an. Ich, auf der anderen Seite, hörte mich angenervt an. »Super«, sagte ich. Und ich war sicher, er wusste es auch, obwohl er so tat, als ob nicht.

»Okay, gut dann, danke noch mal. Schönen Abend.«

»Ja, sicher. Dir auch.«

Ich machte *Julie & Julia* aus und ging eingeschnappt ins Bett. Aber niemand kann gut schlafen mit diesem bitteren Gefühl und dem Wunsch, man möge seinen Kollegen und Freund mit einer Wortsalve zu den Themen Verantwortungsbewusstsein, Hingabe, Beziehungserwartungen, das Wecken von Erwartungen und … und … und … bombardieren.

★★★

Das Radio nervte mit einem fürchterlich flotten Song so sehr, dass ich die Augen aufmachen musste, als mein Alarm anging. Ich wachte auf mit einem Gefühl, das noch bitterer war als gestern – ich *hasste* regelrecht jeden und alles. Ich brachte den Wecker mit einem Schlag zum Schweigen, konnte aber nicht wieder einschlafen.

Und danach wurde alles noch schlimmer.

Ich verbrannte meinen gekauften Bagel. Die Butter lief mir über die Hand und auf meine Carpenter-Hose, während ich bemerkte, dass ich Deo auf meinem T-Shirt hatte. Ich musste mich also noch mal komplett umziehen und nichts sah gut aus. Ich war spät und mies gelaunt, hatte diese blöde Jeans an und ein verblasstes NCLA-T-Shirt und schmierte mir Wimperntusche unters Auge, während ich mit meinen Haaren kämpfte und mir erfolgreich ein atemberaubend ungepflegtes Aussehen in einem kurzen Moment brillanter Stümperhaftigkeit verpasst hatte.

Ich ließ Clash so laut laufen, wie es meine Ohren gerade noch aushielten, und das mäßigte meine Laune etwas; es bereitete mir eine leicht perverse Freude, wenn Joe Strummer vor sieben Uhr morgens aus meinem offenen Fenster ausblutete. Das brachte mich sogar fast zum Lächeln – das war, bevor unerwartete Bauarbeiten auf der Kreuzung direkt vor der Straße, die zum Grounds führt, mich noch später kommen ließen. Ich wäre schneller gewesen, wenn ich zu Fuß gegangen wäre.

Als ich endlich beim Laden ankam, war ich auf hundertachtzig. Fünf Kisten mit fair gehandelten kolumbianischen Kaffeebohnen warteten auf mich in dem engen Flur, der die Küche vom hinteren Ausgang trennte. Ich fragte mich, wie viel Zeit ich hätte, um Normans Tod zu planen – konnte ich ihn bis zwei heute Nachmittag erfolgreich umgebracht und weggeschafft haben? Oder kam er mittwochs immer um drei?

Ich war völlig ohne Verstand und ich wusste es. Trotzdem, die extra Stunde, um den Plan auszuhecken, wäre hilfreich.

Eine nach der anderen stellte ich die Kisten neben den Küchenblock in der Mitte des Raumes ab. Es hatte fast den ganzen Tag gestern geregnet und auch über Nacht. Die Kisten waren mit trockenem Matsch verkrustet, weil die Jungs vom Lieferservice sie draußen auf der Straße hatten stehen lassen.

Wäre es zu klischeehaft, wenn ich Norman mit einem Nudelholz erschlagen würde? Wie wäre es, wenn ich an der Mikrowelle rumfummeln und sie explodieren würde, wenn er den Muffin eines Gastes warm machen wollte?

Ich verschmierte den Matsch mit meinen Turnschuhen auf dem Linoleum. Soll Norman es doch aufwischen. Oder vielleicht sollte ich die komplette Lieferung stehen lassen für den Gott der Romantik, damit er sie ins Lager schaffen und verbuchen konnte, wenn er kam, was ja ohnehin seine Aufgabe gestern Abend gewesen wäre. Oder vielleicht würde Samurai kommen und er würde sich den ganzen Tag hinter der Theke festketten – in Anstarr-

Abstand natürlich – und dadurch seine Pflichten vernachlässigen, was wahrscheinlich gestern so geschehen ist. Worauf ich wetten könnte.

Gut.

Blödmann.

Ich ließ mich gegen die Theke sinken und untersuchte den Schaden.

Wen wollte ich hier veräppeln?

Es war ja nicht Normans fehlende Motivation gestern Abend, die mir so unter die Haut ging. Es war noch nicht mal Samurais Frisur, bei der jedes einzelne Haar an seinem festen Platz zu sein schien, oder die Art, wie die Farbe ihrer lackierten Nägel immer zu der ihrer Schuhe passte.

Es war, Norman dabei zu beobachten, wie er für eine Person schwärmte, die den ganzen Tag damit verbrachte, in der Öffentlichkeit auf dem Handy mit einer Freundin namens Kiki zu quatschen (oder Gigi oder wie sie verdammt noch mal hieß), und die Norman dazu überredet hatte, seine Chucks nicht mehr zu tragen, einfach weil sie sie nicht mochte. Jemand, der ganz einfach keinen zweiten Blick von ihm verdiente.

Und ihn dabei zu beobachten, wie offen er ihr seine Aufmerksamkeit schenkte, während sie völlig unbeeindruckt blieb und Scott und ich immer noch wie Teenager umeinander herumschlichen, als wäre es uns nicht erlaubt, uns zu sehen.

Auf einmal fragte ich mich, wer von uns die größeren Idioten waren.

Dieser Gedanke nagte immer noch an mir, als Norman kurz vor Mittag reinkam. Er fand mich hinter der Theke.

»Du bist früh«, sagte ich.

»Ich fühlte mich schlecht, weil ich dich mit den Kisten allein gelassen habe.«

Ahh, Norman – in einer Minute wollte ich ihn umbringen, in der nächsten ihn umarmen. Meine miese Stimme verschwand langsam.

»Ist schon in Ordnung. Vergiss es einfach. Wie war deine Verabredung?«, fragte ich.

Er drehte sich zum Waschbecken um und wusch sich die Hände. »Willst du nicht wissen.«

Ich atmete tief ein. »Ich erzähle dir von meiner, wenn du mir von deiner erzählst.« Das war das erste Mal, dass ich in der Öffentlichkeit etwas über Scott gesagt hatte, geschweige denn zu Norman. Ich zuckte mit den Achseln, als wollte ich sagen: *Warum denn nicht?*

»Wird auch langsam Zeit, dass du das tust. Nicht, dass es ein gut gehütetes Geheimnis gewesen wäre. Genauso offensichtlich wie ein Typ mit Glatze, der ein Toupet trägt.«

»Ich dachte irgendwie, dass Scott sich dir bereits anvertraut hätte.«

»Ja, er ist eingeknickt. Scott ist ein ganz schlechter Lügner. Er hat aber alles versucht, um dem Ganzen auszuweichen. Wann wollt ihr beide denn endlich mal alles sagen?«

»Ich weiß nicht. Ich denke, es jetzt noch geheim zu halten, ist mittlerweile ziemlich sinnlos.«

»Kannst es ja auf WILS posten«, schlug er vor.

»Vielleicht«, sagte ich.

Wie auf Knopfdruck erschien Scott.

»Oder ihr könnt es jetzt gleich gemeinsam verkünden.«

Ich schaute Norman drohend an.

Scott kam zur Theke. »Was gibt's Neues?«, sagte er gleichgültig, schaute mich dabei aber mit einem Blick an, der sagte: *Ich will dich jetzt unbedingt küssen.* Ich guckte zurück mit einem koketten Grinsen – ich konnte einfach nicht anders. Trotzdem wurde mir auf einmal bewusst, wie dumm es war anzunehmen, ich könnte irgendjemandem was vormachen, wenn mein Gesicht doch alles verriet.

»So«, sagte ich zu Scott, ein bisschen lauter als nötig, »was darf's denn sein?«

»Überrasch mich«, sagte er und legte augenzwinkernd einen Zehner auf die Theke, »und behalt den Rest.«

Als Norman schnaubte, drehte ich mich weg, um mein dämliches Grinsen zu verbergen. Ich wollte nicht, dass er sah, wie sehr ich Scotts witzige Verspieltheit mochte, wo es doch eines der wenigen Dinge war, mit denen Norman ihn aufzog.

Ich legte einen Puten-Chipotle-Wrap und einen Apfelmuffin auf einen Teller, dazu kam ein Extra-Extra-Eiskaffee für Scott, dabei warf ich einen Blick auf Norman. Er starrte auf den Parkplatz draußen. Ich folgte seinem Blick, konnte aber nur geparkte Autos sehen und eine Mutter, die versuchte, ihr Kleinkind in seinen Autositz zu zwingen.

»Alles klar mit dir?«, fragte ich. »Du siehst müde aus.«

Er schüttelte den Kopf, als wollte er irgendwelche Gedanken vertreiben. »Oh ja. Hatte nicht viel Schlaf letzte Nacht.«

Ich lachte. »Darauf wette ich.«

Er lächelte schwach, als ich hinter der Theke hervorkam, um Scott seinen Imbiss zu bringen. Ich gönnte mir einen Moment an seinem Tisch und beobachtete Tracy dabei, wie sie von Deans Tisch zu dem leeren Stuhl neben Dara abwanderte, die wiederum an ihrem Kaffee nippte und die anderen Stammgäste mit Geschichten über das herumstreunende Kätzchen, das sie vor zwei Tagen adoptiert hatte, unterhielt.

Als Dara ging, brachte Tracy ein paar leere Teller zur Spülmaschine. »Es gibt da eine Frau, die ich nicht beneide.«

Norman hob die Augenbrauen. »Sieht so aus, als hätte das wirklich seinen Tribut von ihr gefordert.«

»Offensichtlich hat sie hohe Ansprüche … und ist gesprächig.«

Norman lachte laut auf.

»Das Kätzchen«, klärte Tracy auf, »nicht Dara.«

Er vergrub die Hände in den Taschen, als Tracy zu Deans Tisch zurückging. »Genau mein Typ«, murmelte er. »Ich mag sie jetzt schon.«

Ich schaute ihn mir genau an: Sein Kragen war auf einer Seite eingeschlagen, dunkle Ringe wie blaue Flecken lagen unter beiden Augen und dünne Bartstoppeln sprießten an seinem Kinn.

»Ist bei dir und Samara alles in Ordnung?« Ich musste immer für einen kurzen Moment überlegen, damit ich sie vor Norman nicht versehentlich *Samurai* nannte.

»Alles ist in Ordnung mit *mir*«, antwortete er. »Und das ist auch alles.«

Es dauerte einen Moment, bis ich diese Bemerkung registrierte. »Oh, Norman, das tut mir leid.« Ich umarmte ihn kurz, was er nicht erwiderte. »Wann?«

»Letzte Nacht. Ich hätte es kommen sehen müssen. Anscheinend war es schon eine Zeit lang scheiße.«

»Spinnst du? Ihr beiden saht so …« Zusammengeklebt? Verknallt? Ekelhaft schnulzig? »… gut aus.«

Er zuckte die Achseln. »Das Aussehen kann täuschen, nehme ich an. Wie auch immer, lass uns kein großes Ding daraus machen.« Er starrte meine Hand an. Ich hatte gar nicht bemerkt, dass sie immer noch auf seiner lag.

Ich zog sie zurück, als hätte ich mich verbrannt. »Okay, klar. Tut mir leid.«

»Is' okay.« Es war entnervend, Norman so abgestumpft zu sehen.

»Nein wirklich, tut mir leid. Du bist ein Juwel, Norm-o. Das bestätigt nur meinen Verdacht«, sagte ich. »Das Mädchen ist so dumm wie Bohnenstroh.«

Norman lachte laut auf. »Danke.« Dann öffnete er den Mund, als wollte er noch etwas sagen, überlegte es sich aber anders und machte ihn wieder zu.

»Haben wir immer noch unsere Besprechung?«

»Klar«, sagte ich und schaute auf die Uhr hinter uns. »Susanna wird bald hier sein.«

Norman nickte, als sein Magen laut knurrte. »Entschuldige«, sagte er, während er ihn abwesend rieb. »Ich habe heute Morgen vergessen zu frühstücken … und zu Abend zu essen gestern, wenn wir schon dabei sind.«

»Dann iss etwas!« Ich zeigte mit der Hand auf das Tablett mit Wraps, das in der Auslage stand.

Er verzog sein Gesicht. »Fühl' mich nicht wirklich danach.«

Ich ließ ihn an der Theke stehen, ging an der Küche vorbei, direkt ins Büro. Ich nahm das Telefon, tippte Minervas Handynummer ein und wartete, während es klingelte.

»Hey«, antwortete sie. »Bin gerade auf dem Weg zu dir, was ist los?«

»Kannst du mir einen Riesengefallen tun und vorher anhalten, um eine Dose Thunfisch zu kaufen?«

»Du meinst, Thunfisch-Thunfisch?«

»Ja. Zwei Dosen vielleicht.«

»Bitte sag mir nicht, dass du den für ein Keksrezept brauchst. Was auch immer es ist, Eva, ganz egal, wie gut es aussieht, ich sage dir jetzt gleich …«

»Großer Gott, Min, was denkst du denn von mir? Ich bin doch nicht *so* schlimm …«

»Hast du das *Frühstücks-Burrito-Keks*-Fiasko vergessen?«

»Da gab es ein Problem mit dem Rezept. Ich hatte nichts damit zu tun.«

»Ja klar, von vornherein zum Scheitern verurteilt. Hast du behauptet. Du hattest *Frühstücksspeck* da drin, um Gottes willen. Also warum Thunfisch?«

»Der ist für Norman.«

Ich konnte fast sehen, wie sie ihre Augenbrauen hob. »Wieso, hat er Gelüste irgendwelcher Art oder so was? Weil, falls dem so ist, sollte er mal seinen Eisenwert checken lassen. Oder noch besser, einfach ein paar Multivitamine oder so nehmen.«

»Das wird sein Mandel-Biscotti«, warf ich ein, wohl wissend, dass sie das verstehen würde.

»Oh«, antwortete sie. »Alles in Ordnung?«

»Erzähl' ich dir später«, gab ich zurück. »Also, wann kannst du hier sein?«

»Mit Thunfisch? Fünfzehn Minuten.«

»Perfekt. Bring den Kassenzettel mit, wir sehen uns gleich.«

Ich hatte eine doppelte Ladung Karamell-Brownies im Ofen, als sie ankam, und ich schaffte es, den Thunfisch zuzubereiten, während Neil Norman mit lustigen Geschichten aus der Von-neun-bis-fünf-Welt ablenkte.

Als Susanna reinkam, brutzelten zwei überbackene Thunfisch-Sandwiches (ohne Mayo) auf dem Herd.

»Okay.« Norman blieb wie angewurzelt in der Küche stehen, als wäre er gegen die Wand aus salzigem Duft nach geschmolzener Butter geprallt. »Ich bin jetzt so weit für unsere Besprechung, wenn du willst.« Sein Blick ging zu den Sandwiches. »Machst du überbackene Thunfisch-Sandwiches?«

»Na ja, ich kann dich ja schlecht vor den Gästen umkippen lassen, oder?«

Er nickte zustimmend. »Wäre schlecht fürs Geschäft.« Er zögerte einen Moment, dann kam er durch die Küche und umarmte mich, meine Umarmung von vorher erwidernd. »Danke, Eva. Wirklich.«

Er nahm einen Bissen und jegliche Anzeichen von Stress – sei es vom Hunger oder vom Liebeskummer – wichen aus seinem Gesicht. »Ich verstehe immer noch nicht, warum du keine Pitas mit Thunfischsalat gefüllt verkaufst«, sagte er beim Runterschlucken. »Die würden sich einfach super verkaufen.«

»Weil Mayonnaise ekelhaft ist und ich nicht mal mit einer Drei-Meter-Stange bewaffnet in die Nähe davon gehen würde.«

»Was ist das mit dir und deinen Lebensmittelphobien?«

»Das ist keine *Phobie.*«

»Du magst keinen Kaffee, du tust so, als ob Mayonnaise ein Pilz wäre …«

»Erzähl mir nicht, dass es nichts gibt, was du nicht essen würdest.«

»Mit ein bisschen Ketchup, nein, nichts.«

Ich lachte, ermuntert von seinem zurückkehrenden Humor, aber ich glaube nicht, dass ich mich schon mal so auf unsere wöchentliche Besprechung gefreut hatte wie heute. Ich war froh über die Gelegenheit, ihn ganz offen beobachten zu können und nach Zeichen zu suchen, nach irgendwelchen Gründen überhaupt, dieser Samurai mal gehörig die Meinung zu sagen.

21

Ich verplappere mich

NORMAN SCHIEN FROH zu sein, seine ganze Aufmerksamkeit etwas derart Unnachgiebigem wie unserer Agenda zu widmen.

Eigentlich war es mehr eine Art verklärte To-do-Liste als eine Agenda. Wir trafen uns immer einmal die Woche, um alle Sachen, die das Geschäft des Grounds betrafen, durchzugehen. Normalerweise waren die Treffen reine Routine: die Lagerbestände durchgehen, sicherstellen, dass die Rechnungen rechtzeitig bezahlt wurden, über mögliche neue Zulieferer oder Produkte sprechen, falls uns welche über den Weg gelaufen waren, und so weiter. Doch in letzter Zeit ging es darum, mehr Geld ins Geschäft zu stecken. An den meisten Tagen, mit Ausnahme von Feiertagen, gelegentlichen sintflutartigen Wolkenbrüchen oder Tornadowarnungen, war unser Coffeeshop total voll. Seit der Eröffnung konnte das Grounds mittlerweile endlich seine Kosten decken, anstatt rote Zahlen zu schreiben. Unsere Einnahmen gingen direkt in die Gehälter und Zusatzleistungen für Norman, Susanna, das Kommen-und-Gehen der Saisonkräfte und mich; und während des letzten Jahres in die Modernisierung der Kaffeemaschinen und der Küchenausstattung.

Um unsere Einnahmen zu steigern, war Norman auf die Idee gekommen, T-Shirts mit dem Aufdruck *Ich verschütte meine Bohnen im Grounds,* was nichts anderes bedeutete als *Ich verplappere mich im Grounds* anfertigen zu lassen. Minerva hatte eine Freundin, die an der NCLA ihre ersten Semester Design studierte, und wir gaben ihr den Auftrag, die T-Shirts zu entwerfen, im Austausch für drei Monate Kaffee umsonst. Sie kreierte eine Tasse, die Kaffeebohnen in eine Untertasse schüttete, und einen Grounds-Schriftzug zusammen mit dem Slogan sowohl für Männer als auch für Frauen – graubraun mit rundem Ausschnitt und Flügelärmeln für Frauen und normale T-Shirts für die Männer. Wir verschenkten welche an alle Originale und die Stammgäste, gaben zwanzig Prozent Rabatt für Sechs-Monats-Stammgäste (*neue Stammgäste* nannten wir die) und verkauften den Rest für fünfzehn Dollar das Stück. Sie gingen weg wie warme Semmeln. Danach kamen Baseballkappen für zehn Dollar pro Stück. Ziemlich bald hatten wir Nachfragen für unterschiedliche Farben und andere Artikel: Aufkleber, Tassen, Einkaufstaschen, die Art von Sachen, die man für eine beträchtliche Spende bei *National Public Radio* bekommt. Wir verkauften die Sachen sogar über die Grounds-Webseite.

Ich war aber immer noch nicht richtig zufrieden, also fragte ich Norman in unserem kleinen Schrank von Büro um seinen Rat.

»Was sind die Möglichkeiten?«, fragte er.

Ich holte Luft. »Okay, eine ist, die Öffnungszeiten mindestens einmal die Woche zu verlängern.«

Der Gedanke, abends noch länger hierzubleiben, ließ mich schon etwas schaudern; ich war ohnehin schon immer für Zwölf-Stunden-Schichten hier, wenigstens einmal in der Woche, und es war ziemlich klar, dass wenig in meinem Leben nichts mit dem Café zu tun hatte.

»Oder wir könnten das Café vergrößern und die Größe des Leseraums verkleinern«, sagte ich. »An den meisten Tagen platzen wir aus allen Nähten, so wie es jetzt ist.«

»Das könnte funktionieren«, sagte Norman. »Aber das wird eine ganze Menge mehr kosten, nicht zu vergessen, dass wir wahrscheinlich für den Umbau schließen müssen – angefangen bei der Mauer zwischen Café und Leseraum, die wir einreißen müssen.«

»Stimmt. Außerdem wollte ich eigentlich immer alles klein und persönlich halten, ein paar Stunden kürzer aufhaben als die Ketten und diese besondere Atmosphäre und Harmonie schaffen, die wir mit unserer Kundschaft haben. Und auch wenn wir durch die Vergrößerung sicher mehr Leute unterbringen könnten, ist mehr nicht unbedingt besser.«

Er nickte zustimmend.

Ich stöhnte. »Was meinst du, Norman? Was sollen wir machen?«

Er war still, ließ sich das Ganze durch den Kopf gehen. Dann setzte er sich grade hin – ich konnte fast die Glühbirne über seinem Kopf sehen.

»Wir könnten anfangen, *Open-Mic-Nights* zu veranstalten, wo jeder, der will, etwas vortragen kann, oder Lesungen für örtliche Autoren im Leseraum halten. Ehrlich gesagt, verstehe ich gar nicht, wieso du bisher noch nicht auf die Idee gekommen bist, vor allem, wo wir so nah an der Uni sind.«

»Ich habe nicht geglaubt, dass wir dazu genug Platz hätten.«

»Das könnten wir schon hinkriegen. Wir renovieren den Leseraum. Da ist sowieso nie jemand drin und er ist nicht wirklich benutzerfreundlich. Der könnte auf jeden Fall einen neuen Look vertragen.«

Ich hob die Augenbrauen bei dem Wort *Look*.

»Wir könnten«, fuhr er fort, »neue Stühle besorgen, ein paar neue Bücherregale dazustellen, mehr Steckdosen für Laptop-Kabel, neue Farbe für die Wände …«

Während Norman redete, skizzierte ich im Kopf den Grundriss des Leseraums, stellte die Möbel um, sammelte Farbbeispiele und machte Vorher-nachher-Fotos.

»… und es würde nicht viel kosten, vor allem, wenn wir einige der Originale zum Mitmachen bewegen könnten.«

Je mehr er sagte, desto größer wurden meine Augen, so groß, dass ich Angst bekam, sie würden herausfallen. »Du meinst, wir könnten so etwas wie eine Anstreich-Party veranstalten?«, fragte ich.

»Klar, warum nicht? Wir könnten unsere Zeit und unsere Energie investieren, ohne Geld oder Intimität zu verlieren.«

Ich saß da und schaute ihn an, für einen Moment fehlten mir die Worte.

Sein Gesicht legte sich in Sorgenfalten.

»Nicht gut?«, fragte er.

»Norman, du bist großartig.«

Einem inneren Impuls folgend, sprang ich auf, warf meine Arme um ihn, drückte ihn ganz fest und warf ihn dabei fast um. Er lachte und umarmte mich auch.

»Wow«, sagte er, »hast du noch irgendwelche anderen Probleme, die du bei mir abladen musst?«

»Das ist perfekt! Wie werden noch eine weitere Bücher-Sammelaktion veranstalten – diesmal für *uns* – und malen die Bücherregale an, vielleicht kaufen wir zumindest ein neues. Dann werfen wir die Sofas raus und alles andere, das nicht am Boden festgenagelt ist – wo wir gerade dabei sind, wir sollten auch diesen Industrie-Bodenbelag rausschmeißen –, und dann kaufen wir ein paar gebrauchte, bequeme Sofas und Sessel von Craigslist, Farbe, neue Teppiche und machen eine große Wiedereröffnungsfeier oder so was. Wir schenken Punsch aus und verteilen Kekse und machen eine kleine Party!«

Ich redete ohne Punkt und Komma.

»Luftholen, Eva! Luftholen!«

»Ein Monat, Norman – glaubst du, wir könnten das in einem Monat hinkriegen?«

»Ich glaube, wir schaffen das in weniger als einem Monat. Sechsunddreißig Stunden höchstens, wenn wir schließen und ein paar Freiwillige zum Helfen finden – ich bin mir sicher, die Meute würde uns bestimmt helfen.«

Ich quietschte vor Begeisterung und umarmte ihn noch mal.

»Sollen wir das erst mal geheim halten oder eine offizielle Ankündigung machen?«, fragte ich.

»Ich kann mir nicht vorstellen, dass du das lange für dich behalten kannst, Eva. Du strahlst vor Aufregung. Wenn du jetzt raus ins Café gehst und nichts sagst, dann denken alle, dass wir hier gerade Sex hatten.«

»Guter Punkt«, sagte ich lachend. »Das muss ich Minerva erzählen!« *Und Kenny*, fiel mir, zu meiner Überraschung, spontan als Nächstes ein.

»Und Scott«, sagte Norman etwas ernster. »Er wird bald hier sein, keine Frage.«

»Natürlich«, sagte ich ernüchtert. »Lass uns heute Abend nach der Arbeit essen gehen und alles ins Rollen bringen mit den Plänen und allem und was wir wann zu tun haben.«

»Hört sich super an. Wohin sollen wir gehen?«

»Mike's ist immer gut«, schlug ich vor.

»Cool. Eine richtige Verabredung – du weißt schon, wie ich's meine«, fügte er noch schnell dazu.

Ich ging zurück ins Café und strahlte. Und so sicher wie nur was, fragte Dean: »Hattet ihr zwei da drin gerade Sex oder was?«

★★★

Als Norman und ich uns später am Abend eine Portion Muscheln teilten, machten wir Pläne für die bevorstehende Renovierung und kritzelten Notizen in kleine Merkheftchen. Am Ende machten wir unsere Notizbücher zu, schoben die Teller zur Seite und tranken von unserem Bier. Wir schauten uns in die Augen, wahrscheinlich nicht länger als eine Sekunde, aber es war die Art von Sekunde, die sich viel länger anfühlte, und ich behielt ihn im Blick.

Als Spross einer ehemaligen Militärfamilie (obwohl man ihm das überhaupt nicht ansah) und dazu noch einziger Nachwuchs hatte Norman den Großteil seiner Kindheit damit verbracht, von einem Ort zum anderen zu ziehen, bis sein Vater nach Fort Bragg versetzt wurde und dort bis zu seiner Pensionierung blieb. Norman besuchte die NCLA mithilfe eines Stipendiums, verliebte sich in die Carolina-Küste, und weil er genug hatte von Koffern und Umzugskartons, machte er Wilmington zu seinem ständigen Zuhause.

Ich hatte Norman Bailey von dem Moment an gemocht, als er die Baustelle betrat, die bald mein zweites Zuhause werden sollte, genauso wie seines. Er war total entspannt und freundlich – und gepflegt aussehend, so sehr, dass ich vermutete, er wäre schwul – und er teilte meine Vision für das Grounds. Wir waren wie großartiger Jazz, Norman und ich. Wir konnten die Sätze des anderen beenden, vorwegnehmen, was der andere sagen wollte, noch bevor er ein Wort gesagt hatte, pflegten den gleichen Arbeitsrhythmus und liefen niemals aus dem Takt. Jeden Tag im Grounds zu sein, wäre ohne Norman nur der halbe Spaß gewesen. Wenn ich das Herz war, dann war er die Lunge.

Bevor er anfing, für mich zu arbeiten, war er der Manager des trendigen, unabhängigen Bücherladens in der Innenstadt von Wilminton; deswegen passte sein irres Wissen von allem Literarischen zu meinem eigenen. Als ich ihn fragte, warum er den Buchladen verlassen wolle, antwortete er: »Die sind viel zu versnobt geworden und können nicht mehr über sich selbst lachen.« Später fand ich heraus, dass er gelogen hatte; die Besitzer hatten Norman gefeuert, nachdem er einen Kunden öffentlich runtergemacht hatte, weil der eine Gastautorin während der Frage-Antwort-Runde nach deren Lesung *eine Schreibtussi* genannt hatte, da sie sich in Eigenregie veröffentlichte.

»Hey, Arschloch«, rief Norman und lenkte die Aufmerksamkeit von der Autorin weg, die angefangen hatte zu weinen. »Ich wette, du kannst noch nicht mal deinen Namen schreiben, ohne das Korrekturprogramm durchlaufen zu lassen.« Das Publikum von ungefähr dreißig Leuten applaudierte Norman. Als der Kunde ihm drohte, mit ihm »nach draußen« zu gehen, mussten zwei Ladenangestellte Norman zurückhalten, der dabei war, sein Namensschild abzumachen, »Lass uns gehen« sagte und ohne mit der Wimper zu zucken Richtung Tür ging.

O ja. Ich mochte Norman.

Und unsere Gäste auch. Man konnte es in ihren Gesichtern sehen, weil er sich nach kurzer Zeit ihre Namen und Bestellungen gemerkt hatte, die Hälfte von ihnen kannte er ohnehin aus dem Buchladen (einschließlich der Originale). Die Mädchen von der NCLA flirteten mit ihm genauso viel wie er mit ihnen, obwohl er gerade mal acht Monate jünger war als ich. Und trotz seiner vorgespielten Womanizer-Rolle wusste ich, dass er so monogam war, wie man nur irgendwie sein konnte, und romantisch bis zum Gehtnichtmehr. Er verliebte sich immer heftig und leckte die Wunden seines gebrochenen Herzens.

Es war nicht so, dass ich mich niemals von ihm angezogen gefühlt oder mir nie überlegt hätte, wie es wohl wäre, mit ihm auszugehen. Aber ich konnte mir einfach nicht vorstellen, wie wir ansonsten so reibungslos miteinander hätten arbeiten können, und ich brauchte ihn als Manager mehr, als ich ihn als Geliebten brauchte. Und ja, ab und zu flirteten wir miteinander. Wie konnte irgendjemand nicht mit Norman flirten? Ein Blick in diese Hundeaugen, und man hatte das Bedürfnis, ihn in den Arm zu nehmen.

Ohne Vorwarnung entwich mir ein nervöses Lachen, als ich mich dabei erwischte, wie ich ihn von oben bis unten betrachtete.

Norman lächelte. »Was ist so lustig?«, fragte er.

»Nichts«, sagte ich, nahm einen Schluck von meinem Bier und wandte mich ab. »Ich musste einfach nur mal lachen, das ist alles.«

»Ich habe diese Wirkung auf Frauen.«

»Weißt du eigentlich, dass wir hier zum ersten Mal zusammen unterwegs sind, nur wir beide, außerhalb des Grounds? Wie konnte das passieren?«

»Wir haben normalerweise unterschiedliche Terminpläne«, sagte er total sachlich.

»Aber du weißt, dass ich gerne mit dir zusammen bin, Norman.«

»Ich mit dir auch.«

Wir wurden beide ziemlich ruhig und ein Ausdruck erschien auf seinem Gesicht, so als wüsste er bereits, was ich als Nächstes sagen würde.

»Kann ich dich was fragen?«

»O je!«, sagte er.

Ich lachte wieder, diesmal etwas ängstlicher und weniger übermütig.

»Nein, es ist nichts *O-je-Mäßiges* – meiner Meinung nach wenigstens.«

»Du willst mich nicht rausschmeißen oder so was?«

»Natürlich nicht! Wie kommst du denn auf so was?«

»Was willst du dann fragen, Eva?«

Ich zögerte es hinaus, faltete meine Serviette, fuchtelte mit meinem Besteck herum, meine Nerven zwangen mich wirklich in die Knie.

»In der ersten Nacht, als das mit Scott und mir anfing, sagte er etwas zu mir, das mich irgendwie beschäftigt. Na ja, vielleicht nicht *beschäftigt*, aber es geht mir definitiv im Kopf herum.«

»O je!«, sagte er wieder. Ich lachte aber diesmal nicht.

»Er sagte, dass du in mich verknallt seist.«

Norman ließ die Worte erst mal eine Sekunde lang auf sich wirken, schlug dann leicht mit der Faust auf den Tisch und lehnte sich in seinem Stuhl zurück.

O je!

»Das hat er gesagt?« Sein Gesicht verdüsterte sich, zwischen den Augenbrauen bildeten sich Falten, genauso wie an den Mundwinkeln. Ich hatte Norman noch nie wütend gesehen. Ärgerlich vielleicht. Gestresst von der Arbeit, klar. Aber nicht wütend.

»Kann auch sein, dass er gesagt hat, dass er *glaubt*, du seist in mich verknallt«, versuchte ich ihn davon abhalten zu explodieren. »Ich bin mir nicht ganz sicher. Mein Kopf war an diesem Tag nicht ganz klar.«

»Arschloch«, murmelte er. »Entschuldige meine Ausdrucksweise, ich weiß auch, er ist einer meiner besten Freunde und dein Freund, aber manchmal ist er einfach ein unreifes Arschloch.«

»Er ist nicht mein Freund«, korrigierte ich ihn.

Norman schaute mich verwirrt an.

»Ich meine, wir treffen uns ganz offensichtlich und so, aber ich glaube nicht, dass wir wirklich so formal oder offiziell sind«, faselte ich.

»Was macht ihr dann also abgesehen vom Offensichtlichen?«

Ich starrte ihn verblüfft an.

»Hat er recht mit dem, was er gesagt hat?«, fragte ich.

Norman lehnte sich wieder zurück, sein Bier in der Hand, nahm einen tiefen Zug und seufzte schwer, was mein Inneres Luftsprünge machen ließ.

»Schau mal, Eva, ich will nicht, dass die Dinge zwischen uns unangenehm werden, vor allem, weil wir so eng miteinander arbeiten und du mein Boss bist. Ich respektiere dich als Boss und als Kollegin. Du hast mich niemals wie einen Angestellten und Untergebenen behandelt – du warst zu mir immer wie zu einem Gleichgestellten, wie zu einem Partner. Du hast keine Ahnung, wie viel mir das bedeutet.«

»Ich habe niemals auch nur gedacht, du könntest mein Untergebener sein.«

»Dann kannst du also verstehen, warum ich es niemals wagen würde, irgendeine Grenze zu überschreiten.«

Ich wusste nicht genau, was ich antworten sollte. »Also, das rechne ich dir hoch an. Aber …«,
fing ich an.

»*Verknallt* ist ein starkes Wort, Eva. Ich glaube nicht, dass ich in dich verknallt bin.«

»Du hast aber Gefühle?«

Er schaute weg und suchte nach Worten. Er sah mir nicht mehr direkt in die Augen, als er weiterredete.

»Ich glaube … ich glaube, ich bin irgendwie von dir *angetan*. Oder fasziniert. Ich weiß es nicht, ich kann es nicht genau festmachen. Ich finde dich attraktiv und ich genieße absolut deine Gegenwart und wünschte, wir könnten öfter zusammen was machen so wie heute, aber …« Er stoppte wieder auf der Suche nach Worten, aber diesmal schaute er mir direkt in die Augen. »Aber ich glaube nicht, dass es sein soll.«

Ich schaute Norman in diesem Moment an – sah ihm wirklich richtig in die Augen – und ver- und entliebte mich innerhalb eines Augenblicks. Es war, als wäre unsere gesamte Beziehung – oder die Möglichkeit einer solchen – an mir vorbeigezogen. Wir waren ganz augenscheinlich perfekt füreinander. Er war warm und gefühlvoll und witzig und ganz natürlich bei all den Dingen, bei denen ich es nicht war. Wir mochten dieselben Bücher, Filme, Fernsehshows und dieselbe Musik. Und trotzdem, trotz alledem würde aus uns niemals ein Paar werden. Wir würden niemals diesen tiefen Gefühlen der Zuneigung, die wir füreinander hatten, nachgeben, die ich, bis zu diesem Moment, noch nicht mal erkannt hatte, geschweige denn gespürt.

»Du hast recht«, sagte ich. »Ich weiß, dass du recht hast. Aber warum?«

»Ich bin mir nicht sicher. Vielleicht sind wir uns zu ähnlich.«

»Vielleicht.« Ich nippte wieder an meinem Bier. »Was glaubst du, wäre passiert, wenn *du* mich an diesem Abend mit nach Hause genommen hättest?«

»Genau das, was zwischen Scott und dir passiert ist, und heute bin ich froh, dass ich es nicht gewesen bin. Ich werde dich nicht anlügen – am Anfang war ich enttäuscht. Aber ich glaube, es wäre ein Desaster gewesen. Es hätte innerhalb kürzester Zeit *alles* geändert. Du bist mit dem richtigen Typen nach Hause gegangen.«

»Vermutlich«, sagte ich, verärgert darüber, dass ich verunsichert war.

»Wie auch immer, wenn du dich damit besser fühlst, meinen Segen hast du. Ich weiß, dass dich das genervt hat in den letzten Wochen.«

»Und was nervt *dich*?«

»Du willst wissen, was mich genervt hat? Dass du es mir nicht erzählt hast. Klar würdest du es Minerva erzählen, aber warum nicht *mir*?«

Ich hörte in seiner Stimme, wie verletzt er war, *er*, und in meine Augen traten Tränen. Ich wusste nicht, wie sehr wir uns voneinander zurückgezogen hatten.

»Es tut mir so leid. Ich wollte dich nicht verletzen. Ich hatte Angst, wie du dich fühlen würdest, Angst, dass du wütend auf mich sein könntest.«

Er nickte langsam. »Das kann ich verstehen«, sagte er, »angesichts dessen, was Scott gesagt hat.«

»Ich hab dich lieb, Norman«, platzte es aus mir heraus. Das hatte ich noch nicht mal zu Scott gesagt.

Er lächelte sanft und verständnisvoll, auch seine Augen waren feucht.

»Ich hab dich auch lieb.«

Norman lehnte sich nach vorne. Ich dachte mir schon, dass er meine Hand halten wollte, und es schien, als wollte meine Hand das auch, sie bewegte sich vorwärts, um seine zu treffen, bevor ich sie bewusst wegzog und meine beiden Hände in meinen Schoß legte.

»Bist du glücklich, Eva?«

Ich schaute runter in meinen Schoß und atmete ein, bevor ich mich Norman und seiner Frage stellte. »Ich glaube schon«, sagte ich. »Ich weiß es nicht wirklich.«

»Das ist nicht sehr beruhigend.«

»Nein«, erwiderte ich. »Vermutlich nicht.«

Wir teilten die Rechnung (er bestand darauf, nachdem ich angeboten hatte, zu zahlen und es als Geschäftsausgaben – Arbeitstreffen – zu verrechnen) und gingen dann nach draußen auf den Parkplatz. Er hatte den Arm liebevoll platonisch um mich gelegt. Es war tröstlich. Dann umarmten wir uns – etwas, das wir nie zuvor getan hatten, jedenfalls nicht so. Es fühlte sich aber richtig an und wir wussten beide, dass wir das machen mussten.

»Wir sehen uns morgen«, sagte ich.

»Ich nehm dich beim Wort.«

Ich fuhr stillschweigend nach Hause. In dem Moment, in dem unsere Blicke aneinander hängen geblieben waren, wussten Norman und ich, dass sich unsere Beziehung zum Besseren geändert hatte, zu etwas Tieferem geworden war. Ich wusste, dass es in den nächsten Tagen keine unangenehmen Gefühle zwischen uns geben würde, dass wir nicht versuchen würden, das Thema zu vermeiden oder uns mit gespielter Höflichkeit aus dem Weg gehen mussten. Mir das einzugestehen löste den Knoten in meinem Bauch, der ihn mir während der letzten Wochen so zugeschnürt hatte.

Zu Hause sah ich nach meinen Benachrichtigungen, las E-Mails und schaute auf WILS nach. Starrte es an. Legte die Finger auf die Tasten und hoffte, sie würden sich von alleine bewegen.

Nichts.

Ich ging ins Bett und heulte.

22

Der Horror

OH, DER HORROR.

Ich habe erlebt, wie Minerva für vier verschiedene Anatomie-Prüfungen gleichzeitig gelernt hat. Ich habe ihre Geschichten gehört, wie sie menschliche Gehirne in den Händen gehalten hat, tote Gehirne. Ich weiß, dass Minerva in der Lage ist, ein Thanksgiving-Essen für zehn Leute zu kochen, sauber zu machen und danach eine Hausarbeit über die Ursprünge der DNA-Entdeckung zu schreiben. Die Frau trägt kein goldenes Lasso mit sich herum oder kann Gewehrkugel mit ihren Accessoires abwehren, aber verdammt, sie steht ganz oben auf der Liste der Effizienz im Angesicht von Druck und wie man sich vor einem gelegentlichen Zusammenbruch bewahrt.

Ich habe Minerva auch schon aus unterschiedlichen Gründen fix und fertig gesehen – Abschlussklausuren-fix-und-fertig, Tagelanges-Arbeiten-im-Labor-fix-und-fertig, Zwei-Wochen-am-Stück-ausschließlich-an-Kadavern-arbeiten-fix-und-fertig; aber *das* – das war jenseits von Gut und Böse. Sie hatte dunkle Ringe unter den Augen. Sie hatte nie zuvor gesehene Falten, die wie Flüsse über ihre Stirn liefen. Sie hatte brüchiges Haar.

Sie schleppte sich zur Theke mit hochgezogenen Schultern, als würde sie einen Rucksack voller Steine mit sich rumtragen, obwohl sie nur Brieftasche, Schlüssel und Handy dabeihatte. Ihre ersten Worte stieß sie außer Atem hervor, so als wäre sie gerade einen Marathon gerannt.

»Ich habe gerade ein Paar Socken in meiner Besteckschublade gefunden.« Sie holte Atem. »Saubere.«

»Na ja«, sagte ich und stieß einen Pseudoerleichterungsseufzer aus, »solange sie sauber waren ...«

Norman lehnte sich gegen die hintere Ablage, wie um sich abzustützen. »Ich traue mich nicht zu fragen, wie sie dahin gekommen sind«, sagte er.

Müde sah mich Minerva an. »Du kannst schiefgelaufenem Multitasking die Schuld geben. Ich habe versucht, Wäsche zusammenzulegen, die Spülmaschine auszuräumen und das Besteck zu polieren – alles gleichzeitig; im Nachhinein wahrscheinlich nicht die schlaueste Idee. Wie auch immer, die Schubladen waren alle offen. Die müssen da reingefallen sein, als ich die Stapel ins Schlafzimmer bringen wollte. Ich hab sie bis heute gar nicht gesehen, erst als sie in die Einfahrt fuhr. Ich musste ja sicherstellen, dass das Silber ordentlich genug poliert war.«

»Wer?«, fragte Norman.

»Meine Schwiegermutter.«

Und auf einmal wurde alles klar; wenn es um die Schwiegereltern ging, schwenkte Minerva die weiße Fahne. So viel wusste ich bereits.

»Ich wusste gar nicht, dass deine Schwiegereltern zu Besuch kommen«, sagte ich.

Minerva sah wie ein in die Enge getriebenes Tier aus. »Ich auch nicht. Nicht bis gestern jedenfalls. Glaubst du das? Gerade mal vierundzwanzig Stunden, seit ich davon weiß?«

Ich überlegte, was ich Intelligentes oder Tröstliches sagen könnte, aber »Warum?« war alles, was ich hervorbrachte.

»*Labor Day*-Wochenende«, antwortete sie.

»Und deshalb legst du Socken in die Besteckschublade?«, fragte Norman.

»Ich habe sie nicht da reingelegt; ich habe sie da gefunden.«

Er sah verwirrt aus. »Wird sie sie nicht dort finden?«

Minerva sah Norman voller Ungeduld an.

»Also offensichtlich habe ich sie weggeräumt, du Idiot. Ich habe das Besteck mit dem Tafelsilber ausgetauscht, als ich erfuhr, dass sie kommt.«

»Zu welchem Anlass benutzt du denn das Tafelsilber?«, fragte ich.

»Cici benutzt ausschließlich Tafelsilber zum Essen.«

»Du machst Scherze«, sagte ich ungläubig.

»Cici?«, platzte Norman heraus. »Entschuldige, hast du gerade *Cici* gesagt?«

Minervas Gesicht verfärbte sich. »Sie will, dass ich sie Cici nenne«, sagte sie mit zusammengebissenen Zähnen.

»Sie heißt eigentlich Cynthia, aber sie hat mir gesagt, wenn ich sie Mom nenne, würde sie sich alt fühlen.«

»Wie nennt Jay sie denn?«, fragte Norman.

»Mom.«

»Also ...«

»Also meinte sie, wenn *ich* sie Mom nenne, würde sie sich alt fühlen.«

»Ahaa.«

»Aber Cynthia war zu unpersönlich«, sagte sie.

»Da war also die einzig logische Konsequenz *Cici*?«, sagte Norman gepresst.

»Hey, guck mich nicht so an – ich hab mir das nicht ausgedacht.«

Norman lehnte sich vor, das Kinn auf die Hände gestützt, mit leuchtenden Augen, als wäre das der heißeste Klatsch und Tratsch des Jahres oder die Handlung irgendeiner neuen TV-Serie. »Wer ist diese Frau?«, fragte er, während ich mitleidig zuschaute.

»Altes Geld aus Boston. Richtige High Society. Ich glaube, einer ihrer Ur-Ur-Irgendwas einer der original *Tee-Auskipper.*«

Ich war ein wenig überrascht. Jay erschien mir nie wie irgendein Poliertes-Tafelsilber-altes-Geld-Typ – er trug Hanfsachen, um Gottes willen und bettelte Minerva eine ganze Woche lang an, ihm zu erlauben, eine *Wurm-Farm* in seinem Komposthaufen anzulegen –, außerdem redete Minerva so gut wie nie über ihre Schwiegereltern, außer in Metaphern von Albträumen.

»Woher hast du denn das Tafelsilber?«, fragte ich von der Theke her, während ich ihr einen extra cremigen Mocha Latte mit extra Sahne in einer extra großen Tasse machte.

»Das ist Cicis altes«, erwiderte Minerva. »Geschenk zur Verlobung«, fuhr sie weiter fort und schoss Todesstrahlen auf Norman ab, der in Lachen ausgebrochen war, was sich daraufhin aber in Husten verwandelte.

Ich versuchte es mit einem Hauch von Wertschätzung. »Das ist süß«, sagte ich, während ich Norman einen *Halt's Maul!*-Blick zuwarf; er ignorierte mich und hustete weiter zwischen den Lachern.

»Nein. Ist es nicht«, blaffte Minerva zurück. »Das hat sie gemacht, damit sie was zum Beschweren hat, jedes einzelne Mal, wenn sie isst; ich kriege sie nämlich nie so poliert, wie sie es mag.«

Norman schaffte es, Luft zu holen. »Ach, komm schon, so schlimm kann sie nicht sein.«

»Sie ist das Musterbeispiel des Bösen. Die Gesamtsumme der stereotypischen Schwiegermutter. Ich würde keinen Apfel essen, den sie mir gibt. Sie ... «

Ich stellte den Mocha direkt vor sie. »Hier«, sagte ich. »Du brauchst das. Glaub mir.«

Sie nickte und öffnete ihren Geldbeutel, ein »Danke« hauchend.

»Also«, fasste Norman zusammen, »noch mal von vorne. Warum hast du die Socken nicht gleich aufgehoben, als du sie zuerst weggelegt hast?«

»Wegen der Toilette«, sagte sie.

»Wie bitte?«

»Die Toilette. Ich hatte vergessen, sie zu schrubben.«

Sie schnupperte an ihrem Mocha, als wollte sie sich mit seinem Duft stärken, während Norman mich anschaute und seine Augen baten, diese Verbindung zu erklären; ich zuckte aber die Achseln, genauso hilflos wie er.

»Ich habe fünfundzwanzig Minuten lang Schimmel von meiner Toilette gekratzt«, sagte sie zu ihrer Sahne.

»Also, das ist etwas, was man nicht sehr oft hört beim Kaffeetrinken«, sagte ich zu Norman.

»Sie ist taubenblau – die Toilette. Frag nicht, was der Vermieter sich dabei gedacht hat; ich will es jedenfalls nicht wissen, vor allem, wo das restliche Bad gelb ist. Es war schon so, als wir eingezogen sind. Und es schimmelt jede Woche – der Ventilator ist wirklich zum Kotzen ... im wahrsten Sinne. Also machte ich am Anfang ununterbrochen sauber, aber in letzter Zeit ließ ich es etwas schleifen ... und wachsen. Ich weiß, ich weiß«, sagte sie, als würde sie die Hände hochhalten, »total ekelhaft und hätte ich noch ein bisschen Stolz übrig, nachdem ich mich mit dieser Frau auseinandersetzen muss, würde ich so was niemals zugeben. Aber, wisst ihr, Jay hat da dieses komische Ding und glaubt, dass die Toilette so hässlich ist, dass ein kleines Punktemuster eine gewisse Art von Verschönerung ist.«

»Jay?«, fragte ich. »Umwelt-Ingenieur Jay? Der Ich-habe-sechs-farblich-unterscheidbare-Recyclingtonnen-Jay?«

»Noch mal, frag nicht. Ich tue so, als ob ich nichts wüsste. Aber um nichts in der Welt hätte ich Cici das sehen lassen.«

Sie nahm einen Schluck.

»Ich musste auch meine To-do-Liste mit Geheimcodes versehen, für den Fall, dass ich vergessen würde, sie vom Kühlschrank zu entfernen, bevor sie kommen.«

»Schlau gemacht«, sagte ich.

»Wie sieht denn eine codierte To-do-Liste aus?«, fragte Norman.

Sie war verärgert. »Zum Beispiel heißt *Bücherregal ordnen* eigentlich *Hol' das Familienfoto von der Weihnachtswohltätigkeitsveranstaltung hervor und stell es irgendwohin, wo es jeder sieht.*«

Er bekam wieder einen Lachanfall. »Sie gehen zu einer Weihnachtswohltätigkeitsveranstaltung? Wer verkleidet sich als Weihnachtsmann?«

»Norman, du bringst uns so gar kein bisschen weiter«, sagte ich und drehte mich wieder zu Minerva um. »*Aufräumen* ist der Code für *Versteck den Kram irgendwo anders*, stimmt's? «

Sie grinste und nickte, dankbar über meine Einschätzung. *»Räum die Küche auf* heißt übersetzt *Schrubbe, bis dir die Knöchel bluten.«*

An diesem Punkt wurde es klar, dass der Mocha hier nicht viel ausrichten würde. Minerva brauchte eine ernsthafte Stärkung.

Ich ging in die Küche, als Norman fragte: »Also, bringst du sie zu irgendwelchen tollen Wohltätigkeitsveranstaltungen, während sie hier in der Stadt sind, oder mischt ihr euch unters gemeine Volk und geht nur in den Countryclub?«

Ich konnte Minervas Antwort nicht hören – falls sie eine hatte –, aber ich grinste, als ich Norman jaulen hörte. Vermutlich hatte sie ihn mit einem Stapel Papiergetränkekarten gehauen.

Ich sah mich in der Küche um und wägte meine Möglichkeiten ab. Im Ofen war eine Ladung Butterkekse, die fast fertig war. Ich hatte vorgehabt, traditionelle Kekssandwiches mit Himbeermarmelade zu machen, aber das sah alles irgendwie zu sehr nach Teestunde für das arme Mädchen aus. Sie brauchte Bestätigung. Sie brauchte Kraft, aber nicht zu viel. Wenn ich sie zu aufgewühlt nach Hause schicken würde, könnte das ein Rezept für alle möglichen scheußlichen Dinge sein.

Sie brauchte einen gesunden Verstand.

Also rührte ich schnell einen Guss aus Mocha-Malz- und Puderzucker in einer Pfanne zusammen und fügte im letzten Moment Butter dazu, als Hommage an Paula Deen. Dann drehte ich die Hitze aus und träufelte den Guss aus der Pfanne über ein paar Kekse, so viel, dass es fast wie Blütenblätter aussah. Am Schluss legte ich in die Mitte noch ein paar Schokoladen-Espressobohnen, dann machte ich einen Schritt weg, um mein Werk zu betrachten. Die Kekse erinnerten mich an schwarzäugige Susannen oder sonst eine seltene essbare Art von Margerite. Trost, Kick, cremig ... der perfekte Muntermacher.

Ich präsentierte ihn Minerva als *Cicis Muntermacher* (obwohl ich auf die Tafel *Margeriten-Muntermacher* schrieb, man kann nie vorsichtig genug sein, wenn es um Schwiegermütter geht.) Auf jeden Fall taten sie ihren Job.

»Übrigens, Minerva, wie hast du es eigentlich geschafft, dem Zorn von Cici zu entfliehen und hierherzukommen?«, fragte ich.

Sie schnippte sich eine Espressobohne in den Mund und sagte: »Ich habe ihr erzählt, dass ich lernen müsste.«

»Du hast aber deine Bücher nicht dabei.«

Sie grinste durchtrieben. »Das wissen die aber nicht. Das ist das eine Mal, wo ich wirklich *lieber* lernen würde.«

Als ich Minerva so erschöpft sah, wollte ich am liebsten meinen eigenen Blutdruck messen; aber am nächsten Abend, als ich ihre E-Mail las – ihre schimpfende, Wut ablassendes, Ich-halte-es-nicht-mehr-aus-schick-die-Zwangsjacken-und-bring-Drogen-E-Mail –, traf es mich erst so richtig. Sie hatte es aus dem Badezimmer geschickt, auf ihrer schimmelfreien blauen Toilette sitzend. Das war der einzige Ort, wohin sie sich flüchten konnte. Und während ich den Inhalt dieser E-Mail nicht preisgeben werde, soll nur so viel gesagt sein: Das meiste war in fetten Großbuchstaben geschrieben, inhaltlich bestehend aus Begriffen und Drohungen aus der biochemischen Kriegsführung, fast ausschließlich Tilex, Listerine und andere Reinigungsmittel, die man unter dem Waschbecken hat.

Hier kommt jetzt aber mein Geständnis: Während ich ihren Schmerz absolut nachvollziehen und selbst fühlen konnte, hatte ich trotzdem, ehrlich gesagt, die ganze Zeit diesen einen Gedanken: *Gott sei Dank bin ich das nicht.*

Ich musste mich nie mit Schwiegereltern auseinandersetzen. Shauns Mom und Dad lebten auf Long Island und ich hatte sie nur ein paar Mal zum Mittag- oder Abendessen getroffen. Wir verbrachten Feiertage ja getrennt voneinander – ich bin bei meiner Schwester, Shaun ist bei seiner Familie – und wir mussten uns immer nur bei den großen Festen abstimmen. Ich musste niemals die Gastgeberin spielen. Ich musste mein Zuhause niemals der Überprüfung durch einen weiß behandschuhten Finger oder ein strenges Auge unterziehen lassen. Ich musste niemals Tafelsilber polieren oder das gute Geschirr nach kleinen Scharten absuchen.

Und das will ich auch nicht.

Allerdings hat Minerva nun auch die typische Schwiegermutter aus der Hölle. Und ich muss mich einfach fragen, wie das Stereotypische überhaupt stereotypisch geworden ist. Ich meine, was macht Schwiegermütter zu solchen Drachen? Meistens scheinen sie total akzeptabel zu sein, wenn sie einfach nur Mütter sind. Was also passiert nach dem Jawort? Wird da in ihrem Gehirn ein Schalter umgelegt? Wird irgendein schlimmes Hormon freigesetzt? Wie kommt es, dass *Schwiegereltern* gleichbedeutend sind mit *dem Bösen*?

Shauns Eltern und seine Familie waren immer freundlich und großzügig. Sie hießen mich in ihrem Zuhause willkommen, machten mir regelmäßig Komplimente, machten Shaun Komplimente für seinen guten Geschmack, was Frauen angeht, und so weiter. Ich frage mich allerdings: Hätten Shaun und ich die Ringe ausgetauscht, wäre es dann anders geworden? Und wenn ja, wie? Hätten Shauns Eltern auf einmal angefangen, öfter Reisen in den Süden zu unternehmen, möglicherweise ein Ferienhaus in Wrightsville Beach oder Emerald Isle gekauft? Ich wette, sie hätten. Die Aussicht auf Enkelkinder – ganz egal, wie abwegig – stellt seltsame Dinge mit einer Person an. Oder hätte seine Mom angefangen, mich zum Einkaufen mitzunehmen, weil meine Garderobe ein bisschen aufpoliert werden musste? Wären sie einverstanden gewesen mit meinem Jobwechsel?

Und ich kann mir nicht helfen, aber ich bin irgendwie besessen von der Jeanette – oh, wie sehr sie die *lieben* müssen. Sie mochten mich, aber ich wette, sie bekommt das vererbte Tafelsilber und *sie* wird auf dem aktuellen Familienfoto mit drauf sein und *sie* ist diejenige, mit der seine Mutter jetzt prahlt: *Die zukünftige Frau meines Sohnes hat einen Doktortitel in Philosophie und ein ernst zu nehmendes Buch geschrieben – nicht wie seine letzte Freundin. Sie hatte auch nur einen Magister-Abschluss und hat einen Roman geschrieben und serviert jetzt Kaffee für ihren Lebensunterhalt ...*

Was noch trauriger ist, dass Shaun niemals Schwiegermutterprobleme von meiner Seite gehabt hätte. Kein Ehemann, den ich haben würde, hätte jemals welche. Und ich selbst würde mich lieber dem Erschießungskommando einer Höllen-Schwiegermutter aussetzen, wenn ich nur meine Eltern bei mir hätte, sollte ich jemals zum Altar schreiten; wenn ich nur meinen Vater bei mir hätte, der mich zum Altar führt; wenn ich nur meine Mutter hätte, die bei der Feier mit dem Bräutigam tanzt.

Was mich wirklich störte, als ich Minervas Zusammenbruch zusah, war die Tatsache – wie plötzlich mir auf einmal klar wurde –, wie *unverbindlich* meine Beziehung mit Shaun gewesen war und dass wir beide es genauso gewollt hatten. Ich mochte es, dass ich mir keine Gedanken darüber machen musste, mich an allen Feiertagen zu zweiteilen oder das Gästezimmer herzurichten, kurz davor, diese ultravioletten Lichtdetektoren zu benutzen, mit denen man vorhandene Mikrobakterien nachweisen konnte. Und Shaun genoss es, nur bei gelegentlichen Hochzeiten oder Abschlussfeiern dabei sein zu müssen. Es war für uns beide so einfach auf diese Art, besonders aber für ihn.

Und trotzdem merke ich erst jetzt, dass ich die ganze Zeit so viel mehr wollte. Ich wollte mir nur nicht die Arbeit machen, es auch zu bekommen.

Hier stehe ich also nun in einem richtigen Dilemma. Es sieht so aus, als wollte ich den Kuchen essen und ihn gleichzeitig behalten. Ich will all die Vorteile einer Ehe – das Zusammensein mit einem Gefährten und die Ausgaben, die Urlaubsreisen, das Essengehen –, doch ohne die Opfer und Kompromisse und Kopfschmerzen. Ich will den einen Typen, der mir verspricht, dass ich für immer und ewig die Einzige sein werde, und ich will den Ring, um es zu beweisen (nicht, dass der irgendwas garantieren würde); aber ich will nicht gemeinsam besteuert werden und ich will auchkein gemeinsames Bankkonto und ich will nicht Mrs Irgendjemand-anderes-Nachnamen sein. Oder noch schlimmer, Mrs Perino-*Bindestrich*-irgendjemand-anderes-Nachnamen. Das Allerschlimmste: Mrs *Sein*-Vorname-*und*-Nachname. Igitt. Verdammt,

Mrs hört sich für mich einfach alt an. Meine Mutter war eine Mrs und es hat funktioniert für sie. Aber ich mochte es ja meistens nicht mal, *Professor* Perino genannt zu werden.

Vielleicht ist das Single-Sein relativ; weil, was mich betrifft, ich ja mit dem Grounds verheiratet bin. Absolut hundertprozentig gebunden. Und ich bin mehr als bereit, das Schlechte mit dem Guten zu nehmen, weil es das alles wert ist. Jeden Tag mit vertrauten Gesichtern zu verbringen, mit Freunden und ehemaligen Studenten und Kollegen und den Dingen, die ich am meisten liebe – Bücher, Kekse und Unterhaltungen –, ist die reine Freude. Das ist der Ort, an dem ich sein will und an den ich gehöre. Es ist *mein* Ort. Mein Spielplatz. Mein Revier. Mein Gelände.

Was hindert mich also daran, den letzten Schritt mit einem Mann zu wagen? Warum war ich bereit, mich mit so wenig zufriedenzugeben, wenn ich doch ganz klar so viel mehr wollte? Und was will ich heute?

Ich las mir den Eintrag noch mal durch, löschte die Abschnitte über Shaun und die Jeanette und eine Zeile, die ich am Ende geschrieben hatte: *Waren wir jemals ein richtiges Paar oder nur zwei einzelne Menschen, die sich ein Bett teilten und tollen Sex hatten?* Als ich nämlich diese Zeile las, dachte ich fast sofort: *Mein Gott, ist das nicht genau das, was ich zurzeit gerade mache?*

Ich rief Minerva an, bekam aber nur ihre Mailbox dran. Ohne eine Nachricht zu hinterlassen, legte ich wieder auf und schwor, nur für sie Keksteig-Trüffel zu machen, wenn sie das nächste Mal reinkäme. Während ich immer noch mit dem Telefon in der Hand herumstand, fühlte ich, wie mir das Herz schwer wurde. Die Illusion, wie gut das Leben mit Shaun gewesen war, die, mit der ich die ganzen Jahre über gelebt hatte, war zerstört. Und nicht nur, dass ich die Teile nicht mehr aufheben konnte, es gab auch nichts mehr, was man hätte zusammenfügen können, ganz einfach, weil da von Anfang an nicht viel gewesen war. Und ich weiß nicht, was mehr wehtat: die Illusion zu verlieren oder niemals das große Ganze gehabt zu haben.

Mit einem Seufzer legte ich das Telefon hin, ging zu meinem Laptop zurück und klickte *Eintrag löschen*. Als die Warnung *Sind Sie sicher?* kam, nickte ich tatsächlich und klickte das Kästchen an.

Zum einen war der Eintrag viel zu lang. Und außerdem, was sollte schon Gutes dabei herauskommen?

Anstatt nach neuen Rezepten zu suchen, wie ich geplant hatte, nahm ich mir ein Buch von meinem Beistelltisch, rollte mich in meinem Lesesessel zusammen und starrte ins Nichts.

23

Drei Seiten

AUFGRUND VON MINERVAS letzter heimlicher E-Mail aus dem Bad wusste ich, dass Cici an diesem Morgen nach Hause fliegen würde. Und trotzdem war ich überrascht, als ich beide, sie und Jay, kurz nach dem Mittagessen in den Laden kommen sah. Jay schob seine Sonnenbrille auf den Kopf, um die neue Speisekarte von der anderen Seite des Raums besser lesen zu können. Er schien ziemlich entschlossen, als er sich die Pita-Wrap-Variationen durchlas. Minerva stand mit schmalen Lippen neben ihm, die Haare zum Pferdeschwanz gebunden und schwere Tränensäcke unter den dunklen Augen.

Als ich Minerva näher kommen sah, musste ich mich fragen, ob Jay wirklich so hungrig war, wie er aussah, oder ob er den Part des vergnügten Lunch-Begleiters in Gegenwart seiner launischen Frau nur spielte. Ich nahm an, es war Letzteres, war aber immer noch unsicher, ob ich ihn für sein Draufgängertum loben sollte oder für seine Ungezwungenheit verachten, als Norman zu ihnen ging und ihre Bestellung aufnahm.

»Hey, Norm«, sagte Jay, immer noch die Tafel im Blick. (Norman mochte es ungefähr genauso sehr, *Norm* genannt zu werden wie Minerva *Minnie*.)

»Hi, Jay.« Er drehte sich zu Minerva. »Bin froh zu sehen, dass du die Invasion überlebt hast.«

Ich erstarrte und warf Norman einen tödlichen Blick vom anderen Ende der Theke zu.

Jays Gesicht verdüsterte sich. »Warum sagst du so was?«

O Mist!

Als sich Jay zu Minerva drehte, versuchte ich mit aller Kraft auf eine Idee zu kommen, wie ich das Ganze noch umzubiegen könnte. Fast verbrannte ich mich an der Dampfdüse, aber mir fiel nichts ein.

»Das glaub ich nicht«, sagte Jay ruhig. »Du hast es ihnen erzählt.«

Minervas Gesichtsausdruck verhärtete sich, während Jays Stimme ganz ruhig blieb. »Ist denn gar nichts in unserem Leben – in *meinem* Leben – privat? Was erzählst du denen noch alles?« Er drehte sich wieder zu Norman, der sich erfolgreich bemühte, die Wand, die am weitesten von Jay und Minerva entfernt war, anzustarren.

»Entgegen der allgemeinen Meinung hatte ich ein entzückendes Wochenende«, sagte Jay zu Norman. »Und meine Mutter ist kein Monster oder ein psychotischer Drill-Sergeant oder sonst irgendwas, was ihr vielleicht gehört habt.«

»Jay!«, sagte Minerva und wurde rot.

»Lass es bloß«, warnte er sie. »Ich bin mir sicher, du hast viel gesagt.«

»Ich habe nichts von alldem gesagt!«, beharrte sie. Sie sah gequält aus und hörte sich auch so an.

»Nein, lass mich raten. Worüber hast du gelästert? Das Saubermachen? Das Tafelsilber? Ich wette, es war das Tafelsilber.« Minerva betrachtete ihre Fingernägel. SCHULDIG IM SINNE DER ANKLAGE stand ihr quer über das Gesicht geschrieben.

»Tja, weißt du was: Das Haus musste sauber gemacht werden und *du* warst diejenige, die entschieden hat, wie sauber. Außerdem warst *du* diejenige, die auf dem Tafelsilber bestand. Du bist diejenige mit dem Konkurrenz-Ding und dem Perfektionismus und dem ganzen Erwartungs-Scheiß, Minerva. Das bist alles *du*. Nicht sie.«

Jay starrte wieder auf die Tafel, nur um ein paarmal tief Luft zu holen, bevor er weitermachte. »Weißt du was, wir sind fertig hier drin. Wir werden diese Unterhaltung nicht wie auf einer Bühne führen. Ich glaube, diese Leute haben bereits genug vorgeführt bekommen.«

Sie streckte eine Hand nach ihm aus, er streifte sie aber ab.

»Wie konntest du nur?«, fragte er und schüttelte traurig den Kopf. »Wie konntest du die glauben lassen, dass ich irgendjemandem – egal wem – erlauben würde, dich so zu behandeln? Wie kannst *du* so was glauben?«

Ich sah den Ausdruck in Minervas Augen in diesem Moment, so als wüsste sie nicht, wie sie das Ganze so in den falschen Hals bekommen hatte. Minerva, die in jedem Kurs, den sie besuchte, die beste Note bekam, die das Periodensystem auswendig konnte, die fünf verschiedene Textmarker benutzte, wenn sie sich Notizen machte. Sie war in diesem Moment völlig versteinert.

Jay schob sich seine Sonnenbrille wieder vor die Augen. »Du kannst nehmen, was du willst; ich warte im Auto. Ich hab keinen Hunger mehr.«

Minerva sah ihm nach, blinzelte heftig und folgte ihm dann ohne ein Wort.

Norman und ich bewegten uns kein bisschen, bis die Tür hinten ihnen zu war.

Norman räusperte sich. »Ja, also, Eva? Wollest du nicht, dass ich die Kaffeevorräte überprüfe? Die Kaffeeleute haben gestern wegen der neuen Jamaika-Sorte angerufen und wollten wissen, ob wir mehr davon brauchen.«

Ich brauchte eine volle Sekunde, bevor ich meine Betäubung abschüttelte. »Oh. Ja, das wäre super. Danke.«

»Ja, ich dachte, ich schaue mal nach«, sagte er und verzog sich in die Küche. Obwohl ich Norman dafür hassen wollte, abzuhauen, obwohl man die Anspannung noch immer spüren konnte, war er zumindest stark genug, sich überhaupt zu bewegen. Ich stieß mich von der Theke ab und begann, Tassen und Unterteller zu stapeln. Ich hoffte, dass das sanfte Klicken die Leere füllen würde, die der abrupte Abgang der Brunswicks hinterlassen hatte und die immer noch von einem Ende des Cafés bis zum anderen hing. Sanfter Jazz kam leise aus den Lautsprechern und untermalte die übliche Unterhaltung der Gäste, die keinerlei Notiz von dem Streit genommen hatten, der sich gerade direkt vor ihnen ereignet hatte.

Mein Herz schlug instinktiv für Min. Ich beneidete sie nicht um die Heimfahrt oder die unausweichliche Auseinandersetzung, die sie fortsetzen würden, sobald sie zu Hause wären.

Meine Hände hielten inne zwischen zwei Tassen, als mir eines der Mantras meiner Mutter durch die sanfte Geräuschkulisse des Cafés hindurch in den Sinn kam. *Es gibt immer drei Seiten einer Geschichte*, sagte sie, wenn Olivia und ich uns böse anstarrten. *Deine, ihre und das, was wirklich passiert ist.* Cici war wahrscheinlich nicht das Monster, als das Minerva sie dargestellt hatte. Das wär ja auch nur logisch – wie könnte jemand, der anscheinend so schrecklich war, einen so richtig guten Typen großgezogen haben? Sicher, Minerva beschwerte sich manchmal über Jays Eigenarten und Verschwörungstheorien. Aber noch nie hatte ich Jay sauer auf sie gesehen, niemals. Noch nie hatte er ein falsches Wort zu ihr gesagt oder nicht mal einen genervten Blick in ihre Richtung geworfen. Der Gedanke kam mir, dass Minerva auch nicht perfekt war. Sie hatte Eigenarten und schlechte Angewohnheiten. Sie hatte Unsicherheiten. Sie und Jay stritten sich.

Sie führten eine typische Ehe. So hatte ich das Ganze noch nie betrachtet.

Ich stapelte die letzten paar Tassen. Warum dachte Minerva, Jay würde es zulassen, dass Cici sie wie einen Käfer unter ihrem Finger behandeln würde? Und warum hatte ich ihr nicht den Kopf zurechtgerückt, als sie zu mir gekommen war? Ganz egal, ob Cici ein dreiköpfiges Monster oder ein Engel war, Minerva hatte sie zu einer ernst zu nehmenden Größe gemacht – eine, gegen die sie zweifellos niemals gewinnen würde. Für Minerva war dieses Monster real. Ich bin mir sicher, Cici hat irgendwann einmal etwas gesagt oder getan, wodurch sie sich wie ein kleiner Dreckfleck auf dem Boden gefühlt hat. Und Minerva – so wunderbar, stark und energisch sie auch war – war verletzlich. Sie tat sich schwer damit, Enttäuschungen und Schwächen loszulassen, vor allem ihre eigenen. Sie liebte Jay so sehr, dass sie perfekt für ihn sein wollte oder perfekt genug, um mit ihm zusammen zu sein. Und sie wollte akzeptiert werden von einer Frau, die weder herzlich noch aufgeschlossen war. Außerdem war sie eben Minerva – für sie war alles eine Herausforderung.

Meine Gedanken kreisten immer noch darum, als Paul, ein NCLS-Englischprofessor und neuer Stammgast, fragte, ob er von der französischen Röstung noch mal nachgeschenkt bekommen könnte.

War *ich* auch so? War ich eine Perfektionistin oder schlimmer noch, eine Revisionistin? Mit jedem Jahr, das seit dem Tod meiner Eltern vergangen war, konnte ich mich nur noch an die guten Zeiten erinnern, jeden schönen Moment voller Lachen, jede Umarmung – und ich schaffte es, jeden Streit zu vergessen, jede nicht beachtete Träne, jeden gebrüllten Kraftausdruck. Ich musste erst von Olivia rausgeschmissen werden, damit ich sehen konnte, dass sie so viel mehr brauchte. Und ich brauchte noch viel länger, um zu demselben Schluss zu kommen, wenn es um mich selbst und meine Beziehungen ging.

Wie konnte ich das alles so falsch verstanden haben?

Von Minerva hörte ich weder an diesem Abend etwas, noch sah ich sie am anderen Morgen. Gegen Mittag wurde ich nervös. Ich wollte mich nicht aufdrängen oder irgendwas schlimmer machen, aber ich konnte nicht anders, als mir Sorgen zu machen, was wohl passiert war und wie es ihr ging. Um halb zwei hielt ich es nicht länger aus.

Ich schickte ihr eine Textnachricht: *Geht's dir gut?*

Keine fünf Minuten später antwortete sie. *Ja.*

Willst du reden?

Ist der Laden voll?

Noch bevor ich antworten konnte, schrieb sie: *Doofe Frage. Ich komme später vorbei. Brauche einen Chai.*

Ich fühlte mich erleichtert.

Ich habe einen, der auf dich wartet.

24

Ein Angebot

ER KAM REIN wie aus heiterem Himmel. Ed Rush, ein früherer Kollege von der NCLA und derzeitiger Leiter des Departments für Schreiben. Er war nicht mehr im Grounds gewesen, seit er mehrere angehende Fakultätskandidaten hierhergebracht hatte, um etwas übertrieben Campus-Gemeinschaftsgeist zu demonstrieren. Obwohl er mich namentlich vorgestellt hatte, bezeichnete er mich als Ehemalige und nicht als früheres Fakultätsmitglied. Ich fühlte mich dadurch jedoch nicht beleidigt – er hatte wahrscheinlich Angst, dass irgendjemand denken könnte, ich wäre gegangen, weil ich das Department oder die Uni hasste. Ein Kandidat jedoch erkannte mich.

»Ich habe Ihr Buch gelesen«, sagte er.

»Wirklich?«

»Ja. Hat mir gefallen. Sie erzählen eine gute Geschichte.«

»Oh, danke«, erwiderte ich ein bisschen durcheinander. Ich konnte mich nicht erinnern, wann jemand – einschließlich mir selbst – das letzte Mal über meinen Roman geredet hat. »Sie haben was übrig für obskure Romane, die direkt in das Regal mit den Sonderangeboten gehen, wenn sie aus dem Druck kommen.«

»Sie sollten ein zweites schreiben«, sagte der Mann.

Als ich mit dem Unterrichten aufgehört hatte, ließ ich auch den ganzen *publish or perish*-Kram hinter mir. Seltsam, ich bin nie auf die Idee gekommen, dass ich etwas veröffentlichen könnte, einfach weil ich *wollte*. Zu der Zeit war ich mir ziemlich sicher, dass ich nicht wollte.

»Nett, dich zu sehen, Eva«, sagte Ed und brachte mich zurück in die Gegenwart. »Wie läuft das Geschäft?«

»Könnte nicht besser gehen. Wie ging es aus mit dieser letzten Kandidatenrunde?«

»Hauptsächlich Spinner«, sagte Ed.

Ich lachte. »Was hättest du denn gerne?«, fragte ich.

»Wie wäre es mit einem großen Mocha-Haselnuss-Kaffee und wenn du zurückkommen würdest, um einen Kurs zu halten?«

»Kommt sofort«, sagte ich und ging, um mich um seine Bestellung zu kümmern, bis mein Gehirn schließlich hinterherkam. Ich hielt inne und drehte mich zu ihm herum.
»Was war das Zweite?«

»Jenna Jaffe geht für das nächste halbe Semester in Mutterschutz.«

Mir blieb der Mund offen stehen, während ich mich aufrichtete. »Ich wusste noch nicht mal, dass sie schwanger ist.«

»Wir haben Ersatz für alle ihre Kurse bis auf den Kurzgeschichtenkurs, und weil das doch immer deiner gewesen war, wollte sie, dass du den übernimmst. Was meinst du?«

Ich fühlte mich geschmeichelt, aber sprachlos. *Unterrichten? Nach all der Zeit?*

»Wow. Ich brauche ein bisschen Zeit, um darüber nachzudenken, Ed.«

»Lass dir nicht zu viel Zeit.«

»Könnt ihr keine Hilfskraft dafür nehmen?«

»Nicht, wenn es keine Grundkurse mehr sind. Außerdem *kennst* du den Kurs doch. Und sie hat ausdrücklich nach dir gefragt.«

»Aber Ed, das ist *Jahre* her ...«

»Das ist wie mit Fahrradfahren.«

»Ja, ich fahre aber nicht besonders gut Fahrrad, ganz nebenbei. Nicht mal Heimfahrrad.«

Er lachte. »Ruf mich in meinem Büro an. Ich hoffe, du überlegst es dir, Eva. Wir haben dich vermisst.«

»Du kriegst bis Ende der Woche Bescheid«, sagte ich.

»Danke«, sagte er.

Er stand da und bewegte sich nicht.

»Schlägst du jetzt ein Zelt auf und wartest hier?«, fragte ich.

»Mein Mocha-Haselnuss?«, sagte er.

Mein Gehirn schaltete wieder auf Café-Modus um. »Oh! Tut mir leid«, sagte ich und machte seine Bestellung fertig. »Der geht aufs Haus.«

»Danke. Wir sprechen uns bald.« Daraufhin nahm er sein Getränk, hielt an der Selbstbedienungsbar an, nahm sich ein paar extra Servietten und ging raus. Ich tippte zwei Finger an die Stirn und grüßte ihn, als er sich umdrehte und das Café verließ.

Jenna Jaffe war während meines Hauptstudiums an der NCLA meine Studienberaterin und Mentorin gewesen. Als ich meine Abschlussarbeit anfing, ermunterte sie mich, mein Manuskript an Agenten zu schicken, und schickte es selbst an ihren eigenen, der mir einen Vertrag anbot, kaum dass ich sie beim Abschlusskomitee eingereicht hatte. Ich verdankte Jenna eine Menge. Ich war einzig und allein deshalb eine gute Lehrerin, weil ich versuchte, die Erfahrungen, die ich in ihren Kursen gemacht hatte, wiederzugeben.

Wir waren außerdem auch gute Freunde. Ich liebte ihren Humor; sie liebte es, dass ich *etwas mehr* über Popkultur wusste als der Durchschnitt. Während meiner Hauptstudiumszeiten hing ich mit Jenna und ihrem Freundeskreis wahrscheinlich genauso viel herum wie mit Minerva und Jay, obwohl diese beiden Freundeskreise sich nie überschnitten. Wenn ich mit Jenna zusammen war, fühlte ich mich wichtig, gelehrt. Mit Minerva fühlte ich mich frei, so als wäre ich noch mal jung, nur ohne Angst oder Akne.

Ich hatte immer das Gefühl gehabt, dass Jenna mit meiner Entscheidung, meine Lehrer- und Autorenkarriere aufzugeben, nicht einverstanden war. Sie hatte mir zwar ihren Segen gegeben, aber erst nach einem erfolglosen Versuch, mir die Sache mit dem Grounds auszureden. »Es ist nicht so, dass ich glaube, du schaffst das nicht, Eva«, hatte sie gesagt. »Ich glaube nur, dass du ein Talent vergeudest.«

»Zu was soll aber das Talent gut sein, wenn es nicht das ist, was ich machen will?«, hatte ich erwidert.

Als das Grounds anfangs aufmachte, kam Jenna mit unseren Kollegen und Freunden zur großen Eröffnungsfeier und danach jede Woche, sodass ich sie schon als Stammgast bezeichnet hatte. Aber aus wöchentlich wurde zweimal im Monat, dann einmal im Monat, dann einmal alle zwei Monate, und dann sah ich sie kaum noch. Ich fragte mich, wann ich aufgehört hatte, sie zu vermissen, wann wir uns voneinander entfernt hatten und ob es wirklich an meiner neuen Arbeit lag. Und ich fragte mich, ob sie mich vermisste oder wann sie damit aufgehört hatte.

★★★

Keine Minute, nachdem Ed gegangen war, drängelten sich Scott, Norman, Beulah, Spencer, Tracy und Minerva um die Theke und umzingelten mich. Ich fiel nach hinten und stieß mir mein Hinterteil an der Ablage.

»Autsch. Was ist das hier, *Die Vögel*?«

»Sag uns, dass du das machen wirst«, sagte Beulah.

»Ich sagte, ich überlege es mir.«

»Was gibt es da zu überlegen?«, fragte Minerva.

»Es ist nicht einfach«, sagte ich, »in einen Klassenraum zu gehen und in die Fußspuren von jemand anderem zu treten, vor allem, wenn sie ihren eigenen Stil und ihre eigene Art mit ihren Studenten hatte. Ich habe noch nicht mal ihre Bücherliste gesehen.«

»Aber du hast Zeit, dich vorzubereiten und das alles mit ihr zusammen durchzugehen«, sagte Tracy.

»Pass auf, wenn du dir Sorgen machst, wer dich hier vertritt, darum kümmere ich mich schon«, sagte Norman.

»Es sind ja nicht nur die drei Stunden im Klassenzimmer«, gab ich zu bedenken. »Da sind zusätzliche Konferenzen, Sprechstunden, lesen, korrigieren ... es sind vielleicht nur ein Dutzend Studenten, aber das sind gleich mal mindestens zwanzig Stunden

Arbeit, selbst wenn es nur für ein paar Wochen ist. Ich gehe mal von fünfundvierzig bis fünfzig Stunden im Durchschnitt aus.«

»Na und? Die Sprechstunden kannst du doch hier abhalten«, sagte Scott.

»Jaaa«, sagte Norman. »Das fänden die doch toll. Und für mich wäre es in Ordnung, wenn du deine Stunden reduzieren würdest. Ist doch nur für was? Sechs Wochen?«

»Sieben«, sagte ich.

»Die sind schneller vorbei, als du dir vorstellen kannst«, sagte er. »Mach es, Eva.«

Ich atmete tief ein.

»Scott, geh doch mal zur Website vom Department für Schreiben an der NCLA und schau nach, ob du da Jenna Jaffes Kursbeschreibung findest.«

Diese Anweisung mobilisierte die Truppen: Scott schaute auf der Website, Norman holte den Kalender heraus und Minerva schrieb eine Liste für Jenna mit den Dingen, die sie in der verbleibenden Zeit der Schwangerschaft für sich selbst tun konnte.

Ich verbrachte den Rest des Nachmittags im Büro, vollauf beschäftigt, im Kopf Leselisten zu erstellen und mir Workshops und Lehrpläne auszudenken. Egal, ob in den Klassenraum zurückzukehren wie Fahrradfahren war, ich machte mir eher Sorgen darüber, ob ich es hassen – oder schlimmer noch – *mögen* würde. Ich verscheuchte diesen Gedanken, als Norman mich zum dritten Mal daran erinnerte, eine Anzeige zu schreiben, mit der wir eine neue Vollzeitkraft suchen konnten. Als ich ins Café zurückkam, rannte mich Minerva fast um.

»Hier. Ich habe eine Liste geschrieben mit Wissenswertem über die Schwangerschaft in jedem Monat, einschließlich Tipps, wie man im letzten Drittel fit und beschwerdefrei bleibt und wie man mit postnatalen Depressionen umgeht.«

»Großer Gott, Minerva!«, schrie ich. Nachdem ich zur Beruhigung tief eingeatmet hatte, nahm ich die Liste und faltete sie zusammen. »Sicher, danke. Ich werde sie weitergeben.«

»Dann machst du es also«, sagte sie.

»Ich glaube schon«, gab ich zurück.

»Okay.« Sie ging zu ihrem Tisch zurück, ihre Textbücher ausgebreitet in ihrem üblichen organisierten Chaos.

Ein paar Augenblicke später suchte ich nach Norman und fand ihn, als er aus der Küche kam. Der hintere Teil seines T-Shirts war ganz glatt, in der einen Hand hielt er eine Papiertüte und in der anderen eine Serviette, die um das Ende eines Rührers gewickelt war. Er ging zu Minervas Tisch und winkte langsam mit der Serviette.

Minerva öffnete ein paar Mal ihren Mund und machte ihn wieder zu, jedes Mal ein bisschen verblüffter als vorher. Schließlich hob sie die Hände. »Ich ergebe mich. Ich geb auf. Ergeben. Was machst du denn da?«

Norman deutete mit dem Kopf auf seine Serviette. »Ich schwenke die weiße Flagge. Und ich bringe Geschenke. Ein Friedensangebot«, korrigierte er sich.

Sie brach in Lachen aus. »Wofür?«

Total erleichtert legte Norman die Tüte auf ihre riesigen Ordner mit losen Blättern und blieb stehen, immer noch mit seiner provisorischen Flagge wedelnd.

»Oh, um Himmels willen, Norman, setz dich hin.« Das tat er, während sie die Tüte aufmachte und ihre Augen immer größer wurden. »Ist das ... Käsekuchen von Delmonico's?«

Sie schaute zu mir, doch ich hob die Hände hoch und schüttelte den Kopf, als wollte ich sagen: *Damit habe ich nichts zu tun.*

»Ich war ein echter Blödmann, dass ich neulich meinen Mund aufgemacht habe«, sagte er.

Es dauerte eine Weile, bis ich kapierte, dass er über den Cici-Zwischenfall redete und die Szene mit Jay, aber Minerva nickte voller Verständnis, den Mund bereits voll. Während sie ihre Augen schloss und den cremigen Käsekuchen auf ihrer Zunge schmelzen ließ, erinnerte ich mich wieder daran, wie sehr der erste Biss einer ersten Liebe ähnelte.

»Ich habe nicht ... es war nicht ...« Er versuchte es noch mal. »Es tut mir so leid.«

Sie schluckte. »Ist schon okay. Und nicht nur, weil du mir Käsekuchen von Delmonico's gekauft hast – der große *Puh-Bah* des Käsekuchens –, obwohl das ein Grund wäre, dich für die Heiligsprechung zu nominieren.«

»Danke. Ich würde dich und Jay gerne zum Essen einladen. Ich weiß, dass ich ihn auch verletzt habe.«

»Ich glaube, das würde ihm gefallen. Lass mich sehen, wann wir Zeit haben, und dir dann Bescheid geben.«

Sie nahm noch einen Bissen, bevor sie ihr Telefon aufklappte. Norman stand auf, um wieder an die Arbeit zu gehen, und sah wesentlich entspannter aus.

»Käsekuchen?«, fragte ich ihn, als er wieder zu mir hinter die Theke kam.

»Na ja, ich konnte ja der Frau eines anderen schlecht rote Rosen schenken, oder?«

So hatte ich das noch nicht gesehen.

»Und das hieß auch, dass ein selbst aufgenommenes Tape auch nicht infrage kam. Und ohne diese zwei spontanen Entschuldigungen musste ich wohl improvisieren.«

»Glaub mir, Delmonico's hat's genau getroffen. Hast du gut gemacht, Norm-o«, sagte ich und schlug ihm sanft auf den Arm.

★★★

An diesem Abend rief ich Jenna an. Sie schien erfreut, von mir zu hören, und erzählte mir von allem. Je länger wir redeten, desto vertrauter fühlte ich mich mit ihr.

»Oh, ich bin ja so froh, dass du das machst«, sagte sie. »Du bist einer der wenigen Menschen, von denen ich glaube, dass sie es richtig machen.«

»Wow«, sagte ich. »Ich wusste gar nicht, dass du so große Stücke auf mich hältst.«

Ich fragte sie nicht, warum wir nichts mehr miteinander zu tun hatten, und schlug nicht vor, wieder da weiterzumachen, wo wir aufgehört hatten, oder uns in Zukunft mehr Mühe zu geben, in Kontakt zu bleiben. Vielleicht lag es daran, dass unser Leben so unterschiedlich war. Sie hatte ja trotz allem einen Ehemann und bald ein Kind. Vielleicht befürchtete ich aber auch, dass sie lieber nicht mit einer Coffeeshop-Besitzerin in Kontakt bleiben wollte, deren letzte literarische Leistung ein sporadischer Blog über das Single-Sein war.

Nachdem ich das Gespräch mit Jenna beendet hatte, rief ich Ed an und hinterließ eine Nachricht auf seiner Mailbox.

»Du hast eine Vertretung gefunden«, sagte ich, »und von nun an berechne ich dir den doppelten Preis für deinen Mocha-Haselnuss-Kaffee.«

25

Wachstumsstörung

ALLE SCHLIMMEN DINGE SIND drei, das weiß jeder. Man weiß nur nie, wann und wo sie passieren werden.

Das erste schlimme Ding passierte mit Jan und Dean. Genau wie Kenny waren auch sie aus dem Grounds verschwunden und ihre Facebook-Seiten waren seit Tagen nicht mehr aktualisiert worden. Die anderen Originale und Stammgäste fragten sich, wo sie abgeblieben waren.

»Ich glaube, sie sind durchgebrannt«, sagte ich.

»Vielleicht haben sie sich auf die Fidschis abgesetzt«, sagte Norman.

»Nein, Eva hat recht. Die sind durchgebrannt«, sagte Minerva.

»Ohne jemandem was zu sagen?«, fragte Tracy besorgt.

»Das ist doch der ganze Sinn vom Durchbrennen«, sagte Spencer.

»Aber was ist, wenn es was Ernstes ist? Ihrem Vater ging es in letzter Zeit nicht so gut.«

»Wenn du dir solche Sorgen machst, Schatz, dann ruf sie an.«

Tracy holte ihr Telefon aus ihrer minikleinen Handtasche heraus (ich beneidete Frauen immer, die ihre ganzen Sachen in einer Tasche dieser Größe unterbringen konnten), klappte es auf und suchte nach Jans Nummer, wartete und flüsterte uns »Mailbox« zu.

»Jan, ich bin's, Tracy. Wir sind alle hier im Grounds und machen uns Sorgen, weil wir dich seit einer Woche weder gesehen noch was von dir gehört haben. Ruf doch bitte an und lass uns wissen, dass du nicht in irgendeinem Graben liegst.«

Spencer verzog das Gesicht. »Musstest du das mit dem Graben wirklich sagen?«

★★★

Zwei Tage später kam Tracy rein und sah blass und total schockiert aus.

»Was ist los, Süße?«, fragte ich.

»Sie haben Schluss gemacht.«

»Wer?«

»Jan und Dean.«

Norman ließ fast den Teller fallen, den er gerade in der Hand hielt. »Jan und Dean haben Schluss gemacht?«, sagte er so laut, dass das ganze Café still wurde.

»Heilige Scheiße«, sagte Scott.

»Was ist passiert?«, fragte ich.

»Sie ist nicht ins Detail gegangen – sie war zu traurig und hat die ganze Zeit am Telefon geweint. Wir beide, ehrlich gesagt. Sie sagte nur, es ist aus zwischen ihnen und dass sie Dean nicht vertrauen könnte und dass er nie so in sie verliebt war wie sie in ihn.«

Diese beschissene Wahrheit kannte ich nur allzu gut.

»Hat er sie betrogen?«, fragte jemand.

»Hat sie nicht gesagt.«

Alle im Café flüsterten und jeder war langsamer geworden, die Bewegungen schwerfällig und wie automatisch. So blieb es für den Rest des Tages. Wie Spencer und Tracy, die auch vom ersten Tag an hier waren, im wahrsten Sinne des Wortes, waren Jan und Dean mehr wie eine feste Einheit als zwei einzelne Menschen. Sie zu verlieren war, wie etwas Familiäres zu verlieren, die Art von Verlust, die dich an den Menschen zweifeln lässt und an den Dingen, von denen du geglaubt hast, sie zu kennen.

An diesem Abend, nach der Dusche und vor dem Abendessen, öffnete ich meinen Laptop. Es wurde Zeit.

Eva bricht ihr Schweigen
Leser, ich entschuldige mich für meine Abwesenheit vom Cyberland. Es ist eine Menge passiert während der letzten paar Monate und die Schreibquelle war zwischenzeitlich ausgetrocknet. Ich weiß, das sind nur für wenige von euch Neuigkeiten, aber – Überraschung – ich treffe mich mit jemandem.

Was ich daran mag, mich mit jemandem zu treffen:
Die Gesellschaft. Ich mag es, jemanden zu haben, zu dem man nach Hause kommen kann, sich auf die Möglichkeit zu freuen, dass jemand da sein wird, auf mich wartet, glücklich, mich zu sehen. Ich mag es, mich mit jemandem nach einem langen Tag auf dem Sofa zusammenzukuscheln, jemand, mit dem ich einen Teller Pommes frites teilen kann bei einem Diner nach zehn Uhr abends.
Keine Verabredungen. Das Urteil ist gefallen: Ich mag keine Verabredungen. Oder eher, ich mag es nicht, zu einer Verabredung zu gehen. Ganz besonders nicht erste Verabredungen. Und ganz besonders nicht schlechte erste Verabredungen. Sich mit jemandem zu treffen ist etwas anderes – es ist vertraut, es ist Routine, es ist sicher. Aber Verabredungen – der Stress des Unbekannten, die Bemühungen, Eindruck zu schinden, die unvermeidliche Anspannung – mir fehlt nichts davon.

Und jetzt kommt's: Was ich am Singleleben mag, ist die Tatsache, dass du dir nie Sorgen machen musst, etwas Gutes zu verlieren. Du musst dir niemals deine bessere Hälfte anschauen und dich fragen, ob er morgen immer noch hier sein wird, sei es physisch, emotional, geistig oder was auch immer. Es wird dich niemals ein Blitz aus heiterem Himmel auf deinen Kopf oder in dein Herz treffen. Du musst dich niemals fragen, ob das alles eine

Lüge gewesen war und du viel zu lange ein Idiot gewesen warst. Manche werden dir sagen, dass das Singleleben eine falsche Art von Sicherheit ist, die Art, die mit vergitterten Fenstern einhergeht, ein selbst gemachtes Gefängnis, das dich wegschließt vor einer erfundenen Angst. Doch das Singleleben ist sicher. Weil man nämlich die, die man liebt, nicht halten kann. So was existiert nicht.

Wenn dieses Wissen nur schon ausreichen würde.

Eine halbe Stunde später klingelte das Telefon. Ich schaute nach der Nummer und nahm ab.

»Hey, Scott.«

»Ich hab gerade deinen WILS-Eintrag gelesen.«

»Jetzt schon? Meine Güte, die Tinte ist noch nicht mal getrocknet – im übertragenen Sinne gesprochen, meine ich.«

»Das mit Jan und Dean hat dich wirklich mitgenommen, oder?«

Ich seufzte traurig. »Jaaaa.«

»Ich weiß. Mich auch. Ich bin wirklich deprimiert deswegen.«

Ich sagte nichts.

»Willst du, dass ich rüberkomme?«, fragte er. Ich war überrascht, dass er fragte, weil er mir etwas früher am Tag gesagt hatte, dass er sich an den nächsten paar Abenden auf eine Konferenz in Denver vorbereiten müsse.

»Klar«, sagte ich. »Warum? Willst du etwa nicht?«

»Doch, natürlich will ich. Nur ich ... ich weiß nicht. Ich dachte, du wolltest vielleicht alleine sein.«

»Sollte ich wahrscheinlich auch, aber nein. Komm ruhig rüber. Und bring Eiscreme mit.«

»Okay.«

Als er in die Einfahrt fuhr, öffnete ich die Tür, hinter der ich fast die ganze Zeit gestanden und gewartet hatte, und beobachtete ihn, wie er den Fußweg und dann die Veranda hochstapfte, zwei große Packungen Eiscreme von Ben & Jerry's dabei (Cherry Garcia für ihn und Chocolate Chip Cookie Dough für mich). Ich erwürgte ihn geradezu, als ich meine Arme um seinen Hals warf und ihn drückte, die Tür immer noch auf, sodass meine Nachbarn uns sehen konnten. Er drückte mich auch und ich konnte die kalten Eisboxen an meinem Rücken spüren.

Stunden später, in der Dunkelheit meines Schlafzimmers, auf den Schlaf wartend, der dem Sex folgt, sagte Scott mit ganz weicher Stimme, fast genuschelt: »Ich bin froh, dass du denkst, das hier ist eine Beziehung, Eva. Ich will, dass es eine ist.«

»Ich auch«, murmelte ich und schmiegte mich an ihn wie eine Katze an ihren Besitzer.

Ich wollte es wirklich, wirklich, wirklich.

★★★

Überraschenderweise machte niemand viele Kommentare, seit ich Scott und mich auf WILS geoutet hatte, aber die Stimmung im Grounds hatte sich definitiv entspannt. Mir war nicht klar gewesen, wie verkrampft ich versucht hatte, das Ganze so lange geheim zu halten, und wie verkrampft alle getan hatten, als wüssten sie von nichts. Es war, als ob die Luft wieder zum Atmen da war.

Doch wir alle vermissten Jan und Dean. Jan hielt Kontakt zu Tracy, ich glaubte aber, dass keiner von beiden wieder ins Grounds kommen würde, aus Angst, den anderen hier zu sehen. Vielleicht war es aber auch einfach nur zu hart. Nachdem Shaun und ich uns getrennt hatten, habe ich sofort aufgehört, an die Orte zu gehen, zu denen wir immer zusammen gegangen waren.

Seit wir entschieden hatten, den Leseraum zu verschönern, ging Norman jeden Tag die Craigslist durch und schaute nach gebrauchten Sofas und Sesseln. Er und Scott nahmen dann Scotts Pick-up und schauten sich alles an, was vielversprechend klang. Ein ganz schrecklicher Moment war, als sich herausstellte, dass eine der Couchgarnituren mal Jan und Dean gehört hatte. Obwohl sie fast im Neuzustand war und perfekt für den Platz, den wir hatten, nahm Norman sie doch nicht und ich wusste warum: Die Erinnerung war einfach zu schmerzhaft.

Die Renovierung des Leseraums hielt uns alle auf Trab – sowohl Angestellte als auch Gäste halfen mit, ob es nun ums Saubermachen des Bodens ging, darum, die Wände neu zu streichen, bei Garagenverkäufen und auf Flohmärkten nach Teppichen und Ausstattung zu suchen oder einfach nur darum, aus dem Weg zu gehen, wenn es notwendig war. Es war eine Familienangelegenheit. Der Sinn für Gemeinschaft begeisterte mich; ich hatte das an der NCLA gehabt, sowohl als Studentin als auch als Mitglied der Fakultät, und es war schön, genau das Gleiche in vollem Ausmaß auch hier zu spüren.

Nur Kenny vermisste ich immer noch mit jedem Tag, an dem er nicht auftauchte. Ich vermisste unseren unsinnigen Austausch und sein freundliches Lächeln. Ich vermisste es, ihn in seiner Ecke zusammengekauert sitzen zu sehen, mit einem Buch oder seinem Laptop, gleichzeitig von der Gruppe getrennt, aber trotzdem genauso ein Teil von ihr wie Spencer oder Tracy oder Scott oder Minerva. Der Raum schien irgendwie stiller, leerer ohne ihn, obwohl er fast nie irgendeinen Ton von sich gegeben hatte, wenn er da war.

★★★

Das zweite schlimme Ding passierte Minerva.

Es war einer dieser großartigen Herbsttage – die Art, an denen du die Sonne genießen, einkaufen gehen und ein Kürbismuffin essen willst, alles zur gleichen Zeit. Kurz gesagt, ein arbeitsreicher Tag im Grounds. Am frühen Nachmittag hatte der Strom der Gäste noch nicht nachgelassen und ich kaum Zeit gehabt, mir die Fotos von Jans neuem Apartment auf Tracys Blackberry anzuschauen, bevor ich zur Theke zurückeilte, weil Norman mit dem Mixer zu kämpfen hatte.

Ein Mann in einem gut geschnittenen braunen Anzug bestellte einen großen Eis-Mocha mit *Extra-extra-Eis*. Ich vergaß das *Extra-extra-Eis* und war gerade dabei, mich bei ihm zu entschuldigen, als ich sah, wie Minerva hereinschlüpfte. Ich winkte ihr zu, vergaß das *extra-extra* noch mal und machte ihn endlich richtig, bevor ich ihn dem braunen Anzug schuldbewusst als Geschenk des Hauses aushändigte. Währenddessen winkte Tracy Minerva zu sich, damit auch sie Jans Sonnenterrasse bewundern konnte.

»Später«, sagte sie. Während ich den nächsten Gast bediente, sah ich, wie sie sich in den Sessel kauerte, in dem sonst immer Kenny in der äußersten Ecke gesessen hatte, die Füße untergeschlagen wie eine frierende Katze.

Nachdem ich dem Gast einen schönen Tag gewünscht hatte, nahm ich einen Keks der Woche (den, den Minerva *Schokoladen-Orgasmus* getauft hatte), tat ihn für sieben Sekunden in die Mikrowelle und ging zu ihr.

»Hunger?«, fragte ich, als sie nicht hochschaute.

Sie schüttelte den Kopf.

»Schwere Prüfung oder so was?«, versuchte ich es wieder und suchte im Kopf nach Prüfungen, die sie in letzter Zeit erwähnt hatte.

»Nicht jetzt, okay?«, sagte sie, immer noch ohne hochzuschauen.

Sie sah aus wie der sich langsam aufwärmende Tod. Irgendetwas *stimmte nicht.*

»Okay«, sagte ich und versuchte liebenswürdig zu sein. Ich hielt ihr den Teller hin.

»Einen Keks? Es ist *Schokoladen-Orgasmus.*«

»Nein, danke«, antwortete sie, fast mit Kinderstimme.

Keinen Schokoladen-Orgasmus-Keks?

Ich ließ den Keks auf dem Tisch neben ihr stehen und ging zurück zur Arbeit. Wir waren so beschäftigt an diesem Nachmittag, dass ich nicht mitbekam, wie Minerva ging, den Keks unberührt stehen lassend. Als ich nach Hause kam, war ich so fertig, dass ich sie total vergessen hatte, bis ich schließlich meine E-Mails checkte.

E-Mail an: eva@thegrounds.com
Betreff: Wachstumsstörung

Eva,
es tut mir so leid, dass ich das alles bei dir ablade, aber es ist einfach zu viel für mich.

Ich hatte heute meine erste Wachstumsstörung. Praktisch, wie die medizinische Welt alles sterilisiert, oder? *Atmung eingestellt. Wachstumsfehler.* Als würde es das Ganze sauberer machen, weniger herzzerreißend.

Es kam nicht unerwartet, aber es war trotzdem nicht einfach. Fast noch schlimmer, finde ich, ist es, wenn man weiß, dass alles umsonst war. Während ich so dastand, die Assistentin bei dieser Geburt (wenn man es so nennen kann), konnte ich nicht aufhören, an die allererste Geburt zu denken, die ich erlebt hatte. Ich war vier und meine Babysitterin (die gleichzeitig die Managerin unserer Herde war) kam rein, als ich gerade ein Erdnussbutter-Sandwich aß. Sie sagte mir, ich solle raus in die Scheune gehen, denn eine unserer Kühe würde gerade ein Baby bekommen. Und ich erinnerte mich, wie seltsam sich das anhörte. Dachte sie, ich kannte den Unterschied nicht zwischen Babys und Kälbern? Ich nahm einen letzten Bissen, ließ mein Sandwich liegen und machte mich auf den Weg in die Scheune.

Das Erste, was mich traf, war der Geruch. Wie der Geruch einer Geburt. Falls du niemals bei einer Geburt dabei warst, versuche ich mein Bestes, das zu erklären. Es riecht wie stechende, feuchte Erde, mit einem starken Geruch nach Blut, der dir fast den Magen rumdreht. Aber gleichzeitig ist da diese fast fühlbare Aufregung, verschmolzen mit diesem überwältigenden Geruch – beinahe schwindelerregend, sodass ich sogar mit vier Jahren schon wusste, dass da eine starke Kraft entfesselt war in diesem Geruch. Die Kraft des Lebens.

Die Kuh brüllte. Und stampfte und stöhnte und ächzte. Sie zitterte. Ich sah erschrocken meine Mutter an, aber sie hatte noch nicht mal bemerkt, dass ich reingekommen war. Sie war viel zu beschäftigt, mit der Kuh zu sprechen, ihr gut zuzureden, sie zu beruhigen, glaube ich. Das Kalb lag falsch und ich erinnerte mich, dass ich das Erdnussbutter-Sandwich wieder im Mund schmeckte, während ich meiner Mutter zusah, wie sie ihren Arm bis fast zur Schulter in die Kuh steckte, um das Kalb zurückzuschieben und es herumzudrehen. Ich glaube, in dem Moment sah meine Mutter mich. Den Ausdruck auf meinem Gesicht kann ich mir nur vorstellen. Ich erinnere mich, wie sie irgendwas sagte von, zurück ins Haus gehen und vielleicht nächstes Mal. Sie warf mir einen letzten müden Blick zu, bevor sie sich wieder zu der Kuh drehte. Ihr wieder gut zuredete. Sie anflehte, *Honey* nannte und sie bat, es noch ein bisschen mehr zu versuchen.

Ich ging zum Eingang zurück, konnte aber einfach nicht weggehen. Stattdessen blieb ich auf der Türschwelle stehen und beugte mich zurück in die Scheune, unfähig rauszugehen.

Die Kuh kämpfte weniger und weniger. Ihr Brüllen wurde zu Schnaufen und irgendwann lag ihr Kopf einfach im Matsch vor ihr. Ich war zu Tode erschrocken und hatte Angst, wir würden sie verlieren; ich hatte vorher noch nie irgendetwas sterben sehen. Ich war zwar mehr als einmal beim Metzger gewesen (und versteckte mich jedes Mal im Auto – das ist auch noch so ein Geruch, den ich nie vergessen werde), aber ich habe nie irgendetwas tatsächlich sterben sehen. Ich war mir sicher, dass es das hier war.

Am Ende musste meine Mutter hinter der Kuh im Matsch und Mist sitzen, jeweils ein Bein um ihre Hüften gelegt und das Kalb an seinen Hufen herausziehen.

Das Kalb war tot.

Ich glaube, wir wussten es alle von Anfang an. Es sah so klein aus, ganz schief sogar. Und es roch nicht nach Geburt. Es roch nach gar nichts. Es sah einfach nur feucht aus und verlassen. Verloren.

Durch verschwommene Augen sah ich, wie die Kuh ihre zitternden Beine langsam unter sich brachte und sich nicht etwa zu dem entsorgten Kalb wandte, sondern zu meiner Mutter. Sie stupste die Hand meiner Mutter an, brüllte leise und sank wieder auf den

Boden zurück. Es war das Menschlichste, was ich eine Kuh jemals habe machen sehen.

Ich erinnere mich, wie einer unserer Kuhhirten lachte: »Ich glaube, das hier ist eine wirklich dankbare Kuh«, während ich mich von der Türschwelle losriss und ins Haus rannte.

An diesem Abend weigerte ich mich zu essen, und obwohl ich Mom nie fragte, wo das Kalb hinkam, machte ich doch ein Grab am Rande unseres Feldes, mit einem Stock gekennzeichnet. Ich besuchte es jeden Tag, einen ganzen Monat lang, obwohl da gar nichts begraben war.

Und heute stand ich am Eingang, unfähig, irgendetwas anderes zu tun als zuzusehen, wie meine Krankenschwester der Mutter gut zuredete, die wiederum schnaufte und stöhnte und mit all ihrer Kraft kämpfte, obwohl sie wusste, dass es umsonst war. Sie hatte ihr Baby am Tag vorher verloren und die Geburt musste im siebten Monat eingeleitet werden.

Ich erinnere mich kaum an das, was wirklich passiert ist, und ich bin mir noch nicht mal sicher, ob ich es gesehen habe. Ich war zu sehr damit beschäftigt, Geburt und Scheunen zu riechen und meine Mutter zu hören, wie sie der armen, jungen Kuh gut zuredete. Sie war diejenige, die brüllte. Sie war diejenige, die kämpfte. Und am Ende war es kein Menschenkind, sondern ein Kälbchen, das die Hebamme hielt, schief und verlassen und verloren.

Ich wusste, dass eine Wachstumsstörung unvermeidlich war. Ich weiß, dass so was wieder passieren wird. Aber ich kann mir nicht helfen zu denken, dass für alle Babys, denen ich auf die Welt helfe, für all die ersten Atemzüge, die ich hören werde, und all die Leben, die ich entstehen sehe, es nie wieder eines wie dieses geben wird. Und ganz egal, wie viele Sterne am Himmel sind und Menschen auf der Erde, keiner kann dieses eine Leben ersetzen, keiner kann seinen Platz einnehmen. Denn dieses Leben, egal wie flüchtig oder zerbrechlich, war wie kein anderes.

Aber ich nehme an, dass ist das Schöne am Leben: Manchmal ist es eben einfach nicht – schön oder da.

Minerva

Als ich durchgescrollt hatte und am Ende angekommen war, war ich so gefesselt, dass ich noch nicht mal bemerkte, wie mir die Tränen über die Wangen rollten, bis eine auf die Hand tropfte.

Ich saß sprachlos auf meinem Bett und wusste nicht, was ich als Erstes denken sollte. Als wir Kommilitoninnen an der NCLA waren (was sich lange her anfühlte, wie in einem anderen Leben, sogar wie ein Traum), erzählte mir Minerva einmal, dass sie sich nicht für Memoiren interessierte – sie fand das Genre kitschig und sagte, sie würde uns allen einen Gefallen tun. Denn sie wüsste es besser, als davon auszugehen, dass irgendetwas in ihrem Leben wichtig genug sei, um gelesen zu werden.

Ganz offensichtlich hatte sie unrecht. Viele verschiedene Emotionen überrollten mich wie Wellen, als ich ihre E-Mail ein zweites Mal las. Erst war da das Mitgefühl und die Einfachheit der Perspektive einer Vierjährigen, die Hilflosigkeit und der Schmerz, von dieser Erinnerung weggespült zu werden. Dann waren da Verlust, Horror, Trauer, Angst und schließlich die Entbehrung. Ich wollte zu ihrem Apartment fahren, ohne anzuklopfen reingehen und sie in die Arme nehmen, wie eine Mutter ihr Kind, nachdem die Welt es zum ersten Mal enttäuscht hat. Doch es war schon fast elf Uhr und selbst das hätte den hohlen Schmerz, den jede von uns empfand, auch nicht mildern können.

Ich las die E-Mail noch mal, versuchte eine Antwort zu schreiben, schaffte aber nur ein paar Sätze, bevor ich die ganze Nachricht löschte. Die Worte klangen zu banal, zu künstlich, zu geplant. Jeden Versuch löschte ich wieder und versuchte es noch mal.

> Min,
> ich weiß nicht, wo ich anfangen soll. Es tut mir so, so leid. Warum hast du mir das nicht persönlich erzählt

Ich hörte kurz auf. Kein Grund, das arme Mädchen anzugreifen. Ich wusste genau, warum sie mir das vorher nicht erzählt hatte, und das war wahrscheinlich die beste Entscheidung. Ich versuchte es noch mal:

Es tut mir so, so leid. Ich kann gar nicht anfangen, mir auszumalen, wie du dich gerade fühlen musst.

Nein. Tut mir leid am Anfang, reichte nicht und ich *wusste* außerdem, wie sie sich fühlte. Total scheiße. Wie jemand, der gerade zugesehen hat, wie der Tod einen Kampf gewinnt, der niemals fair war.

Liebe Minerva,
du hast recht. Manchmal ist das Leben nicht schön und normalerweise ist es auch nicht fair. Wenn du mal überlegst, manche der schönsten und wertvollsten Dinge der Natur sind die, die so zerbrechlich sind, dass sie selten die kleinsten Veränderungen überleben: bestimmte wilde Orchideen, die Muster der Schneeflocken, Korallen, die nicht mal die sanftesten Berührungen überstehen können.

Ich wünschte, es gäbe etwas, das ich tun oder sagen könnte, damit das ein kleines bisschen besser für dich wird, für diese Familie, sogar für die Krankenschwester, aber du weißt, dass ich es nicht kann. Niemand kann das. Alles, was ich tun kann, ist, für dich da zu sein und das bin ich. (Und wohlgemerkt, das ist kein Abladen. Das ist Trauern. Und ich bin froh, dass du zu mir gekommen bist.)
Auch das hier wird vorübergehen.
In Liebe, Eva

Auf eine Wachstumsstörung konnte keine sprachgewaltige Antwort folgen, entschied ich. Hoffnungslos schloss ich meinen Laptop und ging ins Bett. Ich fühlte mich leer. An die Decke starrend, vermisste ich Scott (er musste ganz früh aufstehen, um nach Denver zu fliegen, deswegen dachte er, es sei besser, wenn er bei sich zu Hause bleiben würde), ich vermisste Jan und Dean, Olivia, meine Eltern. Ich vermisste sogar Kenny.

Am nächsten Morgen vor der Arbeit rief ich an und hinterließ eine Nachricht auf Minervas Mailbox. Sie rief ein paar Stunden später zurück und bestand darauf, dass es ihr gut gehe. Sie bedankte sich für meine Teilnahme, aber ich wusste es besser, als dass ich ihr glaubte.

★★★

Zwei Tage vergingen, bevor sie am Samstagnachmittag wieder auftauchte, Jay im Schlepptau. Ich sah hoch und entdeckte sie am Ende der Schlange, blass und mit Sonnenbrille. Sie starrte die Tafel hinter mir an.

Zögerlich lächelte ich Jay an.

Die Schlange bewegte sich und wie aus einem Trancezustand erwachend, fing Minerva an, in ihrer Handtasche zu kramen. »Ich nehme einen Chai-Smoothie und …«

»Minerva, alles klar?«

Sie schaute mich zuerst an, als ob ich sie beleidigt hätte. Dann sah sie Jay an, nach dem Motto: *Kümmere du dich darum*, und ging zu ihrem üblichen Tisch, mit dem Rücken zur Theke.

Jay seufzte. »Den Smoothie und einen Keks der Woche für sie. Und kann ich einen Erdbeer-Milchshake bekommen?«

Ich kümmerte mich um ihre Bestellung und machte dann mit den Gästen nach ihnen weiter. Als ich eine freie Minute hatte, ging ich zu ihrem Tisch.

»Wie geht es dir?«, fragte ich, meine Stimme voller Mitgefühl. Ich fühlte mich sehr mütterlich.

»Ich schmeiß es hin«, antwortete sie.

Ich schaute sie schockiert an.

»Du meinst Hinschmeißen wie in *Ich schmeiß die Schule hin*? Wie in *Aufhören*?«

Sie nickte nicht und schüttelte auch nicht den Kopf, aber ich wusste die Antwort.

»Min, ich weiß, es ist …«

»Nein, ich bin fertig damit.«

»Wow«, sagte ich. »Scheint ziemlich endgültig zu sein.«

»Weil es das ist«, schnappte sie zurück.

»Meinst du nicht, du solltest eine Weile darüber nachdenken? Noch eine Woche weitermachen? Das Semester beenden?«

Sie starrte mich an, als spräche ich klingonisch.

»Du hast es doch selbst gesagt: Es ist schrecklich und herzzerreißend, aber es wird passieren.« Sie schüttelte ihren Kopf, während ich sprach. »Das heißt doch nicht, dass du aufgeben sollst.«

»Was, das hier wird etwa auch vorübergehen?«, blaffte sie. Ihre Worte, obwohl sie so schnoddrig dahingesagt waren, trafen mich im Magen wie ein Orkan.

Ich schluckte meine Wut herunter, weil ich wusste, dass sie ihren eigenen Schmerz und ihre Trauer auf mich übertrug und rational zu sein versuchte. »Das ist nicht das, was ich meinte, und das weißt du.«

»Eva! Es ist vorbei. Ich kann das nicht machen, verstanden? Ich hab meine Entscheidung gefällt.«

»Na ja, vielleicht solltest du es dir anders überlegen.«

»Wird nicht passieren.«

»Was wirst du denn ansonsten machen?«, fragte ich.

»Keine Ahnung. Vielleicht werde ich Friseurin.«

Mir blieb der Mund offen stehen. »Du machst doch Scherze, oder?«

»Warum nicht? Die sind kreativ und die heilen auch auf ihre eigene Art. Und ich muss nicht mein Erstgeborenes verkaufen, um mir die Ausbildung leisten zu können. Mit den richtigen Kunden kriege ich das, was ich reingesteckt habe, in weniger als einem Jahr wieder raus. Nicht zu vergessen die ganzen tollen Produkte. Das ist jetzt gar nicht so sehr an den Haaren herbeigezogen. Als Teenager wollte ich immer Friseurin werden. Aber die ganzen Berufsberater und meine Mutter haben mir immer wieder gesagt, ich sei zu schlau, zu talentiert, bla, bla, bla ...«

»Vielleicht weil sie recht hatten?«, fragte ich.

»Beleidige Friseure nicht so.«

Später, als sie gerade gehen wollten, brachte Jay sein leeres Milchshake-Glas zum Geschirrkorb.

Ich ging zu ihm. »Jay, du musst mir helfen.«

Er lächelte auf eine Art, die eher Verständnis ausstrahlte als Distanziertheit, und betrachtete seine Frau, wie sie den Tisch abwischte. »Natürlich hast du recht, Eva. Sie wäre eine großartige Hebamme, das wissen wir alle. Und wir haben viel durchgemacht, um bis hierher zu kommen. Aber, weißt du, ich kann nichts machen. Sie ist fertig damit und so sieht's aus.«

Ich fragte mich, wie viele Runden er mitgemacht hatte, bis er so abgeklärt geworden war.

»Was ist, wenn sie in zwei Jahren merkt, dass es doch genau das ist, was sie immer wollte?«

»Dann tut mir der Idiot leid, der mit ihr über die Kurse streiten wird, die sie bereits bestanden hat.«

»Jay, sie hat ein Talent.«

»Ich weiß«, sagte er. Sein Blick wurde ernst. »Aber auf keinen Fall werde ich mitansehen, wie sie sich für jede Wachstumsstörung bestraft, die passieren wird. Und sie gehört nicht zu der Sorte Mensch, für die so was jemals leichter wird. Sie ist nicht wie ihre Mutter und diese Babys sind keine Tiere auf einem Bauernhof.«

»Vielleicht ändert sie ja ihre Meinung«, sagte ich in dem Versuch, sowohl mir als auch ihm ein bisschen Hoffnung zu machen.

»Wird sie nicht«, sagte er traurig.

»Ich weiß.«

Verdammt.

★★★

In den nächsten drei Wochen wartete ich auf die dritte schlimme Sache, die passieren würde. Ich bewegte mich nervös durch die Gegend, wachsam nach Büchern schauend, die unerklärlicherweise aus den Regalen fallen, Kröten, die vom Himmel regneten, Kaffeeverkäufern, die streikten, nach allem möglicherweise Katastrophalem.

Aber nichts passierte.

Minerva bestand darauf, im Laden mitzuhelfen, damit sie irgendetwas zu tun hatte. Sie wusste, dass in dieser Woche die Zwischenprüfungen stattfanden, was bedeutete, dass wir etwas knapp besetzt waren, weil Susanna ihre Stunden reduziert hatte. Minerva sagte mir, ich solle es als *Ehrenamt* verstehen. Für mich fühlte es sich eher wie gebilligte Sklavenarbeit an; schlimmer noch, Sklavenarbeit meiner besten Freundin. Trotzdem wusste ich, dass sie etwas brauchte, das sie ablenkte von Schulabbruch und Wachstumsstörung, außerdem brauchte sie einen weichen Ort zum Fallen. Das Grounds war dieser Ort. Sie machte all die Drecksarbeit – die Toiletten reinigen, die Böden, die Kaffeemaschinen – freiwillig und ohne Widerrede. Und sie war ekstatisch, wenn sie beim Keksemachen helfen konnte. Ihre waren genauso gut wie meine. Fast.

Sie arbeitete gut und hart, wie immer, und ich entschädigte sie damit, dass ich sie ihre eigenen Stunden arbeiten ließ. Was hieß, dass sie für zehn Minuten arbeiten konnte, oder für eine oder vier Stunden. Oder sie konnte einfach rumhängen und Gast sein, doch ich weigerte mich, sie zahlen zu lassen, nicht mal mehr für einen Papierbecher. Im Grunde bestimmte sie völlig unabhängig über alles, was sie im Grounds tat. Sie und Norman hatten ein Älterer-Bruder-jüngere-Schwester-Verhältnis entwickelt und sie liebten es, sich gegenseitig herumzukommandieren. Ich war sowohl erfreut als auch amüsiert zu sehen, wie Minerva sich aus dem Tal der Trauer herausarbeitete, bis eines Nachmittags Jay unangekündigt auftauchte.

Norman hatte Minerva gerade mit einem Handtuch geschlagen, weil sie ihn *Normie* genannt hatte, und sie, immer noch lachend, warf Jay ein lässiges »Hey« über die Schulter zu, während sie sich in die Küche verzog, um ein Tablett Pita-Wraps vorzubereiten.

Jay sah bedrückt aus. Als er sie ein paar Minuten später zur Seite nahm, konnte ich an ihren Gesten erkennen, wie angespannt die Unterhaltung war. Ich ging beiläufig auf sie zu, als Minerva die Hand hob und Jay das Wort abschnitt. »Das ist wunderbar, aber ich habe hier Arbeit zu erledigen.« Er öffnete den Mund, um es noch mal zu versuchen. »Jay, ich habe gesagt, dass ich zu tun habe.

Ich sehe dich heute Abend.« Sie ging zurück in die Küche, ohne Auf Wiedersehen zu sagen.

Ich winkte mit meiner Hand vor seinen Augen, während er ihr hinterherstarrte.

»Jay?«

Er sprang auf und nahm mich da erst wahr. Ich sah in sein Gesicht – verzerrt vor lauter Frust – und ließ die Schultern sinken. Für all den Spaß und die Spielchen, für all ihre Jovialität und Entschlossenheit, wusste ich doch, dass Minerva jemanden verletzte, und wir hatten keine andere Wahl, als sie diesen jemanden verletzen zu lassen. Aber bis zu diesem Moment hatte ich überhaupt nicht daran gedacht, was das in ihrem Ehemann anrichtete.

Ich wünschte, mir würde irgendetwas Passendes einfallen, das ich sagen konnte, um seinen Schmerz ein bisschen zu lindern, aber alles, was mir einfiel, war: »Ist doch alles Mist, oder?«

»Ja«, sagte er leise, »ist es.« Er warf Norman einen letzten giftigen Blick zu, dann ging er, die Hände in den Taschen vergraben, und stieß beim Rausgehen fast mit Dean zusammen.

Dean war zwischendurch ein paarmal hier gewesen, aber nie lange genug, um mit jemandem zu reden. Vielleicht dachte er, wir hätten uns gegen ihn verschworen (obwohl wir wirklich nicht mehr wussten als das, was uns Tracy an diesem Tag gesagt hatte), oder vielleicht wollte er vermeiden, Jan hier zu sehen. Bei seinem letzten Besuch hatte ich ihn zumindest überreden können, sich die Fortschritte, die der Leseraum machte, anzuschauen (ich hatte ein Schild für den Eingangsbereich gemalt, auf dem *Play Grounds* stand, genauso wie eines für das Büro – *Back Grounds* – und *High Grounds* fürs Café) und ich versuchte, ihn dazu zu bewegen, noch zu bleiben und an einer unserer Umfragen teilzunehmen.

»Wir wollen herauskriegen, wer der beste Robin Hood war: Errol Flynn, Kevin Costner, der Typ, der auch in *Die Braut des Prinzen* mitspielte, der Fuchs aus der Disney-Version oder Daffy Duck«, erzählte ich ihm. »Bis jetzt führt Daffy Duck mit drei Stimmen Abstand.« Er schüttelte aber seinen Kopf und ging schnell raus. Vielleicht vermisste er uns genauso wie wir ihn.

★★★

Der neue und verschönerte Leseraum war fertig, um am Ende des Monats offiziell eingeweiht zu werden. Er sah besser aus, als ich es mir je hätte vorstellen können: ein Zweisitzer/Sofa-Set mit einem Wohnzimmertisch, drei hohe Lesesessel und ein Set von Beistelltischchen, die ihm ein bunt gemischtes Wohnzimmer-trifft-Bibliothek-Gefühl gaben. Die Wände hatten wir in einem warmen Muskatnuss-Ton gestrichen (gewagt für Wilmington mit seinem See-Flair) und das Licht, das durch die Fenster hereinschien, machte alles sogar noch wärmer. Wir hatten auch einen Teppich von Target auf den gestrichenen Zementboden gelegt und rahmten die Couch mit zwei restaurierten Bücherregalen ein. Schließlich hatten wir alle elektrischen Steckdosen gecheckt und mehrere Überspannungsschutz-Geräte und Verlängerungskabel gekauft. Auf Normans Laptop prüften wir, ob das WiFi überall im Raum funktionierte. Das Einzige, was es noch zu tun gab, war Bilder aufhängen; wir hatten mehrere Kunstwerke bei hiesigen Künstlern gekauft.

Es war wunderschön. Wir entschieden, die Einweihung zusammen mit einer Halloween-Kostümparty zu feiern.

Vielleicht war die dritte schlimme Sache vorübergegangen, ohne dass es jemand mitbekommen hatte. Vielleicht hatte irgendjemand in einem Meeting Kaffee auf sein Hemd verschüttet. Vielleicht hatte sich jemand mit ein paar Büchern aus dem neuen Leseraum auf und davon gemacht. Aber nach einer Weile hörte ich auf, über die Schulter zu schauen. und ließ die geschäftige Routine des Grounds vorbeituckern wie eine alte Lokomotive.

26

Bender

WIR ERWARTETEN einen ziemlichen Auflauf bei unserer Halloween-Kostüm-Leseraum-Wiedereröffnungsparty: Susanna hatte Flyer überall auf dem Campus verteilt, Scott hatte einen Podcast installiert und wir hatten es auf Facebook angekündigt. Ich hatte es sogar auf WILS erwähnt und berichtet, dass es Single-sichere Zone sei – keine Begleitung erforderlich. Wir versprachen kostenlosen Vanille-Chai und Kekse, Gutscheine für Gratis-Kaffee, ein Gewinnspiel mit *Ich verschütte meine Bohnen im Grounds*-Artikeln und ein *Open Mic*-Event am Abend.

Norman und ich waren ununterbrochen damit beschäftigt sicherzustellen, dass wir von allem genug hatten, und baten Minerva, den ganzen Tag gegen volle Bezahlung zu arbeiten (Susanna konnte wegen der Uni nur ihre übliche Vier-Stunden-Schicht arbeiten). Selbst Scott bot an einzuspringen.

Der Laden platzte aus allen Nähten. Nicht nur, dass uns der Chai ausging, der ausschließlich für die Eröffnungsparty gedacht war, sondern auch unser üblicher Vorrat. Als Ersatz machte Norman Punsch. Die Kekse wurden bis auf den allerletzten Krümel vertilgt. Leute bettelten um kostenlose T-Shirts oder Kappen. Zwei hiesige Schriftsteller buchten Lesungen für Januar. Drei Leute fragten, ob sie private Partys hier feiern könnten. Sogar ein Kritiker der *Wilmington Weekly* tauchte auf und sah sich den Laden an (und natürlich bekam *er* ein T-Shirt).

Ich lächelte so viel, dass mir der Kiefer wehtat.

Der Laden war mit künstlichen Spinnweben und einer Menge schwarzer Tücher dekoriert. Kleine schwarze Hexenkessel voller Candy Corn standen auf jedem Tisch und ein sprechendes Skelett bewachte die Tür. Norman und ich hatten uns als Wonder Twins verkleidet, Susanna war Raggedy Ann und Minerva und Jay waren Prof. Dr. Honigtau Bunsenbrenner beziehungsweise Beaker. Minerva hatte eine Brille mit silbernem Rahmen und zwei Laborkittel ausgegraben und übersetzte den ganzen Tag lang Jays *»Mi, Mi, Mi«*. Es war das erste Mal seit dem Cici-Zwischenfall, dass sie wieder Spaß miteinander hatten. Die Originale und Stammgäste hatten auch riesigen Spaß. Ed Rush und die Hälfte der NCLA erschien, Fakultätsmitglieder zusammen mit Studenten, manche sogar verkleidet. Ich hatte einige meiner früheren Kollegen eine Zeit lang nicht getroffen und es war schön, sie wiederzusehen, trotz der Tatsache, dass ich einen Turnanzug mit aufgebügeltem *J*, einen Rock, kniehohe Stiefel – alles in Lila – und Spock-Ohren trug. Selbst Jan und Dean kamen getrennt voneinander vorbei und ich fragte mich wirklich, ob sie ihre Zeiten aufeinander abgestimmt hatten.

Als ich gegen vier Uhr mit dem Nachschub an Chai und Shortbread-Keksen in Kürbisform aus der Küche zurückkam, sah ich Shaun im Leseraum herumlaufen. Ich erstarrte und ließ fast die Kanne und die Platte fallen, als wir uns sahen. Das erste Mal seit meinem Zusammenbruch vor der Jeanette, die diesmal nirgendwo zu sehen war. Zum Glück war Minerva direkt neben mir und nahm mir die Platte ab. Sie schaute Shaun im Vorbeigehen kühl an, als er auf mich zukam.

»Was machst du denn hier?«, fragte ich.

»Bin den Massen gefolgt«, sagte er.

»Du würdest also auch von der Brooklyn-Brücke springen, wenn alle anderen das machten?«

»Kopfüber.«

Ich freute mich einfach, als er lächelte.

Shaun schaute sich um. »Das ist wirklich beeindruckend.«

»Danke.«

»Hätte mir nie vorstellen können, dass das hier so aussehen könnte. Und du hast alles selbst gemacht.«

»Lass das bloß nicht all die anderen hören, die geholfen haben.«

»Ich meine nicht das«, sagte er und zeigte durch den Raum. »Ich meine *das.*« Er streckte die Hände aus, als würde er zwanzig Pfund schwere Gewichte in ihnen halten. »Alles das hier. Vom ersten Tag an. Ich könnte das alles nicht. Es ist so anders als die akademische Welt.«

»Nicht wirklich«, sagte ich. »Ich sehe fast die gleichen Leute. Es gibt nur keine Hausaufgaben und Korrekturen.«

»Vermisst du es nicht? Niemals?«

»Nein, nicht wirklich. Witzig, dass du es erwähnst. Ich vertrete nämlich nächstes Semester eine Professorin im Mutterschutz. Mein alter Kurzgeschichtenkurs.«

»Das ist fantastisch!«

Sein Ton kam irgendwie gönnerhaft rüber. Aber andererseits, es war ein langer Tag für mich in spitzen Stiefeln.

»Tja, also, ich muss zurück zu den Gästen.«

Er blinzelte für eine Sekunde, als hätte ihn jemand mit Wasser vollgespritzt. »Natürlich musst du. Entschuldige, dass ich dich aufgehalten habe.«

»Danke fürs Kommen«, sagte ich und ging zurück. In dem Moment kam Scott auf mich zu, nahm mein Gesicht in beide Hände und küsste mich heftig.

»Hey, Baby«, sagte er, als er mich wieder losließ. Aus den Augenwinkeln sah ich, dass Shaun Scotts Kostüm mit einer Mischung aus Verwirrung und Abscheu betrachtete. Er war als Bender verkleidet, der Roboter aus der Zeichentrickshow *Futurama*, komplett mit grauer, langer Unterwäsche und Kapuze unter einem grauen Plastikmülleimer, ein Tischtennisball an einer Sprungfeder als Antenne auf dem Kopf und mit Taucherbrille. Kurz gesagt, ein Desaster.

Scott schaute Shaun trotzig an, als wollte er sagen: *Sie gehört mir,* und streckte die Hand aus. »Alles klar, Kumpel.« Shaun schüttelte seine Hand und Scott ließ seinen Arm weiter um mich gelegt, während ich kochte. Ich hasste es, wenn man mich *Baby* nannte, und die Demonstration von Machismo war einfach zu viel.

Shaun drehte sich zu mir und sagte mit unverhohlenem Sarkasmus: »Ja, du bist ganz offensichtlich beschäftigt. Ich lass dich wieder an die Arbeit gehen.«

Kaum war er weg, nahm ich Scotts Arm und entfernte mich von seiner grauen Umklammerung, dann schaute ich ihn angewidert an.

»Was zum Teufel sollte das?«, fragte ich.

»Was zum Teufel sollte *das*?«, gab er zurück und zeigte in Shauns Richtung, durch seine Taucherbrille starrend. »Warum redest du immer noch mit diesem Versager?«

»Erstens ist er kein Versager. Zweitens solltest du mich jemals wieder *Baby* nennen, wirst du dein Essen eine Woche lang durch einen Strohhalm essen müssen, verstehst du?«

»Du bist also immer noch nicht über ihn hinweg, stimmt's?«

»Eifersucht steht dir nicht, Scott.«

»Ist doch egal, Kumpel.«

»Nenn mich noch mal *Kumpel* und es werden *zwei* Wochen.«

Er sah aus, als wollte er irgendetwas schlagen.

»Ich wette, wenn Norman gekommen wäre, um dich zu retten, hätten deine Wimpern voller Bewunderung gezittert.«

»Retten? Welche Rettung? Glaub nicht mal für eine Sekunde, dass ich von irgendjemandem Hilfe gebraucht hätte. Und lass Norman aus dem Spiel.«

»Okay, du bist heute für dich allein«, sagte er. Die Tischtennisball-Antenne flog von einer Seite auf die nächste bei jedem Schritt, den er machte, als er rausstürmte. Ich rollte mit den Augen und ging wieder meinen Gastgeberpflichten nach.

Nach ein paar Minuten schlängelte sich Minerva zu mir durch. »Alles in Ordnung?«

»Nur zwei weitere Erinnerungen, warum ich das Singleleben liebe, Min«, sagte ich, nachdem ich ihr alles erzählt hatte.

Sie hielt den Mini-Pappbecher mit Vanille Chai hoch und prostete mir zu. »Darauf trinke ich. Auf dich sowieso.« Nachdem sie das Getränk runtergeschüttet hatte, sagte sie: »Ist das der falsche Zeitpunkt, dir zu sagen, dass ich Bender niemals wieder mit den gleichen Augen sehen werde?«

»Ich auch nicht.«

Norman tauchte auf, nachdem Minerva gegangen war, in der Hand zwei Minibecher mit Punsch, und ich hoffte, dass dies nicht der Anfang einer Empfangsleitung der ganzen Originale sein würde, die mich fragten, ob mit mir alles okay sei, ob Scott und ich gerade Schluss gemacht haben, ob ich irgendwas mit dem Design und der Gestaltung seines Kostüms zu tun habe und so weiter.

»Wie hältst du dich so, Kleine?«, fragte Norman und gab mir einen Becher. Witzig, mich so zu nennen, wenn man bedenkt, dass ich älter als er war. Ich fragte mich, ob er wusste, dass Olivia mich immer so genannt hatte.

»Wir haben einen unserer freiwilligen Helfer verloren«, sagte ich.

»Kein Problem. Er war sowieso keine große Hilfe. Gab mehrere Gratisproben an immer dieselben Gäste. Außerdem hat er sie erschreckt mit seiner Taucherbrille. Armer Bender.«

»Kein Wunder, dass wir nicht mehr genug Nachschub haben. Idiot …«, murmelte ich. Norman warf seinen Kopf in den Nacken und lachte laut. Was bemerkenswert war, wenn man bedenkt, dass er Spock-Ohren trug und ein helllilafarbenes T-Shirt mit einem *Z* drauf über einem langärmligen dunkellilafarbenen Shirt und Bluejeans. (»Auf gar keinen Fall bringst du es fertig, dass ich einen lila Turnanzug trage«, hatte er gesagt.«) Den ganzen Tag hatten ihn die Gäste für Sheldon aus *The Big Bang Theory* gehalten statt für Zan, was aber für Norman völlig in Ordnung war.

»Kannst du dir vorstellen, wir hätten für den ganzen Scheiß heute hier Geld verlangt?«, fragte er mit gedämpfter Stimme.

»Dann würden wir uns jetzt einen leeren Raum anschauen«, sagte ich.

»Vielleicht. Oder vielleicht hätten wir den Laden dichtmachen können und uns auf die Fidschis absetzen können.«

»Was ist das mit dir und den Fidschis?«, fragte ich.

»Ein Wunschtraum«, sagte er.

»Mach ihn wahr und ich könnte dich beim Wort nehmen.«

Wir schauten uns in die Augen und wussten, was kommen würde. Dann stießen wir unsere Fäuste gegeneinander. »WONDER TWIN POWERS: ACTIVATE!« Dann stießen wir mit unseren Bechern an und schütteten unseren Punsch wie Schnäpse herunter.

Nach dem *Open Mic* löste sich die Menge schließlich langsam auf, ungefähr eine Stunde vor Feierabend. Ich lehnte über der Kaffeetheke und ruhte den Kopf kurz auf den Armen aus. Jeder einzelne Muskel meines Körpers war so gut wie am Ende. Minerva trat von hinten an mich heran, legte ihre Hände zwischen meinen Nacken und meine Schultern und knetete mich heftig. Ich hob den Kopf.

»Au! Himmel, Min! Was machst du da, den Affengriff im Nacken oder was?«

»Das fühlt sich gleich gut an. Ich habe das in meinem Kurs gelernt.«

»Bringen sie euch so was in der Hebammen-Einführung *Midwifing 101* bei?«

»Weichteile-Manipulation.«

»Was so viel heißt wie Affengriff …«

»Massage.«

»Im Ernst, das bringen sie euch bei?«

»Es war ein Wahlfach. Das ist gut für die Mütter, wenn sie in den Wehen liegen.« Sie machte weiter mit ihrer Behandlung und ich lehnte mich zurück und schloss die Augen.

»Ich bin froh, dass du heute hier warst, Min. Und ich kann dir nicht genug danken für deine Hilfe. Du solltest mich verklagen für das, was ich dir heute bezahle.«

»Ich hätte es auch umsonst gemacht. Ich weiß nicht, wann es passiert ist, aber das Grounds ist irgendwie auch zu meinem Baby geworden.«

Ich öffnete meine Augen und drehte mich zu ihr. »Betrachte dich als ehrenamtliche Patentante«, sagte ich. Sie lächelte dieses Lächeln der stillen Genugtuung. Dieses Minerva-Lächeln. Dann schaute sie an mir vorbei und ihre Augen leuchteten hinter ihrer Dr.-Honigtau-Bunsenbrenner-Brille in kindlicher Aufregung auf.

Ich drehte mich herum, um zu sehen, worauf sie ihren Blick gerichtet hatte.

Kenny.

Sie rannte um mich herum und sprang ihm geradezu in die Arme. Er trug ein schwarzes Thermo-Unterhemd an, eine Baseballkappe und ausgebleichte Bluejeans. Er lachte und drückte sie fest, während er seinen Blick auf mich richtete. Ich ging langsam auf ihn zu, meine Gelenke knackten bei jedem Schritt.

»Alles klar bei dir, Jayna?«, sagte er zu mir.

»Kenne ich dich?«, fragte ich mit gespieltem Ernst.

»Du siehst aus, als hättest du zwanzig Runden mit einer Cappuccino-Maschine gekämpft.«

»Und verloren«, fügte Minerva hinzu. »So?«, sagte sie zu Kenny und boxte ihn spielerisch in den Oberarm. »Was gibt's? Wo warst du, Fremder?«

»Ja«, sagte ich und versuchte, ganz lässig zu klingen. »Was führt dich hierher?«

»Ich hatte gehofft, du hättest dich als ein Robert-Palmer-Girl verkleidet.«

Ich konnte mir den pinken Farbton nur vorstellen, in den sich mein Gesicht verfärbte. Kenny schaute mich weiter an.

»Du hast eine teuflisch gute Mega-Party verpasst«, sagte ich.

»Nee, ich war früher schon mal hier – du warst zu beschäftigt, die Gastgeberin aller Gastgeberinnen zu sein.«

»Und du bist nicht gekommen, um Hallo zu sagen? Ich bin beleidigt.«

»Im Ernst, du warst wirklich total beschäftigt.«

Hatte er die Unterhaltung mit Shaun mitgekriegt oder die Auseinandersetzung mit Scott? Oder beides?

»Der Laden sieht großartig aus, Eva. Da kannst du echt stolz drauf sein.«

Meine müden Augen leuchteten auf. »Danke.«

Er deutete auf eine Seite meines Kopfes. »Dein Ohr ist abgefallen.«

Ich wich zurück, suchte nach dem übrig gebliebenen Spock-Ohr und nahm es ab. »Danke.«

Er drehte sich zu Minerva. »Hey, kann ich kurz mit dir reden?«

Sie hob eine Augenbraue. »Sicher.«

Er nahm sie am Arm und zog sie in seine alte Ecke. Es juckte mich, von ihren Lippen abzulesen, und ich beobachtete ihre geflüsterte Unterhaltung. Er gab ihr ein Stück Papier und einen Stift; sie kritzelte irgendetwas drauf und gab es ihm zurück. Ich tat so, als wäre ich damit beschäftigt, Sessel zurechtzurücken, als sie zurückkamen.

»Ja, also, ich muss los«, sagte Kenny. »Tut mir leid, dass ich nur so kurz Zeit hatte.«

»Ist schon okay«, log ich. »Macht ihr beiden irgendwelche Geschäfte?«

Klang ich genauso eifersüchtig, wie ich war?, fragte ich mich.

»Ja. Danke, Min«, sagte er zu Minerva.

Min? Er nannte sie Min?

»Kein Problem«, sagte sie. »Wir sehen uns, Kenny.« Er schaute mich an, während er sie noch mal umarmte, eine Flut von Worten in seinen Haselnuss-Augen, aber ich konnte sie genauso wenig entschlüsseln, wie ich vorher von ihren Lippen hatte lesen können.

»Wir sehen uns«, sagte er. Ich wusste nicht, ob die Worte für sie oder mich oder für uns beide bestimmt waren.

»Danke fürs Kommen«, sagte ich wie automatisch.

»Das hätte ich für nichts in der Welt verpasst.« Ich beobachtete ihn, wie er Norman in die Hand klatschte, bevor er ging. Dann drehte ich mich zu Minerva, die Hände in die Hüften gestemmt.

»*Min?«,* sagte ich.

»Was?«, gab sie zurück.

»Ich glaube, noch nicht mal Jay hat dich jemals Min genannt.«

Sie ahmte mich nach und stemmte ebenfalls die Hände in die Hüften. »Ehrlich, Eva, glaubst du, du besitzt die Rechte daran?«

»Was wollte er denn?«

»Er wollte wissen, ob ich ihm einen Grafikdesigner empfehlen könnte, und ich gab ihm die Nummer meiner Freundin, die das Design für die ganzen Grounds-Sachen gemacht hat.«

In der letzten Sekunde wich sie schließlich meinem Blick aus und ich fiel sozusagen über sie her.

»Und warum musste er dich das außer Hörweite fragen?«

»Er wollte nicht erklären müssen, warum er die Nummer wollte.«

»Hat er es *dir* erklärt?«

»Nicht direkt. *Neues Projekt* war alles, was er gesagt hat.«

»Und hast du ihm ihre Nummer gegeben?«

»Na ja, eigentlich habe ich ihm meine Nummer gegeben und ihm gesagt, er soll mich später anrufen, damit ich sie ihm dann geben kann.«

Minerva war so eine schlechte Lügnerin. Warum wollte er *wirklich* ihre Nummer? Minerva und Kenny waren immer freundlich miteinander gewesen, wann immer er hier im Café war, aber nicht mehr. Vielleicht wollte er einfach nur mal wieder mit ihr reden. Aber warum dann die Heimlichtuerei?

Für einen kurzen Moment zog ich die Möglichkeit in Erwägung, dass die beiden eine Affäre miteinander anfangen könnten. Abgesehen von ihrem scherzhaften Umgang heute, war es ziemlich offensichtlich, dass es in der Brunswick-Ehe zurzeit nicht sehr rosig aussah. Ich nehme an, jede Ehe geht durch Höhen und Tiefen, und es sah so aus, als wären Min und Jay in letzter Zeit durch Tiefen und wieder Tiefen gegangen.

Nein. Sie würde Jay niemals betrügen. Nicht mit Kenny oder irgendjemand anderem. Ich schimpfte mich selbst, diesen Gedanken überhaupt in meinen Kopf gelassen zu haben.

Fünf Minuten bevor wir schlossen, saßen Norman und ich erschöpft auf einem der neuen Sofas, ich hatte meinen Kopf auf seine Schulter gelegt, während der letzte Gast langsam ging. Minerva ließ sich neben Norman fallen. In dem Moment erschien Jay.

»Mi, Mi, *Mi*..«

Minerva zog den Atem ein und stand unter großer Anstrengung auf.

»Jay will nach Hause.«

Schließlich, nachdem ich die Türen geschlossen und verriegelt hatte, drehte ich mich um, lehnte mich gegen sie und sah Norman an.

»Ich kann heute Nacht auf keinen Fall mehr aufräumen oder die Kasse machen«, sagte ich. »Lass uns den Laden einfach in die Luft sprengen.«

27

Gib's zu

ZUM GLÜCK HATTE SUSANNA ANGEBOTEN, das Grounds am nächsten Morgen aufzumachen, nachdem wir am Tag zuvor alle eine hammerharte Schicht geschoben hatten. Norman schleppte sich um zwölf Uhr rein und ich kam gegen zwei. Minerva kam überhaupt nicht. Man hätte meinen können, wir wären die ganze Nacht trinkenderweise unterwegs gewesen, so wie wir unsere Körper durch die Gegend schleppten, Aspirin einwarfen und die Gäste baten, langsam zu sprechen.

»Ich werde langsam zu alt für diesen Scheiß«, flüsterten Norman und ich uns den ganzen Tag zu.

Scott kam am späten Nachmittag. Ohne sein dämliches Kostüm sah er ein kleines bisschen besser aus. Um die Wahrheit zu sagen, er sah teuflisch schlecht aus – die Haare verfilzt, die Augen blutunterlaufen, das Gesicht unrasiert und finster und sein Hemd verknittert. Wir hatten seit unserem Streit auf der Party nicht mehr miteinander gesprochen. Ehrlich gesagt, hatte ich die meiste Zeit, die seitdem verstrichen war, geschlafen, er aber hatte eine Nachricht auf der Mailbox hinterlassen und mir zwei Textnachrichten geschickt.

»Hey, Eva«, sagte er.

»Was gibt's«, antwortete ich und vermied dabei, ihm in die Augen zu sehen.

»Du hast gar nicht zurückgerufen.«

»Ich wusste gar nicht, dass du angerufen hast«, log ich.

»Ich habe Nachrichten hinterlassen.«

»Ich bin in ein Koma gefallen, kaum dass ich zu Hause war.«

Er wollte gerade hinter die Theke kommen, als er den tödlichen Blick sah, den ich ihm zuwarf – abgesehen von Minerva durfte *niemand* ohne Einladung hinter meine Theke. Noch nicht mal Gott persönlich.

»Hör mal, kann ich nicht mal mit dir alleine reden, ohne dass die ganze verdammte Welt uns zuhört?«

Ich guckte verärgert zu Norman, hob die Augenbrauen und entschuldigte mich. Dann ließ ich Scott ins Büro.

»Du scheinst zu vergessen, dass das hier mein Geschäft ist«, sagte ich mit gedämpfter Stimme. »Dass ich hier *arbeite*. Ich kann nicht einfach nach Lust und Laune alles stehen und liegen lassen für dich.«

»Du machst das für jeden anderen auch.«

»Lass uns jetzt nicht damit anfangen.«

»Ich will ja auch nur Entschuldigung sagen, okay? Das war doof von mir gestern. Aber verdammt, es macht mich verrückt, wenn ich dich mit ihm reden sehe.« Ich brauchte eine Weile, bevor ich verstand, wen er mit *ihm* meinte.

»Du meinst Shaun?«

»Wen sonst?«

»Du hast keinen Grund, eifersüchtig zu sein, Scott. Es ist schon lange vorbei mit Shaun. Das weißt du.«

»Du verdienst was viel Besseres als ihn.«

»Ich hab was Besseres als ihn.«

Was Scott nicht wusste, und das war traurig, war die Tatsache, dass ich dabei nicht an ihn, sondern an Minerva und Jay, Norman, die Originale und Olivia dachte. Darüber hinaus war ich unfähig, nicht ununterbrochen an Kenny zu denken. *Dieser Blick*, mit dem er mich angesehen hatte, bevor er ging.

»Ist alles wieder okay bei uns?«, fragte Scott.

»Ja«, sagte ich mit einem Anflug von Zärtlichkeit. »Jetzt lass mich wieder zurück an die Arbeit gehen, bevor ich unter meinen Schreibtisch krabbele und einen Mittagsschlaf halte.«

Zu meiner Überraschung ging Scott, während ich noch in der Küche war. Als ich rauskam und sah, dass er gegangen war, schaute ich zu Norman.

»Sagte, er hätte noch zu tun.« Dann schaute er mich an, als wollte er sagen: *Alles okay?*

Ich nickte und rollte mit den Augen.

»Er hätte dir wenigstens ein paar Blumen mitbringen können«, sagte Norman.

Ich lachte laut auf.

Verabredungsregeln Nachtrag: Regel 7:
Männlich oder weiblich, es ist kein Klischee, seinem Schatz nach einem Streit Blumen mitzubringen. Margeriten wären richtig. Oder eine einzelne Rose. Oder einer dieser Sträuße, die man im Supermarkt kaufen kann. Es ist nicht so sehr die Tat selbst als der Gedanke, der dahintersteckt. Es ist schwer, beim Anblick von Blumen nicht zu lächeln. Falls du nicht etwas monumental Dummes getan hast, wie Betrügen oder eine Straftat zu begehen, sind Blumen immer sehr gern gesehen.

Doch leider zählt die nachträgliche Idee dazu nicht. Wenn der Moment vorbei ist, ist er vorbei. Hebt es euch fürs nächste Mal auf. Oder noch besser, seht zu, dass es kein nächstes Mal gibt.

★★★

Unsere große Wiedereröffnungsparty des neuen und verschönerten Leseraums hatte neue Kunden angelockt, während die Originale und Stammgäste unser festes Inventar blieben. Minerva half immer noch zweimal die Woche aus und machte außerdem, trotz meiner Versuche, es ihr auszureden, Pläne, auf eine Friseurschule zu gehen. Sie besaß bereits ein Paar guter Haarschneidescheren und hatte Jays Haare geschnitten, seit sie sich kannten. Ganz nach ihrer Art, informierte sich Minerva gründlich über alle Schulen im mittleren und südöstlichen Carolina, besuchte jede einzelne und verglich Kosten und Angebote und Jobaussichten nach dem Abschluss. Das Aveda-Institut in Chapel Hill war ihr Favorit, doch sie wusste, dass sie dafür umziehen musste, und obwohl Jay anbot, mit ihr wegzuziehen, wollte sie nicht. Sie befragte örtliche Salon-Besitzer, um herauszufinden, welche Schule diese bevorzugten und warum (und fing sogar an, in einem dieser Salons für zwei Tage die Woche als Rezeptionistin zu arbeiten), bevor sie sich für die *Carolina Cosmetology School*, drei Orte entfernt, entschied. Sie meldete sich für die kommende Ausbildungsrunde an, die in zwei Monaten begann, was ihr eine Menge Zeit gab, ihre Meinung noch mal zu ändern, ohne ihre Anzahlung zu verlieren, wie ich ihr versicherte. Sie *schien* sich aber sicher zu sein. Sie war fest entschlossen, zumindest das.

Während sie sich auf ihren baldigen Aufbruch und ich mich auf meinen Uni-Job in ein paar Monaten vorbereiteten, verpflichtete sich Norman dazu, eine neue Vollzeitkraft einzustellen – was schon lange fällig gewesen war. Er war unglaublich penibel bei der Suche nach der *richtigen* Person, was ich gut fand. Außerdem hatte er angefangen, sich mit einer Frau zu treffen, die er auf der Halloween-Party kennengelernt hatte: Jeannie mit den Jimmy Choos, wie wir sie nannten. Um genau zu sein, war sie die gnadenlos schöne Jeannie mit den Jimmy Choos. Die Männer konnten nicht aufhören, ihre langen Beine anzustarren und die Frauen ihre Schuhe. Sie war zu der Mikrofon-Show gekommen und hatte alle mit einer kurzen Südstaaten-Kurzgeschichte vom Hocker gehauen, sodass sich jeder vor Lachen bog. Minerva und ich mochten Jeannie sehr viel mehr als Samurai – sie war schlau, frech und stylisch, also gaben wir Norman unseren Segen.

Scott und ich holten nach, was wir nach der Konfrontation mit Shaun verpasst hatten, und kehrten zu unserer üblichen Routine zurück: nach der Arbeit zusammen rumhängen, vor allem DVDs von Netflix gucken und danach ins Bett gehen. In letzter Zeit schlief ich immer völlig erschöpft nach der Hälfte des Films ein. Scott schien das aber nie was auszumachen. Er hielt mich weiter im Arm, während ich meinen Kopf auf seine Schulter legte, und oft trug er mich ins Bett (es sei denn, es war einfacher, mich auf der Couch liegen zu lassen) und gab mir einen Gutenachtkuss auf die Stirn.

Das Geschäft lief glänzend. Meine Freunde waren zufrieden. Meine Beziehung lief wieder in normalen Bahnen. Kurz gesagt, alles war einfach bestens.

Alles außer mir selbst.

»Ich bin einfach nur fertig«, sagte ich eines Tages zu Minerva, als wir während einer Pause am Tisch saßen und am selben Blaubeermuffin knabberten.

»Glaubst du, dass ich einfach nur ausgebrannt bin?«, fragte ich.

»Vielleicht hast du einen zu niedrigen Eisengehalt oder so was«, erwiderte sie. »Wann war das letzte Mal, dass du dich hast untersuchen lassen?«

»Ungefähr vor sechs Monaten.«

»Dann solltest du mal wieder gehen. Geh zu dem Labor, wo ich mein Praktikum gemacht habe. Das waren die Einzigen, bei denen ich mir Blut abnehmen lassen konnte, ohne danach grün und schwindelig zu werden.«

Ich schob den Muffin-Teller zu ihr rüber, weil ich genug hatte.

»Du könntest schwanger sein«, schlug sie vor.

»O bitte, sag so was nicht. Noch nicht mal im Scherz.«

»Wann war das letzte Mal, dass du, du weißt schon, deine monatliche Rechnung bekommen hast?«

Ich lachte. »Ist das ein offizieller medizinischer Ausdruck? «

»Also?«

Ich würdigte ihre Frage mit keiner Antwort. »Was, wenn es gar keine körperliche Sache ist?«

Minerva neigte den Kopf so, dass sie mich über den Rand ihrer Hornbrille anschauen konnte anstatt durch die Gläser.

»Eva, kann ich dich was fragen, ohne dass du sauer auf mich wirst?«

Natürlich zog sich bei einer solchen Frage mein Innerstes zusammen, während ich mich grade aufrichtete. »Würde es dich abhalten, wenn ich Nein sagen würde?«

»Bist du glücklich mit Scott?«

»Was meinst du?«

»Du weißt schon, was ich meine. Es scheint so, als würdest du seit dem ersten Tag mit ihm nur so tun als ob.«

Trotz ihres sanften Tons und ihres besorgten Blicks fühlte ich mich angegriffen.

»Was denn, soll ich etwa irgendeinen schnulzigen Ich-bin-so-verliebt-Ausdruck auf mein Gesicht gekleistert haben, und das vierundzwanzig Stunden am Tag, sieben Tage die Woche?«

Minerva schaute mich nüchtern an. »Ähm, ja.«

Ich zerknüllte die Serviette, mit der ich rumgespielt hatte, und schmiss sie neben den Teller. »Du weißt doch, dass ich entschieden habe, dass dieses ganze *Romantik*-Gehabe überbewertet wird. Geht sowieso vorbei. Keine Romantik hält wirklich an. Zeig mir ein Paar, dass immer noch genauso romantisch ist wie am ersten Tag.«

Sie streckte die Hand aus, als sollte ich sie schütteln. »Minerva Brunswick, nett, Sie kennenzulernen.«

Ich weigerte mich, ihre Hand zu nehmen, und schaute sie skeptisch an. Ich fragte mich, ob sie die offensichtliche Spannung zwischen sich und Jay ignorierte, leugnete oder mir einfach nur etwas deutlich machen wollte.

»Ich meine, ein langjähriges Paar«, sagte ich. »So ab zwanzig Jahren. Wusstest du, dass meine Eltern es fast nicht so lange gemacht hätten? Und zwar aus genau diesem Grund. Meine Mutter sagte, wenn die Romantik stirbt, stirbt auch die Ehe. Und ich dachte, wie absolut blöd das ist. Als sie ihn heiratete, kannte sie meinen Vater noch nicht mal gut genug, um zu wissen, ob er ein guter Freund sein würde. Sie musste erst krank werden, damit sich beide noch einmal ganz neu ineinander verliebten und herausfinden konnten, wer sie eigentlich wirklich waren. Deswegen suche ich vor allem nach einem besten Freund. So wie du und Jay es seid.«

Minerva schaute mich sehr genau an.

»Wow«, sagte sie in ernstem Ton. »Das erklärt vieles.«

»Erklärt was?«

»Ich habe das bisher nie auf diese Art gesehen.«

»Wie hast du es denn gesehen?«, fragte ich.

»Ich dachte, er hätte ein erstklassiges Gedicht vorgetragen. Und ich dachte, er wäre attraktiv.«

»Ja, Himmel, Min, das erklärt natürlich alles. «

Minerva sah auf ihre Uhr. »Pause ist vorbei.«

Frustriert ging ich wieder hinter die Theke, unfähig, das tödliche Gewicht, das sich während unserer Unterhaltung auf meinen Magen herabgesenkt hatte, zu verdrängen. Ungefähr eine Stunde später, bevor sie ging, kam Minerva aus dem Leseraum hinter die Theke.

»Übrigens, Kenny sagt schöne Grüße.«

Das Herz klopfte mir bis zum Hals. Seit der Party war er wieder in der Versenkung verschwunden und ich musste all meine Entschlossenheit zusammennehmen, sie nicht nach seiner Nummer zu fragen und ihn selbst anzurufen.

»Wann hast du mit ihm gesprochen?«, fragte ich. Es war mehr eine Befragung als eine Frage.

»Er hat mich angerufen«, antwortete sie.

»Ihr beide seid in letzter Zeit ziemlich vertraut geworden.«

»Er ist ein Freund.«

»Er wäre auch einer von mir, wenn er wieder in den Laden kommen würde. Was ist, hat er einen Starbucks gefunden, der ihm besser gefällt?«

Sie schauderte. »Igitt. Nein, er hat nur wirklich viel zu tun. Er will ein neues Geschäft gründen.«

»Also, wenn er mir davon erzählen will, kann er ja herkommen, um darüber zu reden«, sagte ich und versuchte diesmal noch nicht mal, meine Enttäuschung zu verbergen.

Minerva sah mich mit einem verschmitzten Blick an. »Gib's zu. Du magst ihn. Gesteh's dir einfach mal ein und mach was daraus.«

Mir blieb der Mund offen stehen. Bevor ich überhaupt einatmen konnte, kam Scott auf uns zu, und ich war froh, dass er mich zur Begrüßung nicht küssen wollte.

»Wie geht's denn so?«, fragte er, nachdem Minerva gegangen war. Zur Antwort zuckte ich mit den Schultern.

»Müde«, sagte ich, enttäuscht von meiner eigenen Berechenbarkeit. »Wie immer.«

Ich machte seine Bestellung fertig und brachte sie an seinen Tisch.

»Hey, warum gehen wir heute Abend nicht irgendwohin essen, wenn ich hier fertig bin und geduscht habe«, schlug ich vor. »Das haben wir seit Ewigkeiten nicht mehr gemacht.«

»Heute ist Donnerstag, Eva. Unser Müssen-wir-sehen-Fernsehabend? Neue Folgen von *The Office* und *30 Rock*.«

»Und? Können wir doch aufnehmen. Komm schon, ich ziehe mich schick an und alles. Ich würde sogar die roten Stilettos tragen, die du so liebst«, beschwatzte ich ihn mit schmeichelnder Stimme. Er hob den Kopf von seinem Laptop und sah mich an, um das abzuwägen.

»Zieh die während *30 Rock* an und es könnte ein wirklich interessanter Abend werden.«

Ich war entnervt. »Scott, ich bitte dich, heute mit mir auszugehen. Ist doch nicht zu viel verlangt. Wann war das letzte Mal, dass wir etwas gemacht haben, das keine Werbeunterbrechungen oder eine Rückspultaste hat? Wann war das letzte Mal, dass wir eine richtige Verabredung hatten?«

Wo ich so darüber nachdachte, waren wir überhaupt *jemals* richtig verabredet gewesen?

Er wurde auch sichtlich genervt. »Weißt du, du bist nicht die Einzige, die schwer arbeitet. Nur weil ich von zu Hause aus arbeite und den Großteil des Tages sitze, heißt das nicht, dass ich nicht auch müde werde. Ehrlich, Eva, du hast keine Ahnung, was für eine Arbeit ich eigentlich mache oder wie sehr mir der Kopf manchmal wehtut. Manchmal will ich nichts tun, das mehr Nachdenken erfordert als *Gib mir das Salz*. Manchmal bin ich auch erschlagen.«

Ich zögerte kurz; er war immer so entspannt und locker, dass es mir nie in den Sinn gekommen war, dass auch er gestresst sein könnte.

Ich schämte mich wegen dieses Versehens und versuchte es noch mal. »Ich bitte dich ja nicht, die Verfassung neu zu schreiben; ich will mit dir *Essen gehen*.«

»Morgen, okay? Da gehe ich mit dir, wohin du willst.«

»Jaaa«, ich stand vom Tisch auf und ging ernüchtert weg. »Sicher.«

★★★

Als Scott und ich an diesem Abend auf dem Sofa saßen und uns *The Office* anschauten, versuchte ich, nicht an Minervas Worte zu denken. Was hatte sie eigentlich wirklich gemeint mit: *Das erklärt vieles*? Ich lehnte mich gegen Scott, meine Haare noch feucht, und schloss die Augen. Dann machte ich sie wieder auf, schaute ihn für eine Sekunde an, und da traf es mich wie ein Schlag: *Das hier wird nicht funktionieren. Niemals.*

28

Auseinandergehen

SCHON DEN ZWEITEN Tag hintereinander hielt ich meine Augen auf die Eingangstür geheftet in der Hoffnung, Kenny würde hereinschlendern und an die Theke kommen wie immer. Das Herz sprang mir fast aus der Brust, wenn ich beim Bedienen flüchtig aus dem Augenwinkel ein schwarzes Henley-Shirt wahrnahm und dachte, er wäre es (und es sank noch tiefer, wenn ich merkte, dass es jemand anderes war.)

Auch den zweiten Tag hintereinander schleppte ich meinen Körper lethargisch herum, was ich auf den Nach-Party-Zusammenbruch schob, meine Adrenalin-Reserven waren aufgebraucht, ganz zu schweigen von der Erkenntnis, die ich am Abend zuvor hatte. Dass meine Tage mit Scott gezählt waren. Ich saß in der Mittagspause im Büro, stocherte in meinem Salat herum und checkte mein Telefon nach Benachrichtigungen. Fast keiner außer Scott oder Olivia rief mich jemals an, vor allem, weil fast alle, die ich kannte, Gäste im Grounds waren, aber dieses Ritual war eine Art, die Zeit in dem düsteren, kleinen Büro totzuschlagen, wenn ich zu müde war zu lesen oder zu beschäftigt, um mit den Originalen rumzuhängen. Zu meiner Überraschung zeigte mein Telefon, dass ich eine Nachricht auf der Mailbox hatte, und ich sah es mir neugierig an, bevor ich die Nachricht abspielte. Ed Rush, der ernst und seriös klang, bat mich, ihn zurückzurufen. Zuerst dachte ich, dass er vielleicht jemand anderen gefunden hätte, der nächstes Semester

Jennas Kurzgeschichtenkurs übernehmen würde, irgendjemanden aus der Fakultät, und er mich am Ende nicht mehr bräuchte. Seine Stimme klang aber zu dringend dafür.

Ich wählte die Nummer der Englischen Fakultät – die konnte ich immer noch auswendig – und nach dem zweiten Klingeln nahm Eds Sekretärin ab und stellte mich zu ihm durch.

»Hallo, Eva«, sagte er, der Klang seiner Stimme war genauso wie auf der Mailbox-Nachricht.

»Hi, Ed«, gab ich zurück. »Was gibt's?«

»Wir haben einen kleinen Notfall hier. Seit gestern hat Jenna Jaffe strengste Bettruhe verschrieben bekommen. Anscheinend ist irgendwas nicht in Ordnung.«

Ich atmete scharf ein. »Ist sie in Ordnung? Und das Baby?«

»Mit beiden, ihr und dem Baby, wird alles in Ordnung kommen, wenn sie sich genauestens an die Anweisungen des Arztes hält.«

Ich atmete erleichtert aus.

»Was kann ich tun, um zu helfen?«, fragte ich.

»Du müsstest Jenna schon für den Rest dieses Semesters vertreten, wenn du kannst.«

Noch bevor ich einen Einwand oder überhaupt auch nur irgendein Wort von mir geben konnte, überrollte mich Ed bereits. »Wir haben echte Probleme mit Kürzungen des Budgets und der Gehälter hier. Die meisten Mitarbeiter sind bereits überlastet mit Kursen und maximalen Einschreibungszahlen. Ich weiß, dass du bereits mit Jenna über die Agenda für nächstes Semester gesprochen hast, die ja nicht viel anders ist als das jetzt. Bitte, Eva, das würde uns wirklich helfen. Sie hat bereits alle Kurse dieser Woche abgesagt und es sind nur noch vier Wochen in diesem Semester, zwei nach den Thanksgiving-Ferien. Und natürlich entschädigen wir dich dafür.«

Geld war das Letzte, worüber ich nachdachte. Doch seit ich entschieden hatte, Thanksgiving das erste Mal hier in Wilmington zu feiern, mit mir als Gastgeberin, und Olivia das vorgeschlagen hatte, war alles, woran ich denken konnte, wie ich das Haus

auf Gäste vorbereiten, Essen kochen und meine Gäste bewirten konnte. Und das war ohne Berücksichtigung der Tatsache, wie voll das Grounds während der Feiertage wurde, wenn Studenten als Abwechslung zur Bibliothek oder ihren Wohnheimzimmern hier ihre Lager aufschlugen, um für die Abschlussklausuren zu lernen oder Abschlussarbeiten schrieben. Außerdem war der Leseraum nach seiner Renovierung immer bis zum Anschlag voll.
Trotzdem war ich hin- und hergerissen – ich wollte Jenna oder Ed nicht im Stich lassen.

»Ed, es ist nicht so, dass ich dir nicht helfen will. Nur ich … ich muss das mit meinem Manager besprechen. Für uns ist es die hektischste Zeit des Jahres und ich will ihn nicht ins offene Messer laufen lassen.«

Er seufzte frustriert und ich verstand nur allzu gut, dass das nur wenig mit dem zu tun hatte, was ich gerade gesagt hatte, sondern mit dem Gesamtgewicht an Verantwortung, mit dem er als Leiter der Fakultät jeden Tag zu jonglieren hatte. Das hier war ja bloß der neueste Brand in einer ganzen Reihe von Bränden, die er löschen musste.

»Ich verstehe«, sagte er, »und ich würde dich auch nicht so unter Druck setzen, wenn wir nicht in solcher Bedrängnis wären. Aber ich brauche wirklich sofort eine Antwort«, sagte er und betonte es »soo-fort«.

»Kannst du mir eine oder zwei Stunden geben?«, fragte ich.

»Klar. Das wäre großartig.«

»Okay, dann sprechen wir uns in einer Stunde wieder. Weißt du, ob Jenna irgendwelche Anrufe entgegennimmt?«

»Soweit ich weiß, schon.«

Doch trotz seiner Antwort hatte ich das ungute Gefühl, dass sie nicht gestört werden sollte. Nach dem Gespräch mit Ed steckte ich den Tupperware-Deckel wieder auf meinen Salat und schob ihn zur Seite. Mein Appetit war durch eine To-do-Liste ersetzt worden, die in meinem Inneren wie ein Tornado wütete.

Ich verließ das Büro und ging ins Café zurück, das fast leer war, der Mittagstrubel hatte sich verzogen, außer Neil (der in letzter

Zeit viel länger als seine üblichen zwanzig Minuten blieb) und Jan in ihrer Mittagspause, beide in festlichen Snoopy-und-Woodstock-Kitteln. Minerva war auch da und wischte die Tische, während Norman, gegen die hintere Theke gelehnt, eine kleine Verschnaufpause machte.

»Hey, Norman, kann ich kurz mit dir reden?«

»Sicher.«

Ich ging zu einem der Tische und setzte mich, Norman kam mit und schaute mich besorgt an.

»Ich habe gerade mit Ed Rush gesprochen und es sieht so aus, als ob Jenna Jaffe ein Problem mit der Schwangerschaft hätte und unverzügliche Bettruhe braucht.«

Gerade als das Wort *Bettruhe* aus meinem Mund gekommen war, hörte ich jemanden leise nach Luft schnappen und ich musste den Kopf nicht umdrehen, um zu wissen, dass es von Minerva kam.

»Was stimmt nicht?«, fragte er. »Wissen sie es?«

»Hat er nicht gesagt.«

»*Placenta previa*«, stieß Minerva atemlos hervor, kaum laut genug, dass ich oder irgendjemand sonst sie hören konnte.

Ich drehte mich auf meinem Stuhl um. »Was hast du gesagt?«

»Entschuldige, ich wollte nicht lauschen.« Ich wedelte mit der Hand, um ihre Bedenken zu zerstreuen. »Es ist wahrscheinlich *Placenta previa*«, sagte Minerva.

»Das ist, wenn ein Teil der Plazenta sich von der Gebärmutterwand löst.«

Norman wurde ganz blass, während sie weiterredete.

»Es ist normalerweise nicht schlimm, aber er meint es ernst, wenn er *unverzügliche* Bettruhe sagt. Wenn sie sich irgendwelchem Stress aussetzt, kann der Riss größer werden, sie kann Blut verlieren, innere Blutungen erleiden und das Baby ersticken.«

»O *Gott*, Min«, sagte ich voller Entsetzen.

»Im Ernst, alles wird gut ausgehen, solange sie im Bett bleibt, sich so wenig wie möglich bewegt und nur aufsteht, um ins Bad oder in die Dusche zu gehen. Sie kann das Baby sogar bis zum

Schluss austragen und das Baby wird völlig in Ordnung zur Welt kommen, sie werden wahrscheinlich nur einen Kaiserschnitt machen müssen.«

»Ich glaube, ich brauche ein Glas Wasser«, sagte Norman.

Ich ging hinter die Theke und machte im Waschbecken ein sauberes Geschirrtuch nass, wrang es aus, faltete es zu einem langen Rechteck und legte es Norman auf die Stirn.

»Wow, Norman«, sagte Minerva, »Ich wusste gar nicht, dass du so zartbesaitet bist. Was wirst du tun, wenn deine Frau mal schwanger wird?«

»Jesus, Minerva, ich muss doch erst mal krabbeln, bevor ich überhaupt laufen kann, weißt du? Lass uns erst mal abwarten, ob Jeannie und ich es über die ersten drei Verabredungen hinaus schaffen.«

»Wie auch immer«, sagte ich und war froh, dass zumindest Normans normale Gesichtsfarbe wieder zurückgekehrt war. »Ich muss sie für den Rest des Semesters vertreten und wollte nur sichergehen, dass das für dich in Ordnung ist.«

»Warum sollte es nicht in Ordnung sein?«

»Es ist eine Menge Arbeit, Norman, und es ist Feiertagssaison. Du weißt doch, wie heftig es hier werden kann.«

»Sieh mal«, sagte Minerva und setzte sich. »Ich werde die fehlenden Stunden hier sein, falls das deine größte Sorge sein sollte. Eva, du kannst das nicht ablehnen.«

»Sie hat recht«, sagte Norman. »Es ist ja nur für ein paar Wochen. Wir werden das schon schaukeln. Du hast hier lange genug Fünfzig- und Sechzig-Stunden-Wochen geschoben. Es wird Zeit, dass ich jetzt mal den Kopf hinhalte. Im Ernst, ich will hier wirklich einspringen.«

Ich küsste ihn auf die Wange und fühlte, wie mir dabei das kalte, feuchte Handtuch an den Haaren festklebte.

»Du bist einfach unglaublich, Norman, weißt du das?«, sagte ich.

»Vielleicht kannst du Jenna überreden, das Baby nach mir zu nennen.«

»Es ist ein Mädchen«, sagte ich.

Er überlegte eine Weile. »Bailey ist ein schöner Mädchenname.«

Ich lächelte zustimmend. »Dann lass sie fallen, die gnadenlos schöne Jeannie mit den Jimmy Choos …«

»Mein Gott, ist das lang.«

»Drei Verabredungen?«

»Die dritte heute Abend.«

»Sieht's gut aus?«

Er hielt die Hände nach oben, um seine gedrückten Daumen zu zeigen.

»Ich hoffe, es wird funktionieren, Norman. Du verdienst es, glücklich zu sein.«

»Ja, das Singleleben ist nicht wirklich mein Ding. Nicht, dass daran irgendwas nicht in Ordnung ist …«

»Ja, ja, ja …« Ich tätschelte ihm die Schulter und ging zurück ins Büro, um Ed anzurufen. Er bedankte sich vielmals, entschuldigte sich für diesen Überfall in letzter Minute und bot mir für die Kursvorbereitungen und andere Verwaltungsaufgaben, die zu erledigen waren, Jennas Büro an der Uni an.

»Jenna wird total erleichtert sein«, sagte Ed. »Das ist eine Sache weniger, um die sie sich Sorgen machen muss. Ich bin mir sicher, dass ich genauso für sie spreche, wenn ich dir sage, der Kurs ist in guten Händen.«

Ich lächelte und in meine Augen traten Tränen. Es war so, als hätten meine Eltern mir gerade gesagt, dass sie stolz auf mich wären, und ich musste mich in diesem Moment fragen, ob sie stolz gewesen wären auf das, was ich aus meinem Leben gemacht hatte. Hätten sie es gut gefunden, dass ich einen Coffeeshop besaß, eine Unternehmerin war, oder wäre mein Vater enttäuscht, dass ich nicht Lehrerin geblieben war? Hätte es meiner Mutter besser gefallen, wenn ich mich auch festgelegt und eine eigene Familie hätte wie Olivia? Hätte ich überhaupt so lange gebraucht, um herauszufinden, was ich wollte, wenn sie nicht gestorben wären? Wäre ich den gleichen Weg gegangen?

In diesem Moment fühlte ich mich wie verloren auf offener See, abgetrieben, das Boot schaukelte auf und ab und ich hielt mich an den Ecken des Schreibtischs fest, um nicht umzukippen.

Ich konnte das Echo von Normans Stimme hören: *Singleleben ist nicht wirklich mein Ding …* gefolgt von: *Nicht, dass daran irgendwas nicht in Ordnung ist …* und versuchte herauszufinden, was davon auf mich zutraf.

★★★

Scott kam mit zwei Tüten mit chinesischem Essen zum Mitnehmen bei mir an und während ich gewohnheitsmäßig zwei Teller aus dem Schrank nahm und zwei Bier aus dem Kühlschrank, ordnete und öffnete er die Boxen und versuchte, Small Talk mit mir zu . Als er genug hatte von meinen einsilbigen Antworten, fragte er mich, warum ich so still sei.

»Ich denke einfach nur über alles nach, was so passiert ist, nehme ich an«, antwortete ich und erzählte ihm von Ed Rushs Anruf und Jennas Zustand.

»Du zündest die Kerze gerade von beiden Seiten an, oder?«, sagte er. Ich nickte. Als ich auf das Essen schaute, verging mir augenblicklich der Appetit.

»Tut mir leid, aber ich kann nichts hiervon essen.«

Ich nahm ihn bei den Händen und führte ihn aus der Küche und raus auf die Terrasse. Ich setzte mich auf einen der Stühle und starrte raus auf den Horizont. Ich vermied es, die Worte auszusprechen. Scott saß in dem Stuhl neben mir und wartete.

»Sag es doch einfach, Eva«, sagte er, nachdem es lange genug still gewesen war. Seine Stimme war weder fordernd noch ungeduldig. Ich war mir ziemlich sicher, dass er wusste, was ich sagen wollte, und er gab mir die Erlaubnis, es zu sagen. Oder vielleicht wollte er es auch nur hinter sich haben, so wie man ein Pflaster mit einem schnellen kurzen Ruck abmacht.

»Ich kann das nicht mehr länger machen«, sagte ich, meine Stimme sanft, aber trotzdem nüchtern.

»Ich weiß«, antwortete er im gleichen Ton. »Ich wusste das schon seit einer Weile. Ich hatte nur gehofft, du würdest deine Meinung ändern.«

»Ich hätte früher mit dir reden sollen, dir sagen, dass es nicht funktioniert.«

»Ja, hättest du wahrscheinlich. Ich weiß aber nicht, ob ich dir zugehört hätte. Ich hätte versucht, dich davon zu überzeugen, dem Ganzen mehr Zeit zu geben.«

»Wir wissen beide, dass ich das mit dir nicht aus den richtigen Beweggründen angefangen habe. Und selbst, wenn es nicht gewesen wäre, um mich über ihn hinwegzutrösten, selbst wenn du mich ganz normal gefragt hättest, mit dir auszugehen oder wenn ich dich nicht gekannt hätte und auf deine Lovematch-Punkt-com-Anzeige geantwortet hätte, wäre es immer noch nicht aus dem richtigen Grund gewesen.«

»Ging es um ihn?«, sagte er, ohne Shauns Namen zu erwähnen.

Ich schüttelte den Kopf. »Es geht weiter zurück als Shaun. Es ging um mich. Ich dachte, ich wäre genau an der richtigen Stelle, als ich diesen ersten WILS-Eintrag geschrieben hatte.«

»War das eine Lüge?«

»Nicht genau. Mein Verstand hatte mir weismachen wollen, dass es mir einfach gut ging. Wo doch alles, was ich tat, war, mich davon abzulenken, dass ich alle Menschen, die ich verloren hatte, zurückhaben wollte.«

»Es gibt viele Leute, denen du wichtig bist, weißt du«, sagte Scott. »Mich eingeschlossen.«

»Oh, ich weiß das und du bist mir auch wichtig. Nur ich … ich … ich fühle einfach nicht so, wie man sich fühlen sollte, wenn man in jemanden verliebt ist.« Ich konnte hören, wie Shaun fast wortwörtlich so zu mir gesprochen hatte. »Es tut mir so leid. Ich wünschte, ich hätte dich nicht so verletzen müssen. Ich war schon mal auf deiner Seite eines solchen Gesprächs und ich weiß, wie beschissen sich das anfühlt.«

Er schaute nach unten. »Ist okay«, sagte er und ich konnte hören, dass er sich zu diesen Worten zwang. »Ich weiß, du versuchst, nicht gemein zu sein oder absichtlich böse oder so was. Es ist einfach nur die kalte, harte Wahrheit, das ist alles.« Eine Weile schaute er seine Hände an. »Es tut trotzdem weh.«

»Ja, das tut es«, stimmte ich zu.

»Es tut mir leid, dass ich dir nicht geben konnte, was du brauchtest«, sagte er.

»Ebenso.«

Scott starrte über den Garten und über die Bäume in die Ferne.

»Wusstest du, dass wir niemals zusammen am Strand waren?« Er deutete in Richtung des Strandes. »Ich meine, er ist genau da, direkt vor der Nase und wir haben das nie ausgenutzt.«

»Ich weiß«, sagte ich. »So ging es mir auch mit New York. Ich wuchs ungefähr eine Zugstunde entfernt auf und hätte jederzeit hinfahren können, wenn ich gewollte hätte. Und gerade weil es so verfügbar war, hielt ich es für selbstverständlich und dachte, es wäre für immer und ewig da, komplett und unverändert.«

»Wir hätten zum Strand gehen sollen«, sagte er.

Eine Weile saßen wir auf der Terrasse, sagten nichts und vermieden Augenkontakt. Ich ließ meine Hand in seine gleiten, fast ohne es zu wollen, und wir blieben noch länger so sitzen, immer noch schweigend. Seine Hand fühlte sich warm an in meiner, wie eine Art Rettungsleine. Vielleicht sollte es mich von meiner eigenen melancholischen Träumerei abhalten, von dem Bild einer unvollständigen Skyline, einem Portrait mit zwei fehlenden Gesichtern, einer Zukunft ohne Zurück.

Schließlich stand Scott auf.

»Ich sollte gehen.«

Ich stand auch auf. »Ja. Willst du das Essen mitnehmen?«

»Das kannst du haben. Mir ist auch der Appetit vergangen«, sagte er traurig.

»Iss es zum Frühstück morgen«, bot ich an. »Nimm wenigstens das Kung Pao – das ist doch dein Lieblingsessen.«

Er schaute mich an und ein Lächeln entwich ihm, gefolgt von einem Lächeln von mir, und dann umarmten wir uns. Es war ein Moment von aufrichtiger Fürsorge und dem Wissen, dass wir beide in Ordnung sein würden.

»Danke, Eva«, flüsterte er fast.

Ich flüsterte zurück: »Du hast mir genau das gegeben, was ich gebraucht habe. Hast du wirklich. Ich habe es nur nicht für so lange gebraucht.«

Wir hielten uns immer noch im Arm.

»Heißt das, dass ich jetzt nicht mehr ins Grounds gehen kann?«, fragte er. Er klang fast wie ein kleiner Junge. »Bitte sag das nicht. Ich will nicht enden wie Jan und Dean.«

Ich drückte ihn fester. »Natürlich nicht – da sind schließlich deine Freunde.«

Er ließ mich los und sah mir direkt in die Augen. »Bist du einer von ihnen?«

Ich konnte nicht anders und schaute weg. Ich bereute sofort, was ich gesagt hatte. Er schaute nach unten, ganz und gar niedergeschlagen, während mich Schuldgefühle überkamen.

Ich dachte an das Affentheater mit Shaun – wie viele Monate ich unter selbst gemachter Vorspiegelung falscher Tatsachen, dass ich mehr bekommen würde, an einer unechten Freundschaft festhielt. Shaun musste auf irgendeine Art gewusst haben, dass ich ihn immer noch liebte, musste die Verzweiflung und Sehnsucht nach ihm gespürt haben, die ich erfolglos versteckt hatte – wenigstens wusste es jeder sonst –, und tat so, als wüsste er nichts. Nein. So was wollte ich Scott nicht antun. Zum Teufel, so was wünschte ich nicht mal meinem ärgsten Feind.

Ich schaute ihm in die Augen. »Ich würde wirklich gerne«, fing ich an. »Aber ich weiß nicht, was das eigentlich bedeutet.«

Meine Antwort überraschte mich.

»Es bedeutet, dass wir uns nicht hassen«, sagte er, »und wir verbiegen uns auch nicht, um uns aus dem Weg zu gehen.«

»Es sollte aber auch bedeuten, dass wir nicht so tun, als wäre es nicht eine Zeit lang seltsam zwischen uns«, sagte ich, »oder dass es jemals wieder so werden könnte, wie es mal war, so als hätten wir niemals eine sexuelle Beziehung gehabt.«

»Eine verdammt gute sexuelle Beziehung«, betonte er.

Ich stimmte ihm mit einem leisen Glucksen zu. »Ja, in der Tat.«

Er atmete kurz und tief ein. »Alles klar dann. Ich werde nur meinen Kram holen, den ich hier habe, und dann verschwinde ich.«

Er drehte sich um, um ins Haus zurückzugehen, hielt dann aber plötzlich inne und wirbelte wieder herum.

»Das hört sich vielleicht total doof an, aber das war wahrscheinlich das beste Schlussmachen, das ich jemals hatte. Danke.«

Ich gab ein verzerrtes Lachen von mir, weil ich nicht wusste, was ich sonst tun sollte.

»Bitte schön«, sagte ich.

Er nahm seine Schlüssel aus der Vordertasche seiner Jeans, entfernte einen von dem Ring und gab ihn mir. Ich nahm ihn und blieb draußen auf der Terrasse, den Schlüssel fest in meiner Faust, bis ich die Vordertür sich schließen und sein Auto aus der Auffahrt wegfahren hörte.

Auf welcher Seite der Tür stehst du?

Ich habe mal den Ausdruck gehört: *Wenn Gott eine Tür schließt, öffnet er ein Fenster.* Aber was, wenn es keinen Gott oder keine Fenster gibt? Wenn da einfach nur eine Tür ist, auf welcher Seite würdest du stehen?

Die eine Seite schickt dich in die weite Welt, den Ort voller Möglichkeiten – neue Gesichter, neue Orte, neue Ideen und Erfahrungen direkt vor der Nase. Im Angesicht einer Trennung ist diese Welt ein angsteinflößender Ort – so überwältigend, so unerforscht, so weit entfernt von deinem kleinen Fleckchen Erde, wo du jede Ecke und jede tiefe Spalte kennst und deinen Weg drumherum mit geschlossenen Augen. Und es ist so einfach, für immer dort zu bleiben, in der Nähe zu sein, beim Zaun rumzuhängen, in der Hoffnung, dass du wieder hineinkommen wirst. Ich kenne das, ich bin da gewesen.

Oder du kannst auf der anderen Seite der Tür sein – die Seite, die dich im Inneren des Kartons festhält, ein Gefängnis, das du dir selbst geschaffen hast. Eines ohne Schlösser, aber wehe, du gehst nach draußen. Da bin ich auch gewesen.

Ich habe heute eine Beziehung beendet und obwohl ich diejenige war, die die Tür geschlossen hat, kann ich doch nicht anders als zu glauben, dass ich auf der anderen Seite bin. Nur dieses Mal will ich nach draußen gehen in das Überwältigende, will erkunden und aus dem Karton ausbrechen. Das Wort *Single* beschwört Gefühle von Einsamkeit und Alleinsein herauf. Kein Wunder, dass manche Menschen glauben, das Single-Dasein wäre ein schrecklicher Ort, an dem man sein kann. Nur wenige Leute wollen alleine sein, besonders wenn sie für lange Zeit mit jemandem zusammen waren. Sie wollen nicht ausbrechen in diese große Welt, ganz auf sich allein gestellt.

Aber junge Vögel würden niemals lernen zu fliegen, wenn ihre Mütter (oder in meinem Fall Schwester) sie nicht aus ihrem Nest stoßen würden. Sie müssen einfach ihre Flügel benutzen.

Ich habe die Tür nicht vor ihm geschlossen; ich habe sie für mich geöffnet. Und diesmal habe ich mich selbst aus dem Nest gestoßen und meine zitternden, zerbrechlichen Flügel sind ausgebreitet. Wer weiß schon, wohin sie mich bringen werden. Oder euch.

29

Thanksgiving

ICH VERBRACHTE DEN Morgen und frühen Nachmittag in hektischer Betriebsamkeit – jede Bewegung rückte das große Ziel eines familienmäßigen Thanksgivings näher und näher. Ich tippte einen Plan aller zu erledigenden Dinge ab, der unbezahlbar war – ich hatte eine To-do-Liste und einen Zeitplan, die ich den ganzen Morgen immer und immer wieder checkte, während im Hintergrund die Macy's-Thanksgiving-Parade marschierte.

Es war einmal vor langer Zeit, da freute ich mich auf die Zeit, wenn ich einmal eine eigene Familie haben würde und die Gastgeberin von Dinnerpartys und Familienfeiern im eigenen Haus wäre. Zu jung, um hinter meine idealistische Welt zu blicken, sah ich mich selbst in einer rot karierten Schürze, meinen vernarrten Ehemann anlächelnd (vermutlich entweder Michael J. Fox oder irgendeiner der Schauspieler aus *Die Outsider*), und ausgezogene Esstische, die so gedeckt waren, dass sie es verdient hätten, auf Fotos in einem Magazin zu erscheinen. Und trotzdem schien es jedes Jahr sinnvoller für mich zu sein, zu Olivia zu gehen, als mein eigenes Thanksgiving-Fest zu veranstalten, sogar als ich mit Shaun zusammen war.

Als ich also letzten Monat entschied, genau das zu machen (der Gedanke, zu einem *Familien*-Essen einzuladen, jagte mir einen angenehmen Schauer über den Rücken), erstellte ich begeistert eine Liste von zehn Gästen (mich eingeschlossen) und rief einen nach dem anderen an, angefangen bei Olivia. Sie wand sich erst und beklagte sich über Flüge und Hotelvorkehrungen, schien sich aber mit der Idee anzufreunden.

»Ich würde in diesem Jahr liebend gerne nichts mit dem ganzen Mist zu tun haben«, sagte sie.

Ich zuckte bei dem Wort *Mist* zusammen – seit wann zählte seine Familie bei sich zu haben als Mist? – und Olivia schien es auch gemerkt zu haben. »Ich meine«, ruderte sie zurück, »ich würde dir sehr gerne helfen.«

»Ja, das wäre großartig«, antwortete ich und war bei dem Gedanken an ein volles Haus jetzt schon aufgeregt.

Wegen Minervas Vorschlag, die Feiertage bei Jays Eltern zu verbringen, hatten beide abgesagt. Ich glaube, es war ihre Vorstellung von Bußetun wegen des Vorfalls mit Cici. Ich verstand und hoffte insgeheim, dass sie sich nicht selbst einem weiteren Versagen ihrerseits aussetzte.

Beulah sagte wegen anderer Pläne auch ab. Ich hatte mit Beulah nie wirklich über den Brief, den sie mir geschickt hatte, gesprochen oder darauf geantwortet. Doch seitdem hatten wir eine unausgesprochene Verbindung, eine Kommunikation ohne Worte, die ein gegenseitiges Verständnis hervorgebracht hatte. Es war, als hätten wir beide uns *gefunden,* und dem Ganzen eine Stimme zu geben, wäre überflüssig. Als der Ausdruck in ihren Augen mir nämlich sagte, dass sie die Feiertage mit Lily verbringen würde (das erste Mal seit Jahren), hätte ich nicht glücklicher für sie sein können.

Scott war auch auf der Gästeliste gewesen, aber aus offensichtlichen Gründen sprach ich diese Einladung niemals aus. Norman dagegen freute sich genauso sehr wie ich (für ihn und Jeannie war es zu früh in ihrer Beziehung, größere Feiertage miteinander zu verbringen, wie er mir erklärte) und bot sogar an, einen Nachtisch mitzubringen.

Also gut, es würde also nicht der ausgezogene Esstisch werden, aber sechs waren völlig ausreichend.

Ich war bereits zwei Tage vorher in der Küche mit Moms verkleckerter Ausgabe von *The Joy of Cooking*, der Bibel aller Kochbücher, komplett mit angesengten Ecken, Beweise eines verunglückten

Flambierens, und einem sehr ominösen braunen Fleck auf Seite 483. Ich öffnete es mit einem dumpfen Schlag und blätterte durch die Seiten, doch anstatt die Parade von Rezepten vor meinen Augen vorbeimarschieren zu sehen, sah ich die Parade vergangener Thanksgiving-Feiern, roch das saure Bratenfett für die Sauce, hörte Dads und Olivias Lachen über das Brummen des Rührbesens hinweg. Von meiner Erinnerung angestachelt, machte ich eine Liste aller Klassiker und notwendigen Dinge: der Truthahn, die Füllung und Kartoffeln (natürlich), Cranberrysauce aus der Dose, Grüne-Bohnen-Auflauf und, um etwas Südstaatenflair hinzuzufügen, Biskuits, Maisbrot, Süßkartoffelkuchen und frittierter Mais.

Während ich vorheizte und vorbereitete, mixte und rührte, schmorte, buk und kochte, versuchte ich herauszufinden, was genau unsere Familienessen so typisch für *uns* gemacht hatte. Ich wollte diese ganzen verrückten Familientraditionen, die unsere Familie einzigartig gemacht hatte, wiedererschaffen, um irgendeine Ähnlichkeit zu spüren, wenn wir jetzt wieder als Familie zusammen waren. Als ich den Tisch deckte (den ich auf einem privaten Flohmarkt gefunden hatte, als ich mit Shaun zusammen war, und der so aufpoliert war wie eine hochgeschätzte Antiquität), versuchte ich, all die golden gebratenen Truthähne, jedes eng gedrängte Gedeck, alle durch Kuchen verursachte Bauchschmerzen in der Geschichte meiner Familie heraufzubeschwören, kam aber nicht sehr weit. Je mehr ich darüber nachdachte, desto mehr erinnerte ich mich daran, wie sauer Mom immer wurde, wenn Dad sich einen Bissen angelte von allem, was sie gerade zubereitete. Wie Dad niemals zufrieden war mit dem diesjährigen Truthahn, jedes Mal davon überzeugt, dass er den Truthahn vom letzten Jahr irgendwo gekauft hatte, wo er besser gewesen war. Wie wir am Ende des Essens so müde waren, dass es wehtat miteinander zu sprechen, geschweige denn uns aus dem jeweiligen Sofa oder Sessel zu schälen, auf dem wir in Anbetracht des Abwaschs zusammengebrochen waren. Wie ich immer mit Mom verhandelt hatte, wenn es um die Reste ging: weniger warme Truthahnsandwiches, mit schlechtem Brot gemacht, mehr Kartoffelpfannkuchen.

Dass ich nicht noch mehr angenehme Erinnerungen hatte, verwirrte mich.

Ich war mit den Vorbereitungen zwanzig Minuten eher fertig als geplant – ein Wunder! Der Tisch war gedeckt, der Truthahn briet glücklich vor sich hin (so glücklich, wie ein toter Vogel eben sein konnte, nehme ich an), ich wechselte Jogginghose und T-Shirt und ging im Kopf meine Checkliste durch.

Als Olivia mit ihrer Bande erschien, gefolgt von Norman, teilte ich Umarmungen und Hallos aus und erinnerte mich an das Ritual, als wir Kinder waren: Unsere Eltern, Olivia und ich standen hintereinander an der Tür, wie in der Schlange bei einer Hochzeit, während Tanten und Onkel und Cousins und Cousinen mit zugedecktem Essen und Flaschen voller Wein an uns vorbeiliefen. Genau wie bei vergangenen Thanksgiving-Feiern versammelten wir uns alle in der gemütlichen Küche. Olivia schnitt das Baguette in Scheiben, das sie mitgebracht hatte, und legte es in einen Korb und ich brachte Normans berüchtigte Sieben-Schichten-Riegel (das Einzige, das er backen konnte und was er beschrieb mit: »So gut, warum sollte ich mich damit abquälen und etwas anderes machen?«) außer Sichtweite von Tyler und Tara.

Zur Essenszeit, als sich die hungrige Meute von der Küche ins Esszimmer bewegte, lachte Olivia über die Mayflower-Platzkärtchen aus kaputten Walnussschalen (es hatte nicht so viel Spaß gemacht, sie alleine zu machen, als damals, als wir noch Kinder waren und uns der Klebstoff an den Armen hinunterlief und auf die Tischdecke tropfte, sehr zu Moms Entsetzen). Aber wie ein Kitzeln hinten in meinem Hals nagte die Unfähigkeit an mir, eine wirklich glückliche Familienerinnerung heraufzubeschwören, als wir Platten, Gerichte und Schüsseln umherreichten. Jeder von uns hielt eine in der Hand, während die nächste Schüssel wartete und wir uns weitere Portionen auf unsere bereits überfüllten Teller häuften. Nur der Auflauf von grünen Bohnen war nicht weniger geworden, als er wieder bei mir ankam. Ich schaute ihn voller Schrecken an – wir hatten immer einen Auflauf aus grünen Bohnen gehabt. Ich nahm einen großzügigen Löffel voll in dem Versuch, die Götter der grünen Bohnen milde zu stimmen, und prüfte die Teller der anderen: Olivia und David hatten nicht davon genommen; Tara hatte ein paar Gabeln voll an den Rand ihres Tellers geschoben, nur um ihre Mutter zu erfreuen, und Tyler hatte rundweg abgelehnt und die Schüssel misstrauisch beäugt, so als würde der Inhalt ihn vielleicht attackieren wie etwas direkt aus einem *Calvin & Hobbes*-Comic. Norman hatte einen vorsichtigen Löffel voll genommen und nahm höflich eine winzige Gabel voll in den Mund. Er schaffte es, das Ganze ohne großes Zusammenzucken herunterzuschlucken, spülte den Bissen aber unverzüglich mit einem großen Schluck Cider hinunter.

Ich hatte den Servierlöffel immer noch in der Hand, der gerade über meinem Teller schwebte, als ich plötzlich feststellte, wie ungeheuerlich und schrecklich es war: faserige, gefrorene Brechbohnen, die in einer Pilzcremesuppe schwammen. Scheußlich.

»Pfui Teufel«, sagte ich. »Grüne-Bohnen-Auflauf? Was habe ich mir bloß gedacht? Liv, war der immer so schlimm?«

»Schlimmer«, lachte Olivia. »Ich glaube, die Aufwertung durch die Panko-Semmelbrösel ist eine gute Idee. So viel Klasse, wie er sich nur erhoffen konnte.«

»Ich mag es.«

Alle Köpfe drehten sich zu Norman um.

»Die Kruste, meine ich.«

»Woraus bestand die Kruste früher?«, fragte David und schaute den Auflauf skeptisch an.

»*Funions*«, antwortete Olivia.

Chips mit Zwiebelgeschmack. O mein Gott! Wir schauten uns alle voller Entsetzen an und brachen dann in Gelächter aus. Ich schaute mir die Gesichter rund um den Tisch an, Gesichter, die ich vor allem bei der Arbeit sah oder an großen Feiertagen. Es waren Gesichter der Menschen, die ich liebte, sicher, aber ich konnte mich nicht gegen das Gefühl wehren, dass Olivia und ich unsere Schwesterlichkeit verwirkt hatten, in dem Moment, als ich meine Steuererklärung als unabhängiger Einwohner von North Carolina abgegeben hatte. Nach dem Tod unserer Eltern waren wir zu Tanten und Onkeln oder Cousins und Cousinen nach Hause gegangen, bevor Olivia anfing, ihre eigenen Feiern mit ihrer Kleinfamilie und manchmal der von David zu haben. In einem Jahr, als Davids Eltern eingeladen hatten, luden sie mich auch ein, weil sie wussten, dass ich niemanden hatte, zu dem ich gehen konnte. Ich hatte ein solch schlechtes Gewissen, dass ich ihr Mitleid akzeptierte. Die Erinnerung daran hatte noch immer einen bitteren Beigeschmack für mich, allerdings überdeckt von perfektem Kartoffelbrei und der zweifach gebackenen Füllung, obwohl es mir Mut machte, dass Norman einen höflichen, zweiten Nachschlag von dem unglückseligen Auflauf nahm, wenn er ihn auch nicht anrührte.

Norman. Er war derjenige, mit dem ich die meisten Mahlzeiten teilte, egal ob wir Sandwiches mit Speck und Tomate (ohne Mayo) hinter der Theke vom Grounds aßen, ohne dass uns die Gäste sehen konnten, in der Küche auf Hockern sitzend, Nachos mit Salsa, geliefert von der NCLA-Mensa, oder Scheiben von griechischer Pizza in unserem vollgestopften Büro. Er war wahrscheinlich derjenige, der mich von allen hier am besten kannte, vielleicht überhaupt von allen, außer Minerva. Nachdem sie meine Einladung abgelehnt hatte, gestand mir Minerva insgeheim, dass sie lieber Abendessen mit meiner Familie als mit der von Jay hätte oder sogar ihrer eigenen. Und ich wusste, dass sie Norman mit Olivia und den anderen als *Familie* mit einschloss. Während ich meinen Truthahn in einem klumpigen See aus Soße ertränkte, stellte ich mir vor, wie Minerva sich fühlen musste, wenn sie an einem Tisch voller Menschen saß, mit denen sie als Einziges die Verbindung zum Ehemann und den Namen teilte. Und trotzdem fühlte ich mich fast mit ihr verbunden. Wie an dem Speeddating-Abend war Norman der Einzige am Tisch, bei dem ich mich am ungezwungensten fühlte. Olivia hatte mich sogar vor dem Essen in die Speisekammer gezogen, um mich nach dem Stand der Beziehung zwischen Norman und mir zu fragen.

»Er ist süß«, bemerkte sie. »Sehr John-Cusack-mäßig.«

»Da wird nichts laufen, Liv.«

Während des Essens, als sich Olivia um Tyler und Tara kümmerte, David und Norman über College-Football redeten und Politik und Religion vermieden, konnte ich nicht anders, als mich zu fragen, ob das bereits das Beste war, was ich erwarten konnte.

Nach dem Essen machte David den Fernseher an, um Football zu gucken, und Norman bot an, uns beim Abwasch zu helfen. Ich schüttelte den Kopf, steckte ihm eine Flasche Bier in die Hand und schubste ihn ins andere Zimmer. Er schaute auf die Bierflasche, dann zu mir, gerade so, als ob ich ihm ein seltsames Folterinstrument gereicht hätte.

»Nach dem ganzen Essen, das ich gegessen habe, gibst du mir jetzt ein *Bier*?«

Mein Dad hatte nach der großen Mahlzeit immer ein Bier getrunken. Es schien mir ganz natürlich, fast unabsichtlich, Norman eins zu geben.

»Ich habe kein bisschen Platz mehr übrig«, sagte er. »Ein Schluck hiervon, und ich könnte platzen.«

»Dann trink's nicht. Ich dachte nur, du würdest eins wollen.«

Er grinste und drückte kurz meine Schultern. »Das Essen war fantastisch, Eva. Atemberaubend.«

Er schraubte den Verschluss seiner Bierflasche auf – ich hatte das knackige *Pfft*-Geräusch, das es machte, immer geliebt – und stieß mit mir an. »Danke.«

Olivia und ich hatten immer die Abwaschpflichten übernehmen müssen, als wir jünger waren, und es schien nur passend, dass wir diese Tradition auch weiterführten. Wir standen Seite an Seite und ließen uns vor dem Doppelwaschbecken in einen gemeinsamen Rhythmus fallen – ein Becken gefüllt mit Palmolive-schaumigem Wasser, das andere mit Töpfen und Pfannen und Geschirr, und die Spülmaschine wartete darauf, dass wir so viel wie möglich hineinstopften.

»Es war nicht perfekt, oder?«

»Das Essen?«, fragte Olivia und tunkte einen großen Topf unter Wasser. »Ich fand es großartig.« Sie zögerte. »Abgesehen von dem Auflauf …«

Ich schüttelte den Kopf und spülte einen Servierlöffel ab, der noch übrig war. »Nein. Ich meine dich und Mom und Dad und mich. Unsere Familie. *Wir* waren nicht perfekt.«

»Oh«, sagte sie. »Nein, waren wir nicht.«

»Worüber haben wir uns gestritten?«

Sie zuckte mit den Schultern. »Über alle möglichen dummen Sachen. Sachen, über die sich alle streiten.« Olivia scheuerte an einem bisschen schon trockenen Kartoffelbrei. »Erinnerst du dich, als du meinen BH geklaut hattest und ihn, mit einem Paar Socken ausgestopft, angezogen hast?«

Ich schauderte und lachte gleichzeitig. »Der mit den rosa Herzen? Ja, Entschuldigung deswegen, Liv.«

Sie lachte auch. »Das war mein Lieblings-BH. Ich hätte dich umbringen können.«

»War das bevor oder nachdem du die Briefchen, die Beth und ich uns in der Klasse geschrieben hatten, laut vorgelesen hast – rausgeschrien, um genau zu sein –, während wir vom Bus nach Hause gelaufen sind?«

»Danach«, sagte sie. »Könnte sein, dass das der Auslöser gewesen war.«

»Ich war so wütend, dass ich heulte.«

Sie nickte. »Ich erinnere mich.«

»Und erinnerst du dich, als du Lacy Stevensons Unterwäsche draußen an den Baum gehängt hast und Dad das total peinlich war?«

Sie lachte noch mehr. »Sie vergaß immer irgendetwas, wenn sie bei uns übernachtet hatte. Richtig abstoßend.«

Ich kicherte, weil ich mich an ihre schwache Erklärung erinnerte. »Du wolltest sie einfach nur auslüften …«

»Ja, und sie irgendwo hintun, wo sie sie finden würde.«

Olivia stoppte und reichte mir den von Kartoffeln befreiten Topf. »Ich weiß nicht, ob Dad wütender war, weil sie draußen vor seinem Haus hing oder weil sie schwarz und aus Seide war.«

»Armer Dad.«

Unfähig, den Topf in die Spülmaschine zu kriegen, stellte ich ihn beiseite, während Olivia fortfuhr. »Was war damit, als Mom diese Riesenbeförderung angeboten bekam und Dad nicht wollte, dass sie sie annahm?«

Ich erstarrte. »Das habe ich total vergessen.«

Unsere Mutter war Leitende Verwaltungsassistentin gewesen. Nicht nur eine Sekretärin, sondern eine dieser Ich-kann-ohne-dich-nicht-leben-Assistentinnen. Ein außergewöhnliches Organisationstalent. Manchmal arbeitete sie abends und am Wochenende, gegen großen Widerstand von Dads Seite, obwohl Olivia und ich das Kochen übernahmen und sehr viel besser darin waren als er, sogar im Alter von zwölf und sechzehn.

Die Beförderung wäre zum Vizepräsidenten für irgendwas oder so gewesen und hätte einen Firmenwagen, einen extra Monat Urlaubstage, eine riesige Gehaltserhöhung und eine Menge Geschäftsreisen bedeutet. Aber unser Dad hatte ein Machtwort gesprochen. Ich konnte mich nicht mehr erinnern, warum, obwohl ich meine, das Wort *Vernachlässigung* mitten in wütenden Auseinandersetzungen gehört zu haben.

»Sie haben anderthalb Wochen lang nicht miteinander gesprochen, glaube ich«, sagte Olivia.

»Gott, Abendessen muss in dieser Woche schrecklich gewesen sein.«

»Mom aß nach dem dritten Abend nicht mehr mit uns am Tisch.«

Wie konnte mein Gedächtnis mich so komplett im Stich gelassen haben?

»Was passierte dann?«, fragte ich.

Olivia zuckte die Achseln. »Weiß nicht. Sie hat mir aber erzählt, dass Mutter zu sein immer ihr wichtigster Job war. Ich glaube, ich habe ihr zuerst nicht geglaubt. Nicht bis sie krank wurde und ich sah, wie sehr sie sich Sorgen machte, was mit uns passieren würde. Davor fürchtete sie sich mehr als vor dem Sterben, glaube ich. Mittlerweile kann ich das total verstehen, ist ja klar.«

»Wow«, sagte ich und versuchte, das alles aufzunehmen.

»Zu der Zeit«, fuhr Olivia fort, »war ich so wütend auf sie – auf beide. Sie arbeitete so hart und verdiente die Beförderung genauso wie das extra Geld und die Zusatzleistungen. Ich dachte, Dad sei egoistisch, und das dachte sie auch. Aber ich denke, ich hätte dieselbe Entscheidung getroffen, wenn ich an ihrer Stelle gewesen wäre. Eine gute Mutter zu sein ist wichtiger als alles andere, wirklich.«

Diese Worte gaben mir einen Schlag in die Magengrube und ließen mich noch mehr wie ein Fremder fühlen, wie ein Bürger ohne Land, seit Dads Diagnose und Tod den letzten Teil der Familie, der noch übrig geblieben war, zerrissen hatte. Als ich noch jünger war, hatte ich mich gerne mit *der Kleinen Waise Annie* verglichen, aber selbst das fühlte sich heute wie ein falscher Vergleich an. Schließlich war sie niemals als einsam oder bedürftig beschrieben worden und sie kam gut zurecht mit Daddy Warbucks. Außerdem hatte sie diese liebliche Stimme und die süßen Locken und den verwahrlosten Hund, was alles für sie sprach. Ein Waisenkind zu sein war ungefähr genauso romantisch und glamourös wie ein Einsiedlerkrebs.

Nicht nur, dass ich eine Waise war, aber selbst nach all dieser Zeit hatte ich immer noch keine echte, eigene Familie. Nicht so wie Olivia.

»Du bist eine gute Mutter«, sagte ich und wünschte mir verzweifelt, dass man das Gleiche von mir sagen konnte.

Olivias Stimme klang bitter. »Ich hatte genug Übung für dieses ganze Mutter-Ding.«

»Hey«, sagte ich, »ich habe dich nie gebeten, meine Mutter zu sein.«

»Nein, aber du hast mich als eine gebraucht.«

Ich schüttelte den Kopf. »Nein. Ich brauchte *meine* Mutter als eine Mutter.«

Der laufende Wasserhahn klang wie ein Wasserfall zwischen uns. Ich glaube, keiner von uns hatte jemals anerkannt, welche Forderungen wir ohne zu fragen aneinander gestellt hatten. Noch hatten wir jemals verstanden, wie tief unser beiderseitiger Groll war. Das Seifenwasser verdünnte sich mehr und mehr, die Blasen platzten eine nach der anderen und teilten sich in kleine Inseln.

»Trotzdem danke«, sagte ich. »Du hast gute Arbeit geleistet unter diesen Umständen.«

Ich dachte, ich hätte sie eine Träne abwischen sehen. Oder vielleicht eine verirrte Seifenblase oder eine Haarsträhne aus ihrem Pony.

»Tut mir leid, dass ich dich zu meinem Versuchskaninchen gemacht habe«, sagte sie ruhig.

»Tut mir leid, dass ich dich gelassen habe.«

Ich betrachtete Olivias Spiegelbild in der Fensterscheibe, als sie den Finger ins Spülwasser tauchte, und ich sah ihr Gedankenspiel auf dem Gesicht, den Bruchteil einer Sekunde, bevor sie eine Handvoll Seifenschaum aus dem Spülwasser heraushob, ihn in meine Richtung warf und meinen Arm vollspritzte.

Ich schnappte nach Luft, dann schlug ich zurück. »Hey, Liv? Du hast da irgendwas auf deiner Wange.«

»Wa…«

»Das!« Ich schmierte ihr eine Handvoll Schaum ins Gesicht.

Als Tyler ein paar Augenblicke später in die Küche schlitterte, fand er uns beide vor Lachen kreischend und in lauwarmem Wasser und übrigen Seifenwasserbomben triefend vor. Er verschaffte sich einen kurzen Überblick über die Lage und ging wieder raus, um sich im Wohnzimmer in Sicherheit zu bringen.

»Mom und Tante Eva haben einen Seifenschaumkampf!«, verkündete er.

»Wenn du älter bist, wirst du so was viel eher zu schätzen wissen, Kleiner«, hörte ich Norman erwidern. Da rutschten Olivia und ich bereits auf dem Boden herum, über und über nass, und schrien vor Lachen.

★★★

Norman ging als Letzter und kaum dass ich ihm zum Abschied gewunken hatte und er in seinem Auto saß, rief ich ihn auf seinem Handy an. Ich stand in der Tür und beobachtete ihn.

»Nein, ich nehme den Auflauf nicht mit«, sagte er nach dem zweiten Klingeln.

»Ist mir egal, wie sehr dein Kühlschrank stinkt.«

Ich lachte. »Ich rufe nicht wegen des Auflaufs an.«

»Gut«, sagte er. »Weil ich nämlich nichts davon mitnehme.«

»Okay, okay, schon gut.«

Die Innenbeleuchtung seines Autos ging aus und sein Umriss verdunkelte sich.

»Kann ich dann jetzt fahren?«, fragte er mit höhnischer Ungeduld.

»Ja«, sagte ich. Als er den Gang einlegte und rückwärts losfuhr, starrte ich in seine Frontscheinwerfer. »Ich wollte aber nur kurz sagen …« Ich schaffte es, meine Worte zusammenzubringen. »Norman, du bist mehr Familie für mich, als die es sind.«

Er brauchte eine Weile, um zu antworten. »Wow«, sagte er weich.

»Ja.« Ich machte eine Pause. »Und das ist gleichzeitig einzigartig und traurig, weißt du?«

»Ja, ich weiß.«

Ich konnte mir vorstellen, wie er nickte, während sein Auto am Ende der Straße stand, der Blinker wie ein Herzschlag pulsierend. Er fuhr auf die Hauptstraße und war innerhalb von Sekunden weg.

»Schönes Thanksgiving, Zan.«

»Für dich auch, Jayna. Genieß deinen freien Tag morgen. Wir sehen uns am Samstag.«

»Klar. Du auch.«

»Und danke«, sagte er. »Es ist gut, ein Zuhause zu haben, das nicht demnächst wieder verschwinden wird.«

»Ich seh dich«, sagten wir beide und legten auf.

Die Stille der Nacht schien bedrückend und dröhnend und wurde durch die plötzliche Abwesenheit aller im Haus und auf der Straße spürbar. Ich ging ins Haus zurück, atmete tief ein und fühlte die Erschöpfung zusammen mit der Erleichterung, dass der Tag vorbei war. Die Küche sauber zu machen war natürlich doppelte Arbeit nach Olivias und meinem Seifenschaumkampf, aber das war es wert, weil ich für einen Moment meine Schwester wiederhatte.

30

Potato Shack

AM DIENSTAG nach Thanksgiving, genau drei Minuten vor sieben Uhr abends, schloss ich die Türen ab und begann mit dem Kassenabschlag, während Susanna sauber machte. Ich war hinter der Theke, als ich ein Klopfen an der Glastür hörte, und als ich von der Kasse hochschaute, hörte ich Susanna rufen: »Das ist Car-Talk-Kenny.«

Ich hörte auf zu zählen. »Kenny?«

»Soll ich ihn reinlassen?«

»Sag ihm, er soll eine Sekunde warten«, sagte ich und zählte das Kleingeld noch mal. Als ich fertig war, nahm ich meine Schlüssel von der Theke und ließ ihn herein.

»Hey«, sagte er. »Bist du frei heute Abend?«

Ich schaute ihn verblüfft an. »Was?«

»Gehst du heute Abend mit irgendjemandem aus?«

Ich lachte bei der Vorstellung, dass ich irgendwohin ausgehen könnte. »Nein.«

»Gut. Willst du mit mir essen gehen?«

Das war der Moment, in dem ich ihn mir genau anschaute. Zuerst einmal waren seine Haare kurz und gestylt. Die ungleichen Haarsträhnen waren weg und sie sahen sogar dunkler aus – weniger wie Sandpapier, mehr walnussfarben. Der Schnitt schmeichelte seinen Gesichtszügen, betonte seine Augen und die Konturen seines sauber rasierten Gesichts.

Meine Augen bewegten sich weg von seinem Gesicht, nur um den Rest von ihm zu betrachten – er trug ein hellblaues Oxford-Hemd, das in dunkelblauen Jeans steckte. Einen braunen Ledergürtel und passende Nubukschuhe. Statt dünn und schlaksig stand er groß und hochaufragend da, professionell. Seine Gegenwart war total präsent, kraftvoll, dominant, dem Mann nicht unähnlich, den ich vor Monaten am Strand joggen gesehen hatte.

Kurz gesagt, *wow*.

»Ist das – fragst du mich nach einer richtigen Verabredung?«, fragte ich. »An einem Dienstag?«

Er nickte. »Sieht so aus.«

»Ich stinke nach Kaffee.«

»Ich bringe dich ja nicht zur *Tavern on the Green*.«

»Ich brauche wirklich dringend eine Dusche«, sagte ich.

»Dann fahre ich hinter dir her zu dir nach Hause.«

Während der siebenminütigen Fahrt zu meinem Haus schaute ich alle paar Sekunden in meinen Rückspiegel, um sicherzugehen, dass er auch hinter mir war in seinem Sonnenschein-orangenen Volkswagen Karmann Ghia Cabrio von 1970. Der berühmte Karmann Ghia. Der, über den Click und Clack in ihrer Radiosendung *Car Talk* so entzückt waren. Er bog hinter mir in die Einfahrt ein und folgte mir zur Vordertür. Alles, woran ich denken konnte, war, wie unaufgeräumt mein Haus war. Aber ich konnte ihn ja schlecht im Auto warten lassen.

»Bei mir zu Hause ist das totale Durcheinander«, warnte ich ihn, als ich die Tür aufschloss.

»Ich schaue nur auf die aufgeräumten Stellen«, versprach er. Wir gingen rein und er lief durch einen Raum nach dem anderen. »Nett.«

»Ich hab ein paar anständige DVDs hier«, sagte ich und deutete auf mein Entertainment-Center. »Nicht, dass ich so lange brauche, aber, na ja, bedien dich.«

Er sah die DVDs im Regal vor ihm durch und beugte sich leicht nach unten. Ich ging ins Bad, wo ich schnell duschte und im Kopf meinen Kleiderschrank auseinandernahm, auf der Suche nach etwas, das ich anziehen könnte. Ich entschied, dass Jeans, ein Pulli mit V-Ausschnitt und Stiefel ausreichen würden.

Nachdem ich hastig meine Haare geföhnt und mich ein bisschen geschminkt hatte, ging ich ins Wohnzimmer zurück, wo er beim Zappen war. Als er mich sah, stand er auf und seine haselnussbraunen Augen leuchteten auf.

»Gefällt mir«, war alles, was er sagte.

Ein Anflug von Schüchternheit überkam mich, als ich lächelte. »Zumindest bin ich sauber.«

Er machte den Fernseher aus, während ich meine Lederjacke und einen Schal holte.

»Wohin gehen wir?«, fragte ich.

»Essen«, antwortete er.

Ich rollte in gespielter Verzweiflung mit den Augen. »Offensichtlich. Aber wohin?«

»Wirst du schon sehen.«

Wir gingen zu seinem Auto. Er öffnete die Tür für mich und als ich in den Sitz sank und den alten Gurt um Schultern und Schoß legte, drückte ich die Nase in die Rückenlehne und sog den Geruch von Leder tief ein, bis ich mich dabei ertappte.

»Was machst du da?«, fragte er.

Ich wurde rot. »Mein Onkel fuhr früher einen Triumph – der Geruch von diesen Sitzen erinnert mich daran, wie er meine Schwester Olivia und mich zum Eisessen bei Carvel mitgenommen hat, als wir noch Kinder waren.«

Er schien von meiner Offenheit angetan zu sein (trotzdem bemerkte ich, dass mich ein solches Verhalten bei einer meiner Lovematch.com-Verabredungen abgestoßen hätte) und fuhr langsam aus der Einfahrt. Wir redeten vor allem über den Karmann Ghia – es tat ihm leid, dass es zu kalt war, das Verdeck aufzuklappen – und seinen Auftritt bei *Car Talk*, während wir auf dem Weg waren, wo auch immer er mich hinfuhr. Fünfzehn Minuten später fuhren wir bei einem, wie es aussah, kleinen Haus mit Flachdach vor.

»Was ist das?«, fragte ich.

»*Der Potato Shack*«, sagte er.

Er öffnete sowohl die Tür des Autos als auch die des Restaurants für mich. Die Innenwände des *Potato Shack* waren mit alten Schwarz-Weiß-Fotos von Kartoffelfarmen dekoriert. Wir redeten, während uns ein Kellner zu unserem Tisch brachte.

»Ich dachte, das könnte dir gefallen«, sagte Kenny. »Der ursprüngliche Besitzer dieses Ladens war von Long Island und sein Dad war Kartoffelfarmer. Er zog hierher ...«

»Der Sohn?«, unterbrach ich ihn.

»Ja, der Sohn des Kartoffelfarmers zog hierher, weil er hier die Schönheit der Atlantikküste zum halben Preis bekommen konnte.«

»Schön ausgedrückt.«

»Er öffnete diesen Laden hier zu Ehren seines Vaters und benutzte importierte Kartoffeln aus Long Island.«

»Ich wusste nicht, dass davon noch welche übrig waren – Kartoffelfarmen auf Long Island, meine ich.«

»Ich glaube, seine Familie besitzt immer noch ein kleines Stück Land.«

Ich öffnete die Speisekarte, ging sie schnell durch und schaute Kenny verwirrt an.

»Ist das die Vorspeisenkarte?«

»Nein, das ist die ganze Karte.«

»Okay, ich will nicht wie ein kompletter Idiot klingen, aber ... «

»Ja?«

»Das ist alles mit Kartoffeln.«

Er grinste verschmitzt. »Ist das nicht super?«

»Keine Salate? Keine Steaks oder Burger?«

»Brei, gebraten, frittiert, gebacken, gratiniert, geschält, du hast die Wahl.«

»Wie haben die bloß die *No Carb*-Welle überstanden?«

»Ich kann dir wärmstens den Kartoffelbrei mit Cheddar und Speck empfehlen. Der haut dich um und du fühlst dich wie im Himmel.«

»Bei so viel Cholesterin, klar.«

Er lachte.

»Was nimmst du?«, fragte ich.

»Die Pommes mit Fleischsauce«, sagte er.

Ich schaute ihn halb erstaunt, halb entsetzt an. »Fleischsauce wie in *Spaghetti mit Fleischsauce*?«

»Genau«, grinste er.

»Du machst Spaß.«

»Glaub mir, die sind großartig.«

Der Kellner nahm unsere Bestellung auf und wir saßen einen Moment in unangenehmer Stille, während im Hintergrund das *Rubber Soul*-Album von den Beatles lief.

»Wo bist du die ganze Zeit gewesen, Kenny?«, fragte ich schließlich, überrascht von dem Schmerz in meiner Stimme.

Er blickte nach unten, bevor er mir direkt in die Augen sah. »Zum einen habe ich ein eigenes Geschäft gegründet«, antwortete er.

»Hab ich gehört. Und du machst was?«

»Es ist ein kleiner Verlag. Ich bin der Typ, der alles macht, was andere nicht können. Design und Instandhaltung der Website, Dateien formatieren, Kostenplanung und Prognosen, Geschäftsangebote, alles eben. Ich zahle mir sogar ein Gehalt aus.«

»Wow«, war alles, was ich sagen konnte. »Das hättest du uns erzählen sollen. Ich hätte dir doch einen Keks umsonst oder so was gegeben.« (Gott, wie dämlich das klang.)

»Das war nicht der Hauptgrund, weshalb ich weggeblieben bin.« Er machte eine Pause. »Ich wollte dich und Scott nicht zusammen sehen.«

Bei diesem Geständnis fühlte ich mich wirklich mies. Auf einmal fühlte ich mich schuldig, verantwortlich für seine Abwesenheit. Und trotzdem spürte ich auch einen Anflug von Enttäuschung und Wut.

»Warum hast du nichts gesagt?«, fragte ich.

»Es war zu spät.«

Diesen Punkt musste ich ihm einräumen.

»Hast du gewusst, dass wir Schluss gemacht haben?«

Er nickte. »Die Gerüchteküche ist bis zu meinen Ohren vorgedrungen. Warum glaubst du, habe ich dich gefragt, ob du heute Abend mit mir essen gehst?«

»Und du hast gedacht, ein Monat ist genug Zeit für mich, um darüber hinwegzukommen?«

»Es ist ja nicht so, als ob Scott dich jemals wirklich umgehauen hätte.«

»Woher willst du das wissen?«

»Hat er dich jemals ins *Potato Shack* eingeladen?«

Ich schaute mich kurz in dem Laden um. »Du nennst das hier einen *romantischen* Ort?«

»Zum Teufel, ja klar!« Er grinste und nahm einen Schluck Bier.

Ich wechselte das Thema.

»Weißt du, dass du der erste Kenny bist, den ich wirklich mag? Kein Typ namens Kenny war bisher ein netter Typ gewesen. Eigentlich sind es die Kens, die offensichtlich Arschlöcher sind.«

»Was du nicht sagst«, gab er amüsiert von sich.

»Ist dir das nie aufgefallen? Im echten Leben genauso wie im Fernsehen. Schau dir nur *Law & Order* an. Die Verbrecher heißen immer Kenny oder Ken …«

»Immer?«

»… und die sind alle hinterhältig. Aber dann gibt es natürlich noch Ken von den berühmten *Barbie und Ken*.«

»Hey, du kannst einen Typen nicht nach seinen Plastikhaaren beurteilen.«

»Trotzdem bin ich froh, dass du kein Ken bist. Du solltest aber wirklich darüber nachdenken, deinen Namen zu ändern«, zog ich ihn auf.

»In was?«, fragte er und zog die Augenbrauen nach oben.

Ich nahm einen Schluck von meinem Cocktail, um Zeit zu gewinnen. Er lehnte sich in seinem Stuhl zurück, verschränkte die Arme und grinste voller Erwartung.

»Was ist dein mittlerer Name?«, fragte ich.

»Richard. Kenneth Richard Rhodes«, sagte er mit sachlicher und tiefer Stimme.

»Richard Rhodes …«, versuchte ich und betonte die beiden R. »Na ja, die Alliteration funktioniert gut.«

»Aber …?« Er wusste, dass ich nicht überzeugt war.

»Ich weiß nicht; *Richard* hört sich zu gesetzt für dich an. Klingt so, als ob du einen Hedgefonds verwalten würdest.«

»O Gott, danke«, sagte er und fügte schnell hinzu: »Ich gebe dir aber recht. Was ist mit Rich?«

»Neee.«

»Rick? Oder wie wär's mit Ricky?«, fragte er.

Ich zog eine Grimasse. »Das wäre schlimmer als Kenny.«

»Was ist mit Chad? Oder Chase? Den Namen mochte ich immer.«

»Nein, es sei denn, du planst, ein Finanz-Yuppie zu werden. Planst du, ein Finanz-Yuppie zu werden?«

»Nicht in nächster Zukunft.«

»Dann muss ich dir leider sagen, dass du ein Kenny bist.«

»Du wirst wohl damit leben müssen. Mach' ich ja auch schon.« Er machte eine ganz kurze Pause, bevor er weitersprach. »Magst du *deinen* Namen?«

Ich versuchte, mich zu erinnern, ob mich jemals jemand so was gefragt hatte, aber mir fiel niemand ein.

»Ich liebe meinen Namen; ich wünschte nur, es wäre einfacher mit dieser ganzen Aussprecherei.«

»Ich mag deinen Namen auch. Dein Name passt auf jeden Fall zu dir – er ist hübsch und anders als das, was man erwartet.«

Von all den Komplimenten, die ich im letzten Jahr von den Typen, mit denen ich ausgegangen war, bekommen habe, klang keines so einfach, so authentisch wie dieses hier. Vielleicht weil er es nicht in der Absicht gesagt hatte, mich zu beeindrucken, sondern als reine Beobachtung. Allein das ließ mein Inneres zu Wackelpudding werden.

Unser Essen kam und wir fingen an. Kenny hatte recht, der mit Cheddar und Speck vollgehäufte Kartoffelbrei war überirdisch. Ich ließ einen orgastischen Seufzer nach dem nächsten heraus und er lächelte mich zufrieden an, seine Augen sagten: *Hab ich dir doch gesagt.* Ich probierte sogar seine Pommes mit Fleischsauce und war überrascht, wie gut auch die waren.

Ich nahm unsere Unterhaltung wieder auf und wechselte zu einem ernsteren Ton.

»Wir haben dich vermisst im Grounds. Ich schwöre, unsere Verkaufszahlen sind runtergegangen, seit du vom Erdboden verschwunden bist.«

Für einen Moment sah er traurig aus. »Ich habe euch auch vermisst.«

»Minerva hat mit der Schule aufgehört.«

»Ich weiß«, sagte er.

Natürlich weißt du das. Du redest ja heimlich mit ihr.

Ohne Vorwarnung wechselte ich das Thema. »Also, was wirst du denn veröffentlichen in deinem kleinen Verlag?«

»Für den Anfang erst mal meinen Roman.«

Meine Augen wurden größer, während ich mich zwang runterzuschlucken. »Du hast einen Roman geschrieben?«

Er nickte.

»Warum hast du nie was davon erwähnt?«

»Du hast ja nie gefragt.«

»Du hättest es ja mal ganz nebenbei erzählen können – das ist sehr viel wichtiger als die Frage, ob du Erbsen magst oder den Buchstaben H.«

»Ich wollte die guten Sachen für unsere Verabredung aufheben. Bist du nicht froh, dass ich das getan habe?«

»Idiot«, sagte ich kopfschüttelnd. Er hob und senkte seine Augenbrauen genau wie Groucho Marx und lächelte durchtrieben, bevor er einen weiteren Bissen von seinen Pommes nahm.

»Welches Genre?«, fragte ich.

»Literarische Science-Fiction, gemischt mit einen bisschen Popkultur.«

»Wovon handelt er?«

»Ein Journalist findet heraus, dass es am Port Authority eine Tür in die Vergangenheit und in die Zukunft gab, die aber zerstört wurde, als die beiden Türme am elften September zusammenfielen, was bedeutet, dass unzählige Menschen in einer dieser Zeitdimensionen gefangen sind. Er macht sich also auf den Weg, um eine weitere Tür zu finden, damit er sie retten kann.«

Ich staunte über das Konzept. »Wow«, sagte ich. »Das ist fantastisch. Auf so eine Idee wäre ich nie gekommen. Mein Roman handelt von einer italienischen Familie, die nach dem Zweiten Weltkrieg nach New York City auswandert. Nicht so einfallsreich wie deiner, aber er hat gute Kritiken bekommen. Begrenzte Zielgruppe aber.«

»Ich weiß, ich hab ihn gelesen. Sehr Adriana-Trigiani-mäßig.«

Diesmal verschluckte ich mich fast. »Wann hast du meinen Roman gelesen?«

»Als ich anfing, ins Grounds zu gehen. Ich habe ihn aus dem Regal genommen.«

»Du hast mein Buch gestohlen?«

»Kann man so sagen, ja.«

Ich schaute ihn entgeistert an. »Du hast einen Roman geschrieben, ohne es irgendjemandem zu sagen, und hast das Grounds bestohlen.«

»Ich hab's zurückgebracht.«

»Sonst noch irgendwas, das ich wissen sollte?«

»Ich habe meine Hauptfigur Chase genannt«, sagte er nach einer Pause.

»Und war er ein Finanz-Yuppie, bevor er Reporter wurde?«

Er aß die letzte seiner Pommes. »Weißt du«, sagte er, nachdem er mit Kauen fertig war, »du solltest bei uns mitmachen.«

»Bei was mitmachen?«

»Du solltest für unseren Verlag arbeiten. Ich wette, du bist ein guter Herausgeber. Wir könnten noch einen gebrauchen. Oder du schreibst einen neuen Roman und wir veröffentlichen ihn.«

Ich schüttelte den Kopf abweisend und dachte noch nicht mal einen Moment über diese Idee nach.

***

Nach dem Essen fuhr Kenny uns zur Promenade in der Innenstadt von Wilmington, wo wir entlang des Wassers spazieren gingen. Die Nachtluft ließ mich frösteln, ich machte den Reißverschluss meiner Jacke zu und verschränkte meine Arme.

»Ist dir kalt?«, fragte er.

»Ein bisschen.«

Er legte den Arm um mich und ich fröstelte wieder, diesmal aber innerlich. Wir hielten an und schauten aufs Wasser, die Sonne war lange weg. Kenny stand direkt hinter mir, drückte seinen Körper leicht gegen meinen und ließ eine Hand zart auf meiner Taille liegen.

Ich drehte mich herum und schaute ihn an. In seinen Augen lag ein Ausdruck von Zufriedenheit. Ich reckte meinen Hals, um seine Lippen zu erreichen, und er beugte seinen Kopf, um an meine zu kommen. In dem Moment, wo sich unsere Lippen berührten und ich das Salz der Pommes schmecken konnte, umfasste er mein Gesicht mit einer Hand und zog mich mit der anderen zu sich heran und umarmte mich, während meine Finger in seinem Nacken durch seine Haare wühlten.

Wir standen da in dieser Umarmung und es fühlte sich an wie Stunden.

»Ich hätte das schon vor langer Zeit tun sollen«, sagte er mehr zu sich selbst als zu mir, wie es schien.

Irgendwann gingen wir zum Karmann Ghia zurück und Kenny brachte mich nach Hause, die ganze Zeit meine Hand haltend. Als er in die Einfahrt gebogen war und das Auto geparkt hatte, küssten wir uns wieder und schauten uns dann für eine Weile an.

»Ich hoffe, du verstehst das nicht falsch, aber ich glaube nicht, dass ich dich hineinbitten sollte«, sagte ich.

»Und ich hoffe, dass du das auch nicht falsch verstehst, aber ich würde Nein sagen, wenn du mich bitten würdest.«

Er öffnete seine Tür, stieg aus und kam rüber zu meiner Seite. »Ich hatte einen wunderbaren Abend heute«, sagte er und hielt mir die Tür auf.

»Ich auch. Tatsächlich war das die beste Verabredung, die ich seit Ewigkeiten hatte.«

Vielleicht seit immer.

»Werde ich hierüber morgen auf WILS lesen?«

Ich schüttelte den Kopf. »Dieser Blog …«, ich stockte. »Der war schon vorbei, bevor er überhaupt angefangen hatte.«

»Kein Gesetz sagt dir, dass du weitermachen musst.«

Ich hatte über die Zukunft von WILS genauso wenig nachgedacht wie über meine eigene.

Kenny gab mir einen schnellen letzten Kuss und ich schwebte geradezu zur Eingangstür, als er wieder zurückfuhr und auf der Straße verschwand.

Als ich im Bett lag und noch einmal jeden Moment unserer Verabredung durchging, wusste ich auf einmal, dass die Sache, die ich am meisten wollte, gleichzeitig die Sache war, vor der ich die größte Angst hatte. Und diese Wahrheit wollte einfach nicht länger ignoriert werden.

31

Poutine

AM FOLGENDEN NACHMITTAG traf ich mich mit Minerva im Blue Moon, einem Diner im NCLA-Studenten-Center, der rund um die Uhr mit Studenten und Fakultätsangehörigen voll war, die an ihren Laptops saßen oder an der Theke die Zeitung lasen, lernten oder einfach in den Sitzecken rumhingen. Das Fünfziger-Jahre-Retro-Dekor bestand aus verchromten Armaturen und gekacheltem, schwarz-weißem Boden und die Speisekarte passte sich dem Ganzen genau an, indem es vor allem Burger, Pommes und Milkshakes gab. Selbst in der Jukebox, die in der Ecke stand, gab es Schallplatten von Chuck Berry und Buddy Holly.

Wir starrten in unsere Speisekarten.

»Weißt du was? Ich könnte wirklich was von der Poutine vertragen«, sagte Minerva zu sich selbst, ohne von der Karte aufzublicken.

»Von der *was*?«, fragte ich.

»Der Himmel auf einem Teller«, sagte sie, immer noch in die Karte schauend, »getränkt in Käse und Bratensauce.«

Ich setzte mich gerade hin. »Ich bin ganz Ohr.«

Sie fuhr fort. »Pommes frites mit *Cheese Curds*, dicken Käsestückchen, obendrauf und das alles in dicker Bratensauce.«

Ich schauderte. »Das Wort *Curds* habe ich noch nie gemocht«, sagte ich und klappte meine Karte zu.

Minerva hörte nicht zu. Sie hatte die Augen geschlossen und schnurrte quasi. »Warm, salzig, klebrig-zähflüssig. Herzinfarktmäßige Großartigkeit.« Sie brachte sich selbst in die Gegenwart zurück. »Poutine. Sehr *Québecois*.«

»Wir sind hier im *Süden*, Minerva. Daran erinnerst du dich doch noch, oder? Was hier am nächsten am Französischen dran ist, sind *French Fries*.«

»Aber das ist Essen für die Seele. Käse? Bratensauce? Kartoffeln? Was ist typischer für den Süden als das?«

Sie starrte wieder in die Karte, für zehn Sekunden, runzelte die Stirn und klappte sie zu.

»Also, ich hatte gestern Abend eine Verabredung mit Kenny«, sagte ich.

Sie schaute auf, ließ die Karte fallen und machte ihren Mund auf.

»Du gehst ohne Vorwarnung von Essen für die Seele über zu *Ich hatte eine Verabredung mit Kenny*? Keine Überleitung? Wie funktioniert eigentlich dein Gehirn, Eva?«

Bevor ich eine Chance hatte zu antworten, kam der Kellner und hielt seinen Block in der Hand. Er schaute zuerst zu mir. »Was kann ich Ihnen bringen?«

»Einen Burger. Medium durchgebraten. Keinen Salat und keine Zwiebeln. Tomate an der Seite. Das Brötchen leicht getoastet. Und ein Wasser mit Eis«, zählte ich auf.

Er schrieb alles auf seinen Block und drehte sich dann zu Minerva. »Und für Sie?«

Ihre Augen verengten sich und ich wusste, dass es den Kellner erwischen würde.

»Haben Sie Pommes frites?«, fing sie an.

»Natürlich.«

»Und Bratensauce und Käse?«

»Glaube schon.«

»Okay. Dann will ich, dass Sie das alles auf einen Teller tun und mir bringen. Bitte.«

Der Kellner schaute sie zögerlich an. »Sind Sie sicher?«

»Ich habe ja danach gefragt oder etwa nicht?«

»Alles zusammen ... einfach nur auf einem Teller?«

»Genau das.«

Er starrte auf die Speisekarten, bevor er mich anschaute, als wollte er mich bitten zu übersetzen. Dann schaute er wieder zu ihr. Ich hob meine Augenbrauen, erst zu ihm, dann zu ihr, und amüsierte mich.

»Ich bin mir nicht sicher, ob wir das machen können«, sagte er und legte den Kopf schief.

Minerva lachte laut auf. »Hören Sie zu ...«, sagte sie, während sie auf sein Namensschild schielte, »Chris, ich habe Heißhunger. Helfen Sie mir und Sie können mir alles dafür berechnen.«

Ich versuchte, Chris zu Hilfe zu kommen. »Bringen Sie ihr einfach eine Portion Pommes mit etwas Sauce und Käse an der Seite, bitte.«

»Okey-dokey«, sagte Chris, der sich wahrscheinlich sagte, unser ganzes Trinkgeld könnte die Sache nicht aufwiegen.

»Und eine Coke«, rief sie hinter ihm her. Als er außer Hör- und Sichtweite war, konnte ich mich vor Lachen nicht mehr halten. Sie seufzte. »Im Ernst, wie schwer ist es, etwas Sauce und Käse auf ein paar Pommes zu machen?«

»Ich wette, du kriegst so was im *Potato Shack*.«

Minerva verzog ihr Gesicht. »*Wo*?«

»*Potato Shack*.« Ich sagte das, als würde ich den Laden schon mein ganzes Leben lang kennen. »Dahin hat mich Kenny gestern ausgeführt.«

»Er hat dich in einen *Shack* ausgeführt? Nach alldem?«

»Das ist ein Restaurant. Er ist mit mir dahin gegangen, weil es dort Kartoffeln von Long Island gibt. Oder zumindest glaube ich, dass das der Grund war. Die servieren dort nichts anderes als Kartoffeln, aber auf alle möglichen Arten. Ich wette, du findest deine kleine Delikatesse dort, obwohl ich nicht glaube, dass die das mit deinem überkandidelten französischen Namen bezeichnen. Er hatte seine Pommes mit Fleischsauce.« Ich lächelte bei der Erinnerung. »Es war süß.«

»Tja, also gut.« Minerva grinste wie ein Honigkuchenpferd und ich wurde sofort misstrauisch.

»Warte mal kurz ... hast du *nach alldem* gesagt? Nach all dem *was*?«

»Und wie war es? Die Verabredung, meine ich?«

»Glaub ja nicht, du könntest ablenken. Was hast du gemeint?«

»Kommen wir gleich dazu. Versprochen. Erzähl mir erst, wie es gelaufen ist?«

Ich grinste wie ein glücklicher Idiot. »Es war ...« Ich suchte nach den passenden Worten.

»So gut? Bitte sag bloß nicht *wie im Traum*.«

»Ich wollte überhaupt nicht *wie im Traum* sagen.«

Chris, der Kellner, brachte unsere Bestellung. Mein Brötchen war ungetoastet und die Tomate lag auf dem Burger. Mins Beilage von Sauce und Käse war in kleinen Schälchen, die eher für Salat gemacht waren. Sie schauderte und seufzte laut und vernehmlich.

»Ruhig bleiben«, sagte ich.

»Ist das nicht das, was Sie wollten?«, fragte er.

»Können Sie mir noch zwei von diesen kleinen süßen Schälchen bringen?«, fragte sie.

»Ähm, muss ich erst fragen.«

»Danke, das wäre wunderbar«, gurrte Minerva.

Kurz darauf kam Chris mit zwei weiteren Schalen voller Sauce und geraspeltem Käse zurück, stellte sie am Rand des Tisches ab und beeilte sich, wieder wegzukommen, bevor eine von uns noch nach irgendetwas anderem fragen konnte.

Ich konnte nicht anders und musste lachen. »Du und deine Poutine-Gelüste.«

»Es wird *poo-teen* ausgesprochen, nicht *putin*. Wir reden hier von Kartoffeln und nicht von russischen Premierministern. Du solltest das im Grounds servieren.«

»Davon kannst du lange träumen.«

Ich zuckte zusammen und sah mit leichtem Interesse zu, wie Minerva den ganzen Käse auf ihre Pommes lud, bevor sie die Sauce obendrauf träufelte. Es sah fürchterlich aus, sie war aber offensichtlich angetan.

Sie genoss für einen Moment den Anblick ihres Machwerks, bevor sie weitermachte.

»Er interessiert sich wirklich für dich, weißt du. Seit langer Zeit schon.«

Ich nahm einen Schluck Wasser, um das alberne Grinsen zu verbergen, das meine Mundwinkel nach oben zog.

Sie fuhr fort. »Tatsächlich war ich seit dem ersten Tag für Kenny.«

»*Seit dem ersten Tag*?« Meine Augen verengten sich. »Wann genau war der erste Tag?«

Minerva faltete ihre Serviette zusammen und legte sie unter ihren Teller.

»Ich habe dir gesagt, schließ ihn nicht aus.«

»Und was hast du gemeint mit *nach alldem*?«

Sie sah aus, als würde sie überlegen, ob sie ihr Schweigen brechen sollte oder nicht.

Ich verschränkte meine Arme. »Sag was.«

Sie seufzte. »Erinnerst du dich, wie Kenny und Schwester Beulah und ich immer zusammengesessen haben, bevor er sein Projekt mit dem kleinen Verlag startete – davon hat er dir erzählt, stimmt's?«

»Ja, *endlich*«, betonte ich und wartete, dass sie weiterredete.

»Also, an einem Tag habe ich ihn dabei erwischt, wie er dich angeschaut hat, dich beobachtet hat. Da habe ich ihn gefragt und er hat mir erzählt, dass er irgendwie auf dich steht, aber hat mich angefleht, dir nichts davon zu sagen.«

»Und das hast du *nicht*?«, sagte ich.

»Er ist mein Freund, Eva. Wie würde es dir gefallen, wenn ich dein Vertrauen missbrauchen würde? Wie auch immer, er wollte es dir irgendwie sagen, aber dann hast du alles verdorben und bist mit Scott nach Hause gegangen nach dem Zwischenfall mit Shaun und der Jeanette.«

Ich machte meinen Mund auf. »Nein.«

»Doch.«

»NEIN!«

»*Doch*. Deswegen hat er aufgehört vorbeizukommen und beschlossen, über dich hinwegzukommen. Aber er hat dich vermisst und jeden anderen vom Grounds auch. Als er also zu der Halloween-Party kam, sah er den Streit, den du mit Scott hattest, als Shaun da war, und hat mich nach meinem Rat gefragt. Der Rest, bla, bla, bla, ist Geschichte.«

Ich traute meinen Ohren nicht.

»Was hast du ihm denn geraten?«, fragte ich.

»Ich sagte ihm, dass du einen Tritt bräuchtest.«

»Einen Tritt?«

»Einen schnellen Tritt.«

»Danke, Min. Was hat er dazu gesagt?«

»Er sagte: *Dann kannst du mich Adam Vinateiri nennen.* Du weißt, wer Adam Vinateiri ist?«

»Das ist der verdammte Präsident der Vereinigten Staaten.«

»Das ist der beste Kicker in der NFL.«

»Er ist der beste Kicker in der NFL«, wiederholte ich. »Gestern Abend war also Kennys schneller Tritt?«

»Hat es funktioniert?«, fragte sie.

Ich zerknüllte meine Serviette und schmiss sie auf meinen Teller, während Minerva wartete. »Irgendwas fühlt sich nicht richtig an. So als wäre ich noch nicht so weit.«

»Wegen Scott?«, fragte sie.

»Nein.«

»Wegen Shaun?«

»Zum Teufel, nein.« Ich machte eine kurze Pause, bevor ich hinzufügte: »Es liegt an *mir*.«

Minerva nickte. »Oh.«

»Okay«, sagte ich. »Und jetzt, was ist mit deinem?«

»Meinem was?«

»Deinem schnellen Tritt? Der ist schon längst fällig.«

Sie zuckte die Achseln und sah auf ihre Uhr. »Du musst dich bald für deinen Kurs fertig machen«, sagte sie.

Wir winkten nach Chris für unsere Rechnung. Ich legte ein Fünf-Dollar-Trinkgeld auf den Tisch.

»Ist Adam Vinateiri nicht in Rente gegangen bei NFL?«, fragte ich, als wir rausgingen.

Minerva zuckte wieder mit den Achseln. »Woher soll ich das wissen?«

Als wir über den Campus zu ihrem Auto zurückgingen, schaute ich mich um; der Blick war wie auf einer Postkarte. Bäume säumten die Gehwege, ordentlich gesäuberte Blumenbeete grenzten die Backsteingebäude ein. Die südliche Sonne warf ihre Schatten, als sie langsam unterging.

»Ich habe vergessen, wie wunderschön der Campus zu dieser Zeit des Jahres ist«, sagte Minerva.

Ich nickte zustimmend. »Vermisst du dein Medizinstudium gar nicht?«, fragte ich.

Sie sagte nichts und starrte geradeaus, ihre Lippen fest aufeinandergepresst.

Schweigend erreichten wir ihr Auto. Sie machte eine Pause, die Tür noch halb offen.

»Weißt du, was passiert ist, ist passiert und das ist alles. Ich glaube, Kenny hat genug zu bedauern für euch beide zusammen. Aber jetzt, wo du es weißt, vielleicht denkst du mal darüber nach, wie viel Zeit du noch verstreichen lassen willst.«

Ich brauchte eine Weile, um zu kapieren, dass sie das Thema gewechselt hatte. Hätte Minerva nicht so deutlich ihre eigene Situation beschrieben, hätten mich ihre Worte vielleicht getroffen.

»Wenn es nur so einfach wäre, Min«, gab ich zurück.

»Das ist es.«

★★★

Trotz meiner Nervosität, ins Klassenzimmer zurückzukehren, vor allem mit so wenig Zeit zur Vorbereitung, wurde Eds Vorhersage, dass es ganz einfach werden würde, doch wahr. Wieder von dem vertrauten Geruch nach Holz und muffiger Luft umgeben zu sein, fühlte sich an wie ein Schritt in die Vergangenheit, vielleicht durch

Kennys erfundene Tür. Die Kurzgeschichten der Studenten handelten von Themen des historischen North Carolina bis in den Mittelwesten, von Protagonisten der oberen Mittelklasse bis zu Handlungen von mexikanischen Wanderarbeitern, die sich vor der INS versteckten. Ich fühlte mich irgendwie wie eine Betrügerin, weil mein eigenes kreatives Schreiben der letzten Jahre aus dummem und unbedeutendem Geschwafel über das Singleleben bestanden hatte. Nach meinem ersten Tag ging ich in der Absicht nach Hause, einen Entwurf für eine eigene Kurzgeschichte aufzuschreiben, mir fiel aber nichts ein.

Es war fünf Minuten nach sechs und der Kurs war gerade zu Ende, da verließ ich das Gebäude mit vier von Jennas Studenten – jeweils zwei auf jeder Seite – und überquerte den Innenhof in Richtung der Parkplätze. Die Diskussion aus dem Workshop war im Flur und auch während unseres Heimwegs weitergegangen. Ich hatte es immer gemocht, wenn das passierte, wenn die Geschichten zu intensiv waren, um sie wegzulegen, sie loszulassen und aufzuhören, über sie zu reden.

Wolken und eine leichte Kühle waren aufgekommen und eine Gruppe von Studenten rannte vom Studenten-Center in die Richtung der Wohnheime, manche sahen panisch aus.

»Was ist denn los?«, fragte ich, als ein Student auf seinem Skateboard fast mit uns zusammengestoßen wäre.

»In einem Wohnheim brennt's!« schrie er, wich aus und stieß sich mit seinem Fuß ab, um schneller zu werden.

32

Feuer

DIE STUDENTEN UND ICH sahen uns schockiert für einen kurzen Augenblick an. Als Erstes dachte ich an Shaun und an die Kollegen von der Englischen Fakultät, dann an Minerva, als ob mein Gehirn eine Datenbank von Leuten erstellte, die ich kannte und die das mitbekommen haben – oder schlimmer noch, betroffen sein könnten. Als meine Gedanken zu dem erschreckenden Anblick der Studenten gingen, schnappte ich nach Luft. *Susanna!*

Ich ließ meine Tasche fallen und rannte zu den Studentenwohnheimen, als eine von Jennas Studentinnen rief: »Professor, warten Sie!« Machte ich aber nicht. Ich musste so eine Dreiviertelmeile gerannt sein, bevor ich eines von NCLAs ältesten Wohnheimen erreichte, ein klotziges Backsteinmonster, entworfen, um Hurrikanen standzuhalten, aber kein bisschen schön. Hellorangene Flammen und schrecklicher, schwarzer Rauch kamen aus zwei der Fenster im ersten Stock. Zersplittertes Glas lag auf den Gehwegen und dem Gras wie ein Mosaik. Studenten, die sich ihre Münder zuhielten, rannten weinend herum, suchten nach Mitbewohnern und Freunden und sprachen verzweifelt in ihre Telefone. Die Sirenen machten einen buchstäblich taub, während die Feuerwehrleute und die Campuspolizei die Leute zusammentrieben, um sie in Sicherheit zu bringen, und ihre Anordnungen durch Megafone und Funkgeräte durchgaben. Ich schrie Susannas Namen und hielt Studenten an. »Susanna Swanson? Kennt ihr Susanna Swanson? Ist das ihr Wohnheim?« Ich schrie jeden an, der hören konnte. Während ich mich wie in einer New Yorker U-Bahn-Station durchkämpfte, versperrte mir ein Campuspolizist den Weg und hielt mich am Arm fest.

»Weiter können Sie nicht gehen, Ma'am. Dieser Bereich ist nicht mehr sicher.« Er hatte einen starken Akzent und eine tiefe Stimme.

»Sie verstehen nicht.«

»Tut mir leid, Ma'am. Ich kann Sie nicht durchlassen.«

Ungefähr dreißig Meter von mir entfernt sah ich Shaun, der Studenten versammelte, und kämpfte mich mit Ellbogen zu ihm durch.

»Shaun!«

Er fuhr herum. »Eva?«

»Ich kann Susanna nicht finden! Sie arbeitet bei mir im Grounds.«

Ich war völlig außer Atem und beugte mich vor, um nach Luft zu schnappen.

»Ganz ruhig, Eva«, hörte ich ihn sagen. Er hielt mich am Arm und legte mir eine Hand auf den Rücken, um mich zu beruhigen.

»Die lassen mich nicht durch«, sagte ich zwischen zwei Atemzügen.

»Die lassen niemanden durch. Es sind noch mindestens drei Leute da drin und die holen sie gerade raus.«

»O mein Gott, Shaun. Das sind doch noch *Kinder.*«

»Alles wird gut werden«, sagte er mit resoluter, aber ein bisschen unsicherer Stimme.

»Was machst du denn hier?«, fragte ich, obwohl ich wusste, dass die Frage völlig irrational war, aber die Rationalität war niedergetrampelt worden von Füßen in Turnschuhen und heulenden Sirenen.

»Das Gleiche wie du – sichergehen, dass es den Kindern gut geht.«

Ich hob den Kopf, immer noch schwer atmend, und sah ihn: den Shaun, in den ich einst verliebt gewesen war. Vor Jahrhunderten. Ewigkeiten. Einem ganzen Leben.

Und dann sah ich Susanna.

Sie brachten sie auf einer Trage heraus, eine Sauerstoffmaske auf dem Gesicht. Ich schrie auf, als ich sie sah, und rannte rasend schnell zur Rückseite des Krankenwagens, dessen Türen offen waren, bereit loszufahren. Ich erreichte die Trage und rief ihren Namen. Ihr Gesicht war mit dreckiger, grauer Asche, Schweiß und Tränen verschmiert, ihr rechter Arm verbrannt.

Ich hielt einen Mann des für Notfalleinsätze zuständigen *Emergency Management Teams* an: »Bitte, Sie müssen mich mit ihr mitfahren lassen. Sie ist nicht von hier. Ihre Mutter ist in Virginia. Ich bin ihre nächste Bekannte.«

»Aus dem Weg, Ma'am«, sagte der Typ vom *EMT*, seine Stimme monoton und im Befehlston.

Susanna nahm ihre Maske herunter. »Lassen Sie sie mitkommen, bitte«, sagte sie stotternd. Der Leiter des *EMT* nickte und bellte den anderen Anweisungen zu. Zuerst brachten sie sie vorsichtig in den Krankenwagen und dann stieg ich hinterher, bevor die Türen zugemacht wurden. Als wir drin waren, raste er davon.

Während wir uns vom Schauplatz entfernten, versuchte ich mein Bestes, um Susanna zu versichern, dass sie in Ordnung kommen würde. Als der Krankenwagen am *Cape Fear*-Krankenhaus ankam, sprang ich heraus, während die Typen vom Notfall-Team Susanna herausschoben und mich zurückließen. Ich holte mein Handy heraus und rief Minerva an. Ich zwang mich, langsam zu sprechen, als sie nach dem ersten Klingeln dranging.

»Min? Alle sind in Ordnung, aber du musst zum Krankenhaus kommen. Susanna ist bei einem Feuer auf dem Campus verletzt worden und ich brauche jemanden, der mit den Ärzten reden kann.«

»Bin schon unterwegs«, sagte sie im gleichen Stil wie die Typen vom Notfall-Team. Das Telefon piepte, um zu signalisieren, dass sie aufgelegt hatte.

Ich starrte mein iPhone an, das ich immer noch fest im Griff hatte, meine Knöchel ganz weiß, bis das Display in den Energiesparmodus wechselte und sich dann ausschaltete. Mein Finger war über dem Power-Knopf, während ich im Kopf meinen Rolodex nach Freunden, Familie und jedem, den ich anrufen sollte, durchging. Die Namen spulten sich vor mir ab, ich rief aber keinen an.

Ich ließ mich in einen Sessel in der äußersten Ecke sinken und fühlte mich unsichtbar, während die Welt um mich herumwirbelte. Das Geräusch der Notaufnahme-Türen, die auf- und zugingen, schien gefiltert, gedämpft und verzerrt, wie aus einer anderen Welt. Währenddessen füllte sich der Warteraum mit einer kleinen Gruppe von Studenten in Jeans und trendigen T-Shirts mit Aufschriften, manche bereits mit Blumen und kleinen Teddybären bewaffnet.

Ich schloss für einen Moment die Augen. Der Geruch des Desinfektionsmittels – beißender als der Rauch, der in meinen Kleidern hing – führte mich zu Krankenhäusern aus einem anderen Leben, einer Jugend, die lange vorbei war, Warteräume, in denen ich so oft saß, dass sie sich wie ein Zuhause anfühlten, Betten, auf denen ich Nachtwache gehalten hatte. Er ähnelte dem sauren Geruch der sterilen Reiniger, die unser Haus, zu einem Hospiz verwandelt, in Beschlag genommen hatte, sogar nachdem meine Eltern gestorben waren. Diese Räume waren so still, erstarrt in der Grauzone von Menschen, die nichts mehr zu tun hatten außer zu warten.

Hier jedoch sirrte die Luft vor Aktivität, vibrierte vor Lärm und war voller Spannung, verursacht von Leuten, die sich gegenseitig auswichen, um ihrem geschäftigen Treiben um mich herum nachzugehen. Krankenschwestern liefen in Crocs von jeder Farbe vorbei und hinterließen Unklarheiten aus medizinischem Fachjargon und Codes, und das in schicken, aufeinander abgestimmten Krankenhauskitteln. Telefone klingelten, Arzthelfer klopften mit Stiften, eine Truppe Polizisten brachte eine Trage herein, die Laken heruntergezogen neben einem Gesicht, das fast komplett mit Schläuchen bedeckt war. War das immer so gewesen? Das fragte ich mich. Über mir liefen die Nachrichten und das Wetter auf einem einzelnen, in einer Ecke hängenden Fernseher: eine Serie von Diebstählen im Zusammenhang mit dem Weihnachtstrubel, ein Anstieg des Feierabendverkehrs und ein herankommender, ungewöhnlicher Kälteeinbruch.

Ich schloss die Augen wieder und saß unsichtbar zwischen all dem. Zumindest dachte ich das, bis ich beim Klang von Minervas Stimme zusammenzuckte.

»Du glaubst nicht, wie voll es da draußen ist. Sonst wäre ich viel früher da gewesen.«

Ich stand auf und umarmte sie. Sie drückte mich fest, das Chaos um sie herum schien an ihr abzuprallen. Oder war es nur für mich chaotisch?

»Eva, du zitterst.«

»In einer Minute halte ich diesen großartigen Kurs, in der nächsten schreit jemand, dass ein Wohnheim brennt.«

»Weißt du irgendwas?«

»Die Leute vom Notfall-Team reden nur im Mediziner-Jargon und nichts davon zu mir. Ich glaube, sie hat nur eine Rauchvergiftung, aber sie hat wohl ihren Arm verbrannt.«

»Hast du ihre Mutter angerufen?«

»Ich hab ihre Nummer nicht.«

»Einer meiner Professoren ist Arzt hier«, sagte sie. »Lass mich mal sehen, was ich rauskriegen kann.«

»Auf der Entbindungsstation?«, fragte ich.

»Bin gleich wieder zurück.«

Kurz darauf kam Jay in die Notaufnahme.

»Du kannst dir den Tumult da draußen nicht vorstellen …«, fing er an. »Wo ist meine Frau?«

»Versucht jemanden zu finden, der irgendwas weiß, nehme ich an.«

Er schlug die Hände zusammen und rieb sie, wie die Schurken in den Filmen es machen. »Hervorragend«, sagte er mit cooler Montgomery-Burns-Stimme. »So kommen wir weiter.« Dann drehte er sich zu mir. »Ist mit dir alles in Ordnung? Dein Gesicht hat eine grüne Farbe. So habe ich dich vorher noch nie gesehen.«

Er zog seine Jacke aus und legte sie mir über die Schultern, bevor wir uns hinsetzten.

»Sie ist wirklich in ihrem Element«, sagte Jay über Minerva. »Das habe ich vermisst.«

Ich antwortete ihm nicht, wusste aber, was er meinte. Fünfzehn Minuten später sahen wir Minerva, als sie in unsere Richtung kam. Wir standen auf und sie schmiegte sich an Jay. Überraschung flackerte auf seinem Gesicht, während er sie in die Arme nahm.

»Was hast du herausgefunden?«, fragte er.

»Nicht viel, ehrlich gesagt. Du hattest recht«, sagte sie zu mir. »Sie hat eine Rauchvergiftung und eine Verbrennung zweiten Grades auf dem Arm und teilweise der Hand. Nichts zu Ernstes, aber sie ist in Ohnmacht gefallen, deshalb behalten sie sie über Nacht hier. Wir können sie aber bald sehen – ich habe zumindest das Nur-Familienangehörige-Ding umgangen.«

»Du bist der Hammer, Min.«

Sie zuckte bescheiden die Achseln und sagte sanft: »Danke.«

Der Warteraum war voll mit Freunden von Susanna – manche von ihnen kannte ich als Gäste aus dem Grounds – und den zwei anderen Mädchen, die man auch aus dem Feuer geholt hatte. Sie versuchten aufgrund von Hörensagen, die einzelnen Teile der Ereignisse zusammenzufügen. Die Geschichten reichten von einer umgefallenen Kerze, einer Bong, die kaputt gegangen war, den verrotteten Leitungen des Gebäudes bis hin zu Verschwörungstheorien, dass die Schule Brandstiftung begangen habe, um an das Geld der Versicherung zu kommen, weil sie an der Stelle einen campuseigenen Apartmentkomplex bauen wolle.

Ungefähr eine Stunde später führte eine Frau, die Minerva kannte, uns alle drei zu Susannas Zimmer. Das Gesicht war wieder sauber und die Sauerstoffmaske hing ihr um den Hals, damit sie sie benutzen konnte, falls sie sie brauchte. Minerva und ich stellten uns wie Sicherheitspersonal auf gegenüberliegende Seiten des Bettes, nachdem wir sie der Reihe nach umarmt hatten.

»Süße, gibt es irgendjemanden, den wir anrufen können?«, fragte ich.

»Die haben meine Mom angerufen. Sie ist auf dem Weg hierher. Junge, wird die sauer sein.«

»Kaum«, sagte ich.

Ihr Gesichtsausdruck war besorgt. »Was, wenn meine Versicherung das hier nicht übernimmt?«

»Mach dir doch darüber keine Sorgen«, sagte ich. »Wir machen eine Sammlung im Grounds, wenn nötig. Zum Teufel, wir veranstalten einen Kuchenverkauf, der unsere Halloween-Party wie eine Kirchenveranstaltung aussehen lässt. Und mach dir auch wegen deiner Schichten keine Gedanken. Min wird die für dich übernehmen. Stimmt's, Min?« Ich guckte zu Minerva, die zur Antwort nickte. »Und Norman schult wahrscheinlich gerade im Moment eine neue Vollzeitkraft, während wir hier reden.«

Susanna lächelte und nickte zustimmend, bevor sie ihre Augen zumachte.

»Wir sollten gehen«, sagte Minerva zu Jay und mir. Wir gaben ihr alle einen Abschiedskuss und gingen einer nach dem anderen; ich strich ihr übers Haar und drückte ihre Hand.

Im Flur atmete ich langsam und tief ein und aus und hielt mich an der Wand fest, nachdem mir schwindelig geworden war. Doch es verschwand so schnell, wie es auch gekommen war.

»Hey, könntet ihr mich mitnehmen?«, fragte ich Jay und gab ihm seine Jacke zurück.

»Kein Problem«, sagte er und ließ uns in der Lobby stehen, um das Auto zu holen. Während wir warteten, schnappte ich plötzlich nach Luft und erschreckte damit Minerva.

»Was ist los?«, fragte sie.

»Meine Tasche. Die hab ich fallen lassen, bevor ich losgerannt war.«

»Ganz bestimmt findet die jemand«, sagte sie.

»Ich war mit ein paar Studenten zusammen, als es passiert ist.«

»Dann haben die sie wahrscheinlich. Ganz sicher, Eva. Mach dir keine Sorgen. Im Angesicht dessen, was passiert ist, was macht das schon?«

»Du hast recht«, sagte ich. »Das ist ja lächerlich.«

Wir standen schweigend da, als Jay heranfuhr und am Bordstein hielt.

»Es ist gut, dich wiederzuhaben«, sagte ich zu Minerva.

33

Der Schlüssel

ES WAR FAST zehn Uhr abends, als ich vom Krankenhaus nach Hause kam. Shauns Auto stand in meiner Einfahrt und er sprang aus dem Wagen, als wir einbogen.

»Was macht der hier?«, fragte Minerva.

»Er war da«, antwortete ich müde.

Ich dankte Jay und Minerva, trottete wie ein Zombie zur Haustür und schloss auf. Shaun folgte mir.

»Wo warst du?«, fragte er besorgt. »Ich hab dir Nachrichten hinterlassen. Ich hab im Grounds angerufen, sogar im Krankenhaus …«

»Hab mein Telefon ausgeschaltet«, gab ich zurück.

»Deine Freundin – ist alles in Ordnung mit ihr?«

»Sie kommt wieder in Ordnung. Den anderen beiden Mädchen geht es auch gut.«

»Bin ich froh«, sagte er.

»Ich gehe jetzt ins Bett.«

Shaun schaute mich an, selbst etwas benommen. »Okay. Brauchst du irgendwas?«

»Bett.«

»Oh, ähm, ich hab deine Tasche. Ich hab sie auf dem Rückweg zur Fakultät auf dem Parkplatz gefunden.«

Von allen Leuten, die meine Tasche finden konnten, musste es ausgerechnet Shaun sein. Er ging zu seinem Auto und brachte sie mir. Sie fühlte sich schwerer an als sonst, als er sie mir gab.

»Danke«, sagte ich und legte sie auf den Boden.

»Bist du sicher, dass es dir gut geht?«, fragte er. Ich hob den Kopf, um ihn anzuschauen, Sorgenfalten schienen sich um seine Augen gebildet zu haben. Wir zögerten nur für einen kurzen Augenblick, dann bewegten wir uns aufeinander zu wie zwei Magneten und küssten uns.

Wie schnell alles wieder zurückkam – die Art, wie sich unser Kuss anfühlte, der Winkel, in dem wir unsere Köpfe neigten, die Positionen unserer Hände und Lippen, wie gut das alles war. Wie gut es sich anfühlte, ihn einzuatmen, wie er seinen Kopf auf meiner Schulter ablegte, als er sich von mir löste und in meinen Armen blieb. Als Shauns Hand ihren Weg meinen Rücken hinunter fand, fragte ich mich, ob er Jeanette auf die gleiche Art berührte. Nahm seine Hand den gleichen Weg? Kräuselten sich seine Lippen auf die gleiche Weise? Oder meine, als ich mit Scott zusammen war? Oder mit Kenny?

Ich öffnete meine Augen und stieß mich von ihm weg.

»Du gehst jetzt besser«, sagte ich, glättete meine Bluse und verschränkte die Arme. »Jeanette macht sich bestimmt Sorgen.«

»Eva …«, fing er an.

»Nein. Sie fühlt sich genauso, wie wir uns fühlen. Es könnte doch jeder von uns sein.«

Er blieb weiter erstarrt.

»Geh!«, sagte ich und stieß ihn Richtung Tür. »Wirklich, du musst gehen.«

Er drehte sich um und ging langsam zu seinem Auto zurück, während ich die Tür schloss, ohne ihn beim Wegfahren zu beobachten. Ich ließ die Tasche an die Tür gelehnt stehen und zog mir meine Klamotten Stück für Stück aus, während ich vom Eingang durch den Flur und in mein Schlafzimmer ging. Statt des allzu vertrauten Geruchs nach Kaffee und Vanilleextrakt roch ich heute Abend nach Holzkohle und Desinfektionsmittel. Ich kroch unter die Decke. Das Zimmer war noch nie so unheimlich still gewesen. Oder dunkel.

Ich lag absolut ruhig da, hörte auf den Rhythmus und die Lautstärke meines Atems und versuchte, die tiefschwarzen Umrisse und grauen Schatten meines plötzlich fremden Zimmers zusammenzusetzen. Ich hätte alles dafür gegeben, wenn Olivia mir den Rücken hätte streicheln können wie damals, als wir noch Kinder waren.

Die Dunkelheit fühlte sich an, als würde sie mich verschlucken. Und wieder ging ich im Kopf meinen Rolodex durch.

Vielleicht sollte ich Shaun anrufen und ihn bitten zurückzukommen. Wir könnten die Nacht zusammen verbringen, nur diese eine. Er wollte das auch – ich wusste, dass er es wollte.

Nein. Das könnte ich Jeanette nicht antun. Und mir auch nicht.

Oder vielleicht sollte ich Scott anrufen. Er wollte für mich da sein. Er war doch da für mich beim letzten Mal, als ich so fertig war und jemanden brauchte.

Nein. Ich konnte ihn nicht noch mal so benutzen. Davon abgesehen, hatte er mich nicht wirklich vor meiner Einsamkeit gerettet, vielmehr hatte er meine Aufmerksamkeit von ihr abgelenkt.

Was war mit Kenny?

Nein. Kenny hatte mehr von mir verdient. Viel, viel mehr. Und ich konnte auch beim ersten Anzeichen von Unbehagen nicht mehr mit irgendjemandem ins Bett springen. Oder so viel arbeiten, bis ich zu erschöpft war, um überhaupt zu merken, dass ich einsam war.

Norman? Minerva? Olivia? Beulah?

Nein.

Tief atmen.

Ich war nicht mehr vierzehn Jahre alt. Schlimme Dinge passierten. Dinge, die außerhalb meiner Kontrolle lagen. Ich musste nicht in das erste Paar offener Arme rennen. Musste nicht mehr unter die Sicherheitsdecke einer beschützenden Umarmung von irgendjemandem schlüpfen, noch nicht mal in Form einen Anrufs.

Langsam begannen meine Muskeln sich zu entkrampfen und Stück für Stück entspannte sich mein Körper auf der Matratze unter mir. Manchmal wurden Menschen verletzt oder ohne guten

Grund verlassen und keine Arbeit, kein Essen oder Sex konnte einen für immer davon ablenken. Es gab nicht genug Zitronentorten auf der Welt, um alles wiedergutzumachen, nicht genug Kekse zu verschenken, damit man wieder geliebt wird. Es gab nicht genug Gäste zu versorgen, um über die Mutter hinwegzukommen, die weggegangen war, als man ihre Führung und ihren Rat brauchte. Und nicht genug Männer auf der Welt, als Ersatz für den Vater, der ganz einfach nicht in der Lage war, der Anker zu sein, den du nötig hattest. Es gab nicht genug Blogs oder Bücher oder Theken oder Kuchen, hinter denen man sich verstecken konnte. Das Leben war unberechenbar und wild.

Und dann hatte ich es: Das, was ich sowohl fürchtete als auch herbeisehnte, war *Unberechenbarkeit*. Das war der Schlüssel zum Leben. Der Schlüssel zur Romantik.

Und auf einmal schien es nicht mehr so schlimm.

Warum war es so furchteinflößend gewesen? Ich ging zurück in meiner Erinnerung und dachte fast augenblicklich an meine Mutter. Niemand hatte ihre Krebsdiagnose kommen sehen, am allerwenigsten sie selbst. Sie hatte keines der typischen Symptome; sie rauchte nicht oder trank, hatte keinerlei genetische Vorbelastung, ernährte sich ziemlich gesund und bewegte sich genug. Wenn überhaupt irgendwas, dann war ihr Leben vorhersehbar geworden. Deswegen hatte sie beinahe meinen Vater verlassen. Brustkrebs schien jedoch eine grausame Art des Kosmos, die Dinge auf den Kopf zu stellen. Sie erzählte mir einmal, dass das ihre Ehe gerettet hatte. Ich dachte, die Medikamente hätten sie verrückte Sachen sagen lassen. Ich fragte mich, ob mein Vater derselben Meinung war und ob sein eigener Krebs das Ergebnis seiner Schuld und Stagnation war.

War das Grounds nicht berechenbar geworden? War mein Alltag mit Scott – und Shaun – nicht berechenbar geworden? Solange er *da* war, solange er mich nicht im Stich ließ, war alles in Ordnung, egal ob wir glücklich waren oder nicht.

Und war Kennys Unberechenbarkeit nicht das, was mich so an ihm anzog?

Die Erkenntnis schien das Zimmer zu erleuchten. Klar, ich hatte ein paar harte Einschnitte in meinem Leben gehabt. Aber ich habe sie überlebt. Sogar noch mehr als das. Ich hatte etwas Sinnvolles erschaffen, hatte einen Unterschied in mancher Leute Leben gemacht, sei es im Klassenzimmer oder hinter der Theke. Wenn man es genau betrachtet – war es mir nicht die ganze Zeit gut gegangen?

Diese Nacht heute, beschloss ich, musste ich mit niemandem sonst als mir selbst verbringen. Und ich dachte an den Rat, den Kennys Dad seinem kleinen, ängstlichen Jungen vor langer Zeit gegeben hatte. Ich hatte die Wahl. Ich konnte alleine sein. Aber ich musste nicht einsam sein. Und ich musste ganz sicher keine Angst davor haben.

★★★

Es war lange nach elf Uhr am nächsten Morgen, als ich endlich meine Augen aufmachte und ins Sonnenlicht blinzelte, dessen Strahlen durch die Rollläden drangen.

Ich hatte die Nacht alleine hinter mich gebracht, ohne eine Träne zu vergießen, ohne jemanden zum Festhalten, ohne wegzulaufen.

Ich hatte es geschafft. Und ich hatte Hunger.

34

Gute Sachen

ICH GLAUBE, SPENCER hatte es schon seit Längerem geplant und ich war total begeistert, dass er sich entschieden hatte, es im Grounds zu machen, mit uns allen als Zeugen. Es war richtig süß; er hatte sich mit mir verschworen, um einen Mini-Red-Velvet-Kuchen zu machen, und wir hatten den Ring vorsichtig obendrauf geklemmt, wie eine Kerze. Ganz lässig servierte ich ihm und Tracy den Kuchen und verzog mich. Wir hielten alle den Atem an, als Spencer die Frage stellte, Tracy quiekte, bevor sie Ja sagte, und dann brachen wir alle in Applaus aus. Ich konnte fühlen, wie mir die Augen brannten, bis ich sah, wie Tracy die Frischkäse-Glasur von dem Ring ableckte, worüber ich mich kaputtlachte.

Ich war mir sicher, dass der Brand im Studentenwohnheim sein Vorhaben vorangetrieben hatte. So viele von uns waren in der einen oder anderen Weise mit der NCLA verbunden (ganz zu schweigen davon, dass wir alle Susanna mochten). Und obwohl es so viel schlimmer hätte kommen können, liefen wir an den folgenden Tagen alle etwas betäubt herum, ohne viel zu sagen, und fühlten diese Verletzlichkeit, die man nach der Begegnung mit der Sterblichkeit fühlt. Selbst die, die überhaupt nicht in der Nähe des Gebäudes gewesen waren, erinnerte das Feuer an das, was hätte passieren *können*, daran, wie alt (oder jung) sie tatsächlich waren und wie sehr sie sich um die sorgten, die sie kannten, und daran, wo sie eigentlich selbst wohnten.

Susanna war am Tag nach dem Brand entlassen worden und blieb mit ihrer Mutter in einem *Comfort Inn* in der Nähe. Ihr Wohnheimzimmer, genauso wie das gesamte Stockwerk, war komplett zerstört, während die beiden Stockwerke darüber und darunter schwer beschädigt worden waren. Alle Bewohner des Gebäudes hatte man in dasselbe *Comfort Inn* evakuiert. Doch trotzdem versammelten sich viele Studenten – Bewohner und Pendler gleichermaßen – vor dem verbrannten Gebäude, um den Schaden zu betrachten, Augenzeugenberichte zu sammeln und den ausquartierten Studenten Unterstützung anzubieten. Auf Normans Vorschlag hin machte und verkaufte das Grounds spezielle Fünf-Dollar-Kekse: riesige Shortbread-Sterne mit weißer und schwarzer Schokocreme. Der gesamte Erlös ging an die ausquartierten Studenten und Minerva machte aus dem Trinkgeldglas einen Sammelbehälter für Spenden. Zusätzlich stellten wir eine Box unter den Weihnachtsbaum im Leseraum für Wäsche, Rucksäcke, Schulutensilien und andere notwendige Dinge für die Uni.

Sofern nicht im Grounds, war ich auf dem Campus, korrigierte und sprach mit den Studenten, damit sie ihr Semester – ohnehin nur noch eine Woche lang – beenden konnten. Manche Professoren befreiten die Studenten, die irgendwie von dem Brand betroffen waren, von den Abschlussklausuren. Minerva und Norman übernahmen die Arbeit für mich, genauso wie die neue Vollzeitkraft, Simeon: ein kräftiger, fünfundzwanzigjähriger Starbucks-Abtrünniger, der einen Latte-Servier-Wettkampf gewonnen hatte. Am Ende der Woche kannte er alle Originale und Stammgäste (und was sie bestellten) und hatte zugegeben, ein Fan von WILS zu sein, seit er mit seiner Freundin von der Uni Schluss gemacht hatte. Er hatte kurz geschorene Dreads und mokkafarbene Haut, die seine rot gerahmte Brille perfekt ergänzten. Mit seinen auffälligen Tattoos auf Armen und Hals trug er ausschließlich kurzärmlige T-Shirts – sogar im Winter –, jedes einzelne mit irgendeinem Zitat, Spruch oder Bild drauf, und sah trotzdem immer gut angezogen aus. O ja, er passte perfekt zu uns.

★★★

Seit dem Feuer hatte ich Tage damit zugebracht, genauestens einzustudieren, was ich zu Minerva sagen würde, wenn der passende Moment gekommen wäre; ich konnte es auswendig im Schlaf aufsagen. An einem unverdächtigen Montag also, als sie sich an ihrem üblichen Tisch niedergelassen hatte und den Inhalt ihrer Tasche auslud, marschierte ich zu ihr rüber, bewaffnet mit dem Keks der Woche. Ich stellte den Teller auf ihrem Tisch ab und blieb mit den Händen in den Hüften stehen.

»Jetzt hör mal gut zu, Minerva Brunswick«, startete ich meinen Vortrag. »Du wirst niemals in der Lage sein, die absolute Kontrolle darüber zu bekommen, was mit einer Mutter passiert, wenn sie ein Kind zur Welt bringt, und Wachstumsstörungen werden passieren, ob es dir gefällt oder nicht. Und daran wird sich auch nichts ändern, wenn du *nicht* Hebamme wirst. Verdammt, Minerva, du bist eine Heilerin. Du bist keine Friseurin und du bist ganz sicher keine Kaffeeserviererin.«

Sie machte ihren Mund auf und hatte kaum »Eva, ich …« herausgebracht, als ich meine Hand hochhielt, um mehr Worte, die sie vorzubringen wagen würde, abzuwehren.

»Du hast mich gehört. Ich will nicht sagen, dass du schlecht darin warst oder so. Aber es ist nicht das, wofür du bestimmt bist. Du wirst die verdammte beste Hebamme werden, die Wilmington je gesehen hat. Hiermit feuere ich dich und wenn du deinen Arsch nicht zurück an die Uni schaffst, dann werde ich dich hochheben, ins Labor schleppen und dich am Tisch festbinden. Da hast du's. Das ist alles. Obwohl du rein formal gesehen gar nicht angestellt warst, bist du trotzdem gefeuert. Es ist zu deinem eigenen Besten.«

Als die letzten Worte noch in der Luft hingen, schaute ich zu Minerva runter und sah, dass sie den neongrünen Ordner, den sie für Unterrichtsnotizen reserviert hatte, aus ihrer Tasche geholt hatte, zusammen mit einem Textmarker.

Ich deutete kleinlaut auf den Ordner. »Ist das …«

Sie nickte in Zeitlupe, ohne ein Wort zu sagen.

»Du bist also…«

Sie nickte wieder und machte für ein paar Augenblicke eine Pause, bevor sie weitersprach.

»Ich gehe im Januar zurück, wenn das nächste Trimester anfängt. Dachte nur, ich muss langsam wieder aufholen.«

Ich stand still da, unglückselig und dämlich.

Sie untersuchte ihren Textmarker, ehe sie mich anschaute.

»Manchmal werde ich einfach überwältigt von dem unbändigen Wunsch, ein Teil von etwas Wunderbarem in der Welt zu sein«, sagte sie. »Etwas, das so gut ist, dass es Menschen berührt, sie wirklich verändert.«

Sie legte ihren Textmarker hin und nagelte mich mit einem ihrer klassischen, bohrenden Minerva-Blicke fest. »Und das liegt nicht daran, weil ich Die Person sein will, die Das Ding gemacht hat. Es ist, weil ich wissen will, dass irgendwo irgendjemand lächelt, und selbst wenn ich ihn niemals sehen oder niemals kennenlernen werde, ich trotzdem ein Teil davon war.«

Ich stand eine Minute lang schweigend da, würdigte ihre Worte und nahm sie in mich auf.

»Dafür könntest du auch Floristin sein, weißt du.«

»Jaaa«, sagte sie, »oder Friseurin. Ich werde aber eine Hebamme werden.«

Ich spielte mit dem Teller auf ihrem Tisch und drehte ihn in verschiedene Richtungen.

»Da war also meine kleine Rede total nutzlos«, sagte ich.

»Ich würde nicht sagen *total.*«

»Na ja, in diesem Fall werde ich dich lernen lassen.«

»Oh, und Eva?«, rief sie mir nach, als ich zurückging. »Ich kündige.«

Mein Lächeln wurde breiter. »Schön«, antwortete ich und tat genervt.

»Oh, und Minerva?«, sagte ich direkt danach. »Es ist dir verboten, hinter die Theke zu kommen, jetzt wo du wieder ein Gast bist.«

»Klar. Als hätte mich das jemals abgehalten.«

»Ich hab dich lieb, Min. Das weißt du, stimmt's?«

»Ich hab zu lernen.«

Mein Herz hüpfte vor Freude beim Anblick ihres Kopfes, wieder hinter dem grünen Ordner versteckt. Und aus dem Augenwinkel sah ich, wie ihre Augen hinter ihrer Hornbrille hervorschielten, während sie rief: »Hab dich auch lieb.«

★★★

Als Susanna zum Grounds zurückkam, fand sie ein Willkommen-zurück-Schild an der Frontscheibe, das man von der hintersten Ecke des Parkplatzes aus sehen konnte. Um ihren Arm nicht zu belasten (der immer noch heilte), arbeitete sie an der Kasse und wischte die Tische ab. Ich hätte sie gezwungen, zu Hause zu bleiben und es locker angehen zu lassen, aber sie schien arbeiten zu müssen. Ich lernte schnell, ihr nicht in die Quere zu kommen.

Susannas Rückkehr fiel zeitlich mit der ersten Buchpremierenparty von Kennys kleinem Verlag zusammen – Andiamo Books: ein seltsamer Name für eine Firma ohne einen einzigen Italiener darin (nicht, dass das irgendetwas ausmachen würde; ich glaube, man hat mich von meiner eigenen italienischen Herkunft verbannt, als ich als Kind zugegeben hatte, *Ragu Spaghetti Sauce* zu mögen). Kenny schien meine Gedanken gelesen zu haben und erklärte die Entstehung. »Ich liebe es, wie dieses Wort ein Thema in deinem Buch wurde«, gestand er. »Amedos Stimme gab der Geschichte diesen Rhythmus, der alles am Laufen hielt. Ich mochte das. Ein Wort mit all dieser Wucht.«

Ich sah ihn gerührt an. »Wirklich?«

»Ich nehme an, ich wollte etwas von dieser Wucht in meinem Leben. Na ja, das und dass ich es wirklich gerne sage. *Andiamo*!« Er fuchtelte mit den Armen, wie ein Italiener es machen würde. »Es fühlt sich gut an, es auszusprechen. Die Jungs fanden, dass es zu weltlich klang und kein bisschen freakig. Zum Teufel, es hat *Yoda Press* und *Bagel Books* geschlagen, du solltest wirklich geschmeichelt sein.«

»Ich fühle mich geehrt«, erwiderte ich. »Aber ich wäre so was von für *Yoda Press* gewesen.«

James Banks, der Autor und einer der Mitbegründer des Kleinverlags, war ein Freund von Kenny und sein Roman war ein in Carolina spielender Wirtschaftskrimi. Die Lesung und Premierenparty war für ein öffentliches Publikum gedacht. Ich konnte mir nicht helfen und beobachtete Kenny, wie er groß und stolz dastand, während James das erste Kapitel las und die Fragen der Anwesenden beantwortete, als ob sein Kind und nicht sein Freund das Zentrum der Aufmerksamkeit wäre.

Nachdem James mit der Fragestunde und dem Signieren der Bücher fertig war, schlängelte ich mich zu Kenny durch, der gerade ein Interview mit einem von den Lokalnachrichten unter Dach und Fach gebracht hatte.

»Also, Mister Kenneth Richard Rhodes.«

»Kenny, bitte. Nur meine Mutter nennt mich bei meinem vollen Namen.«

Ich hob meinen Plastik-Sektkelch hoch. »Auf neue Abenteuer«, sagte ich.

Er hielt sein eigenes hoch und stieß es gegen meins. »Und darauf, deine alte Adresse rauszukriegen.«

Gerade als wir tranken, verließ Scott den Leseraum mit seinem signierten James-Banks-Roman unter dem Arm geklemmt. Er wackelte mit dem Kopf statt eines Grußes, während er uns anschaute und dann wieder wegschaute, als ich seine Geste erwiderte. »Hey, Scott«, sagte ich auf die liebenswürdige Art, in der ich immer mit ihm gesprochen hatte, als er noch nicht mehr war als Normans bester Freund, einer der Originale.

Kenny hob seine Augenbrauen, nachdem Scott außer Reichweite war.

»Peinlich. Wie steht es zwischen euch beiden?«

»Es wird jeden Tag ein bisschen einfacher für beide von uns, nehme ich an.«

»Norman hat mir erzählt, dass er sein Lovematch-Punkt-com-Profil aktualisiert hat.«

Ich spuckte fast mein Getränk aus. »Ja, also, gut dann. Ich glaube, jeder macht irgendwie weiter.«

»Und wo lässt das uns beide stehen?«

Ahh, Kenny und sein *Alle Karten auf den Tisch*!

»Weiß Gott, seit unserer Verabredung denke ich ununterbrochen an dich«, sagte ich. »Und nicht nur, weil ich sterben würde für eine Ausrede, wieder in den *Potato Shack* zu gehen ...«

Er lachte leise. »Es wäre so einfach, mich in diese Sache mit dir hineinzustürzen, und das will ich auch – ich meine, ich möchte wirklich, *wirklich* gerne.«

»Ich auch.«

»Aber ich will nicht wieder in so eine Lückenbüßer-Situation geraten.«

»Wieso glaubst du, das hier hätte was mit Lückenbüßer zu tun?«

»Glaube ich nicht. Nur ich ... ich weiß nicht. Es fühlt sich nur so schnell an, nach alldem, was passiert ist; ich glaube, ich brauche einfach ein bisschen Zeit.«

»Ja, verstehe«, sagte er. »Das kann ich respektieren. Du musst machen, was du machen musst. Nimm dir alle Zeit, die du brauchst.«

Keiner von uns sagte irgendwas und nach ungefähr zehn Sekunden schaute Kenny auf seine Uhr.

»Fertig hier?«

Ich seufzte, wünschte, ich könnte das alles mit einem Lachen abtun, meine Bedenken in den Wind schießen und Kenny nachgeben, als Norman mir auf die Schulter tippte.

»Hey, kann ich kurz mit dir reden, Eva?«

»Sicher, Norm-o. Was gibt's?«

»In der Küche«, sagte er.

Ich schaute ein bisschen besorgt und ließ Kenny zurück, damit er sich wieder unters Volk mischen und Kontakte mit den anderen Besuchern knüpfen konnte. Norman und ich gingen in die verlassene Küche.

»Ist alles in Ordnung?«, fragte ich.

»Das ist wahrscheinlich der schlechteste Zeitpunkt, um mit dir darüber zu reden, aber ich konnte einfach nicht mehr warten.«

»O mein Gott, du willst gehen, oder?«, sagte ich.

»Nein! Zum Teufel, nein. Ich würdige niemals *so* kündigen.«

»Du bist verlobt?«

»Nein!«

»Wirst du in einem fremden Land gesucht?«

»Jesus, könntest du mit deinen zwanzig Fragen aufhören und mich ausreden lassen?«

Ich machte mich gerade. »Okay. Ich verspreche, ich höre zu. Was ist los?«

»Ich will die Hälfte deines Geschäfts kaufen, Eva.«

35

Der Antrag

ICH LIESS DEN Champagnerkelch fallen.

»Sag das noch mal?«

»Ich will die Hälfte deines Geschäfts kaufen.«

Ich suchte irgendwas, woran ich mich anlehnen konnte, und kam an die Kücheninsel, während ich Normans Stimme zuhörte, als käme sie aus weiter Entfernung.

»Ich bin dabei, seit dieses Baby hier aufgemacht hat. Und obwohl es rein technisch nie meins war, fühlte ich mich immer als ein Teil davon. Mehr als einfach nur ein Angestellter. Das ist ein besonderer Ort. Vor allem, weil du es zu einem besonderen Ort gemacht hast, Eva. Aber ich will einen Teil davon …« Er korrigierte sich schnell. »Das kam nicht richtig rüber. Du hast mich immer wie einen Partner behandelt und ich will das offiziell machen.«

Nach ein paar Herzschlägen, während der ich benommen dastand, öffnete ich schließlich meinen Mund. »Wow«, sagte ich. »So viel zum Thema *aus heiterem Himmel.*«

»Es tut mir leid, dass ich dich damit so überfalle – ich nehme an, es überkam mich einfach im Trubel von Kennys neuem Geschäft und der ganzen anderen Veränderungen, die anstehen. Auf einmal fühlte es sich an wie der Messingring, der an mir vorbeigereicht würde, wenn ich nicht versuchen würde, ihn festzuhalten.«

»Ja, ich kenne das Gefühl«, sagte ich benommen. Ein schwerer Knoten – Angst vielleicht? – fing an, sich in meinem Magen zu lösen.

»Ich habe genug für eine Anzahlung und habe mir bereits einen Kredit gesichert. Und nicht ohne Grund kann ich sagen, dass dies hier in letzter Zeit nicht unbedingt dein Lieblingsort gewesen war. Ich sage nicht, dass du es nicht mehr liebst – ich weiß, was für Gefühle dich mit diesem Ort verbindet –, aber ich glaube, du brauchst eine Pause hiervon. Denk drüber nach, wirst du das tun, Eva? Du kannst dir eine Weile freinehmen, einen neuen Roman schreiben, zurück an die Uni gehen, der Himmel ist das Limit. Ich versuche nicht, dich rauszudrängen oder so was. Ich will nur, dass dir klar ist, dass du Optionen hast, Möglichkeiten, die du vorher vielleicht niemals in Erwägung gezogen hast.«

Je mehr er redete, desto mehr fühlte ich mich, als würde ich in Ketten gelegt und in einen riesigen Wassertank getaucht, mein Kopf war benebelt. Während er redete, hörte ich ein Echo von Normans Stimme, das gegen mein Trommelfell hämmerte, und mein Herzschlag wurde doppelt so schnell.

»Eva?«, hörte ich Norman aus der Ferne fragen. Seine Hand griff mich fest an der Schulter. »Alles in Ordnung?« Meine Augen wanderten von seiner Hand zu seinem Arm, an der Schulter entlang bis hin zu der Besorgnis in seinen Augen.

»Ich kann das jetzt nicht machen«, sagte ich. »Ehrlich gesagt, brauche ich etwas Luft.«

Ich streifte Norman, als ich an ihm vorbei durch die hintere Tür auf die Straße ging.

Den Nerv zu haben, sagte meine innere Stimme, während ich herumlief; ich hielt an und zwang mich dazu, ein paar tiefe Atemzüge zu machen. *Das Grounds ist mein Ort. Meiner.* Ich lief weiter auf und ab, immer wieder in den Lichtkreis einer einzelnen Straßenlaterne, während mein Gehirn zwischen zwei Dingen hin- und herging: meinen wertvollsten Besitz zu beschützen und Normans und mein Verhalten zu rationalisieren. Ein paar Minuten später erschien Kenny in dem dunklen Streifen zwischen Gebäude und Straßenlaterne.

»Jesus, Eva, du siehst aus, als hättest du einen Geist gesehen. Was zum Teufel ist denn passiert?«

Bevor ich die Chance hatte, ihn zu fragen, woher er wüsste, dass ich hier draußen war, sagte er: »Norman hat mir erzählt, dass du etwas frische Luft bräuchtest.«

Meine Worte kamen im Schneckentempo heraus. »Norman will sich einkaufen. Er will die Hälfte des Grounds. Bereit, heute zu unterschreiben, einfach so.«

Kenny saß auf der Bordsteinkante, genau da, wo wir gesessen hatten, als er mir vor Monaten Lunch gekauft hatte. »Na ja, ich nehme an, es war nur eine Frage der Zeit. Warum bist du so sauer deswegen?«

Ich machte eine Pause, versuchte, den Sinn meiner Reaktion zu verstehen und die passenden Worte zu finden. »Ich weiß nicht. Es war so, als hätte mir irgendjemand gesagt, er wolle mir mein Kind wegnehmen oder so was. Ich bin einfach ausgerastet.«

Kenny nickte, ohne das zu beurteilen. »Das kann ich verstehen. Aber es war nicht irgendjemand, es war *Norman*. Und ich bin bereit zu wetten, dass die meisten Leute glauben, dass ihr beide sowieso bereits Geschäftspartner seid«, fuhr er fort. »Warum es nicht offiziell machen?«

Ich betrachtete die Art, wie das Licht seinem Gesicht scharfe Züge verlieh, indem es Kiefer, Nase und Wangen betonte, aber ich antwortete nicht.

»Norman hat dir eine Partnerschaft vorgeschlagen, stimmt's? Nicht etwa, dich komplett rauszukaufen. Er will dich immer noch hier haben und das kann ich ihm nicht verdenken ...«, sagte er mit einem halben Grinsen. »Er fragt dich, ihn zu heiraten, sinnbildlich gesprochen, und möchte der Adoptivvater des Grounds werden. Das ist ein Riesending. Das setzt eine Menge Vertrauen voraus. Und es ist wirklich sehr einfach für dich gewesen, ihn bereits wie einen Partner zu behandeln, während du wusstest, dass er keiner ist und keinerlei Rechte hat.«

Ich verschränkte meine Arme, als ein Windstoß durch die Straße blies. Und dann traf es mich: Ich wusste, was mich so störte.

»Das Grounds ist das Einzige, das jemals *mir* gehört hat – keiner hat mir gesagt, ein Café zu eröffnen, keiner hat den Kreditantrag mit mir unterschrieben oder hat mir gesagt, wie ich ein Geschäft zu führen habe. Ich bin diesen Weg ganz alleine gegangen, mit den Fehlern und allem.«

»Du meinst, es ist das Einzige in deinem Leben, bei dem du in der Lage bist, die Kontrolle zu behalten.«

»Genau.«

»Du bist seit langer Zeit auf dich alleine gestellt und hast ein paar ziemlich hohe Mauern um dich gebaut. Und ich verstehe, warum. Aber die brauchst du nicht mehr und das weißt du.«

Er hatte den Nagel auf den Kopf getroffen und plötzlich wollte ich einfach nicht mehr darüber reden. Ich stand auf und streckte mich. »Ja, das tue ich.«

Er stand auch auf.

»Danke fürs Zuhören«, sagte ich.

Er umarmte mich. »Gern geschehen.«

Ich wollte, dass er mich festhielt und nicht mehr losließ, mich küsste und in seinem Karmann Ghia entführte. Als er mich losließ, schaute er mir für einen Moment in die Augen und ich konnte schwören, dass er das Gleiche dachte. Aber dann lächelte er ein halb schiefes Lächeln und sagte mir, er müsse gehen. Ich ließ ihn widerwillig los.

Ich blieb noch für ein oder zwei Minuten draußen, nahm noch ein paarmal tief Luft und hörte dem Geräusch des Straßenverkehrs zu. Ich wusste, dass ich überreagiert und einen meiner besten Freunde und vertrauenswürdigsten Mitarbeiter verletzt hatte. Ich wusste auch, dass sein Vorschlag einer Partnerschaft alles geändert und mir deutlich bewusst gemacht hatte, wie sehr er bereits ein Teil des Grounds war, was ich schon die ganze Zeit wusste: Norman verdiente es, mein Partner zu sein, vom allerersten Tag an.

Ich wappnete mich, nahm einen letzten tiefen Atemzug und öffnete die Hintertür; es gab keinen Weg, das Unvermeidbare zu umgehen.

Er war im Büro, seine dunkelblaue Marinejacke über einem Arm, die Schlüssel in der Hand.

»Hey«, sagte ich. »Du gehst?«

»Ich wollte dir noch eine Nachricht hierlassen«, sagte er, seine Stimme absolut normal, fest, geschäftsmäßig. Er hielt seinen Blick fest auf eine Stelle hinter meinem Kopf gerichtet. »Die Espressomaschine spinnt wieder und ein Typ hat gefragt, ob er einen Poetry Slam veranstalten kann. Hab ihm gesagt, ich müsste mit dir reden.«

»Hör zu«, fing ich an. »Ich weiß, ich hätte nicht einfach so von dir wegrennen sollen, und es tut mir leid. Das hast du nicht verdient.«

»Entschuldigung angenommen«, sagte er. Ich merkte, dass er immer noch verletzt war.

»Ich glaube nicht, dass du irgendeine feindliche Übernahme planst. Du hast mich einfach nur überrascht, das ist alles. Das ist ein Riesending.«

»Ja, das ist es. Und mein Timing war schlecht, ich weiß. Das tut mir also leid.«

»Ich brauche einfach etwas Zeit, um darüber nachzudenken, okay? Das ist mein Leben, verstehst du.«

»Meins auch.«

Diese zwei Worte gaben mir einen Stich – nie hatte ich angenommen, dass das Grounds für jemand anderen außer mir selbst etwas so Persönliches sein könnte.

»Ich werde darüber nachdenken, Norman. Ganz sicher.«

»Das ist alles, wonach ich gefragt habe, Eva.«

Und trotzdem wusste ich bereits jetzt, was meine Antwort sein würde.

36

Nichts zu verlieren

DAS SEMESTER WAR offiziell vorbei und ich traf mich mit Jenna Jaffe bei ihr zu Hause, um über jeden einzelnen Studenten zu sprechen und ihr die endgültigen Entwürfe ihrer Kurzgeschichten zu zeigen. Ich brachte ihr außerdem ein Carepaket mit selbst gemachten Erdnussbutter-Cups, die sie am liebsten mochte. Mit übereinandergeschlagenen Beinen ihr gegenüber sitzend und gegen einen Stapel Kissen gelehnt, fühlte ich mich mehr wie eine Freundin, die zum Übernachten gekommen war, als eine Kollegin zu einer Besprechung. Trotzdem war es schön, kollegial über etwas anderes als Kaffeezulieferer und Gehaltsaussichten zu reden. Ich hatte nicht wirklich viel vermisst, als ich mit dem Unterrichten aufgehört hatte, aber die Unterhaltungen über das Schreiben (oder genauer gesagt, über die *Sprache*) hatten mich immer angeregt und mir war nicht klar gewesen, wie sehr ich Jenna als Freundin vermisst hatte, geschweige denn als Mentorin.

Als wir fertig waren und ich gerade gehen wollte, schaute sie mich eindringlich an.

»Eva, bist du sicher, dass du nicht regulär Teilzeit unterrichten willst?«

Ich zuckte mit den Schultern. »Das Grounds hält mich ganz schön auf Trab.«

»Ich weiß, wie sehr du es dort liebst, aber es ist nur so … du bist hier drin auch gut. Und im Schreiben. Ich war mir so sicher, dass du mittlerweile bei deinem dritten Roman sein könntest.«

»Es hat sich nie richtig für mich angefühlt. Aber mit allem, was in letzter Zeit passiert ist, wer weiß.« Ich machte eine kurze Pause. »Hast du etwa Angst?«

»Dass irgendwas mit dem Baby nicht stimmen könnte? Die Ärzte sagen, die Chancen sehen gut aus für mich und ich mache alles richtig. Aber ich glaube, von der Minute an, in der du herausfindest, dass du schwanger bist, geht die Angst nicht mehr wirklich weg. Das ist Teil der Elternschaft.«

»Wie lebst du denn damit tagein und tagaus?«

Sie lächelte. »Werde ich dich wissen lassen, wenn das Baby da ist. Aber ich nehme an, man hat die Wahl: entweder lässt du zu, dass sie dich kontrolliert, oder du lenkst sie in die richtigen Bahnen deines täglichen Lebens. Das Feuer im Wohnheim war beunruhigend, gelinde gesagt. Man tut das Beste, um ein weiteres Feuer zu vermeiden, aber man gibt es nicht für immer auf, Kerzen anzuzünden, stimmt's?«

Bei diesen Worten lehnte ich mich zu ihr hinüber und umarmte sie, dann streichelte ich mit der Hand über ihren Bauch. Sie drückte noch mal ihre Dankbarkeit aus, dafür dass ich ihr aushalf, und meinte, es sei eine Sache weniger, über die sie sich Sorgen machen musste. Dabei biss sie in einen weiteren Erdnussbutter-Cup und ich verließ das Haus.

Am nächsten Tag ging ich in Jennas Büro an der NCLA, um die endgültigen Noten in den Uni-Computer einzutragen. Gerade als ich die Faust in die Luft streckte und mir selbst zu dieser gut gemachten Arbeit gratulierte, schreckte mich ein heftiges Klopfen an der offenen Tür fast aus dem Stuhl heraus.

»Abschlussnoten fertig?«

»Jesus, Shaun! Du hast mich aufs Blut erschreckt! Ich hab dich noch nicht mal gesehen.«

»Entschuldige«, sagte er und lächelte. »Du siehst gut aus hinter diesem Schreibtisch. Wie in alten Zeiten.«

»Jeder würde gut aussehen hinter diesem Schreibtisch«, sagte ich und streichelte zärtlich die Oberfläche von Jennas Mahagoni-Tisch, der eigenhändig von ihrem Vater für sie getischlert worden war.

Ich hatte Shaun seit dem Abend des Feuers nicht mehr gesehen und die Erinnerung an den Kuss sandte mir Schauer durch den ganzen Körper, von den Zehen bis zum Kopf. Er ließ sich auf den Stuhl fallen, der an der Seite des Schreibtischs mir gegenüber stand, hielt seine Lederjacke in der Hand und saß zusammengekrümmt auf dem Stuhl wie einer der Studenten. Doch obwohl ich ihn da sitzen sah, in einem gemütlichen T-Shirt und ausgebleichten Levis (das bevorzugte Outfit meiner Wahl für Shaun – es zeigte perfekt seine Brustmuskeln), fühlte ich kein Kribbeln in meiner Brust, keinen Sehnsuchtsschmerz, keinen Seufzer des Bedauerns.

»Und«, sagte ich, »bist du auch schon fertig?«

»Ja. Die letzte Abschlussklausur war vor zwei Tagen. Den Marathon der Abschlussarbeiten habe ich auch geschafft.« Er drehte seinen Schlüsselbund um den Zeigefinger.

»Und?«

»Und ich bin beeindruckt, wie sehr sich die Schreibfähigkeiten dieser Kinder verbessert haben.«

Ich nickte und ließ die Stille eine Weile zwischen uns hängen, während ich mich fragte, wer wohl zuerst etwas sagen würde. Gerade als er Luft holte und anfing zu reden, fiel ich ihm ins Wort.

»Hör zu, Shaun …«

Er hielt die Hände hoch, um meine Worte abzuwehren. »Hey, können wir irgendwohin gehen und reden?«

Seine Frage überraschte mich für einen Moment.

»Du willst nicht hier reden? Ich kann die Tür schließen.«

»Ach, nein, es ist zu akademisch hier. Lass uns spazieren gehen oder so was. Es ist so ein schöner Tag heute.«

»Okay«, sagte ich. Ich machte Jennas Tür zu, schloss sie hinter mir ab, zog meine Jacke an und setzte die Sonnenbrille auf. Wir verließen das Gebäude und gingen in diesen spektakulären Dezembertag hinaus. Kein bisschen kalt, keine Wolke am Himmel und ein paar Bäume hatten immer noch nicht ihr Herbstlaub abgeworfen, obwohl Weihnachten vor der Tür stand. Wie auf Autopilot ging ich neben ihm her durch den Innenhof und hielt bei der Schaukel-Bank am Teich an – einem unserer Lieblingsplätze, um abzuschalten und den Campus zu genießen. Wir waren früher sogar samstags hierhergekommen und hatten Stunden damit verbracht, die Enten zu füttern und zu reden, bis uns der Hals wehtat.

Als wir uns zur gleichen Zeit auf die Bank setzten und unser Körpergewicht die Schaukel zurückschwingen ließ, zwang die Schwerkraft unsere Füße vom Boden hoch. Am anderen Ende des Sees pickte ein Schwan an ein paar Halmen und schickte kleine Wellen zu uns herüber.

»Shaun, ich wollte mich noch entschuldigen für diesen Zusammenbruch im Laden«, sagte ich und brach das Schweigen. »Ich war damals total durcheinander und hatte nicht das Recht, mich so aufzuführen.«

Er schüttelte den Kopf. »Ich bin derjenige, der sich entschuldigen muss.«

»Wofür denn?«

»Ich habe dich als selbstverständlich angesehen«, sagte er und seufzte kurz. »Mit dir zusammen zu sein war immer so einfach. Ich hatte wohl etwas anderes erwartet, glaube ich. Ich glaubte, es müsste schwerer sein, mehr Arbeit. Ich hatte erwartet, mehr machen zu müssen, um dich zu erobern. Du weißt, so was wie dich jagen. Drama. Aufregung. Eine Herausforderung oder so was.«

Die Ketten der Schaukel quietschten auffällig, während ich versuchte, mir eine Antwort zurechtzulegen. »Tut mir leid, dich enttäuscht zu haben«, war alles, was ich herausbringen konnte. »Du hast zuerst gefragt, ob wir ausgehen und ob du meine Nummer haben könntest, falls das irgendein Trost ist.«

»Ich glaube, es hat mich erst bei der Halloween-Party getroffen.«

»Was hat dich getroffen?«, fragte ich verwirrt.

»Als ich dich mit diesem Typen gesehen habe …«

»Welcher Typ?«

»Du weißt schon, der, der sich als verunglückter Konservenmann verkleidet hat, oder was auch immer das war.«

»Bender«, sagte ich und schüttelte mich noch mal, als ich mir Scotts katastrophales Kostüm vorstellte.

»Das sollte *Bender* gewesen sein?«, sagte er verblüfft. »Oh, na ja … egal. Als er dich küsste … ich meine, ich wusste, dass du dich mit jemandem triffst, weil du es ja in deinem Blog erwähnt hattest. Und ich hatte das nicht erwartet, aber es machte mir wirklich was aus.«

Meine Gedanken überschlugen sich: *Er liest immer noch meinen Blog. Mich mit Scott zu sehen, macht ihm was aus. Er war* eifersüchtig. *Sollte ich ihm sagen, dass Scott und ich Schluss gemacht hatten?*

»Sieh mal, Shaun, ich …«

Er unterbrach mich wieder. »Ich hatte geglaubt, wenn du jemals wieder mit jemandem zusammen sein würdest, wäre das für mich in Ordnung. Aber, Eva, ich konnte seitdem nicht mehr aufhören, daran zu denken oder an dich zu denken. Und dann, an dem Abend, als es gebrannt hat, als wir uns geküsst haben …«

»Das tut mir wirklich leid«, sagte ich. »Das hätte niemals passieren sollen.«

»Mir tut es nicht leid. Ehrlich gesagt, bin ich mir nicht mal mehr sicher, ob ich Jeanette heiraten kann.«

»O Mann, Shaun …« Ich rückte von ihm weg und hob die Hand, als hätte er in diesem Moment irgendwie einen Versuch bei mir gemacht.

Wow. Es war geschehen.

Das, was ich die ganze Zeit gewollte hatte. Meine Beweggründe dafür, dass ich mir selbst diese ganzen Lovematch.com-Verabredungen und das Speeddating angetan hatte und das Gehabe als Wilmingtons eigene Carrie Bradshaw – all das hatte sich schließlich ausgezahlt. Und die Ironie aller Ironien, es war passiert, als ich es gar nicht mehr richtig versucht hatte. An irgendeinem Punkt hatte ich aufgehört, Shaun haben zu wollen. Hatte aufgehört, darauf zu warten, dass er sich selbst an meiner Haustür abliefern würde. Und trotzdem, hier war er.

Und natürlich, die größte Ironie war, dass ich ihn nicht mehr wollte. *Ihn* nicht mehr wollte. Ich brauchte ihn nicht mehr. Brauchte keinen Grund mehr, warum es nicht funktioniert hatte, warum er die Jeanette bevorzugte, warum ich nicht gut genug war.

Weil die Antwort auf einmal so sonnenklar war. Ich *war* gut genug. Und es machte nichts. Das Problem war genau, wie Shaun es gesagt hatte – es war zu einfach. Ich hatte Sicherheit mit Zufriedenheit verwechselt. Shaun musste die Sicherheit auch gebraucht haben. Ich hätte ihn niemals verlassen und das wusste er. Er hatte niemals so hart arbeiten müssen. Ich hatte immer angenommen, dass er genauso zufrieden war, wie ich es von mir selbst gedacht hatte, und auch aus genau den gleichen Gründen. Ich glaube, das, was ihm so viel Behaglichkeit gegeben hatte, genau das war es, was ihn letztendlich vertrieben hatte: Ich war berechenbar. *Wir* waren berechenbar. Und wir hätten uns niemals geändert.

Und in diesem Moment war es sonnenklar für mich, dass ich nicht länger Angst hatte vor dem Unberechenbaren, vor dem, was ich nicht kontrollieren konnte. Ich wusste ganz genau, was – und wen – ich wollte und was ich brauchte.

Ich war gerade im Begriff, ihm das alles zu sagen, als ich eine schlaksige Person in einem grauen Kapuzenpulli und kastanienbrauner Baseballkappe in unsere Richtung kommen sah, die langsamer wurde, als sie mich erkannte.

Mir wich alles Blut aus dem Gesicht.

»Oh, nein«, sagte ich fast flüsternd.

»Was?«, sagte Shaun und sah, wie ich die Person beobachtete, jetzt direkt in unserem Blickfeld, wie sie anhielt und den Anblick von meinem Exfreund und mir in sich aufnahm, wie unsere Körper zueinandergedreht auf der Schaukel saßen, damit unsere Gesichter einander zugewandt waren. Ich sprang von der Bank auf, ließ Shaun taumelnd und schaukelnd zurück, der versuchte, das Gleichgewicht wiederzuerlangen.

»Kenny, warte!«, rief ich, während er die Hände in die Tasche steckte und in die andere Richtung davonstürmte. Ich rannte und zerrte ihn am Arm, als ich ihn eingeholt hatte. »Kenny!«

Er drehte sich zu mir um und sah so verletzt aus, dass ich dachte, es würde mir das Herz brechen.

»Erzähl mir nicht«, sagte er, seine Stimme voller bitterem Sarkasmus, »es ist nicht das, was ich denke.«

»Ist es auch nicht«, sagte ich, obwohl ich wusste, wie flach und leer sich die Worte anhörten.

»Im Ernst, Eva? Im Ernst? Weil ich gerade eine ganze Menge denke und nichts davon ist gut.«

»Was machst du hier?«, fragte ich und merkte, dass mich das noch weiter belastete, so als würde ich ihn dafür beschuldigen, mich auf frischer Tat ertappt zu haben.

»Ich bin gekommen, um dich zu sehen. Eigentlich«, sagte er. »Selbst schuld, dass ich etwas Nettes und Spontanes machen wollte, wie die Frau zu sehen, nach der ich verrückt bin. Also, wie lange läuft das schon?«

»Nichts läuft hier, Kenny. Ich habe ihn seit dem Tag mit dem Feuer nicht gesehen. Wir haben nur geredet.«

»Klar. Geredet. Am Teich. Über was?«

»Das geht dich nichts an.«

Oh, du hilfst dir gerade so *überhaupt nicht*, sagte eine innere Stimme zu mir.

Shaun kam auf uns zu.

»Wer bist du?«, fragte er Kenny mit einer machomäßigen Was-machst-du-mit-meinem-Mädchen-Stimme. Ich senkte den Kopf und bedeckte die Augen voller Scham mit den Händen.

»Ich bin ihr *Freund*«, sagte Kenny und passte sich Shauns Machismo perfekt an.

»Dachte ich zumindest.«

»Tja, du machst sie gerade wütend«, sagte Shaun.

Das war's.

»Würdet ihr beiden Affen einfach mal eure Schnauze halten?«, schrie ich. »Verdammt, glaubt ihr, ihr würdet mich besitzen? Zuerst einmal«, sagte ich und drehte mich zu Shaun, »er macht mich nicht wütend. Zweitens, du und ich haben nichts mehr miteinander zu tun und wir werden auch nie wieder etwas miteinander zu tun haben. Du hast nicht das Recht, hier den Supermann für mich zu spielen und so zu tun, als wärst du mein Bodyguard oder so was. Und *du*«, sagte ich zu Kenny, »wie kannst du es wagen, dazustehen und mich zu verurteilen, gerade so, als hättest du mich bei irgendwas erwischt? Du und ich sind einander genauso wenig verpflichtet, wie Shaun und ich es sind.«

»Das mache ich doch überhaupt nicht«, verteidigte sich Kenny.

»Ach, komm runter von deinem hohen Ross!«, sagte ich. »Warum hast du so lange gebraucht, um dich mit mir zu verabreden? Wenn du wirklich mein Freund wärst, warum bist du dann in dem Moment verschwunden, als ich anfing, mit Scott auszugehen, anstatt mit mir darüber zu reden? Ist dir niemals in den Sinn gekommen, dass ich dich vermisst habe, dass du meine Gefühle verletzt hast, als du so spurlos verschwunden bist? Und warum rufst du meine beste Freundin an und fragst sie nach Rat, als wären wir in der Junior High School, anstatt direkt zu mir zu kommen und es zu riskieren?«

Ich flippte total aus, kaum mal Luft holend. »Du sitzt da und hältst mir Vorträge über Verbindlichkeit und sich trauen und *alles oder nichts*, aber ich sehe keinen Mut bei dir. Ich sehe jemanden, der Angst hat, zu versagen, verletzlich zu sein, wie jeder andere auch.«

Meine Anschuldigungen hingen in der Luft, während wir drei schweigend dastanden und uns schmerzhaft bewusst wurde, dass jeder von uns woanders sein wollte, irgendwo anders, weit weg von der Gegenwart der anderen.

»Tja, also, ich nehme an, ich habe meine Antwort«, sagte Shaun leise und schaute aufs Gras. »Pass gut auf dich auf, Eva.«

Er machte sich davon, weder Kenny wahrnehmend, noch gab er mir die Chance, ihm Auf Wiedersehen zu sagen. In diesem Moment blies eine Windböe und Kenny grub die Hände noch tiefer in seine Taschen, während seine ganzen Haare in eine Richtung geblasen wurden. Ich strich mir meine wirren Haare aus dem Gesicht und verschränkte die Arme. Wir standen nah beieinander, hatten unsere Gesichter einander zugewandt, schauten aber abwechselnd auf den Boden und zu irgendwelchen Gebäuden auf dem Campus. »Du hast recht«, sagte er schließlich. »Ich fürchte mich zu Tode.«

»Vor was?«, fragte ich.

»Dass du nicht willst, was ich will.«

Ich konnte nicht anders und musste lachen. Es war, als hörte ich eine Tonbandaufnahme von mir selbst.

»Na ja, wenn du meinen Gefühlen für dich nicht trauen kannst, dann kann dich ja alle Aufmerksamkeit der Welt, die ich dir schenke, nicht zufriedenstellen. Und ich bin verrückt nach dir, Kenny. Du hast keine Ahnung, wie sehr.«

»Was hält dich dann so lange zurück?« Er klang wie ein ungeduldiges Kind.

»Verstehst du das nicht? Das hier ist etwas, das ich wirklich will, und ich will es nicht versauen, indem ich so halb gar da reingehe. Willst du mich nicht richtig und ganz und bereit dafür?«

Die Sonne durchdrang mein Gesicht und wärmte mich von innen heraus. Ich streckte meine Hand aus und legte sie auf seine Wange, dabei schaute ich ihm in die Augen – diese wundervollen, braunen Augen – und lächelte.

Kenny bewegte seinen Kopf von meiner Hand weg. »Was wird jetzt passieren?«, fragte er

»Was meinst du damit?«

Er sah besiegt aus, frustriert, verängstigt. Ich dagegen hatte mich niemals in meinem Leben so sicher und furchtlos gefühlt. »Ich habe es satt zu warten, Eva.«

»Dann tu's doch nicht.«

Er schaute mich an, als wäre ich völlig verrückt, und schüttelte wütend den Kopf, bevor er sich umdrehte. »Ist doch egal«, hörte ich ihn murmeln.

»Vertrau mir«, rief ich voller Zuversicht. *Du hast nichts zu verlieren. Und ich auch nicht.*

37

Grounds für Ausgelassenheit

»HEY, NORM-O«, rief ich aus der Küche des Grounds, »hast du das Schild an die Tür gemacht?«

»Welches Schild?«, rief er zurück.

»Ich habe ein Schild gemacht.«

»Das mit *Früher geschlossen wegen betrunkenem Unsinn-Machens* darauf?«

»Ja, genau.« Ich kam aus der Küche, durchwühlte eine Box und reichte Norman das Schild, das ich am Tag vorher gemacht hatte: *Früher geschlossen aufgrund von Grounds für Ausgelassenheit.* »Los, mach's dran! Und sag mir, wenn Minerva und Jay kommen.«

Norman tat, worum ich ihn gebeten hatte, und ich stellte Schalen mit Weihnachtskeksen raus, gefolgt von Platten mit Aufschnitt und Zutaten für belegte Kaiserbrötchen. Als Nächstes ging ich zurück zu der Box und holte ein Haarband mit Filzgeweih heraus. Ich krümmte mich vor der Scheibe der Auslage zusammen, um mein Spiegelbild zu sehen, rückte das Geweih auf meinem Kopf zurecht und ging zurück, um das Essen und schließlich noch ein paar Flaschen Wein rauszustellen. Ich balancierte die Flaschen in einer Hand, während ich die Box zwischen dem anderen Arm und meiner Hüfte eingeklemmt hatte, und machte mich gerade auf den Weg zur Theke, als Minerva hereinkam.

»Wir haben den Eggnog«, sagte Jay und trug eine Bowle-Schüssel hinein, nachdem Norman die Tür aufgeschlossen hatte und hinter ihm wieder zuschloss, »und ich warne euch, der ist nichts für Leute in schwacher körperlicher Verfassung.«

»Hey, Eva, ich bringe …« Minerva hielt mittendrin an, dann fing sie noch mal an: »… Was. Zum. Teufel. Ist. Auf. Deinem. Kopf?«

»Du kannst nicht gut eine Weihnachtsparty haben ohne die passende Ausstattung.«

»Letztes Jahr hast du dieses *Ding* nicht getragen«, sagte Minerva und deutete auf mein Geweih.

»Richtig und was für eine Art von Party war das gewesen?«

»Ich erinnere mich nicht mehr.«

»Genau.« Ich durchwühlte die Box zum dritten Mal und holte mehrere Elfenhüte heraus, eine rote Nase und Schlittenglocken. »Norman, die Ehre gebührt dir«, sagte ich und reichte ihm Vince Guaraldis *A Charlie Brown Christmas*. Bevor er zum CD-Spieler ging, hielt ich ihn am Arm fest. »Warte!« Ich schlenkerte eine rote Nase vor ihm. »Du musst dich erst anziehen.«

Er schaute mich wütend an. »Ich trage bereits eine sehr demütigende Weihnachtsmann-Krawatte. Was willst du denn mehr?« Noch bevor er die Chance hatte, sich zu ducken, hatte ich das elastische Band um seinen Kopf gelegt, widerstand aber dem Drang, die Nase an den richtigen Platz zu tun.

»Manchmal denke ich darüber nach, dich umbringen zu lassen«, sagte er schlicht, leise genug, dass nur ich ihn hören konnte. »Das weißt du, oder?«

»Ja, aber dann wirst du dein Weihnachtsgeschenk nie bekommen.«

Er legte die Hand ans Kinn und strich darüber, als würde er das hier abwägen und sagen wollen: *Auch wieder wahr…*. »Übrigens, ich hab vergessen dir zu sagen, dass Car-Talk-Kenny hier ist.«

Ich horchte auf. »Ist er?«

»Ja. Hat gesagt, dass er mit dir über irgendwas reden wollte.«

»Oh«, sagte ich und fühlte ein Flattern in meiner Brust. »Na ja, klar ist er hier. Er ist Teil des *Secret Santa Club.*« Ich hatte niemandem außer Minerva von dem Zwischenfall am Teich erzählt und ich war davon ausgegangen, dass er nicht hier auftauchen würde. Wir hatten uns seitdem weder gesehen noch gesprochen und soviel ich wusste, wollte er mir sagen, dass es mit uns beiden vorbei sei, noch bevor es richtig angefangen hatte; dass er an genau diesem Nachmittag jemand anderen auf dem Parkplatz kennengelernt hatte und sie zusammen auf die Fidschis auswandern würden; dass er überlegte, ein buddhistischer Mönch zu werden, und so weiter, und so weiter. Ich spähte vorsichtig in den Leseraum und sah ihn im Gespräch mit Beulah, Spencer und Tracy. Er erwischte mich beim Spionieren und hob den Kopf, als er mich erkannte, schenkte seine Aufmerksamkeit dann aber wieder Tracys Geschichte. Irgendwie erleichtert, schaute ich nach dem Rest der Originale und Stammgäste.

»Wo ist Scott?«, fragte ich Norman.

»Er musste zu irgendeinen Firmen-Weihnachtsding gehen«, antwortete er.

»Das ist doch nicht … ich meine, ich will ja nicht narzisstisch sein, aber es ist doch nicht wegen mir, oder?«

»Neee, er ist absolut in Ordnung mit dem Ganzen. Wirklich, es ist was Geschäftliches. Ich glaube, er wäre lieber hier. Weiß Gott, ich wäre an seiner Stelle auch lieber hier«, sagte er.

Ich lachte und griff mir einen kleinen Stapel Servietten zusammen mit einem Band voller Schlittenglöckchen, die ich läutete, um die Aufmerksamkeit von allen zu bekommen.

»Lasst die *Grounds für Ausgelassenheit*-Party beginnen!«

Das Meer der Elfen-, Rentier- und Weihnachtsmännerhüte jubelte und hob die Tassen.

»Wir haben Anisette-Schneeflocken, bestäubt mit Puderzucker, würzige Zuckerplätzchen-Weihnachtsbäume, Lebkuchenmänner – alles Singles natürlich ...« Alle lachten. Ich fuhr fort. »Dattel-Nuss-Trüffel, Zuckerstangen und mein neues Lieblingsgebäck: Schokoladen-Pfefferminz-Stäbchen zum Kakao-Umrühren. Und wo wir gerade davon reden, wir haben beides, weißen und traditionellen Kakao, zusammen mit Jays *Ihr-werdet-beim-Alkoholtest-durchfallen*-Eggnog, Wein und Limo. Die *Secret Santa*-Geschenke liegen alle unterm Baum im Leseraum und die Dreidels neben der Menora.«

Innerhalb kürzester Zeit wechselte die Party in den Leseraum. Ich war nicht überrascht, dass Beulah wusste, was die einzelnen Symbole auf den Dreidels bedeuteten, und es jedem erklärte. Sie hatte ein mitreißendes Spiel gestartet und benutzte die Kekse als Einsatz. Man hätte meinen können, wir spielten Craps in einem Casino, so laut war die Menge. Ich stand am Eingang und beobachtete das Spektakel, von dem ich jede Minute genoss. Simeon und Susanna gewannen den größten Topf mit Keksen und Jeannie mit den Jimmy Choos biss jedes Mal den Lebkuchenmännern die Köpfe ab, bevor sie sie ins Spiel hineintat.

Als das Spiel fertig war und die Einsätze umverteilt, kündigte Norman an, dass es nun Zeit sei für die *Secret Santa*-Geschenke, und teilte Neil die hochwichtige Position des Elfen-Chefverteilers zu. Als die Originale und die Stammgäste ihre Geschenke aufmachten (obwohl, ehrlich gesagt, nicht viel Geheimnisvolles dabei war, weil fast jeder irgendjemandem verraten hatte, wer welchen Namen auf die Geschenke geschrieben hatte), erschien Kenny neben mir, um sich eine neue Ladung Eggnog zu nehmen und auch meine Tasse aufzufüllen.

»Wow. Du hattest absolut recht mit diesem Eggnog. Ich muss die Nacht wohl auf der Couch da drüben verbringen.«

»Ich bin froh, dass du da bist, Kenny.«

»Ich auch.«

»Ich hätte nicht gedacht, dass du kommen würdest, nachdem, was neulich passiert ist.«

»Ja, da wollte ich auch noch mal mit dir drüber reden.«

»Werden wir«, versprach ich. Dann schaute ich auf meine Uhr. »Aber würdest du mich bitte für eine Minute entschuldigen?« Ich ging zurück in den Leseraum, um Norman zu finden. »Hey«, sagte ich, nachdem ich tief Luft geholt und ihm auf die Schulter getippt hatte. »Du hast noch ein Geschenk unterm Baum. Vom Weihnachtsmann persönlich gebracht, habe ich gehört.« Ich versuchte, mich von der plötzlichen Stille im Leseraum nicht durcheinanderbringen zu lassen.

»Hab ich?«, sagte er eher überrascht als aufgeregt.

»Ja. Los, hol es.«

Norman ging zum Baum, die Originale und Stammgäste beobachteten ihn voller Erwartung, obwohl sie genauso wenig wie Norman wussten, was ihn erwartete. Er holte eine in klassisches Rentier-Rudolph-Papier gewickelte Hemdschachtel hervor. »Ist es das?«, fragte er. Ich nickte und mein Geweih wippte.

Er schüttelte die Schachtel vorsichtig. »Bist du sicher, dass da irgendwas drin ist? Das fühlt sich so leer an.«

»Halt! Du musst zuerst das andere aufmachen.«

»Da ist noch eins?«

Ich rannte zum Baum, ging auf alle viere, streckte die Hände aus, bis ich die kleine Box fand, die unter der Decke unterm Baum lag. Ich kroch rückwärts wieder hervor, stellte mich auf die Füße und reichte ihm das Geschenk. Er riss das Papier direkt über dem Gesicht von Hermie, dem Elf, auf, öffnete die Box und brach beim Anblick des kleinen Gegenstands in lautes Lachen aus.

»Was ist es?«, fragte Tracy.

»Ein Floaty Pen mit einem Pin-up-Girl drin«, sagte Norman, als er den Stift rausnahm und anfing, ihn in verschiedene Richtungen zu drehen, damit ihr Badeanzug von ihr runterschwamm, dabei wurden seine Augen immer größer. »Ohhhh. Hallo, du Schöne. Ich muss mich korrigieren. Es ist ein *Bettie Page*-Floaty Pen.«

»Was ist ein Floaty Pen?«, fragte Spencer.

»Das hier.« Er hielt ihn hoch, um ihn jedem zu zeigen, besonders den Typen. »Der wird mir viele Stunden der Freude schenken und ich rede nicht nur vom Schreiben.«

»Okay, du kannst mit dem zweiten Geschenk weitermachen«, sagte ich.

»Ein anderes Geschenk? Oh, stimmt. Das leere. Ich wurde abgelenkt von dem …« Er schwenkte den Floaty Pen, bevor er ihn an Spencer weiterreichte, der ihn seitwärts hielt und sein eigenes

Hal-lo ausstieß ... »Gewöhn dich nicht zu sehr an sie – ich will sie zurückhaben«, sagte Norman, während er das zweite Geschenk auspackte. Diesmal riss er die Augen eines der Misfit Toys durch und riss dann den Rest des Papiers mit einem kräftigen Ruck auseinander. Er ließ die Finger unter den oberen Deckel der Schachtel gleiten, riss das Klebeband auseinander und hob den Deckel hoch. Dann hob er das Papier darin hoch und wurde ruhig, als er seinen Inhalt wiedererkannte.

Norman zog den Atem ein.

Mehrere Herzschläge lang bewegte sich keiner.

»Was ist es?«, fragte Dara, fast flüsternd.

Norman zog wieder den Atem ein und öffnete seinen Mund in der Absicht, zu antworten, es kam aber nichts heraus.

Er schaute mich direkt an, immer noch sprachlos. Ich konnte selbst kaum Luft holen.

»Was sagsten jetzt, Norman? Willste anbeißen?«

»*Anbeißen*?«, sagte Beulah.

Ich konnte Kennys Blick auf mir ruhen fühlen, er lächelte zustimmend.

»Es ist ...« Normans Stimme brach. »Es sind die Papiere, die mich offiziell zum gleichberechtigen Partner des Grounds machen.«

Ich glaube, Minerva und Susanna waren die Ersten, die vor Begeisterung schrien, gefolgt von Tracy und Dara, während die Jungs sich freuten und Norman auf den Rücken klopften. Er lief an allen vorbei, wurde zur Beglückwünschung umarmt und bekam die Hände geschüttelt. Dann kam er zu mir, gab mir einen dicken Kuss auf den Mund und drückte mich fest. »Dank' dir, Eva«, flüsterte er mir ins Ohr; ich konnte die Feuchtigkeit seiner Wange an meinem Ohrläppchen fühlen. »Du hast keine Ahnung, wie glücklich mich das macht.«

»Besser als der Floaty Pen?«

Er ließ mich los. »Ein ganz knapper zweiter Platz hinter dem Floaty Pen.«

»Ich weiß nicht, warum ich das nicht schon früher gemacht habe. Du warst ja die ganze Zeit schon mein Partner.«

»Ich werde diesem Platz hier absolut gerecht werden. Das verspreche ich.«

»Ich *weiß*. Also, worauf wartest du noch? Hol Bettie und unterschreib die Papiere!«

Nachdem er einen letzten Blick auf ihn geworfen hatte, gab Jay Norman den Stift zurück, und mit zitternder Hand schrieb Norman seinen Namen und seine Initialen in alle vorgesehenen Kästchen, während der Rest in Applaus ausbrach. Dann umarmte er mich wieder und wir stellten uns für Fotos auf: eine Frau im Rentiergeweih, ein Typ mit roter Nase und verrückter Weihnachtsmann-Krawatte und ein Vertrag. Partner.

Die Party ging weiter, bis auch die letzte aller Süßigkeiten aufgegessen war, und alle halfen mit, ein bisschen aufzuräumen, obwohl ich eine Regel aufgestellt hatte, die besagte: *Kein Beschwipster trägt Gläser*, nachdem Spencer fast einen ganzen Stapel Teller hatte runterfallen lassen. Nachdem der Letzte der Originale gegangen war (ich stellte sicher, dass alle noch fahren konnten), schloss ich die Türen ab und ging mit Norman zu unseren Autos, Jeannie auf der anderen Seite von Norman, ihre Arme ineinander verschränkt, ein zufriedenes Lächeln auf seinem Gesicht.

Ich hielt an. »Norman! Wo ist deine Nase?«

Er hob eine Augenbraue. »Du verkleidest mich als Rentier …«, fing er an.

»Als Rudolph, der Elvis aller Rentiere«, korrigierte ich ihn.

»… mit einer Schaumnase, die nach Farbe riecht, und dann erwartest du noch, dass ich sie in der Öffentlichkeit trage? War die Weihnachtsmann-Krawatte nicht schlimm genug?«

»Wie du willst. Ich bin nicht mehr dein Boss.«

Ich beobachtete sein Gesicht, während er sich diesen Gedanken bewusst machte. Ohne Vorwarnung ließ er Jeannie los und nahm mich für eine letzte feste Umarmung in den Arm, drückte mich gegen seine Schulter und stieg dann mit einem letzten Winken mit dem Floaty Pen in ihr Auto.

Nachdem sie losgefahren waren, drehte ich mich um und rannte direkt in Kenny hinein.

»Autsch!«, sagte ich, während er mich an der Schulter festhielt, damit ich nicht umfiel.

»Tut mir leid, ich hab dich nicht gesehen.« Ich strich mir die Haare aus dem Gesicht und klemmte sie hinter meine Ohren.

»Ich wollte dich nicht erschrecken.«

Wir standen eine Sekunde schweigend da.

»Also, wegen neulich …«, fing ich an.

»Vergiss es einfach«, sagte er.

»Ich will es einfach nicht verderben.«

»Schwamm drüber.« Er schien ungeduldig zu sein.

»Weißt du, Kenny, ich will dir nur sagen, dass ich … «

Er legte zwei Finger an meine Lippen, damit ich aufhörte zu reden. Dann nahm er seine andere Hand aus der Manteltasche, öffnete seine Faust und hielt den Ast eines Mistelzweigs in ihr, der vorher im Café hing.

Mein Blick ging von dem Zweig zu ihm. »Diese Dinge funktionieren nur, wenn du unter ihnen stehst, nicht wenn … «

Er lehnte sich vor, zog mich unter den Zweig und küsste mich.

»Schöne Weihnachten, Eva«, flüsterte er in mein Ohr. Dann ging er langsam zurück zu seinem Auto und ließ mich völlig verblüfft dort stehen.

38

Entschlossen

DAS ERSTE MAL überhaupt beschloss ich, Weihnachten und Silvester nicht mit Olivia zu verbringen. Vielleicht weil sie bereits für Thanksgiving den Weg nach North Carolina gemacht hatte und das allein bereits ein Riesenaufwand für eine vierköpfige Familie gewesen war. Vielleicht auch, weil nichts die *Grounds für Ausgelassenheit*-Party noch überbieten konnte – Normans Gesicht zu sehen, als er die Partnerschaftspapiere gesehen hatte, Kennys Kuss, meine Freunde, die mit Dreidels spielten und ihre Geschenke öffneten.

Die Wahrheit war, dass ich allein sein wollte. Ich *suchte* mir das so *aus*. Ich wollte mich selbst feiern.

Am ersten Weihnachtstag ging ich mit Beulah und Lily, die freundliche, blaue Augen und trotz des kühlen Tages einen warmen Händedruck hatte, in die Kirche. Danach kamen sie mit zu mir zum Mittagessen. Wir machten gefüllte Eier und belegte Sandwiches und arrangierten alles zu einem Teppich-Picknick im Wohnzimmer, dabei sahen wir *Charles Dickens Weihnachtsgeschichte* im Fernsehen (die George-C.-Scott-Version, obwohl wir die mit Alastair Sim lieber mochten) an. Danach erzählten wir uns bis spätabends Geschichten über vergangene Weihnachtsfeste.

Nachdem sie gegangen waren, saß ich im Dunkeln auf dem Sofa und bewunderte meinen Baum – den ersten, den ich hatte, seitdem ich mit Shaun zusammengewohnt hatte. Bei meinen Eltern war es immer Tradition gewesen, den Baum phasenweise zu schmücken: an einem Tag die Lichter, die Ornamente am nächsten, Lametta oder Girlanden am Heiligabend, gekrönt von einem Stern. Olivia und ich hatten die Tradition aufrechterhalten und machten die Dekoration fertig, wenn ich angekommen war, mit der Ausnahme, dass wir den Stern durch Zwillingsengel ersetzt hatten. Ich dekorierte meinen Baum auch in Phasen, mit Baumschmuck, den Shaun und ich gesammelt hatten, von uns beiden aus Salzteig selbst gemachten Ornamenten, ausgestochenen Keksen und mit einem neuen, auf eBay erworbenen Set von Sammlerstücken aus den Claymation Shows unserer Kindheit. Beulahs und Lilys Geschenk für mich war ein neuer Engel.

★★★

Der Silvesterabend war eine ebenso ruhige Angelegenheit, mit mir alleine. Ich kochte für mich selbst Schellfisch, mit Krabbenfleisch und Butter belegt, grillte etwas Brokkoli und in Scheiben geschnittenes Focaccia, das ich in Olivenöl dippte. In letzter Zeit hatte ich komplette Mahlzeiten nur für mich selbst gekocht und aß am Tisch statt vor dem Fernseher. Ich deckte den Tisch für einen, mit meinen besten Tellern und Tischdecken, und aß bei Kerzenschein.

Es war so lange her, dass ich bewusst gegessen hatte, jeden Bissen genoss, meine Augen beim Kauen schloss und in den Aromen schwelgte, die sich in meinem Mund vermischten. Ich aß mit der Stille als Gesellschaft, lauschte ihr geradezu, ohne ein Buch oder einen Bildschirm, der mich ablenkte.

Selbst meine Gedanken sprachen ganz sanft.

Ich beschloss, das Stück Schokoladenkuchen ohne Mehl für später aufzuheben, vielleicht wenn der Ball herunterfiel oder auch nur um Punkt Mitternacht.

Nach dem Essen verbrachte ich den Abend damit, meinen ständig wachsenden Stapel an Rezepten, die ich gefunden oder mir im Laufe des Jahres selbst ausgedacht hatte, zu sortieren. Ich machte Haufen mit *Mach das endlich*, *Mach das noch mal*, *Mach das jeden Tag* und *Ohne Bedauern verbrennen*. Danach unterteilte ich sie weiter in Fleisch, Geflügel, Fisch, Beilagen, Hauptgerichte, Frühstück und so weiter und steckte sie alle in den Rezeptkarton, der meiner Mutter gehört hatte. Nur ein bisschen größer als eine Fünf-auf-sieben-Karteikartenbox, war dieser Karton hier gelblich weiß, verziert mit abblätternden und verblassten rosa und blauen Blumen, die Olivia und ich als Kinder gemalt hatten und die wir ihr zum Muttertag geschenkt hatten.

Ungefähr um halb elf war alles komplett sortiert und verstaut und ich hatte einen neuen Stapel, den ich in den nächsten Wochen ausprobieren konnte, inklusive zwei weiterer Abendessen zum Hinsetzen. Ich zappte durchs Fernsehprogramm und als *The Honeymooners*-Marathon auf TV Land in vollem Gange war, überlegte ich, einen Vorsatz fürs neue Jahr zu fassen, machte aber eine wegwerfende Handbewegung und sagte laut und kichernd: »Neeee.« Ich fand, dass gute Vorsätze immer dem Prinzip widersprachen, dass so viele Leute so zufrieden zu sein schienen, dass sie sich nur ein einziges Mal im Jahr zu Selbstverbesserung und Neuanfängen verpflichteten. Was war denn mit dem Rest des Jahres? Warum nicht im Juli mit dem Rauchen aufhören oder den Keller im November entrümpeln und ihn die ganze Zeit aufgeräumt halten? Mit siebzehn hatte ich beschlossen, die guten Vorsätze fürs neue Jahr komplett zu boykottieren. Aber mit vierunddreißig schien mir mein Boykott mehr eine leicht verhüllte Entschuldigung dafür, mich nicht verantwortlich zu fühlen für überhaupt irgendwas und den Status Quo ohne Protest kommen und gehen zu lassen.

Vielleicht war es an der Zeit.

Dieses Jahr, fing ich an, während der Fernseher weiterquatschte, *nehme ich mir vor, meine Zeit weniger den Bildschirmen als den Bäumen zu widmen*. Ich war ein bisschen eingerostet mit dem ganzen Gute-Vorsätze-Kram und ich sprach die nächsten laut aus. »Ich werde im Sitzen essen.« Schon besser. »Ich werde spontaner sein. Und ich werde alles tun, damit mir das guttut.«

Es war ein Anfang. Und ein ziemlich guter dazu.

Um elf Uhr achtundfünfzig schaltete ich um, damit ich den Ball am Times Square runterfallen sehen konnte, und war um sechzehn nach zwölf im Bett. Ich glaube, ich schlief mit einem Lächeln im Gesicht ein, und vergaß völlig, meinen Kuchen zu essen.

39

Vergissmeinnicht

AM SAMSTAG vor seinem Geburtstag entführte ich Kenny unter dem Vorwand, mit ihm zu einer Matinee zu gehen. Stattdessen trafen wir uns mit Spencer und Tracy, Norman und Jeannie, Scott, Minerva, Jay und Beulah zum Laser-Tag-Spielen. Ich kann mich nicht erinnern, wann ich das letzte Mal so viel gelacht hatte oder so voll mit Adrenalin war, als wir uns gegenseitig abschossen. Vor allem Norman und ich hatten einen Riesenspaß, uns immer wieder, wenn wir unentschieden standen, »Ich bin dein Vater, Luke« zu sagen. Die ganze Zeit dröhnte Achtzigerjahre-Musik durch die Höhlen und am Schluss war Kenny passenderweise der letzte Überlebende und streckte seine Faust zu *Eye of the Tiger* in die Luft.

Nach Laser Tag besetzten wir zwei Tische bei Mia's Pizza und von da aus gingen wir nach nebenan auf eine Bowling-Bahn, die mit einer peinlich langen Theke und *Flashback Disco Bowling* an jedem dritten Samstag im Monat protzte. Beulah und ich, die zwei ausgewiesenen Fahrer, hielten uns fern von der Auswahl an Alkohol, während sich der Rest ziemlich betrank. Ich glaube, keiner von uns – Beulah und ich eingeschlossen – kam beim Bowling auf mehr als einhundertundzehn Punkte.

Mehrere Stunden später machten wir uns alle übermäßig kichernd auf den Weg zum Parkplatz und bliesen in die Kazoos, die ich als Partygags in den Geschenktüten verteilt hatte (andere *Gags* waren selbst gemachte Mallomars, Seifenblasen, zwei Matchbox-

Autos und eine Handvoll Bazooka-Kaugummis). Nach einer von uns allen ziemlich erbärmlich auf den Kazoos vorgetragenen Version von *Safety Dance* verfrachtete Beulah Scott, Spencer, Tracy, Minerva und Jay in den Mini-Van der Jugendgruppe aus der Kirche, während Norman und Jeannie Kenny und mich zu meinem Auto begleiteten und ich sie an Normans Apartment ganz in der Nähe ablieferte.

»So«, sagte Kenny, grinste wie ein verschmitzter kleiner Junge und stopfte sich einen Bazooka in den Mund, als wir allein waren. »Ich nehme an, der nächste Halt ist bei meiner Wohnung?«

Ich lächelte schlitzohrig. »Nicht genau.«

Seine Augen weiteten sich. »Es gibt noch *mehr*? Ich glaube nicht, dass ich noch eine Überraschung ertragen kann.«

»Es ist nicht wirklich eine Überraschung. Du wirst schon sehen.«

Als wir zum nächsten Ziel losfuhren, fragte ich ihn, ob er glücklich sei.

»Ich bin ein bisschen betrunken«, sagte er und lachte sich kaputt.

»Tut mir leid, dass ich deine anderen Freunde und Kollegen nicht eingeladen habe. Ich kenne eigentlich keinen von denen.«

»Ist schon okay. Es war perfekt.«

Als wir am Strand ankamen – dunkel und verlassen und absolut ungestört –, schien Kenny wieder nüchtern geworden zu sein. Wir liefen ungefähr eine Viertelmeile schweigend am Wasser entlang, in der Kälte dicht aneinandergedrängt, als er anhielt und sich zu mir drehte.

»Du hättest das nicht alles tun müssen, weißt du«, sagte er.

»Doch, das musste ich«, antwortete ich.

»Musstest du beweisen, dass Winter-Geburtstage nicht nur trübsinnig sind?«, zog er mich auf.

»So was in der Art.«

»Tja, also, danke.«

»Bitte schön.«

Wir saßen für eine Weile schweigend im Sand, ich fest in meine Lieblingsstrickjacke und meine Winterjacke gewickelt, er in seinem

Kapuzenpulli und der Lederjacke. Der salzige Wind wirkte verheerend auf meine Haare. Als wir wieder zum Auto zurückgingen, war ich ein gekräuseltes, rosawangiges Durcheinander. Und trotzdem schaute mich Kenny an, als sei ich so was wie ein seltener Schatz.

Er berührte mein Kinn und küsste mich zart. »Der. Beste. Geburtstag. Meines. Lebens«, flüsterte er.

Ich fuhr ihn zurück zu seinem Haus. Bevor ich ihn rausließ, lehnte ich mich über ihn und suchte im Handschuhfach nach dem kleinen Päckchen, das ich vorher am Tag eingewickelt hatte.

»Das hier hat es nicht in die Geschenketüte geschafft«, sagte ich.

Mit fragendem Blick riss Kenny das Kinder-Geschenkpapier mit Rennautos auf und holte ein Päckchen Vergissmeinnicht-Samen heraus.

»Das waren meine Lieblingsblumen zu Hause«, sagte ich leise. »Kurz nachdem bei unserer Mom der Krebs diagnostiziert wurde, pflanzte sie die für Olivia, meinen Dad und mich mit der Anweisung, dass wir an sie denken sollten, wann immer wir die Blumen anschauten oder versorgten. Als ob wir sie je hätten vergessen können …«, meine Stimme versagte.

Er drückte das Päckchen und sah mich an.

»Wie auch immer«, fuhr ich fort. »Sie wurden zu einer schönen Erinnerungshilfe. Und ganz egal, was zwischen uns passiert, ich möchte nur nicht, dass du mich vergisst, okay?«

Zum ersten Mal schien Kenny nicht zu wissen, was er sagen sollte; sein Gesichtsausdruck war getrübt, als er den Mund öffnete und wieder schloss. Er schaute die Samen an und schüttelte sie, sodass sie wie Maracas rasselten.

»Okay«, sagte er, sein Mund war wie eine dünne Linie. Er nickte.

»Okay«, wiederholte er leise, bevor er ausstieg und die Tür hinter sich schloss.

40

Einstellungssache

ZWEI TAGE NACH Kennys Geburtstag buchte ich eine kleine Suite mit Balkon und Küchenecke in einem Strandhotel in der Nähe. Ich hatte ein paar freie Tage im Grounds eingeplant, um mich auf Jennas Kurzgeschichtenkurs vorzubereiten (ich wollte, dass sie nach ihrer Rückkehr aus dem Mutterschutz zu einem organisierten Kurs zurückkehrte, der mit dem Lehrplan übereinstimmte), und hatte beschlossen, das besonders stilvoll zu tun.

Jeder Tag war eine Übung im Alleinsein; morgens joggte ich am Strand, gefolgt von einer Dusche und einem Frühstück (Schokoladen-Crêpe mit Erdbeeren an einem Morgen, French Toast mit karamellisierten Äpfeln an einem anderen, Müsliriegel mit Bananenscheiben, dick beschmiert mit Erdnussbutter, um nur einige aufzuzählen). Dann, nachdem ich die Bücherlisten erstellt, Workshops geplant und einen Lehrplan entworfen hatte, machte ich einen Mittagsschlaf oder gönnte mir eine Massage oder Maniküre-Pediküre im Spa des Hotels. Abends bereitete ich mir etwas aufwendigere Mahlzeiten zu: gemischte Salate mit Walnüssen, getrocknete Cranberrys und Gorgonzola; gegrillter Lachs mit Orangenglasur und knusprigen roten Kartoffeln; Zitronenhühnchen mit frischem Thymian und Rosmarin; all die Köstlichkeiten von meiner Silvesterabend-Sortier-Party. Schließlich wagte ich mich zu einem Spaziergang am Strand hinaus, bevor ich mich mit einem Kamillentee und einem Buch ins Bett kuschelte.

Ich schlief jede Nacht tief und fest. Und ich verzichtete die ganze Woche auf Bildschirme – schaute kein Fernsehen, kein Facebook und ließ mein iPhone aus. Ich widerstand der Versuchung, Minerva oder Olivia oder Kenny anzurufen. Ich meldete mich noch nicht mal bei Norman, um nach dem Grounds zu fragen.

Am letzten Abend stand ich auf dem Balkon, eingewickelt in einen Frotteeplüsch-Bademantel, und nippte an einem perfekt halbtrockenen Cabernet. Der Himmel hatte die Farbe von Orangensorbet, färbte die Wände meines Zimmers und ließ die Vase voller Pfingstrosen auf meinem Nachttisch glitzern. Ich schenkte mir ein zweites Glas ein, aber füllte noch nicht mal ein Viertel voll.

Ich schloss meine Augen und sog den Moment ein.

Das hier.

Das war es, worum es beim Singleleben eigentlich ging.

Es hatte nichts zu tun mit Schaumbädern und Im-sitzen-Abendessen oder der Fähigkeit, in der letzten Minute überall alleine hingehen zu können, ohne auch nur ein Fünkchen Scham zu empfinden. Es hatte nichts zu tun mit Bequemlichkeit oder auch nur Unabhängigkeit.

Ich hatte es kapiert. Und plötzlich brannte es mir praktisch in den Fingern zu schreiben. Ich raste zum Schreibtisch, öffnete mein Notebook (ich würde morgen alles auf meinen Laptop kopieren, entschied ich) und fing an draufloszuschreiben.

Singleleben ist Einstellungssache

Es geht nicht darum, das Bett für sich alleine zu haben oder das Badezimmer zu teilen. Es geht nicht darum, mit wem man gestern zusammen war oder ob man morgen eine Verabredung hat. Es geht nicht darum, ob man um die Welt reist oder zu Hause bleibt. Nicht darum, einen Ring am Finger zu haben oder den Schlüssel zu seiner Wohnung.

Es geht darum, sich seiner selbst sicher zu sein und in Frieden und Anerkennung zu leben. Es ist nicht der Weg, der am wenigsten bereist wurde, sondern derjenige, der sich vor dir auftut. Stein für Stein, mit jedem Schritt, den man nimmt.

Singleleben geht darum, die Liebe deines Lebens zu finden und zu ihr zu stehen. Ich rede von der buchstäblichen Liebe *deines* Lebens. Sich in einem Zustand der Selbstständigkeit, Stärke, Unabhängigkeit, des Selbstvertrauens und der Zufriedenheit zu befinden. Das ist alles, was zählt. Keine Beziehung, ganz egal wie anscheinend perfekt und kompatibel man ist, kann dir das geben. Das musst du in dir selbst finden. Du musst die Liebe in die Beziehung mit hineinbringen. Denn letztendlich muss man nicht alleine sein, um ein Single zu sein. Und ein Single zu sein, bedeutet nicht, dass man alleine ist.

In anderen Worten, das Singledasein ist eine Sache der Einstellung.

An diesem Valentinstag hoffe ich nicht auf eine Schachtel Schokolade oder einen heimlichen Verehrer oder ein Dutzend langstielige Rosen oder irgend so was. Stattdessen werde ich mir sozusagen selbst den Hof machen. Ich werde mir ein fantastisches Abendessen bei Kerzenschein machen, weil ich das verdiene. Ich werde meine Lieblingsbücher lesen und vielleicht eine Kurzgeschichte schreiben. Ich werde am Strand spazieren gehen. Ich werde mehr machen, als zu Hause sauber zu machen oder zu schlafen. Ich werde all dies tun, weil es das ist, was ich liebe, und wir alle verdienen es, ein Leben voller Liebe zu führen, wo immer wir sie finden.

Möge jeder Einzelne von euch die Liebe seines Lebens finden, was auch immer das für euch bedeutet.

Ich nahm mein Weinglas, ging zurück auf den Balkon und sah zu, wie die Nacht über Wilmington hereinbrach. Ich betrachtete die Palmen, die im Wind rauschten, hörte der Brandung zu, die zu den Sternen sang, und roch das salzige Meer. Es war so, als würde die Welt mir zulächeln. Oder vielleicht waren es nur meine Eltern. Ich hielt mein Weinglas nach oben und prostete ihnen allen zu.

41

Valentinstag

ICH WEISS NICHT, ob es an dem achtzehn Grad warmen Sonnenschein lag oder an der Tatsache, dass Valentinstag war, oder bloß an der neuen Yogaklasse, doch ich fühlte mich so energiegeladen, dass ich beschloss, mit dem Fahrrad zu Arbeit zu fahren. Als ich ins Grounds kam, trafen meine Augen auf Tische, die mit tiefroten Tischdecken gedeckt waren und echten Rosen in langen, dünnen Vasen. Norman hatte am Wochenende wirklich alles gegeben und das Café mit einem festlichen, klassisch romantischen Ambiente ausgestattet, indem er alle Schattierungen von Pink und jegliche Papierdeckchen vermied. Die Originale, alle zusammengepfercht an ihrem üblichen Tisch, begrüßten mich, als ich an ihnen vorüberging und wie immer die kleine Selbstbedienungstheke aufräumte. Tracy hatte mit Jan über Hochzeitskleider gequatscht, während Spencer mit Minerva und Jay über seine Bewerbungen für Programme zur Promovierung plauderte. Kenny hatte es sich bereits mit seinem Laptop an einem Tisch am Fenster gemütlich gemacht und ich wusste, dass er so tat, als würde er mich nicht bemerken; aber das Zucken seiner Mundwinkel verrieten ihn und mein Herz machte einen kleinen Überschlag.

»Hey, Norm-al«, rief ich Richtung Küche und nahm mir meine Schürze vom Haken. Simeon streifte hinter mir vorbei und drückte dabei meine Schultern. »Sieht super aus hier!«

Norman kam mit einem Stapel Servietten in den Händen aus der Küche. »Danke«, sagte er. »Es wird eine Menge Geld kosten, die Tischdecken reinigen zu lassen, aber was zum Teufel macht das schon. Schönen Valentinstag.« Er küsste mich auf die Wange. »Wie war dein Kurs gestern?«, fragte er.

»Großartig«, antwortete ich und entschied mich, ihm nicht von der neuen Kurzgeschichte zu erzählen, mit der ich angefangen hatte, oder dass ich das Gefühl hatte, dass sie sich zu einem Roman entwickelte.

»Freut mich zu hören«, sagte er. »Wir haben übrigens keine Muffins mit Schokostückchen mehr.«

»Aye-Aye, Käpt'n«, sagte ich mit einem Salut und zog mich in die Küche zurück. Als die Riesenmuffins im Ofen waren, nahm ich die Kekse vom letzten Abend aus dem Kühlschrank und brachte sie raus in die Auslage.

Als ich die Türen der Auslage zumachte, kam Minerva zur Theke. »Hey, Eva. Ich …« Sie stoppte mittendrin, als ihre Augen die Auslage fixierten. »Sind das …« Sie brachte noch nicht mal die Worte heraus, stand einfach nur da und sah aus wie ein Kind, das gerade sein verlorenes Hündchen wiedergefunden hatte – die Augen leuchteten und glitzerten und sie hatte ein kleines Lächeln auf ihrem heruntergeklappten Kiefer.

»Halbmond-Kekse?«

»Wie hast du die genannt?«, fragte ich.

»Halbmond-Kekse. Wieso, wie nennst du sie denn?«

»Schwarz und Weiß.« Ich wählte einen aus und legte ihn auf einen Teller und sie trug ihren Preis mit beiden Händen zu ihrem Tisch. Da stellte sie ihn ab, als wäre er genauso zerbrechlich wie ein Fabergé-Ei.

»Ich nehme an, da hat jemand eine Schwäche für Halbmonde«, sagte Norman, während er zwischen den leeren Tischen wischte.

»Sie heißen *Schwarz und Weiß*«, sagte ich trotzig.

Norman hatte mit dem Wischen aufgehört, lehnte sich jetzt neben mich gegen die Theke und ergriff das Wort. »Oh, stimmt ja. Du bist von *Lawn Guyland* – die haben alle möglichen verrückten

Namen da. Im Ernst, Eva. Findest du nicht, dass *Halbmond* leichter zu sagen ist?«

»Und passender?«, ergänzte Simeon.

»Jeder, der nur ein bisschen Klasse besitzt, nennt sie *Schwarz und Weiß*«, argumentierte ich.

»Mach eine Umfrage und du wirst eines Besseren belehrt«, sagte Norman.

Wir konnten nicht anders und beobachteten, wie Minerva anfing, den Keks in einem peinlich sorgfältigen Ritual zu essen, das ich niemals zuvor gesehen hatte: zuerst ein bisschen von der Schokoladenglasur, dann ein bisschen Vanille. Als Nächstes ein bisschen von beidem. Wiederholen. Schokolade, Vanille, ein bisschen von beidem, etwas mehr Vanille. Und wieder. Schokolade, Vanille, ein bisschen von beidem, ein paar Millimeter weniger Vanille. Es war eine Wissenschaft. Und sie aß das ganze Ding mit diesem dämlichen Hab-mein-Hündchen-wiedergefunden-Grinsen auf ihrem Gesicht bis zum allerletzten, wahrscheinlich perfekt ausbalancierten Schoko-Vanille-Bissen.

Als Minerva sich ihrer Umgebung wieder bewusst wurde und auch der ganzen Augenpaare, die sie beobachten, wurde sie rot.

»Was?«, fragte sie und legte ihre zerknüllte Serviette auf den leeren Teller. Sie hatte nicht einen Krümel übrig gelassen.

»Du könntest nächstes Mal Messer und Gabel benutzen, wenn du magst«, sagte Norman in seinem klassisch nüchternen Ton. »Oder einen zum Einrahmen und einen zum Essen kaufen, wenn dich das tatsächlich so in Fahrt bringt.«

Sie fummelte aus Verlegenheit an einer Ecke ihrer gebrauchten Serviette herum.

Ich fing an zu lachen. »Im Ernst? Nicht der Schokoladen-Orgasmus? Die Haferflocken-Gewürz-Drops? Die Toffee-Chips? Deine Lieblingskekse sind die *Schwarz-und-Weiß-Kekse*?«

Sie kicherte. *Kicherte.*

»Ich hatte dich als Schokoladen-Orgasmus-Girl abgestempelt«, sagte Norman. »Hätte sogar Geld darauf gewettet.«

Sie zuckte mit den Achseln. »Sieht so aus, als wäre ich geoutet.«

Simeon runzelte die Stirn. »So interessant sind die noch nicht mal. Das sind doch nur …«

»Halt!«, warnte sie ihn. »Die sind nicht *nur* irgendwas! Das sind Halbmonde«, sagte sie ehrfurchtsvoll. Minerva lehnte sich zurück. »Das erste Mal, dass ich einen gegessen habe, war an meinem dreizehnten Geburtstag. Wir hatten stundenlang im Auto gesessen, um bei der was weiß ich oder irgendwas Ähnlichem des Cousins meiner Mom dabei zu sein, und kamen erst spät nach Hause. Richtig spät. Und ich war sicher, dass ich direkt ins Bett geschickt werden würde an diesem schlimmsten Geburtstag aller Zeiten, aber dann brachte meine Mutter diese Kekse auf einem Teller und bestand darauf, dass wir alle einen als Geburtstagsextra essen sollten, bevor wir ins Bett gingen.«

»Ach, das ist so rührend«, sagte Simeon mit zuckersüßer Stimme.

Minerva achtete nicht auf seinen sanften Hohn. »Ich würde morden für dieses Rezept. Wo hast du es her, Eva?«

Noch bevor ich ihr antworten konnte, machte Tracy den Mund auf. »Du solltest ein Buch mit Rezepten veröffentlichen! Warum haben wir da noch nie dran gedacht?«

»Und Kennys neuer Verlag könnte es herausbringen«, sagte Minerva.

Kenny verschränkte die Arme und hob die Augenbrauen, um das Ganze abzuwägen. »Das ist wirklich keine schlechte Idee«, sagte er und musterte mich wie jemand anderes eine mögliche Investition. Ich wurde rot bei seinem bohrenden Blick.

»Natürlich!«, sagte Norman. »Wir könnten es zu den anderen Grounds-Artikeln dazutun. Ich wette, es wird ein genauso großer Hit.«

»Vor allem, wenn es *dieses* Rezept drin hat«, sagte Minerva und schaute liebevoll ihren leeren Teller an. »Mit *Bildern*!«

»Aber wenn die Leute die ganzen Kekse selbst machen können, warum sollten sie sie dann noch von mir kaufen?«, fragte ich.

Tracy warf mir einen *O bitte!*-Blick zu. »Als hätte ich Zeit zum Backen. Und als könnte ich jemals so backen wie du!«

»Oder sonst irgendjemand«, fügte Spencer hinzu. »Backen wie Eva, meine ich. Nicht, dass ich deine Backkünste kritisieren würde, Trace.«

»Was meinst du, Norman?«, fragte ich.

»Ich meine, wir sollten alle eine Gewinnbeteiligung kriegen.«

Als die Originale anfingen, Buchtitel vorzuschlagen, erwischte ich mich dabei, wie ich im Kopf Rezepte durchging, die ich aussortierte, die zu einfach oder zu schwierig waren oder zu sehr dem Rezept von jemanden anderem glichen. Jedes Rezept brauchte eine dazugehörige Geschichte, fand ich, und auf einmal reizte mich die Idee sogar noch mehr. Ein Kochbuch war das eine. Aber ein Buch, das das Wie und Warum der Rezepte in den Vordergrund rückte, die Gründe für deren Existenz, würde die *Gefühle* jedes einzelnen Rezeptes heraufbeschwören.

Das war etwas, was es wert war zu schreiben. Und indem ich meine Geschichten für jedes Rezept mit den Lesern teilte, würden die im Gegenzug ihre eigenen erschaffen. In vielen Jahren würden Erwachsene darüber reden, wie ihre Mutter nach der Schule Gänseblümchen-Pick-me-ups für sie gemacht hatte, als sie Kinder waren. Oder vielleicht würde eine Frau das Herz ihres Mannes mit Karamell-Trüffel-Brownies gewinnen. Oder die Zitronentorte würde als Geburtstagstorte wiedergeboren werden.

Es ging für mich seit Kurzem immer wieder ums Geschichtenschreiben und ich fand Ränder von Blättern und beide Seiten von Servietten vollgekritzelt mit Ideen, die aus mir heraussprudelten, und das seit Anfang des neuen Semesters. Die akademische Welt bekam mir zurzeit gut. Mehr als das, sie *inspirierte* mich.

Nachdem der Küchenwecker geklingelt hatte und die Muffins völlig abgekühlt waren, legte ich sie alle bis auf einen auf eine Platte und stellte sie auf das obere Brett der Auslage. Dann legte ich den übrig gebliebenen Muffin auf einen kleinen Teller und bestreute ihn mit rotem Kristallzucker.

Ich zögerte und fühlte eine Welle von Unsicherheit. Was, wenn es nicht funktionierte? Was, wenn ich alles falsch verstanden hatte oder immer noch nicht bereit war? Was, wenn ich meine Chance verpasst hatte und es keinen Weg mehr zurück gab?

Dann würde die Unberechenbarkeit wiedergewinnen und das Leben würde weitergehen. Und das war in Ordnung.

Ich nahm einen tiefen Atemzug und ging ins Café, den Teller in der Hand.

In der Nähe des Fensters packte Kenny seinen Laptop zusammen und holte ein Buch heraus. Er schloss die Augen, als ich mich näherte, und inhalierte tief. »Mmmmm«, sagte er heiser, »das riecht *so* gut.« Ich stand da, wie festgewachsen, und sah zu, wie er sich in dem Duft aalte.

Ich hielt ihm den Muffin hin. »Teilst du mit mir?«

Seine Augen leuchteten auf und wurden dann kleiner. »Ich dachte, du könntest ein ganzes dieser Dinger alleine aufessen.«

»Oh, kann ich auch«, sagte ich und schaute kurz auf den ausgestreckten Teller mit dem Muffin und dann auf ihn. »Und das will ich auch. Aber das heißt nicht, dass ich es *muss*.«

Ich zählte meine Herzschläge und wartete auf seine Antwort.

Er brach in Lachen aus – warm und laut – und meine ganzen Befürchtungen schmolzen dahin, bis es nur noch Kenny, mich und einen Muffin mit Schokostückchen gab. Und in diesem Moment, umgeben von dem Gesumme der Freunde und Gäste und eingebettet in vertraute Düfte, hörte er sich an wie, ich schwöre es – Schokolade.

Danksagung

Die Folgenden verdienen unsere ewige Dankbarkeit:

Terry Goodman, Sarah Tomashek und das Team von AmazonEncore dafür, dass sie an unseren Roman geglaubt haben, noch bevor sie überhaupt das erste Wort gesehen hatten.

Kate Hagopian (auch bekannt als *Cool Kate*), die das Manuskript gelesen und uns fabelhaftes Feedback gegeben hat.

Glenn Volkema, der uns die männliche Sichtweise nahegebracht hat.

Jim Paquette, dessen unendliche Geduld, Unterstützung und Fähigkeit, sich mitzuteilen, uns erlaubt hat zu schreiben.

Unsere Eltern: Michael und Eda Lorello und Kris und Celeste Girrell, Fans von Anfang an.

Die Lorello-Geschwister: Michael, Bobby, Ritchie, Steve, Mary und Paul.

Mary Mottola, die ihrer Enkelin Elisa beigebracht hat, dass die wichtigste Zutat in jedem Rezept die Liebe ist.

Rebecca Clark, gleichermaßen Freundin und Schwester von Sarah.

Die *Undeletables*, die sichergestellt haben, dass die Kaffeetassen voll waren, und die viel öfter als geplant die beabsichtigten Leser waren.

Elspeth Antonelli, deren Blog *It's a Mystery* genau im richtigen Moment ein Lächeln und kluge Schreibtipps geliefert hat.

Zahlreiche Coffeeshops in der Gegend von Raleigh, North Carolina, insbesondere It's A Grind! in Cary, für deren Input und Service, außerdem Crema Coffee, die einen Vanille Chai Latte genauso gut machen wie Mirasol's Café und Uncle Jon's im Südosten von Massachusetts.

Büchereien und unabhängige Buchläden an jedem Ort, für alles, was sie tun.

Kindle-Besitzer, die *Faking It* und *Ordinary World* auf die Liste gesetzt haben.

Unseren Freunden, Familien, unserem Netzwerk, das uns unterstützt, den kreativen Köpfen, die uns unser ganzes Leben hindurch inspiriert haben, und all die anderen Menschen, die für immer in unseren Herzen sind.

2270011R00201

Printed in Germany
by Amazon Distribution
GmbH, Leipzig